クライミング・マインド

山への情熱の歴史

祖父母に

おお　心には　心の中には山々がある……
ジェラード・マンリー・ホプキンズ、一八八〇年頃

目次

装幀　尾崎行欧デザイン事務所
（尾崎行欧＋安井彩）
カバー写真　Pal Teravagimov

クライミング・マインド

山への情熱の歴史

第一章　山に憑かれて

おそろしい登攀へ人びとを駆り立てる抑えがたい情熱を思った。どんな戒めも彼らを思いとどまらせることができないのだ……山の頂は抗えない引力を発揮する。奈落と同じように。

テオフィル・ゴーティエ、一八六八年

偉大な登攀の物語にはじめて触れたのは、十二歳のとき、スコットランド高地地方の祖父母宅でのことだった。一九二四年のイギリス遠征隊の記録『エヴェレストへの闘い』だ。ジョージ・マロリーとアンドリュー・アーヴィンはこの遠征で、エヴェレスト山頂近くで消息を絶った。

そこはわたしの家族の夏の休暇の滞在先だった。弟とわたしは、廊下のいちばん奥にある祖父の書斎を除いて、その家のどこでも入り込むことを許されていた。かくれんぼのときは、兄弟の寝室の大きな戸棚によく隠れていた。鼻をつく樟脳の匂いがして、足元には靴が乱雑に散らばり、その中でじっとしているのは難儀だった。虫除けの薄いビニールにつつまれた祖母の毛皮のコートもかけてあり、やわらかな毛皮に手を伸ばすと指先がすべすべしたビニールに触れて不思議な感じがした。

その家のいちばんいい場所は、祖父母がサンルームと呼んでいた温室だった。灰色の石張りの床はいつもひんやりとしていて、壁の二面は大きな窓があった。祖父母は窓のひとつに鷹の形に切り抜いた黒い厚紙を貼っていた。小鳥の衝突を防ぐためだったが、そうしていても、ガラスを素通しと勘違いして窓にぶつかって死んでしまう小鳥がよくいた。

夏でも家の中には高地地方の冷たい、鉱物のような空気が満ちていて、触れるものはなんでも冷たく感じた。夕食のときは、食器棚から取り出した持ち重りのする銀の食器が手に冷たかった。夜にベッドに入るとシーツは氷のようだった。身をよじりながらベッドの端までもぐり込み、頭の上でシーツをしっかりと押さえて空気を閉じ込めたものだ。そして精一杯の深呼吸をしてベッドを温めるのだ。

本がいたるところにあった。祖父は分類をしなかったので、まるで種類の違う本が隣り同士になっていた。食堂の小さな書架には、『クラブツリー氏釣りへ行く』と『ホビットの冒険』と『ファイアサイド探偵小説選集』が、革装で二巻本のJ・S・ミル『論理学体系』とならんで収まっていた。よくわからない書名のロシア関係の本もあった。そして何十冊もの探検や登山の本があった。

ある晩、眠れなかったわたしは読むものを探しに階下におりた。廊下の片側は平積みの本の山になっていた。その山の中ほどから、ほとんど手当たり次第に、壁からレンガを抜き出すように大きな緑色の本を抜き出してサンルームに持って行った。奥行きのある石造りの窓台に座り、明るい月の光の下で『エヴェレストへの闘い』を読み始めた。

　祖父から聞かされていたので、この遠征について多少の知識はあった。けれども長々とした文章に加えて、二十四枚の白黒写真と、東ロンブク氷河、ゾンペン・オブ・シェーカル、ラクパ・ラーといった馴染みのない地名を散りばめた折り込み地図のついたその本は、祖父の話よりもはるかに強烈だった。読み進めるうちに、自分の体から抜け出して遠いヒマラヤへ連れ去られていた。情景が奔流のように襲ってきた。岩だらけのチベットの平原のはるか先に聳える白い峰々が見えた。そして黒々としたピラミッドのようなエヴェレスト。登山者たちが背負う酸素ボンベ。まるで潜水士のようだ。ノースコルの巨大な氷壁。それを城市を攻める中世の兵隊のようにロープと梯子で登ってゆく隊員たち。そして、最後には第四キャンプの雪上に寝袋でつくられた黒いT字も。下のキャンプから望遠鏡で見上げていた隊員は、それを見てマロリーとアーヴィンの遭難を知った。

　とりわけ胸の高鳴る一節があった。遠征に参加した地質学者ノエル・オデルが、最後に目撃したマロリーとアーヴィンについて語っているところだ。


不意に頭上の空が晴れ、頂上への稜線とエヴェレスト山頂の全景がはっきり見えた。ピラミッドの基部からつづく、頂上まであと少しという雪面のはるか先で、何か小さな物が岩の段の方へ動いていた。二つ目が後に続いている。やがて一つ目がその段の上に登った。この劇的な光景を目を凝らしているうちに、一帯は雲に包まれてしまった……

この一節を何度も何度も読み返した。わたしはなによりも、薄い空気の中で命をかけて奮闘するその小さな点のひとつになりたかった。

❄

それで一丁あがり、わたしはすっかり探検に魅入られてしまった。子ども時代のありあまる時間だけが許してくれる読書三昧の日々、わたしは祖父の蔵書を読み漁り、夏が終わるころには山岳や極地から持ち帰られた歴史上の有名な探検の物語を十冊あまり読み終えていた。アプスレイ・チェリー＝ガラードの南極探検記『世界最悪の旅』も、ジョン・ハントの『エベレスト初登頂』も、エドワード・ウィンパーの壮絶な『アルプス登攀記』も読んだ。

子どもの想像力は、物語がありのままに書かれていると大人よりも信頼するものだ。出来事は語られているとおりに起きたと思い込むし、共感する力も強くて豊かだ。わたしは本を読みながら探検家たちとともに生き、彼らの内面を生きた。彼らのテントの中で、アザラシの脂肪を燃やすコンロでペミカンを融かし、外を吹き荒れる風の音を聞きながら幾晩も過ごした。太ももまで埋まる極地の雪の中でソリを引いた。強風がつくる雪の畝に乗り上げ、谷に転げ落ち、尾根へ這い上がり、稜線を歩いた。まるで地図を見るように山頂から世界を見渡した。十回かそれ以上は死にそうな目にあった。

わたしを魅了したのは、彼ら——ほぼ全員が男だった——が直面し、乗り越えてきた困難だった。ブランデーが凍結し、毛皮を舐めた犬の舌が凍りついてしまう極地の寒さ。顔を下に向ければ髭が服に凍りつき、鉄板のように固くなった羊毛の防寒服はハンマーで叩かなければ曲げることもできない。トナカイの毛皮の寝袋は寒さでカチカチの氷の鞘のようになるので、夜になると、遠征隊員は苦心惨憺して少しずつ融かしてそこへもぐり込まねばならなかった。山では断崖から横向きの大波のように迫り出す雪庇や、高度という目に見えない敵の攻撃や、世界を一瞬で真っ白にしてしまう雪崩や猛吹雪があった。

一九五三年のヒラリーとテンジンによるエヴェレスト登頂成功と、一九一六年のアーネスト・シャクルトンによる南極探検隊の救出劇を除けば、こうした物語はだいたい誰かの死や、四肢切断といった話で結末を迎えるのが常だった（シャクルトンの救出劇を彩るのはワースリーの奇跡的な航海技術、小さなジェームズ・ケアード号が嵐の南氷洋でたどった八百海里の完璧な航程、そして氷山のように崩壊してゆくヨーロッパの政治状況と対照的なシャクルトンの冷静さだ）。わたしはそんな陰惨なディテールにも惹かれた。極地の探検記では、隊員の誰か、あるいはその体の一部を失うことなしには一ページも進まないものも珍しくない。隊員の誰か《メンバー》だと思っていると体の一部《メンバー》の話だったということもある。さらに壊血病が遠征隊を襲い、壊死した肉が湿ったビスケットのように骨から剥がれ落ちる。症状の酷い場合は体中の毛穴から血液が滲み出す者もいた。

物語の場所、つまりそうした出来事が起きた舞台にも、心を奥底から揺り動かされた。わたしは彼らが赴いた場所の荒涼とした有様に惹かれた。謹厳な黒と白の二元論的色彩に満たされた、削ぎ落とされた山岳や極地の風景。物語の中では人間的な価値もまた両極端に引き裂かれる。勇敢さと臆病さ、休息と奮闘、危険と安全、正しさと過ち。環境の過酷さは、あらゆるものをそんな際立った二項関係に還元してしまうのだ。自分の人生もまたそんなふうにどこまでも明瞭で、何が大事なのかはっきりしていれば、と思ったものだった。

わたしは、ソリを操り、歌い、ペンギンに相好を崩す極地探検家たちや、パイプ好きで屈託のない、現実離れした体力をもつ登山者たちにすっかり魅了された。美しい風景に触れたときに彼らが垣間みせる繊細で細やかな感受性が、頑丈なニッカボッカとか、もみあげや口元の伸び放題の髭とか、絹の服と熊の脂肪で寒さに耐えることとか、そんな荒っぽさとはおよそ不釣合なことに惚れた。しかも彼らはとんでもなく豪胆なだけでなく、貴族のようなグルメでもあるのだ（一例をあげれば、一九二四年のエヴェレスト遠征には、フォワグラ詰めのウズラ六十缶と、蝶ネクタイと、モンテベッロのヴィンテージ・シャンパンが持ち込まれた）。そして悲惨な死の可能性を、確実ではないとしても、現実的なものとして受けいれること。

逆境に動じず、しかも気取りのない彼らは当時のわたしにとって理想的な旅人だった。彼らのようになりたいと切望した。なかでもスコットの右腕で、酷寒に動じない小柄なヘンリー・〈バーディ〉・ボワーズにあこがれた。彼はテラ・ノヴァ号で南洋をゆく間は毎朝甲板に出てバケツの海水で体を洗い、零下三十度でも寝ることが——睡眠をとることが——できたのだ。

何よりも心を惹かれたのは、世界の屋根へ赴いた男たちだった。そのあまりに多くの者が死んだ。彼らの名前はすっかり覚えてしまった。エヴェレストのマロリーとアーヴィン、ナンガ・パルバットのママリー、コシュタン・タウのドンキンとフォックス、等々。このリストはあまり有名ではない者を含めて際限なくつづく。登山者が感じさせる眩しさは極地探検家と同じだった。美と危険の隣りあう風景、広漠とした空間、人間にはどうしようもできないすべてのもの。違うのは緯度ではなく標高が高いことだけだ。念のためにいっておけば、彼らにも落ち度はあった。人種差別、性差別、遠慮のないスノビズムといった彼らの時代の欠点からは逃れられなかったし、その勇猛さは強烈な利己心と切り離すことができない。でも、当時のわたしはそうしたものには気がついていなかった。わたしの目に見えていたのは、目映ゆい未知の光へ歩み出してゆく信じがたいほどに勇敢な男たち、それだけだった。

❄

もっとも深い印象を受けた本は、間違いなくモーリス・エルゾーグの『アンナプルナ』〈邦訳『処女峰アンナプルナ』近藤等訳〉だ。一九五一年にエルゾーグが病院のベッドで口述した本だ。彼は手の指をすべて失ったので書くことができなかった。エルゾーグは、世界に十四ある八千メートル峰のひとつの初登頂を目指して一九五〇年春にネパール・ヒマラヤに向かったフランス登山隊のリーダーだった。

ひと月をかけた困難な偵察の後、モンスーンの到来まで刻一刻と時限が迫る中で、フランス隊はアンナプルナ山群の中心へ歩みを進める。そこは世界でもっとも高い峰々によって隔絶された、氷と岩の〈失われた世界〉だった。「我々は人が目にしたことのない、未開の荒涼とした山にとり囲まれていた」とエルゾーグは語っている。

どんな動植物もここでは生き延びられない。まったく生命の気配のない、まじり気のない朝の光を浴びながら、ぼくらはこの自然の圧倒的な空疎さにむしろ力づけられるようだった。この不毛さがもたらす特別な興奮が人びとに理解されるとは思えない。なぜなら、人というものは自然の豊穣で惜しみのないところに惹かれるものだから。

少しずつ高度を上げながらキャンプを設営していく中で、一行には高度と寒さと荷運びの影響が出始める。しかしエルゾーグは体力を失うにつれてますます登頂への確信を深めていった。そして六月三日、彼はもっとも高い第五キャンプを出発し、ルイ・ラシュナルとともにアンナプルナの山頂に挑んだ。

登攀の最後のステージは、一行がシクル氷河と名付けたゆるやかに湾曲する長い氷のスロープを登った後、山頂直下の急峻な岩のバンド（帯状の段差）を越える。このバンドを除けばルート上に技術的な難所はなく、ラシュナルとエルゾーグは荷を軽くするためにロープを持たずに出発した。

第五キャンプ出発時の天候は申し分なく、よく晴れていた。しかし晴天によって気温は下がり、二人は登るにつれて登山靴の中の足が凍えるように冷たく感じていた。やがて、引き返さなければ深刻な凍傷の恐れがあることが明白になった。彼らは先に進むことを選んだ。

登攀を回想する中で、エルゾーグは自分の身に起きていることが次第に現実感を失っていったと語っている。澄み切った薄い大気、結晶のような山々の美しさ、そしてなぜか痛みを感じない凍傷があいまって、彼は麻痺したような落ち着きに支配されていた。悪化していく凍傷にも何も感じなくなっていた。

ラシュナルやぼくらの状況はどこか奇妙な感じに見えていた。自分たちの努力がくだらないものに思えて笑みが浮かんだ。しかししんどさはすっかりどこかへ消えてしまい、もはや重力がなくなったかのようだった。このとらえどころのない、純粋さそのもののような風景、これはぼくの知る山ではなかった。それはぼくが夢見る山々だった。

この高揚状態のまま、苦痛も感じないままに、彼はラシュナルとともに最後の岩のバンドを攻略し、山頂に到達した。

足が凍っているように感じたがほとんど気にならなかった。もっとも高い未踏峰がいまや足下にあるのだ！　こうした頂を目指した先人の名が頭の中を駆け巡った。ママリー、マロリー、アーヴィン、バウアー、ヴェルツェンバッハ、ティルマン、シプトン。その何人が死んだか。何人がこの山々の中で――彼らにとっての――至上の最期を遂げたか……ぼくは終わりが近いと感じていた。しかしそれはあらゆる登山家が望む結末なのだ。つまり自らを支配する情熱にふさわしい終わり。あの日、ぼくのために美しく聳えていた山々に感謝の念を覚えた。そして聖堂にいるかのようなその静寂に畏敬を感じた。苦痛はなかった。心配も何もなかった。

苦痛と心配はその後に訪れる。岩のバンドを降りる際にエルゾーグは手袋を紛失し、第四キャンプにたどりついたときには歩くのもやっとの状態だった。両足と両手は重度の凍傷を負っていた。死ぬ思いでベースキャンプまでの急峻なルートを下る間に滑落し、すでに傷だらけになった脚を何箇所も強打した。懸垂下降せざるをえない場所ではロープに手の肉をもぎとられた。

ゆるやかな場所まで降りた後は他人の手を借りて運ばれた。エルゾーグはまず背中に負われて、次いでカゴ、そしてソリに乗せられ、最後にようやく担架に横になって山を下った。撤退の間、負傷の悪化を防ぐために手足はビニールでぐるぐる巻きにされていた。毎夜宿営地に到着するたびに、遠征に帯同した医師のウドーがエルゾーグの大腿と上腕の動脈、つまり股間の左右と肘の内側に長い注射針を刺してノボカインとカンフル剤とペニシリンを注入した。エルゾーグがいっそ殺してくれと懇願するほどの苦痛だった。山から離れるころにはエルゾーグの両足は黒褐色に変色していた。ゴーラクプルの街につくまでに、ウドーはエルゾーグの手足のほぼすべての指を切断した。

その夏、わたしは『アンナプルナ』を三回読んだ。代償を顧みず頂を目指したエルゾーグの決断はどう考えても賢明な選択だった。その狭い雪の頂に立つことに比べれば手足の指が何だというのか？　その点でわたしとエルゾーグは同意見だった。仮に死んでもその価値はあったはずだ。エルゾーグの本からわたしが得た教訓は、山頂で迎えるのが最も素晴らしい最期だということだった。神様、どうかぼくを谷で死なせないでください。

❄

『アンナプルナ』をはじめて読んでから十二年後、つまりほとんどの休暇を山で過ごした十二年の後、スコットランドの古書店で本の背に指を滑らせているとき、たまたま同じ本を見つけた。その晩に夜更かしをしながらもう一度読み通して、わたしはふたたび魔法にかけられてしまった。その後すぐ、一週間アルプスへ行くために往復の飛行機と登山のパートナー（トビー・ティルという陸軍の友人）を確保した。

ツェルマットに着いたのは六月上旬で、夏雲に覆われてしまう前のマッターホルンに登るつもりだった。しかし山はまだ厚い氷に覆われていて自分たちには危険すぎたので、雪融けがもう少し進んでいると思われる隣りの谷まで車で移動した。高地でテント泊をして、翌朝にラッギンホルンという頂を難度の低い南東の尾根から目指す計画を立てた。ラッギンホルンは標高四、〇一〇メートル。ほぼ正確にアンナプルナの半分だ、と思った。

その晩は雪になり、横になったままテントのフライシートに雪が落ちる音を聞いていた。雪はシートの上でひとつにまとまり、その影が暗い大陸になり、やがて重さに耐えかねてテントの傾斜を滑りはじめ、かすかな音を立てながら地面に落ちていった。夜更けに雪は止んだが、午前六時にテントのファスナーを開けると、黄色がかった不吉な嵐の光が雲の間から注いでいた。わたしたちは不安を覚えつつ尾根に向けて出発した。

登ってみると、稜線上は下から見る印象より厳しい場所だった。融け残ったシモザラメ雪が稜線を一メートル前後の深さで覆っていて、その上に十五センチほどのまだ締まっていない、体にまとわりつく新雪がかぶっている。シモザラメ雪はザラメのような粒状だったり、空洞を含んだ長く薄い結晶が粗くかぶさっていたりする状態で、いずれにせよ不安定だ。

岩から岩をたどるクリーンなルートはとれず、雪の中を登らざるを得なかった。踏み出す一歩ずつの下が岩なのか、あるいは何もないのかは確かめようがない。あてにできる踏み跡もなかった。明らかにこの稜線には昨夏以来、誰も来ていない。その上に寒かった。暴力的な寒さ。鼻水が垂れて顔の上で凍りつき、分厚い筋になった。風のせいで涙が出て、右目の睫毛は凍りついてしまった。瞼を指でこじ開けなければならなかった。

二時間奮闘してようやく頂上に近づいたが、尾根の勾配はさらにきつくなり、前進の速度はますます遅くなった。体の芯から冷えているのを感じる。頭のはたらきも緩慢になったようで、ぼんやりとして、まるで低温のせいで思考も固まりかけているようだった。もちろんそこで引き返すことも可能だった。わたしたちは先へ進んだ。

この山の最後の十五メートルほどはかなり急な登りになっているうえに、不安定な古い雪が深く覆っていた。わたしは足を止めて状況を確認した。いつ何時、肩をすぼめてコートを脱ぐような具合に山肌から雪がすっかり剝がれおちてもおかしくない気がした。そうする間にもすぐ脇を小さな雪崩が落ちていく。

山の東斜面からはガラガラという落石の音が聞こえた。

登山靴の爪先を雪に突っ込んで体を固定すると、目の前に斜面が迫る。頭を真上に向けて空と山の境を見上げた。雲が勢いよく頂を通り過ぎ、一瞬、山がゆっくりと自分の方に倒れてくるように感じた。

わたしは振り向いて、五、六メートル下にいるトビーに叫んだ。「行くか？　この辺は嫌な予感しかしない。いつ崩れてもおかしくない」。

斜面はトビーの下で狭くなり、稜線の南側の絶壁へ落ち込んでいる。もし足を滑らせたら、あるいは雪が崩れたら、わたしはトビーのいるところを通りすぎ、彼を巻き添えにしてはるか下の氷河まで真っ逆さまだろう。

「当然だろ、ロブ。行けるさ」、トビーは下から叫び返した。

「わかった」。

ピッケルが二本必要なほどの急傾斜だったが、手元には一本しかない。何か工夫しなければならない。わたしはピッケルを左手に持ち替えて右手の指に固く力を入れた。ピッケルのヘッドのように手を雪に突き立てて体を支えるのだ。そして慎重に登りはじめた。

雪はもちこたえ、ピッケル代わりの手もうまく機能して、不意に食卓ほどの広さの頂上に出た。頂上の厚い雪から顔を出していた鉄の十字架を握りしめた。恐怖と歓喜が同時に襲ってきた。まわりはすべて急斜面に落ち込んでいて、エッフェル塔の先に乗せられたようだった。雲は晴れ、早朝の薄明は白く目映ゆい光に変わっていた。はるかな眼下に黄色い点になった自分たちのテントが見えた。この高さから見ると、尾根に取り付くために前の日に通過した氷河は薄い、淡い色をした波のような紋様に見えた。その波の間の窪みに雪融けがつくり出したたくさんの小さな池があり、太陽の光を受けた盾のようにちらちらと輝いている。その息を飲むような青さ。わたしたちの西側では、上ってくる太陽の光がミシャベル連峰の山肌に降り注いでいた。叩きつける猛烈な風が頬の感覚を奪い、服の隙間から冷気を押し込んでくる。

目線を手に下ろした。ずっと薄手の手袋をしていたが、氷の斜面に叩き込んだせいで右手袋の指三本の先が千切れていた。その指には感覚がない。気がついてみると右手の感覚がまったくなかったが、不思議と深刻な気がしない。涙の止まらない目にその手を近づけてみると、冷気にさらされた指先は蠟のような黄色になっていて、古いチーズのような透明感があった。

予備の手袋は持っていなかった。しかし、それを心配している場合でもなかった。登りの間はわたしたちの重みを耐えていたシモザラメ雪が、朝の陽光を浴びてすでに融けはじめていたからだ。可能な限り急いで下山しなければならない。

下りは素早く効率的に動けたが、最後の難所が残っていた。スノーブリッジだ。シーツの両端を洗濯挟みでつるしたように、突き出た岩と岩の間に長さ十メートルくらいの細い雪の尾根が伸びている。その上は歩くには細くて脆すぎるが、降下して巻くのも無理だった。登りでやったように側面をトラヴァースするしかないが、全体が崩れて氷河に叩き落とされない保証は登りよりもさらに少ない。

トビーはやわらかい雪を蹴って腰を下ろす窪みをつくりはじめた。

「それはつまり、先に行ってほしいってことかな?」とわたしは尋ねる。

「そうだね。そうしてくれるとありがたい」。

爪先を雪の壁に蹴り込み、ほとんど垂直な崖に沿ってじりじりと進みはじめた。トビーとつながったロープが弓なりに伸びる。足を蹴り込むと、雪が水分を含んだ砂糖のようにサーッと音を立てて滑り落ちた。こんなことになるとは、と思った。融けかけた雪に覆われたほとんど垂直な崖で、壁に顔を押しつけてカニのように横這いしているのだ。指三本は軽く凍傷になっていて、ピッケルは一本だけ。わたしはモーリス・エルゾーグを罵った。そして下に目をやった。

両脚の間に見えているのは途方もない虚無だった。次の一歩でアイゼンを蹴り込むと、シモザラメ雪の大きな塊が足下から剥がれ落ち、回転して砕け散りながら氷河へ落ちていった。わたしは腕を頭上に伸ばしたまま、雪が落ちてゆくのを見ていた。尻から震えが走って股間から太ももへ抜け、やがて胴体がまるごと音を立てて震えるような恐怖の波に襲われた。その巨大な空間が悪意をはらんで自分を飲み込もうとしているようだった。わたしを引き剥がして虚無に引き摺りこもうとしている。

ピッケルは一本だけ――なぜ一本しか持って来なかったんだろう？　再び右手を使って、蠟のようになった指を雪に突っ込む。指に痛みがないのが救いではある。リズムを保ってそれを続ける。足、足、ピッケル、右手、悪態。足、足、ピッケル、右手、悪態。

もちろんわたしたちは生還した――そうでなければこれを書いてはいない。ザックをソリにしてテントまでの残りの斜面を滑り下りながら、二人して頂上まで行って戻ってこれた喜びと安堵の叫び声を上げた。

その二時間後、わたしはテントの近くの岩に座り、疲労でぼんやりとしたまま自分の指を見つめていた。

その日は快晴になり、暖かくて風もなく、まわりの風景はくっきりとして分け隔てのない高地の陽光に照らされていた。薄い空気の中で遠くの音がはっきりと伝わり、一キロ弱ほど先のヴァイスミースを下る登山家の立てる音や話し声が聞こえた。右手は自分の体の一部という感覚がなかった。ただし凍傷は三本の指の腹だけで、深いものではなかったので、なんとなく安堵した。その指で岩を叩くと木で金属を打つような硬い虚ろな音がした。ポケットナイフを取り出して指を削ってみた。粉になった皮膚が、両膝の間の平たい灰色の岩の上に小さく積もった。やがてピンク色の深さまで皮膚を削ると、刃を当てるたびに痛みが走るようになった。わたしは削り滓をライターのオレンジ色の炎で燃やした。それはパチパチと音を立てて燃え、肉の焦げる匂いがした。

❄

三世紀前ならば、命の危険を冒して山を登ることはまったくの狂気のように思われたことだろう。手つかずの風景に魅力がある、という発想もほとんど存在していなかった。十七世紀から十八世紀初頭にかけてのオーソドックスな想像力が賛美した自然の景観は、ほぼ耕作地としての豊かさを感じさせるものに限られていた。つまり草原、果樹園、牧草地、恵み豊かな耕地、そういったものが風景の理想的な要素とみなされていた。別の言葉でいえば、魅力的な風景とは開墾された土地、つまり鋤や生け垣や溝によって人間の秩序が刻まれた風景のことだった。ウィリアム・ギルピン〔イギリスの聖職者・画家・作家。一七二四

—一八〇四〕は、一七九一年まで時代が下っても「大半の人びと」は野の風景を嫌っていると書いている。そして「せわしい農耕の舞台よりも自然が生む見事な荒々しさを好む者はごくわずかだ」と続ける。そしてもっとも荒々しい自然の産物である山は、農業に適さないだけではなく、美的にも嫌悪を催させるものだった。その不規則で巨大な造形は、精神の自然な落ち着きを掻き乱すものと受け止められていた。十七世紀の上流社会の人びとは否定的な意味を込めて山を「荒れ地」deserts と呼んだ。同じように、大地という肌の「できもの」boils と呼ばれることもあれば、「疣《いぼ》」warts、「こぶ」wens、「出っ張り」excrescences などと悪し様に呼ばれたり、果ては尾根と谷を女性器に見立てて「自然の恥部」とまで呼ばれていた。

そのうえ山は危険な場所でもあった。当時は、咳をする、虫が歩く、あるいは鳥が雪の斜面をかすめて飛ぶ、そんなごくわずかなきっかけで雪崩が起こると信じられていた。クレヴァスの青い裂け目に落ちれば何年もかけてボロボロの氷漬けにされて氷河から吐き出されるだろう。あるいは縄張りへの侵入者に腹を立てた神や半神や怪物の類いに遭遇するかもしれない。山は超自然的な存在や人間を敵視するものが棲む場所とされるのが常だった。有名な『東方旅行記』の著者とされるジョン・マンデヴィルは、カフカス山脈の最高峰エルブルズ山塊には謎めいた「山の老人」が率いる暗殺者の秘密結社が住んでいると書いた。トマス・モアの『ユートピア』には「ひどく粗暴で恐れを知らぬ」種族であるザポレット人が「険しい山岳に」住んでいるとある。過去には、たしかに山は居場所のない人びとが逃れる場所となってきた。たとえば旧約聖書ではゾアルの町を逃れたロトとその娘たちが山に向かったと書かれている。しかし、ほとんどの場合には人びとが避ける場所だった。商人や兵士や巡礼者や伝道師など、どうしても山越えが必要な場合は、山腹を迂回するか、山間の谷を経由するかしてやりすごすもので、間違ってもその上に登るものとは考えられていなかった。

しかし十八世紀の後半になると、人びとは初めて必要に駆られてではなく、心の求めに従って山へ旅をするようになり、山岳の風景を賞賛する感性も広まった。一七八六年にはモンブランが登頂され、十九世紀半ばには登山というアクティヴィティが出現した。これは当初は科学研究への貢献として行なわれていたが（黎明期には、まともな登山家であれば最低でも山頂で水の沸点を計測するくらいのことはしたものだった）、その源に山岳の美があることは疑いない。氷、日射、岩石、高度、斜度、大気の織り成す複雑な様相、すなわちジョン・ラスキンが「空間の限りない明晰さ、衰えを知らぬ永遠の光の真正さ」と呼んだものは、十九世紀後半の精神にとって議論の余地なく素晴らしいものだった。山は人びとの心に巨大な、しばしば致命的な吸引力を発揮するようになる。「この風変わりなマッターホルン山が想像力におよぼす効果は実に強く、冷静沈着な哲学者も抗うことはできない」と、ラスキンはお気に入りの山について一八六二年に書いている。マッターホルンの初登頂はその三年後だった。ただし、登頂をなしとげた一行のうち四名は下山中に滑落死した。

十九世紀の終わりまでに、アルプスの高峰はすべて（多くはイギリス人によって）登頂が果たされ、ほとんどすべての峠道が地図上に記載された。そしていわゆる「登山の黄金時代」は終わりを迎える。多くの者にとってヨーロッパは過去のものとなり、登山家は「世界の屋根」へと視線を向けるようになった。そしてカフカスやアンデスやヒマラヤの頂へ挑み、極限状態に身を曝し、さらに大きな危険を冒すようになった。ウシュバ、ポポカテペトル、ナンガ・パルバット、チンボラソ、あるいはギリシャ神話のヘファイストスがプロメテウスを岩に繋いだ場所とされるカズベクといった山々だ。

こうした数々の高峰が世紀の変わり目ごろの人びとの想像力におよぼした影響は強烈で、それぞれの山に憧れる者の内心でオブセッションの対象になることも珍しくなかった。カンチェンジュンガは、天気がいい日ならば白い家並みの連なる高所の町ダージリンからも望める八千メートル峰だ。インドの夏を避けて低地から訪れるサーヒブやメムサーヒブ、つまりヨーロッパ人入植者やその夫人は、何十年にもわたってカンチェンジュンガに魅了されてきた。「青々とした空にくっきりと映えるカンチェンジュンガの雪の峰は精霊のごとく霊妙にして、陽光の中で純白に輝く……我々の士気はますます高まった」。十九世紀の中央アジアを舞台にした英露の情報戦〈グレート・ゲーム〉に参画し、一九〇四年のイギリスによるチベット侵攻を主導したフランシス・ヤングハズバンドはそう謳い上げている。マーティン・コンウェイによる一八九二年のカラコルム山脈ガッシャーブルムへの大胆な挑戦は、ロンドンのタイムズ紙の速報を通じて大勢の人びとが熱心に見守った。そしてエヴェレスト。このもっとも高く、もっとも存在感の大きな頂はイギリス国民を丸ごと魔法にかけてしまう。イギリス人はこの山をほとんど自分たちの山だと思い込んでいた。魔法にかけられた一人だったジョージ・マロリーは一九二四年に山頂付近で死に、イギリス中が衝撃に戦《おのの》いた。新聞に載ったマロリーとアーヴィンの訃報には、「故国の人びとと挑戦者たち自身の間に結ばれた強い精神的つながり」を讃える言葉があった。

今日でも、西洋の想像力の中には初期の登山家たちを衝き動かしていた感情や態度が変わることなく脈打っている。むしろ、もっと強固で動かしがたいものになっているというべきかもしれない。多くの人びとにとって山を賛美するのは自明のことだ。切り立った姿、畏怖を与える威容、氷雪といった要素はもはや当たり前のように崇められる風景であり、都市化が進み、間接的な自然の経験にさえ飢えるようになった西洋文化にはそんなイメージがあふれている。山へ行くことは最近の二十年間でもっとも急速に成長したレジャーのひとつになっている。推計によればアメリカでは毎年一千万人が山に登り、五千万人がハイキングに出かける。イギリス人のおよそ四百万人は自分がなんらかの意味で山歩きをしていると考えている。アウトドア製品や関連サービスの推算売り上げは世界で毎年百億ドルに上り、成長を続けている。

山登りがほかのレジャーと異なるのは参加者の一部に死を強いることだ。とりわけ犠牲者の多かった一九九七年夏のエヴェレストでは、七週間で一〇三人が死んだ。モンブラン山塊では毎年平均して三桁に届きそうな人数の犠牲者が出る。冬にスコットランドの山で亡くなる人の数は、年によってはその周辺の交通事故死者より多い。マロリーが登ったとき、エヴェレストは地球上で征服されていない最後の砦であり、南北両極と並ぶ「第三の極地」だった。それが今ではただ巨大でキラキラした、氷漬けのタージ・マハールのようなものになった。この砂糖をまぶしたウェディング・ケーキに登山会社が群がって、毎年無数の素人登山家を登り降りさせる。その斜面には真新しい遺体が点々としている。その多くが横たわるのはいわゆるデス・ゾーンとして知られるようになった領域だ。その高度域では人体は少しずつ、しかし着実に蝕まれてゆく。

つまり三世紀という年月の間に、西洋では山についての認識が途方もなく変わった。かつて悪し様に罵られた山の特徴、すなわち険しさや荒々しさや危険といったものは、もっとも賞賛される要素に数え入れられるようになった。

❄

これはとても大きな変化であり、これについて考えることは風景というものの真実を再確認することになる。それは風景へのわたしたちの反応は、その大部分が文化的な産物だということだ。風景を見るとき、わたしたちはそこにあるものを見ているわけではない。そうではなく、だいたいはそこにあると思うものを見ている。わたしたちは風景に対して、たとえば「未開」であるとか「荒涼」としているといった本来そこにはない特質を付与して、それに従って価値判断をする。別の言葉でいえば、わたしたちは風景を読んでいる。自分の経験や記憶、それにわたしたちが共有する文化的記憶にもとづいて、その性状を解釈しているのだ。昔から人びとは文明や慣習から逃れるために野の自然に分け入ってきたが、実のところはそうした人びとが感じ取ってきた野の自然もまた、ほかのあらゆる認識と同じように連想のフィルターを通過してきたものだった。ウィリアム・ブレイクはこの真実を的確に指摘している。「樹木は、ある者には涙を流さんばかりの喜びの源だが、別の者の目にはただの邪魔な緑色の物体にすぎない」と彼は書いている。歴史的には山にも同じことがいえる。サミュエル・ジョンソンが「たいそうな出っ張り」と切って捨てたように、山は何世紀もの間、役立たずの邪魔物とみなされていた。それが今では自然界における最上の造形のひとつに数えられ、人びとは進んで山への愛に殉じようとする。

わたしたちが山と呼んでいるものは、したがって、実のところは世界の物理的な形と人間の想像力が手を取りあってつくり上げたもの——つまり心の中にある山なのだ。そして山を前にした人びとの振る舞いは、岩と氷からなる物それ自体とは、ほとんど、あるいはまったく関係がない。山は地質学的な偶然の産物に過ぎない。山自体が人を殺すこともなければ、人に喜びを与えることもない。山が帯びる感情的な属性はすべて人間の想像力が付与したものだ。山は、わたしたちが分け入ることを夢想するあらゆる野の風景、つまり砂漠や北極ツンドラや深海やジャングルといった場所と同じように、ただそこに存在し、そこに留まっている。その具体的な構造は地質や気象の力によって時間とともに少しずつ変わりはするが、それでも人の知覚をはるかに越えてそこに留まりつづける。しかしそれは同時に、人間の知覚の産物、つまり人びとが幾世紀もの時間のなかで想像してきたものでもある。この本は、そうした山を心に抱くやり方が時代の中でどのように変遷してきたかをたどろうとする。

人間のやることには何であれ想像と現実の食い違いがあるものだが、山ではそれがもっとも鋭く現れる。岩石や氷は心の目にはおとなしく見えても手で触れれば御しがたいものだし、地上の山が心の山よりもよほど頑固で、致命的な現実性を帯びていることは珍しくない。エルゾーグがアンナプルナで発見し、わたしがラッギンホルンで思い知らされたように、人が見つめる山、読んで知る山、夢見たり欲したりする山と、人が登る山は違うのだ。そこにあるのは堅固で急峻で鋭利な岩、凍てつく氷雪、そして酷寒であり、胃腸がおかしくなるほど腹を締めつける強烈な眩暈なのだ。さらには極度の緊張、悪心、凍傷。そして言葉にしようのない美しさ。

❄

ジョージ・マロリーが、一九二一年のエヴェレスト偵察遠征の間に妻のルースに書いた手紙がある。先遣隊はエヴェレストから二十五キロの地点にキャンプを設営した。そこはチベット仏教の僧院とエヴェレストの麓から流れ出す氷河の末端に挟まれていて、氷河は砕け、マロリーの言葉によると「荒れ狂う褐色の海の大波」のようになっていた。低温と高度と強風に曝される、滞在すること自体が過酷な場所だった。風に雪や塵が混じり、濁った流れとなって岩の隙間をくねりながら抜けてゆく。この日、六月二十八日、マロリーは三年後に自分が死ぬことになる山に初めて挑んでいた。ひどく消耗する一日だった。午前三時十五分に起床し、何キロも氷河やモレーン〔氷河に運ばれて堆積した岩や砂〕や岩の上を進み、帰ってきたのは午後八時だった。その間、凍えるような水溜りに二度も転落した。

その日の終わりに、疲労困憊したマロリーは屋根が垂れ下がって狭苦しい小さなテントに横になり、灯油ランプの斑《むら》のある光の中で故郷のルースに手紙を書いた。手紙がイギリスの彼女に届く一カ月後には、どのような形であれ、マロリーがこの年にこの山でやることは片付いているはずだった。手紙の大半はその一日の苦労について書かれていたが、マロリーが最後の数段落でルースに伝えようとしたのは、そんな場所に滞在して、大それたことに挑もうとする自分の心持ちだった。「エヴェレストには、ぼくが今まで見たことがない険しい稜線やおそろしい絶壁がある」と彼はルースに書く。「愛しい人よ……どれほどぼくがその虜になっているかは言葉にできない」。

なぜそんなことがありうるのか。この本が試みるのは、この問いに答えることだ。一座の山が、いかにして、それほどに強力に人間を「虜にする」ことが可能になったのか。どのようにして、つまるところはただの岩と氷の塊にすぎないものに、それほどに尋常ならざる執着が生じうるようになったのか。そのために、この本では人びとがどのように山に登ってきたかだけではなく、人びとは山へ赴くことをどう思っていたのか、山にどのような感情を抱き、山をどのように捉えていたのかを、歴史を追いながらつぶさに見つめていく。同じ理由から、この本は一般的な登山史のように登山家の名前や年号、あるいは山名やその高さを扱うのではなく、感覚や感情や考え方に注目する。いってみれば、この本が扱うのは本来の意味の登山の歴史ではなく、イマジネーションの歴史だ。

バイロンの詩「チャイルド・ハロルドの巡礼」の語り手チャイルド・ハロルドは、レマン湖の穏やかな湖面を前にして黙考に耽りつつ、「わたしには／高い山々はひとつの感情だ」と言う。本書の各章では、山への感受性のさまざまな様態の系譜をたどることを試みる。そうした感受性がどのように形づくられ、継承され、変化し、次代に託され、個人や時代に受け容れられていったか。最後の章では、エヴェレストがどのようにジョージ・マロリーを魅了し、彼を妻と家庭から引き離し、やがて落命させるに至ったのかを見る。マロリーはこの本のテーマを体現する存在だ。なぜなら、マロリーの内面ではまさしくそうしたさまざまな山への感性が綯い交ぜとなり、並外れた、致命的な力を発揮していたからだ。そこではマロリーの手紙や日記を推測で補いつつ、彼が参加した一九二〇年代の三度のエヴェレスト遠征の経緯をたどりなおしている。

山への感性の系譜をたどる旅をはじめるためには、まず時間を遡らねばならない。アルプスの雪におそるおそる足を踏み出しているわたしの脇を通りすぎ、アンナプルナの頂に立って輝かしい先達の名を思い浮かべるエルゾーグを通りすぎ、エヴェレストの麓のテントで、灯油ランプのかすかな音を聞きながら横になってルースへの手紙を書くマロリーを通りすぎ、一八六五年のマッターホルンで断崖を転げ落ちる四人の男たちを通りすぎる。そうして、現代に至るさまざまな山への感性がまさに生まれようとしている時代まで遡る。わたしたちが立ち戻るのは、一六七二年の夏、季節はずれの寒さに襲われているアルプスの峠道だ。そこではトマス・バーネットという名の聖職者が、若き貴族ウィルトシャー伯爵の随行人として、アルプスを越えてロンバルディアに至る道を案内している。なぜこの場所なのかといえば、山は愛される対象となる前にその過去が解き明かされる必要があったからだ。バーネットはそれに重要な役割を果たすことになる。

第二章　大いなる石の書物

途方もない年月にわたって発揮される、自然の莫大な力の記念碑として山を見るとき、我々の想像力は畏怖に打たれるのだ。

レズリー・スティーヴン、一八七一年

一六七二年八月、ヨーロッパは盛夏を迎え、ミラノやジェノヴァの人びとは大陸の強烈な陽射しにあえいでいる。トマス・バーネットは、そこから二千メートルほど上で寒さに身を震わせていた。ヨーロッパ・アルプスの主要な峠のひとつ、シンプロン峠は雪に覆われたままだ。傍らには同じように身震いが止まらない若きウィルトシャー伯がいる。彼は不幸な運命に翻弄されたヘンリー八世の二番目の王妃アンの父、初代ウィルトシャー伯トマス・ブーリンの玄孫にあたる。一族はこの少年に教育の機会をあたえることにした。聖公会の聖職者であり、疲れを知らぬ、並外れた想像力の持ち主だったバーネットはこの少年伯爵を皮切りに、幾人もの若い貴族の付き添い兼案内人を務めることになった。そのうちに、在籍していたケンブリッジ大学クライスト・カレッジからバーネットが許された休暇は、最終的には十年つづくことになった。

バーネットからすれば、これは大陸ヨーロッパのカトリックの国々を見聞する口実だった。口数の少ない山の案内人と、彼が従える賑やかなロバの一団とともに一行はシンプロン峠を越え、南に向かう予定だった。眩しくきらめくマッジョーレ湖の畔を通って、山麓の果樹園や村々を経由し、緑のロンバルディア平原を突っ切り、文化の香り高い北イタリアの白亜の街々——まずはミラノ——を少年に見せねばならない。

しかしその前にアルプス越えだ。シンプロン峠はとても人に勧められるものではない。最高地点には簡素な宿があるといえばあるが、とても快適に泊まれる場所ではない。冷気がどこにでも入ってくるし、あたりには熊や狼もいる。宿といっても実際のところは、羊飼いと兼業のサヴォワ人が恨み顔で主をやっているただの小屋なのだ。

そんな厄介事の連続にもかかわらず、バーネットは愉快だ。なぜならこの山の中で、ほかのどんな場所ともまったく違う場所に出会っていたからだ。ここは他所と比較することも忘れさせるほどの場所だった。バーネットにとってこの風景は、文字通り地上のいかなる場所にも似ていない。真夏にもかかわらず厚く吹き溜まった雪が、風を受けてさまざまな形に凍りつき、太陽の光も融かすことができないように見える。雪は陽光の下ではまばゆい金色に光り、日陰では軟骨のような不透明な灰白色を帯びる。家屋ほどの大きさの岩がごろごろしていて、周囲に青い複雑な形の影を投げかけている。南から遠雷が聞こえるが、見渡すかぎり、目に入る雷雲はバーネットのはるか眼下のピエモンテの彼方に立ち上がっている一群の雲だけだ。自分は嵐よりも上にいる。バーネットはその事実に気がついて心を躍らせる。

イタリアを南下すれば誉れ高いローマ遺跡の数々があり、若き伯爵は古代を学ぶために見学に勤しまねばならないことはバーネットも承知だった。バーネットも、壮麗なローマ神殿の廃墟や、教会の壁龕で憂い顔を見せている金銀に飾られた聖人像に感じるものがないわけではない。しかしこの、後にバーネットがアルプスという巨大な瓦礫の山の中の「響き合う山の風景」と書いた場所には特別なものがある。それはバーネットにとって、ローマの遺跡よりもはるかに想像力を掻き立てられる、圧倒的なものだ。その時代の価値観ゆえにバーネットは山を敵意や嫌悪を感じさせるものと見なしているものの、その一方で、彼は山を前にして自分でも説明がつかないほどの感動を覚えている。シンプロン峠を越えた後、バーネットはこう書いている。「これらには大いなる物思いや情熱を掻き立てる、畏怖を感じさせる荘厳な雰囲気がある……私たちの理解が及ばぬほどに大それたものの常として、それは過剰さによって私たちの心を満たし、圧倒し、挙句にはどこか快い麻痺と夢想に放り込んでしまう」。

❄

トマス・バーネットはヨーロッパ大陸で十年間過ごし、その間に案内を引き受けたさまざまな若者とともに、アルプスやアペニン山脈を幾度か越えた。やがてそんな「岩と大地の、荒々しく、粗野なままの広大で無秩序な塊」を繰り返し見るうちに、バーネットはこの異様な風景の起源を知りたいと思うようになった。なぜ岩はこれほど無秩序に散らばっているのか？　なぜ山はこれほど強く自分の心に訴えるのか？　山はバーネットの想像力や生来の探究心への深い衝撃であり、彼は「どのようにして自然にこのような混乱がもたらされたのか、納得のできる説明を考えるまでは心が休まらない」と思い詰めるほどだった。

こうしてバーネットは後世に残る洗練された黙示録的な著作に取りかかることとなる。それは山という、何にも増して時の流れを感じさせない事物の過去の姿に取り組んだ最初の書物だった。バーネットがこの本を執筆した時代はヨーロッパにとって不吉な時代だった。一六八〇年と一六八二年には尋常ではない明るさの彗星が夜空を彩った。エドモンド・ハレーは火山の山頂から天体観測を行ない、その燃える炎のような天空の使者を記録し、命名し、それが一七五九年に再び訪れることを予測した（この予測は正確だった）。文明の破滅を警告するパンフレットがヨーロッパ中で大量に印刷され、そこには君主の死、野を根こそぎに吹き飛ばす嵐、旱魃、船の沈没、伝染病、地震といった災厄が喧伝されていた。

トマス・バーネットの『地球の神聖な理論』が世に出た一六八一年は、そうした徴や予兆が世の中に満ちみちている時代だった。当初はラテン語で二十五部という慎ましい部数で印刷され、短くも挑発的な国王への献辞が付されていた（献辞は暗に王の愚かさを揶揄していた）。バーネットの著作は未来の来たるべき災厄を予告するものではなく、逆に、過去に起きたもっとも大きな災厄、すなわち大洪水に目を向けるものだった。大地は常に変わらぬ貌をしてきたとする聖書的な正統性の綻びの端緒となったのはまさにこの『地球の神聖な理論』であり、山への感受性や想像力のあり方に決定的な影響を与えたのもこの本だった。わたしたちが風景の過去――その深い歴史《ディープ・ヒストリー》――を思い描くことができるのは、ある意味で、世界の破壊についての十年におよぶバーネットの思索の恩恵とさえいえる。

❄

バーネット以前の地球の理論には第四の次元、すなわち時間が欠けていた。なんとなれば、山以上に変わることなく存在するものは他にないと思われていたからだ。神は今と変わらぬ姿で山を創造した、したがって山はそのままいつまでも存在しつづけるはず、というわけだ。十八世紀以前に想像される地球の過去は聖書の創造説に規定されており、聖書によれば、世界の始まりはわりと最近の出来事とされていた。十七世紀には、聖書の手がかりをもとにして手の込んだ計算を行ない、地球の起源の年代を決定することが何度か試みられた。そのうち、よく知られているもののひとつはアーマー大司教ジェームズ・アッシャーによるものだ。あやしげなほどに綿密なその計算によれば、地球の誕生は紀元前四〇〇四年、十月二十六日月曜日の午前九時とされた。一六五〇年になされたこのアッシャーによる地球の年代算定は、十九世紀はじめの英語の聖書の注記にも残っている。

バーネットの時代には、こうしたキリスト教の伝統的な想定ゆえに、地球の歴史を着想すること自体が妨げられていた。地球は誕生から六千年弱しか経っておらず、その間に目に見えるような変化はしていないと広く信じられていた。世界の様相がずっと同じなのだから、どんな風景にも考察する価値のある歴史はない。山もまた地上の万物と同じように、創世記の説くせわしい最初の一週間で出来上がった。細かくいえば、山はその三日目に、寒冷な極地や温暖な熱帯地方とともに創造された。その後は地衣類に覆われたり、いくらか風化したところもあるが、それを除けばほとんど姿は変わっていない。山はノアの大洪水でも無傷だった。

それが当時の一般的な理解だった。しかしトマス・バーネットには、当時理解されていたような聖書の創造説で世界のあり様を説明できるとはどうしても思えなかった。とりわけバーネットの頭を悩ませたのは、ノアの洪水を引き起こした水だ。聖書がはっきりと「もっとも高い山々をもおおった」と書いているほど深い洪水を引き起こした水は、いったいどこから——文字通り世界のどこから——やってきたのか、バーネットにはわからなかった。

世界をそれほどの水深の洪水で覆うためには、バーネットの計算によれば「大洋の八つ分」の水が必要だった。けれども、創世記が語る四十日間の雨はせいぜいその一つ分にしかならない。これではほとんどの山では麓にさえ水が届かない。「少なくともあと大洋七つ分の水をどこに求めればいいのか」とバーネットは問う。もし水が十分に存在しないのならば、陸地もずっと少なかったに違いない。彼はそう考えた。

そうやって生まれたのが、バーネットの「創世卵」理論だった。彼の説によれば、世界が創造された直後の地球は卵のような長球、つまりは卵型をしていた。その表面は傷ひとつなく、なめらかな曲面を乱すような山や谷は存在しなかった。しかしその完璧な表面の下には、複雑な内部構造が隠れていた。地球の「黄身」にあたる部分、つまり中心は火が充満していて、その外周は黄身を中心にした丸いロシア人形のように、少しずつ大きくなる「入れ子になったいくつもの球体」になっていた。そして「卵の白身」（バーネットは卵の比喩にこだわっている）は深い水に満たされていて、その上に地殻が浮かんでいる。それがバーネットの考える地球の構造だった。

バーネットによれば、生まれたばかりの若い地球の表面には傷ひとつなかったが、その後も無傷でいられたわけではない。長年にわたる日射によって地殻は乾燥し、徐々に割れ、砕けていく。そうやって脆くなった地殻の下で水の圧力が高まり、やがて創造主の命じるままに「運命的な大氾濫」、つまりノアの洪水が起こる。地球の内部にあった大量の水と炎がついに地殻を砕くのだ。ばらばらになった地殻は新たに口を開けた深淵に落ち込み、怒濤のように吹き上がる洪水は残っている大陸を水没させ、「遮られも堰き止められもせず、大空に逆巻く大いなる海」ができあがった。バーネットは巧みな筆致でその様を語る。地殻を構成していた物質は岩と土をかきまぜたようなものになり、やがて水が引くと後には無秩序な混沌が残った。バーネットの言葉によれば、そこには「瓦礫に覆われた世界」が残されていた。

バーネットがいわんとしたのは、彼の同時代人が知る地球の姿は「大いなる廃墟の光景」でしかなく、きわめて不完全な姿であるということだ。人間の不信心への罰として下された神の一撃によって旧世界の枠組みは「一掃」され、神は「その瓦礫から、わたしたちが今暮らしている新たな世界をつくった」のだ。そして、風景の内でももっとも混沌として、特別な存在感を発揮する存在である山々は、神が世の始まりにつくったものではまったくない。それは大洪水が引いた後に残された屑であり、巨大な水の流れに打ち寄せられた地殻の破片なのだ。つまるところ、山とは人間の罪深さの壮大な忘れ形見なのだ。

一六八四年にバーネットの著作の英語版が刊行されると、そのあとを追うようにいろいろな刊行物が続々と出版された。従来の聖書理解に従わない、現在の地球の姿は不完全だという バーネットの説は反発を誘い、『神聖な理論』には多くの反論が書かれた。やがてこの論争によってバーネットの説とそれに対する反論は知識人の共通の話題となり、擁護者も反対者も「例の理論」といえば『地球の神聖な理論』のことで、名を挙げなくても「例の論者」といえばバーネットを指すものと了解されるまでになった。スティーヴン・ジェイ・グールドは『神聖な理論』を十七世紀でもっともよく読まれた地質学書としている。

地球の自然の風景が過去にどんな姿をしていたかということについて、知的な想像力がさまざまな説を検討するのは、まさにこれが初めてのことだった。バーネットが惹き起こした論争によって、人びとの関心は山の姿に注がれた。山はもはや壁紙や、物事の背景に留まっていることはできなくなった。それ自身として考察に値する対象になったのだ。さらに重要なことに、バーネットは後世の人びとの内面で山が畏怖や興奮に結びつく遠因にもなった。たとえば詩人のサミュエル・テイラー・コールリッジはバーネットの文章に強く心を揺り動かされ、『神聖な理論』を無韻の叙事詩に書き直すことを計画していた。ジョゼフ・アディソンやエドマンド・バークが提唱した崇高の理論もバーネットの著作の影響を色濃く受けていた。バーネットは山岳の風景の壮大さを目の当たりにして、それを人びとに伝えた。そのことによって、まったく新しい山への感受性への基礎を築いたのだ。

バーネットの才気には犠牲が伴った。ケンブリッジ大学には有害な思想や伝統的な教義への反論を締め出すある種の防衛線があったが、聖書を問いに付したバーネットはその一線を越えてしまったのだ。名誉

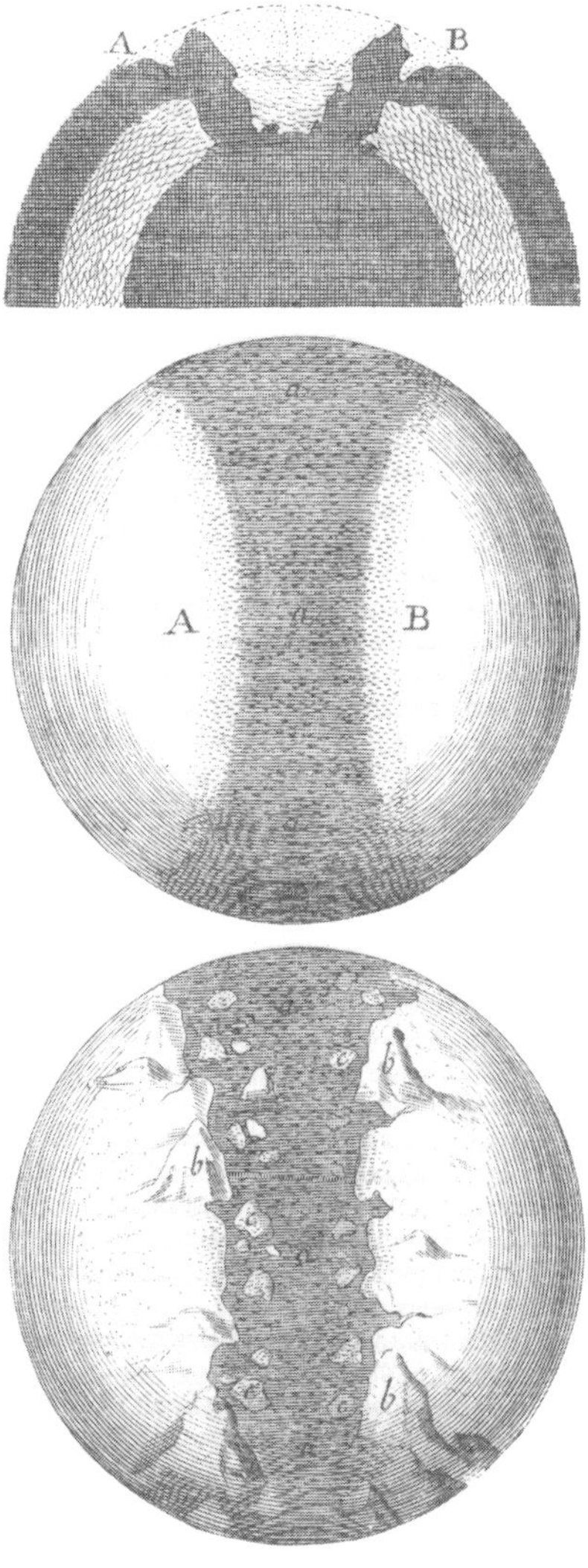

トマス・バーネット『地球の神聖な理論』第二版（1691年）より「大洪水と地表の解体」。この図版は地殻が分解して海（a）に落ち込む過程を三段階で説明している。一番下の最後の段階では山（b）と島（c）ができている。

革命の後、バーネットは大学職からの引退を強いられ、カンタベリー大主教区へ移ることとなった。しかし後世に遺ったのは、英国国教会の聖職者としての不遇の地位ではなく、彼の著述家としての重要性だ。大地の表面が常に同じであったとは限らない可能性を示唆することによって、バーネットは現在まで続く地球の歴史の探究に先鞭をつけたのだ。『神聖な理論』の序文には、「私は数千年にわたって人類の記憶から失われていた世界を蘇らせた」と誇らしげに記されている。その自負は正当なものだった。バーネットは最初の地質学的な時間旅行者だった。彼は歴史の流れを遡行する探検家として、わたしたちからもっともかけ離れた大陸、つまり手の届かない遠い過去の征服に乗り出したのだ。

❄

バーネットは目に見えている世界が常に同じだったという思い込みを問い直したものの、それがアッシャーの計算した六千年よりも古いとはいわなかった。地球の年代がはじめて大幅に拡張されるのは十八世紀の半ばを待つことになる。地球が短期間に創造されたとする、いわゆる「若い地球」説に異議を唱えた主な人物のひとりは、華々しい活躍で知られるフランスの博物学者ジョルジュ・ビュフォン（一七〇七―一七八八年）だった。ビュフォンは一七四九年から一七八八年にかけて刊行した総説的な著作『博物誌』の中で、地球の歴史を七つの時代に分けて描写し、創世記の一日間は実際にはそれぞれ長い年月の隠喩的表現であると主張した。彼は公には地球の年代を七万五千年と見積もっていたが、この数字は控え目に過ぎる

トマス・バーネット『地球の神聖な理論』第二版（1691年）の扉絵。七つの球体は時計回りに、本文で解説される地球の歴史の七段階を示している。

と考えていた（没後に発見されたメモの中には数十億年という走り書きがある）。

ビュフォンのやり方は狡猾だった。聖書に記された一日をそれぞれ際限なく引き延ばすことによって、聖書の枠組みを逸脱することなく、地質学者が本来の地球の歴史を掘り起こす時空をつくり出した。こうしたビュフォンらの仕事によって、アッシャーが算出した紀元前四〇〇四年といういささか精緻にすぎる地球の年代推定は、聖書を字義通りに読む愚直さの象徴に変わっていくことになる。[*] 地球の歴史の長さが六千年という限定から解放されたことで、より長い時間の中で起きた変化をもっと体系的に考察できるようになったからだ。この新たな「古い地球」を拠り所にして、冒涜の誘りを免れて生み出されたのが地質学だった。

十九世紀が始まるころには、地球の歴史について仮説を唱える者はゆるやかに二つの考え方に分かれるようになった。一般に天変地異説（激変説）および斉一説と呼ばれる二つの立場である。十九世紀後半の地質学者、とりわけチャールズ・ライエル（一七九七―一八七五年）などはこの二つの学派の反目を強調しがちだが、重要なのは、たしかに意見が異なるとはいえ、その対立点はそれほど明瞭ではなかったことだ。

天変地異説を支持する者は、地球の歴史は地球物理上の大規模な変革に規定されてきたと考えた。彼らは過去には地球が水や氷や炎に（場合によっては何度か）飲み込まれ、生命が滅亡の危機に瀕するような「世の終わり」があったとする。つまり地球は地下に絶滅した無数の生き物が眠るネクロポリス、墓場ということになる。海洋の流れ、世界規模の津波、強力な地震、火山、彗星の接近などによって地上の風景は揺さぶられ、変化を繰り返し、やがて現在のような破壊されつくした状態になった。天変地異説の考え方では、地球は白熱した原始の状態から冷却されたために徐々に縮み、その結果として地表が皺だらけになった、それが山地の形成であるとする説が広く支持された。乾燥したリンゴの皮に皺が寄るのと同じで、世界の山脈は地球の肌にできた皺だったというわけだ。

斉一説の論者は、こうした地球の歴史を荒っぽい激変の連続とする考えに反論した。彼らによれば、地球は世界規模の破局に見舞われたことは一度もない。地質学的な歴史においては地震、火山、高波といった現象が起こったには違いない。しかしそうした出来事はあくまで局地的な災害であり、その付近の地形を破壊したり、変えてしまったにすぎない。地球の表面が劇的な変化に曝されてきたこともたしかに事実で、山地や海岸ではその証拠がいくらでも観察できる。しかしそれは途方もなくゆっくりと進行してきた変化であり、今もなお地表で進行中の風化の力によるものなのだ、と。

十分に長い時間をかければ、自然の通常兵器、つまり雨、雪、霜、河川、海、火山、地震といったものも莫大な効果をもたらしうる、と斉一説は主張する。天変地異説が大災厄の証拠として挙げるものは、実際はゆっくりと持続する地上戦の結果ということだ。斉一説の考え方の要諦は「現在こそが過去への鍵である」ということだった。別の言葉でいえば、地球の歴史は、地表で現在進行しているプロセスを注意深く観察することから推し量ることができる。一種の〈雨垂れ石を穿つ〉の考え方である。十分な時間をか

＊ただし最近サイモン・ウィンチェスターが指摘したように、一九九一年時点の調査では、一億人に上るアメリカ人が神は過去一万年のうちに自らに似せて人類を創造したと信じている。科学的には地球の年代は約五十億年と考えられており、最初の人類はおよそ二百万年前に誕生したとされる。

ければ、川や氷河が山を真っ二つにすることもあるだろう。斉一説論者が自説に必要としたものは時間、それも莫大な時間だった。それゆえに、彼らは地球の始まりを、それまで誰も考えたことがないほどの過去へと逆行させることとなる。

初期の斉一説論者のうちもっとも著名な者は、今では近代地質学の父とされるスコットランド人のジェームズ・ハットン（一七二六―九七年）である。ハットンには、あたかも風景を逆向きに読むかのように物事のプロセスを逆転させて考える能力があった。黎明期の地質学者の例に漏れずハットンもよく歩く人物であり、何十年にもわたってスコットランドのあちこちを歩きまわり、推論と想像力を織り交ぜながら現在の状態をもたらしたプロセスを見出そうとした。スコットランドのある谷で見た灰色の花崗岩に入った石英の筋に指で触れ、ハットンはかつて二種類の岩石の間で起きた衝突について理解した。途方もない圧力の下で融解した石英が、花崗岩の母岩の弱い部分に貫入する様を見て取ったのだ。ハットンと同じ目線をもつことは、恐しいまでに深い歴史を帯びた世界に立つことを意味した。ハットンの同僚で彼を敬愛していたジョン・プレイフェアが、ハットンとともにベリック海岸の露頭を訪れた際のことを綴った手記はよく知られている。岩石のあり様の意味を語るハットンの話を聞くうちに、「時間の深遠をあまりに深く覗き込んだがために、眩暈がするような心地だった」とプレイフェアは書いている。

一七八五年から一七九九年にかけて、ハットンは三巻からなる大著『地球の理論』を執筆した。これは地形の創造についての長年の考察の精華だった。ハットンはその中で、わたしたちが現在暮らしている地球は、数知れず繰り返されてきた過程の一瞬を切り取ったスナップショットに過ぎないと主張した。山や海岸が一見したところ不変の存在に思えるのは、わたしたちの生涯の短さに由来する錯覚にすぎない。仮に未来永劫まで生きられるとすれば、わたしたちは文明の崩壊だけではなく、地球の表面が様変わりする様子を目撃することになるだろう。山は侵食されて平原になり、海の下からは新しい陸地が生まれてくる。大陸から崩れ落ちた瓦礫が海の底に堆積し、やがて地核の熱によって岩石化し、遠大な時間を経て押し上げられ、新しい大陸をつくり、新しい山脈を成す。したがって、とハットンは説く、山頂の岩から発掘される貝殻は大洪水の置き土産ではない。それは忍耐づよく、留まることを知らない地球の過程が海底から山頂まで持ち上げたものなのだ。

ハットンは地球の年代を画定しなかった。彼の考えでは、地球の歴史は過去へも未来へも無限に続いているものだった。「これまでの探究の結論としては、我々は始まりの痕跡を発見しておらず、終末の展望も得ていない」という彼の著作を締めくくる一文は、世紀を越えて反響を響かせるものとなる。こうして地球の歴史を言語に絶するほどに深いものとすることによって、地質学は人びとの想像力に決定的な影響をもたらしてゆく。

❄

こうした地質学の展開は、人びとが思い描く山の姿にどのような影響を与えただろうか。地質学者たちが、地球は途方もなく古く、今日までつづく途轍もない規模の変化を遂げてきたと明かした後では、人びとはかつてと同じように山を見ることはできなくなってしまった。恒久不変の代名詞だった山は、突如として、興奮と当惑を誘う移り気な存在になった。どう見ても永続的で変化しそうにない姿をした山は、本当のところは、遠大な時間の中で形成、変形、再造形を繰り返してきたのだ。現在の山の姿は、延々と繰り返しながら大地の姿を変えてきた侵食と隆起のサイクルの一時点に過ぎない。

地質学の視線によって不意に姿を見せた陽炎のような風景、それに引き寄せられて山へ向かう新しい世代の登山者が現れるようになる。「私がはじめてこの目で目撃したのは、常々その関係や本当の構造を理解したいと思ってきた、あれらの偉大な山々すべてが秘める骨格だった」。オラス＝ベネディクト・ド・ソシュールは、一七八〇年代にそう書いている。地質学は「科学調査のため」という、山へ旅をする理由と口実を与えた。あるイギリスのジャーナリストは一八〇一年に次のように報告している。「物珍しいものへのごく自然な興味に引かれた旅人たちが、ヨーロッパのいたる所から当地の最高峰モンブランを訪れ、その一帯の氷河を観察している。これらの場所は最近にわかに関心を集めるようになった。地質学者や鉱物学者、それにただのアマチュアが熱心に足を向けている。そして女性までもが、まったく見たことのない光景を前にして、湧き上がる喜びに長旅の疲れを忘れている」。山へ目を向けることは、今や山が秘めたものを覗き込むこと、つまりその過去の姿を想像することでもあった。イギリスの科学者ハンフリー・デイヴィーの一八〇五年の文章はそのことをよく伝えている。

地質学の探求者にとって、あらゆる山並みは地球が経験してきた大いなる変遷の記念碑だ。どこまで

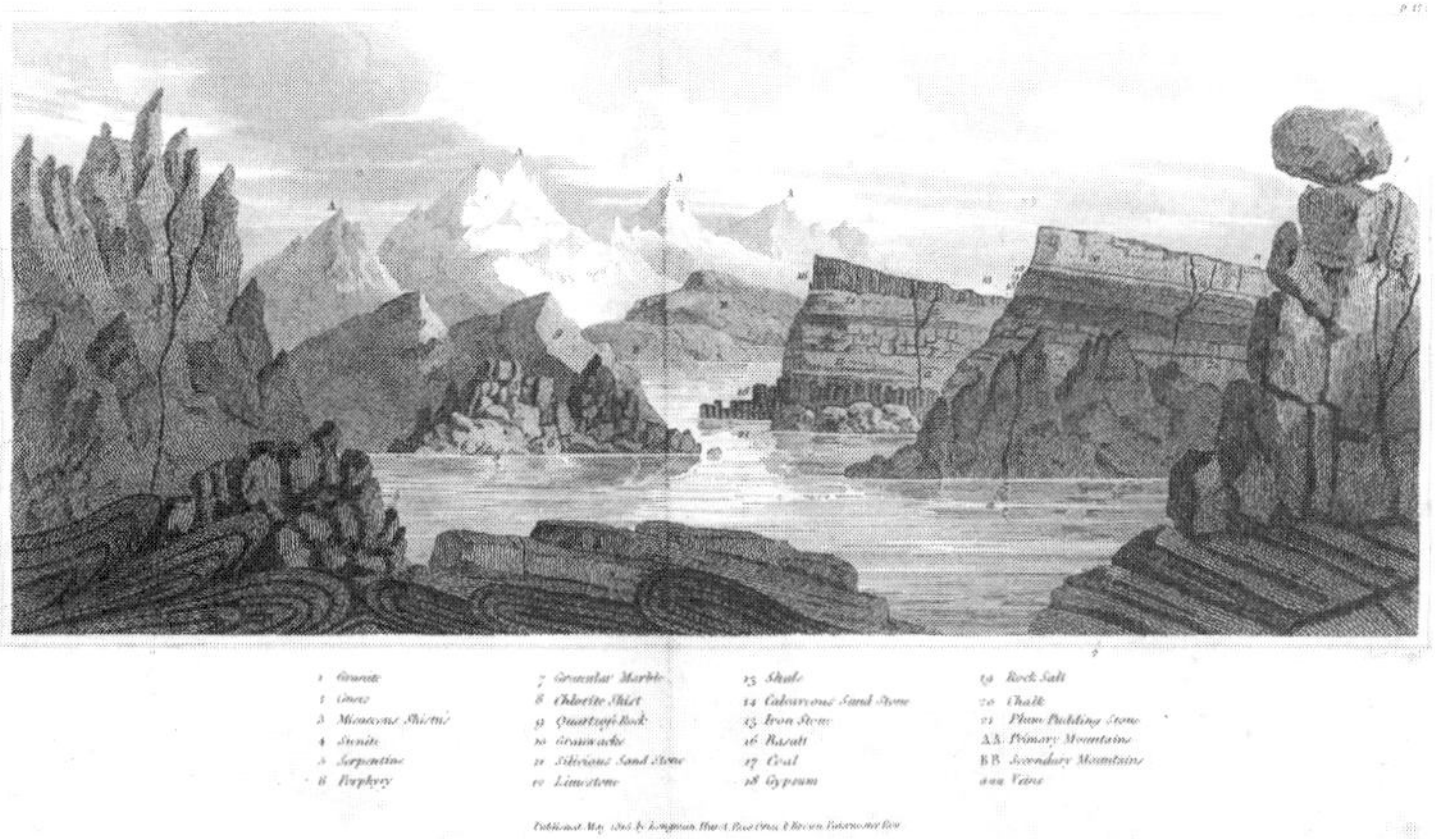

ハンフリー・デイヴィー『農業化学要綱』（1813年）の扉絵に描かれた「地層の類型」。地質学が明らかにした種々の岩石層が示されている。

も壮大な思索の扉が開かれ、現在はどこかに退き、過去の歴史の奔流が脳裏に押し寄せる。そして、一見すれば混乱にも思える、この秩序を創造した偉大な力への感嘆に心が茫然とする。

ここには、急峻な山で感じるような、よくある直接的な眩暈とは別種の眩暈があるともいえる。それは時間の深淵《ディープ・タイム》を覗くときに湧き起こる目の眩む思いだ。山へ行く経験は、その一世紀前にバーネットが示唆していた通りに、空間の中で上へ向かうだけではなく、時間の中を逆行することにもなった。

❄

ジェームズ・ハットンは地質学の父ではあったかもしれないが、その筆がとりわけ洗練されていたとはいえなかった。ハットンの『地球の理論』は、含蓄ある文章で締めくくられていたことを別にすれば、彼のお気に入りだった旧赤色砂岩と同じくらいに堅い、読みづらい文章で綴られていた。急速に発展する地質学とその驚くべき成果が本当の意味で広く行き渡り、さらに大勢の人びとを山へ誘うには、それから三十年の歳月ともう一人の著名な地質学者の登場が必要だった。バーネットやハットン以上に、十九世紀の世間に地質学の言葉や想像力を広めた立役者は、スコットランドの地質学者チャールズ・ライエルだ。

地質学者になる前に法律家として弁論の修練を積んでいたおかげで、チャールズ・ライエルの書く文章はきわめて明瞭でエレガントだった。一八三〇年から一八三三年にかけて、ライエルは三巻からなる『地質学原理——現在進行中の原因に基づいて地球表面が経た変化を説明する試み』を刊行した。これは現在の研究こそが過去への鍵であるという、斉一説の背景にある議論を細心かつ見事に陳述する著作だった。この『地質学原理』はすぐに当時の議論好きな教養人の必読書になり、各国語にも翻訳された。一八七二年までには十一版にのぼる改訂版が出版された。

ライエルの優れていた点は、何よりも細部をまとめ上げる手腕だった。後にチャールズ・ダーウィンが『自然の選択による生物種の起源』（『種の起源』、一八五九年）でやってみせたように、ライエルの本はひとつずつ着実に積み上げられる事実（この点では彼の文章のスタイルは説明する中身に似ているともいえる）

に分かりやすいエピソードが組み合わされ、説得力があった。ライエルが概説する内容が万人向けであることもこの本の魅力だった。地球の歴史を解明するためには特別な道具や長年の訓練は必要ない。ただ鋭い観察眼と斉一説の基本的な知識、そして身を乗り出して「時間の深淵」をのぞき込む好奇心と勇気さえあればいい。それだけの基本的な資質さえ備えていれば、誰でもこの世でもっとも刺激的なショー、つまり地球の過去を目撃することができるのだ。

こうした新しい山への感受性のあらわれを確認するために、時は一八三四年、バルパライソという町へ目を向けることにしよう。チリの太平洋岸に危なかしく取りついたような町だ。町の名は「楽園の谷」を意味するが、これ以上に不似合いな名前はなかなか見つかりそうにない。まずこの町は谷ではなく、太平洋の波打ち際と町の背後に立ち上がる赤い岩山の間の、かろうじて平らといえる土地に位置している。さらに、ここは楽園のような場所ではまったくない。大地は沖に向かって絶え間なく吹く風に削られ、起伏が激しく、土壌は塩分を含む。まともに草木が育つ土地ではない。人間のほかにめぼしい生き物の姿はほとんどない。人びとは渓谷や川筋に、赤い屋根瓦の白っぽい低層の住宅をぎっしりと建てて住んでいる。海岸沿いには、沖合に停泊する大型船の役務を担う小舟が列をなして波に揺られている。一見意外に思えるが、バルパライソはチリの主要な港なのだ。そして頭上にはすっきりと乾燥した夏の沿岸地方の空がひろがる。

チャールズ・ダーウィンは一八三四年八月十四日、馬に跨がり、バルパライソからアンデスの後背地への長い遠征に出発した。湾の沖合には十門の砲を備えた二本マストのブリッグ船、ビーグル号が停泊している。ダーウィンは科学調査の担当者としてこの船に乗っていた。ダーウィンはケンブリッジ大学で学ぶうちに地質学に関心をもつようになり、一八三一年十二月の嵐の晩にデヴォンポートを出港したときには、荷物に南米への長旅の読みものとしてライエルの『地質学原理』の第一巻を詰め込んでいた。そしてカーボベルデ諸島に寄港した際にライエルの理論を実地に検証し、ビーグル号からパタゴニアの平地が見えるころには、彼のイマジネーションは目にする地形をライエル流に解釈できるほどに、つまり現在の姿から遠い過去を推測できるほどに鍛えられていた。ダーウィンは後に、「つねづね私の本の半分はライエルの頭脳から出てきたようなものだと感じている」と友人のレナード・ホーナーへの手紙で打ち明けている。「『地質学原理』は読む者の心の態勢をすっかり変えてしまう。だからライエルが目にしたことのないものを見るときでも、いくらかは彼の目を通して見ていたことになる。それがこの本の偉大なところだといつも思う」。

バルパライソを出発したダーウィンは、まず一日かけて海岸沿いを北に向かい、ぜひ訪れるべきだと教えられていた化石化した貝殻の地層を目指す。石灰化した貝類が堆《うずたか》い土手となって延々と連なっている、驚くべき光景だ。ダーウィンは、これは地殻の運動によって海面から数メートル上の現在の位置まで少しずつ押し上げられたものだと正確に推論する。その貝殻を観察し、地元民が焼いて石灰にするために貝殻を手押し車に積み上げている様子を見てから、ダーウィンは馬を内陸へ向け、広大で肥沃なキヨタの谷を駆け上がってゆく（「バルパライソを楽園の谷と名付けた者はキヨタが念頭にあったのではないか」と日誌に書いている）。この谷には密生したオリーブ林が続き、谷の住人がオレンジや桃やイチジクを植えている小さな矩形の果樹園もある。高台の斜面には豊かな小麦畑が陽光を受けて輝き、そのさらに上にはベル山が聳えている。眺望のよさで知られる一、九〇〇メートルの頂だ。ダーウィンはこの山に登りに来たのだった。

麓の農園で一泊した後、ダーウィンはガウチョの案内人を雇い、元気な馬を調達して登り始めたが、太い椰子と背の高い竹に覆われた斜面を抜けるのは容易ではなかった。道は悪く、二人は日が落ちるころになっても山頂までの四分の三ほどしか登れていなかった。彼らは湧き水の近くで野営することにした。竹の茂みの陰でガウチョが火を起こし、牛の肉を焼き、湯を沸かしてマテ茶を淹れる。夜の闇の中で焚き火の炎が揺れ、竹の茂みにその光が躍る。ダーウィンには一瞬、揺れる炎に照らされた竹が異国の大聖堂のように見える。晴れていて月が煌々と明るく、空気は澄み切っていて、ダーウィンには四十キロ先のバルパライソ沖に停泊する船のマストの一本一本が黒い縞模様のように見分けられる。

翌朝早く、ダーウィンは閃緑岩の岩塊をよじ登ってベル山の平らな山頂に立つ。そこからは白い塔や城壁のようなアンデス山脈が望める。目を下にやると、低山の山腹に傷痕のように刻まれたチリの金鉱採掘の痕跡が見える。ダーウィンはその眺望に驚嘆する。

われわれは一日を頂上ですごした。その日以上に喜びに満たされた日もなかった。……それ自体でも十分に美しい風景の喜びは、雄大な山並を見るだけで浮かんでくる様々な思いによってさらに高まった。……このような山脈を天へ押しあげた自然の力のすごさ、さらにまたこれらの山全体を壊し、取り除き、平らにならしおえるまでに要した途方もない時間、それに感嘆せずにいられる者があるだろうか。このときは、パタゴニアの膨大な小石と堆積岩とからなる地層を思い起こした。もしもこの地層がコルディエラ〔アンデス山脈〕の上に積もったら、大山脈の高さはさらに何千フィート上がっただろうか。パタゴニアにいたときわたしは、ほかにどんな山脈がこれほどすごい堆積を生みだし、しかも消滅してしまわないように嵩を維持できるものだろうか、と思いを巡らせたものだった。われわれはいまその驚きを失ってはならない。万能の時という力をもってすれば山々を――あの巨大なコルディエラさえも――小砂利や泥にまで摺りつぶしてしまえることを疑ってはいけない。

山の天辺から注がれるダーウィンの視線は空間をさまようだけではなく、時間の中へも漂い出している。実際のところ、そこに現れる想像の光景に比べれば、目の前の現実の光景を目撃する喜びなど二の次だった。ここにはかつて雪を頂いた峰々が、地質学上の「驚くべき力」によって今や失われてしまった山々が連なっていたはずなのだ。つまりダーウィンが本当に見ているのは心の中に延々と連なっている山並みだった。そのかつてない見事な姿を、ライエルの学説はダーウィンに見せたのだ。

ダーウィンの日誌には、こうした出来事がそこかしこに書き残されている。『ビーグル号航海記』として出版された遠征の記録に多くの人びとが胸を躍らせたのは（この本は当時ベストセラーになった）、彼らがダーウィンに寄り添って嵐に見舞われたティエラ・デル・フエゴの岬や白銀に輝くパタゴニアの砂漠を旅するだけではなく、新たに見出された地質学的な時間の広がりを縦横に旅したからだった。ビーグル号こそは世界で最初に時間を旅した船のひとつだった。『スタートレック』シリーズに登場するエンタープライズ号の先駆けだ。この船には、人並みはずれたダーウィンの想像力とライエルの洞察力に駆動されるワープ航法が備わっている。

❄

自然の中で過ごしたことがある者は、きっと誰でも、ジョン・プレイフェアがベリックで、ダーウィンがチリで感じたような時間の深まりを覚えたことがあるはずだ。ある年の三月の初めに、スコットランドのネシー渓谷に沿って歩いたことがある。ケアンゴーム山塊の背後を回り込むように伸びる長大な谷だ。このあたりの谷に共通する特徴として、その断面は扁平なU字型をしている。この形状はおよそ八千年前までスコットランド高地を覆っていた氷河に由来する。ウェールズ、北イングランド、北米の大部分、そしてヨーロッパのかなりの部分も同じように氷河に覆われていた。氷河はゆっくりと流れながら大地を削り、彫り込み、形を変えていった。

その日、谷を歩いていると、谷の両側の三分の二ほどの高さに氷河が到達した痕跡があることに気がついた。岩がそこまで運ばれてきて、波打ち際に打ち上げられた漂着物のように不揃いな線をなして並んでいる。谷の側面には縦に伸びる沢筋も細かく刻まれている。こうした小さな谷筋は、谷から氷河が消えた後に途方もない年月をかけて花崗岩の岩盤に掘り込まれたものだ。雷文を描いて止むことなく断崖を流れ下る雨水が岩を穿っていった。やがて水の道ができると雨水は深さを加えていく。小さな岩のかけらを押し流し、そのかけらがさらに別の岩を削り、やがて溝になり、水路になり、小さな谷になる。

そうした小さな谷筋の一本を辿って谷の東の斜面をよじ登り、漂着物の高さまでやってきた。融けかけた雪のまじるヘザーの茂みは滑りやすく、たびたび手を地面について体を支えた。岩が並んでいるところへ近づくとライチョウが驚いて飛び上がり、鋭い羽音を響かせながら白い空にシルエットになって飛び去っていった。

岩までたどりつくころには両手がすっかり冷えていた。ごしごしと手を擦り合わせてから、岩から岩へ伝うように、浴槽に満ちた湯水のように谷間を埋めつくす一面の氷を思い描きながら谷頭の方へ歩きはじめる。岩ひとつひとつを取り巻くように黒い地面が見えていた。日中に温められた岩の熱が少しずつ流れ出して周りの雪を融かしている。歩くうちに勾配が急になり、その先はふたたび谷底へ下りなければならなかった。そのうちに、広さにして十平方メートルほど岩が露出していたところへ通りかかった。わたしは岩の上に上がり、しゃがみ込んで観察した。岩には水平方向に刻まれた細かい畝があった。谷をつくった氷河が、巨大な腹を擦りつけるようにしてこの岩を削っていった証だった。

岩の上から見上げると、最近雪が降ったためか、谷を越えた先に見える山々はわずかに積もった雪に覆われて灰色になり、やわらかな輪郭をしていた。さらに遠くの山々の巨体は、白んだ冬の空気と溶け合ってほとんど見えなかった。かすかな暗い線がその輪郭をなぞっているだけだ。それは木炭の素描を思わせた。あるいは中国の水墨画の簡潔な線。

二時間後にたどり着いた谷頭は、東西の守りを固めるように谷の西側にスタック・アン・イオーラ（鷲の岩）、東側にバイナック・モアとバイナック・ベッグの丘がある。北の森を見ると一面の白の中に褐色のものが見えた。アカシカの群れだった。一キロ弱くらい先だろうか、シカたちはヘザーや雪の深みで膝を高く上げるようにしながら、丘の中腹を小走りに駆けてゆく。わたしはその場で何分間かその移動を眺めていた。風景の中で動くものはそれだけだった。そして不意に時間に飲み込まれる心地がした。二万年前の上部更新世には、シカが駆けているヘザーに覆われた花崗岩は莫大な量の氷の下だったはずだ。六千万年前のスコットランドはグリーンランドと北米の陸塊から引き千切られるところで、大地には玄武岩質の溶岩が洪水のように流れていた。一億七千万年前のスコットランドは北回帰線を横切ろうとしていて、今わたしが立っている場所は乾燥した赤茶けた砂漠に覆われていただろう。およそ四億年前のスコットランドにはヒマラヤの規模に匹敵する山脈があったはずだ。今あるのは、侵食のすえに残されたその切れ端だけだ。

　わずかでも地質学を知っていると、風景は特別なスペクタクルとなって見えてくる。時間を遡った先の世界では岩は液体になり、海は石に変わる。花崗岩がお粥のようにとろとろと流れ、玄武岩がシチューのように沸騰し、石灰岩は毛布のようにやわらかく折り畳まれる。この地質学的スペクタクルの中で、〈堅い大地〉《テラ・フィルマ》は〈動く大地〉《テラ・モビリス》となり、わたしたちは、いったい何が堅固で何がそうでないのか、その確信を揺さぶられる。わたしたちが岩石に託してきたのは、時間が奪うものに抗い、むしろ時間を留める大いなる力だった（ケルン、石板、記念碑、彫像といったもの）。そのことが正しいのは、わたしたち自身の移ろいやすさとの関係においてのみだ。より大きな地質学見地からすれば、岩もまた、ほかの物質と同じように変わりやすい、はかない存在なのだ。

何よりも、地質学はわたしたちの時間の認識にはっきりとした異議を突きつける。〈今ここ〉の感覚を惑わせ、作家ジョン・マカフィーが「深い時間《ディープ・タイム》」という印象的な名で呼んだものを想像させる。つまり秒、分、時間、日の単位ではなく、百万年、一千万年の単位で流れる時間を経験するような気にさせる。それは人間をひとたまりもなく圧倒して、薄っぺらい存在にまで押し潰してしまう。広大無辺な深い時間を思うとき、人は言葉にできない感動と恐怖のうちに、今ここにある自らの存在が崩れ去り、見通すこともできない遠大な過去と未来に押し潰され、無に帰してしまうことを直視させられる。それは単に知性の感じる畏怖ではなく、生々しい恐怖でもある。なぜなら、山をつくる堅い岩さえも時間の流れに抗えないと知ることは、必然的に、人間の肉体がぞっとするほどはかないものだと知ることでもあるからだ。

それでも、深い時間に思いを巡らせるときには不思議と心が躍る。たしかに、わたしたちは自分が宇宙の遠大な過程の中のほんの一瞬に過ぎないことを知る。しかしそのことは同時に、わたしたちに自分の存在を再確認させてくれる。一見ありそうもないことだが、あなたはたしかに存在するのだ、と。

❄

チャールズ・ライエルの『地質学原理』や、その成功にあやかろうと続けて出版された多くの一般向け地質学書は、地球の過去という隠れたドラマに十九世紀の人びとの目を開かせた。人びとの想像力は途方もなくゆっくりしたものへの感受性に目覚め、時代を越えて少しずつ進む変化に応えるようになる。地質学の議論の地殻変動の中でどのような立場を取ろうとも、あるいは十九世紀の科学が諸々の細かな混乱や論争に動揺するときにも、地球の年代という言語に絶する古さへの人びとの驚嘆、そして怖れは揺らぐことがなかった。わずか半世紀にも満たないうちに、地質学は世界の奥行きを何十億年というスケールで逆向きに押し広げてしまった。

顕微鏡と望遠鏡が発明され、目に見える世界が急激に拡大した十七世紀と十八世紀は空間の拡張の時代だったといえる。突如として世界が広がることの衝撃が刻まれたこの時代のイメージを想起してみよう。それはたとえば一六七四年に、オランダでレンズ磨きをしていたアントニ・ファン・レーウェンフックが自分が発明した素朴な顕微鏡で一滴の池の水をのぞき込み、そこに満ちみちる微生物に目を見張る姿だ（「こうした微小な生きものの多くが水中をとても素早く移動し、上や下に動いたり、ぐるぐる回ったりする様子は見事なものです……」）。あるいは一六〇九年に手製の望遠鏡で空を見上げ、人類で初めて月の「高い山」や「深い谷」を見出しているガリレオの姿。そして人間が二つの深淵の間に、つまり「そのなかの無数の宇宙のそれぞれに天球、遊星、そして地球とを備えた」目に見えない微小の世界と、あまりに巨大で目では捉えることができず、それ自身も「数限りない宇宙」を包み込んで夜空に限りなく広がっているこの大宇宙という、二つの見えない世界の間にあぶなかしく存在していることを知り、驚異と恐怖に襲われているブレーズ・パスカルの姿。

THE ROCKS AND ANTEDILUVIAN ANIMALS.

「岩石と太古の生物」。Ebenezer Brewer, *Theology in Science*(1860)の扉絵。

一方、十九世紀は時間の拡張の時代だ。それまでの二世紀は、いってみれば宇宙と微小なミクロコスモスにまたがる「世界の複数性」を明らかにした。十九世紀に地質学が発見したのは、地球には、かつて存在し、今は失われた数多くの「過去の世界」があることだった。こうした過去の世界の住人には、月並な古代への関心を超える興奮を誘うものも含まれていた。マンモス、その他の哺乳類、「海竜」、一八四二年に古生物学者リチャード・オーウェンが命名した「恐竜」（文字通りに「恐しく巨大なトカゲ」）といった、かつて地上に暮らしていたさまざまな怪物じみた生き物たちだ。化石化した骨や歯が地中から掘り出されることは昔からあったが、そこに遠い過去に絶滅した生物の遺物が含まれることが知られるようになるのは、ようやく十九世紀の初めのことだった。

こうした理解にもっとも貢献したのはフランスの

博物学者ジョルジュ・キュヴィエ（一七六九―一八三二年）だった。キュヴィエは「絶滅」という物議を醸す現象を提唱し、そのことによって、恐竜を化石になった動物として理解する考え方をつくり上げた。キュヴィエが例証に用いたのはマンモスだ。彼は化石化したマンモスの骨格を現生するアフリカゾウやインドゾウと比較し、化石の骨格が異なる種であることを立証した。一八〇四年にはフランス学士院の講演で、地上から消えてしまった毛むくじゃらの巨大なゾウがかつてフランスにも棲息し、今では綺麗に整えられているヴェルサイユの庭園の場所にも群れをなして地響きをさせながら闊歩していたであろうと述べて、聴衆の目を丸くさせた。体軀も堂々としていたキュヴィエは、やがて自然と「マンモス氏」とあだ名されるようになった。

キュヴィエは当時の有名人になった。その理由には彼の人並み外れた頭脳もあったが（所蔵する一万九千冊の本の内容を記憶しているという評判だった）、なによりも解剖学者としての能力によるものだった。ジェームズ・ハットンが岩石の成り立ちを見通す類い稀な能力をもっていた一方で、キュヴィエには、化石になった骨からヨーロッパに棲息していた巨大生物を再構築する力があり、かつて大地を闊歩していた動物たちの姿を想像によって再現することができた。彼は巨大な骨を針金でつなぎ合わせ、島のように骨を並べてセメントで固定し、絵師の助けを借りながら恐竜の姿を初めて描き出した。多くの者の目には、キュヴィエがやっていることは剝製作りというより奇術のように見えた。というのは、そこには生き物だけではなくその時代が丸ごと再現されるからだ。「キュヴィエこそが我々の時代の最高の詩人ではないか」、後にバルザックは高揚を隠さずにそう書き残している。「我らが不朽の博物学者は白骨から世界を再現してみせた。彼は一片の石膏を手に取り、「見よ！」と叫ぶのだ。するとたちまち石は動物に変わり、死者が息を吹き返し、眼前に別世界が幕を開ける」。

人びとが「太古の地球」と呼ぶようになったものへの熱狂に刺激されて、十九世紀初頭のヨーロッパでは化石探しと古生物学が流行した。この時代にはほとんど毎日のように新しい絶滅生物が発見された。地質学者の一角に、化石ハンターと呼ばれる人びとが誕生した。化石ハンターはナップサックを背に、ハンマーと刷毛をもって露頭を目指した。彼らは海岸（たとえばドーセット地方のライム・リージスには豊かなジュラ紀頁岩層があり、著名な化石ハンターのメアリー・アニングがイクチオサウルスとプレシオサウルスを発見した）、河原、石切場、峡谷、そして、もちろん山へも向かった。体力に自信のある化石ハンターは断崖をよじ登り、岩肌の凹凸を乗り越え、一歩ごとに遠大な時間を飛び越えてゆく感慨を文章に書き残した。

多くの化石層は収集家によって根こそぎにされてしまった。多くの生物種を絶滅させてしまったヴィクトリア朝時代の悪癖は、遠い昔に姿を消した生き物に対しても発揮されたわけだ。金のある愛好家は部屋いっぱいにコレクションを並べたり、細かな化石を納めるための「化石箱」をこしらえたりした。化石箱は腰ほどの高さの戸棚で、ガラスの蓋つきの引き出しをたくさん備え、引き出しは何十という細かい枡に仕切られていた。それぞれの枡に、丁寧にラベルを付けた化石を納めるのだ。たとえばサメの歯や、頁岩の破片に残る押し花のようなシダの葉の化石といったもの。こうした小綺麗な墓場のような戸棚が多くの富裕な家庭にあり、人びとはガラス越しにさまざまな過去の世界の遺物を眺め、自らのはかなさについて考えたり、言語を絶する地球の年代に思いを馳せたりした。

わたしたちの関心からすると、こうした化石への熱狂が重要な意味をもつ理由は二つある。まず、十九世紀の人びとが抱く地球の年代への好奇心がさらに強くなったこと。チャールズ・ライエルは、化石は「生きた言葉で記された……古代の自然の記念物である」と『地質学原理』で如才なく述べていた。そして古生物学は地質学と同じように、風景を歴史の書物として読むこと、つまり風景が語りかける過去を読み取る方法を人びとに教えた。実際のところ、十九世紀前半のポピュラー・サイエンスといえばまずは地質学で、一八六一年には女王も御用達の鉱物学者を抱えていたほどだった。地学ツーリズムも盛んになり、一八六〇年代に地学ツアーに行こうと思えば岩石の講義つきのさまざまなコースを選ぶことができた。個人ガイドがお好みであれば、たとえばロンドンのグリーン・ストリート在住のウィリアム・タール教授が「ヨーロッパの山中で見つかる、あらゆる結晶や火山岩を同定する知識を得られる個人レクチャー」を旅行客に提供していた（と彼が出した広告には謳われている）。

これにも関連しているが、化石熱が重要である第二の理由は、無数の人びとを戸外に向かわせ、岩や崖に直接触れるように促したことだ。西洋の地質学の礎が築かれたのはまさしく山の中であり、山登りはいつでも地質学と共にあった。オラス＝ベネディクト・ド・ソシュールやスコットランド人ジェームズ・デヴィッド・フォーブズをはじめとして、初期の地質学者の多くは登山のパイオニアでもあった。[*] 四巻から

＊二十世紀になっても地質学は登山の原動力でありつづけた。三度にわたる最初のエヴェレスト遠征（一九二一年、一九二二年、一九二四年）では、遠征資金の一部はエヴェレスト地方の地質および植物の知見を持ち帰る科学調査を目的として拠出された。

なるソシュールの『アルプス旅行記』は地質学の草分けであると同時に、野の自然への旅を綴った旅行記の先駆けでもあった。一八〇七年にロンドン地質学会が創設されたとき、自分たちの科学が当時の宗教界を逆撫でることをよくわかっていた会員たちは、守旧派にも伝統の破壊者にも見なされないように努め、やがて自分たちを「ハンマーをもった騎士」になぞらえるようになった。叡智を求めて原野に出撃する、騎士的な科学の徒というわけだ。ロバート・ベイクウェルは『地質学入門』（一八一三年）の中で、「地質学の学習に加えて勧めたいことは、これを入り口にして山岳地帯を探訪することです」と述べていた。そしてその証拠立てをするかのように、『地質学入門』初版の扉絵には、カデル・イドリス山の頂で、満足そうに岩柱の脇に腰を下ろす著者の姿が描かれている。

つまり十九世紀初頭の人びとにとって、地質学は単に古い骨や石をいじくり回すことではなく、健全な戸外生活とロマンチックな精神性の双方につながるものだった。さらには、地質学はある種の降霊術のようにも受け止められてもいた。あるハンマーをもった騎士の言葉を借りれば、それは「作り話よりも奇異なものごと」との遭遇によって、過去への摩訶不思議な旅を可能にするものだった。一八二〇年代以降は、古典地質学の初歩的な知識がヨーロッパとアメリカで広く普及し、山を地球のアーカイヴを閲覧する場所と見なす人びとがさらに増え、やがて山は「大いなる石の書物」と呼ばれるようになってゆく。

＊

少年のころに石の本を二冊持っていた。一冊は『岩石・結晶ガイド』という薄いペーパーバックで、何百という種類の石の写真と解説が載っていた。赤蛇紋岩、緑蛇紋岩、孔雀石、玄武岩、蛍石、黒曜石、煙水晶、紫水晶。そんな印象的な名前を、すっかり覚えてしまうまで口の中で転がしていたものだった。スコットランドの海岸では何時間も地面を見つめて歩いた。沖合を通る客船が落としていった片方だけのビーチサンダルとか、蛍光色の釣りの浮きとか、ゴムのように固くなったクラゲの死骸とかいった、波打ち際で偶然に見つかる漂着物も嬉しい発見ではあったけれど、わたしの目当ては浜を埋めつくしている小石だった。ガイド本を手に、石ころのポプリのような浜辺をざくざくと音を立てて歩きまわり、次から次に石を拾い上げてキャンバス地の肩かけ鞄に入れていった。鞄の中では集めた石がぶつかってコロコロ、キュッキュッと音を立てていた。石を拾って持ち帰ってもいいんだ、ということが信じられなくて、世界一素敵なお菓子屋さんで放し飼いにされたような心持ちだった。それを引きずるようにして家に持ち帰り、窓辺のプランターに石を並べて、水をかけてはそのすべすべした光沢を眺めていた。

石のさまざまな色や、その手触りが大好きだった。スモーキー・グレーの地の色に、輪っかのような鮮やかな青や赤の線が走る、円盤投げの円盤のように手のひらにぴったりと収まる大きな平たい石があった。途方もなく長いあいだ海に揺られて、すっかりすべすべの卵形になった重い花崗岩があった。石というより宝石のような燧石《すいせき》は、濃い色の蜜蠟のような透明感があり、視線を吸い込むホログラムのような深みがあった。ただし、地質学についていろいろと読むうちにわたしの心を本格的に魅了したのは、石の一つひとつにそれぞれの物語があるという気づきだった。そこには、遠い過去に向かって途切れることなくつづく石のバイオグラフィがあるのだ。自分の人生がそんな途方もなく古い物体の一つひとつと交差していること、それを浜辺からもってきて窓辺に並べたのがほかでもない自分だということが、どこか誇らしく思えた。二つの石を手にとって、握った石でもうひとつの石を割ってみることもあった。石にはひびが入り、オレンジ色の火花が散り、石の煙が舞った。地球の力が何十億年かけてもなし得なかったことを自分がやってのける、わたしはそのことに束の間のよろこびを感じた。

鉱物の宝探しをしながらスコットランドの山に登り、ケアンゴームの長い渓谷を歩いた。山でのいちばんのお目当ては、川の流れで丸く磨かれた紅石英《ローズクオーツ》だった。肌理の細かな白っぽいピンク色をしていて、脈打つようなやわらかな輝きを放つ美しい石だ。スコティッシュ・グラナイト〔花崗岩〕もお気に入りだった。こちらは肉のようなピンク色の長石と脂身のような水晶の薄片が混じりあい、地質がつくり出したパテ料理のように見える。さらに幅広く地学の本を読むようになると、スコットランドの風景の文法、つまりそれぞれの部分が互いにどう関係しているのか、あるいは風景の語源、つまりどうやって現在の状態に至ったのか、そんなことがだんだんと分かるようになってきた。わたしはそんな風景の書法《カリグラフィ》を味わった。大文字のような谷と山、精妙な曲線で刻まれた川や水の流れ。そして、見事な飾り文字のひげ飾りのような尾根や谷底。

家族で山に登ると、父はかならず山頂や山道で石をひとつ選び、オレンジ色のキャンバス地のリュックサックに入れて麓まで持ち帰った。父はそんな石を何十個か集めて石の庭をつくっていた。そこにあったでこぼこした片麻岩の小山や、枕のような黒い玄武岩や、一メートル近い長さの、銀鮭の皮のように眩しく光る銀雲母の板が目に浮かぶ。小さな水晶のかけらが大量に含まれた黒っぽい火成岩の塊もあった。中でもわたしがいちばん素晴らしいと思っていたのは丸い黄白水晶で、とろみのあるクリームのような、なめらかでやさしい触り心地だった。

　子どものころに持っていたもう一冊の地学の本は、地元への愛にあふれた『少年のための化石ガイド』だった。スコットランドの海岸の家で過ごした夏はこの本がずっと傍らにあった。風化した地層が露《あらわ》になっている崖の上で、七歳の弟と九歳のわたしはベレムナイト〔ジュラ紀〜白亜紀に栄えた軟体動物の殻の化石〕を集めた。ベレムナイトは弾丸のように固く尖っていた。今思えば望みは薄いとわかるのだが、三葉虫を求めて海岸の地層を探索もした。海岸の崖からナイフで石の塊を掘り出しては、ハンマーで砕いて探すのだ。小さな黒い毛ばりと釣竿を手に海に近い山に登り、山間の池で鱒を釣ることもあった。広げた手のひらほどの小さな黒っぽい魚も、どこまでも大きくなっていた当時の想像力のせいで、少なくとも十億年くらいはそこにいたように見えたものだった。まるで鱒ではなくシーラカンスのように。しかしベレムナイトを除けば、その年には大した化石は見つけられなかった。アンモナイトもなし、イクチオサウルスもなし。もちろん始祖鳥もなければ、古代の巨大な鮫もない。もちろん、収穫はなくても夢想はやまなかった。やわらかな白亜層の地層からプレシオサウルスの頭骨を掘り出すとか、シベリアの永久凍土の上で何かにつまずいて足元を見ると、それは牙の先で、氷の中のマンモスが臆病そうな眼でこちらを見返しているとか、そんなことに思いを巡らせていた。

　スコットランドでの休暇から二年後の夏、わたしの家族はアメリカの砂漠地方の国立公園をめぐる旅に出た。ユタ州ではザイオン国立公園の岩壁と、アーチーズ国立公園の岩のアーチ、それからブライスキャニオン国立公園の風雨に削られたピンク色の土柱群を見た。最後のものはバロック風のミサイルのようなものが谷間を上から下まで埋め尽くしていた。たしかザイオンの近くで、道路脇のガソリンスタンドに寄り、アメリカで借りた大きな車の給油をした。砂利敷きの給油場の端に野球帽をかぶった男がいた。食堂にあるような椅子に座っていて、男の前には台に据えた電動ノコギリがあり、その左には、果物売り場のオレンジみたいにピラミッド型に積まれた、荒削りの丸っこい石の山があった。わたしたちはその男の方に歩いて行き、父が男と話をした。父はわたしの方を振り向いて「ひとつ選んでごらん」と言った。男は立ち上がって、石の山をあれこれ探すわたしを眺めていた。まさか竜の卵ではないよな、とわたしは思っていた。手に乗せてみると、思ったよりも軽く感じた。わたしは小声で軽いよ、と母に囁いた。「それはいいことだぞ」と男は言い、わたしから石を受け取って椅子に戻り、両脚でノコギリの刃を挟むように座り直した。「軽いのは中に空洞があるからだ。これにしよう」。

男はノコギリのスイッチを入れた。銀色の刃が回りはじめ、一瞬逆向きに回っているように見えた後、静止したなめらかな刃のように見えるまで速度を上げた。ノコギリのエンジンがリズミカルに煙を吐き、青っぽい煙がガソリンスタンドの給油場に広がった。騒音の中で、父はわたしに「見ていてごらん」というふうに口を動かした。ノコギリがこの人の膝に倒れてきたらどうなっちゃうんだろう、と思っていた。男はノコギリのハンドルを握り、万力に固定された卵のようなわたしの石の方へ刃をゆっくり下ろしていった。ノコギリの刃が甲高い音を立てながら石をすっかり切断するのに一分くらいかかった。終わると男はエンジンを切り、ノコギリを石から離した。石は万力から下に敷かれた布に落ち、半分に切ったリンゴのように二つに割れた。男は黄色いタオルで二つの半身をふいてわたしの方へ差し出した。「ついてたな」とおだやかな口調で言った。「いいのを選んだ。これは晶洞石《ジオード》だよ。君みたいにラッキーなのは珍しい」。わたしは半身の石を左右の手に乗せてよく見た。どちら側の半分にも洞穴のような空洞があり、洞穴の壁には無数の青い結晶がぎざぎざと並んでいた。給油場から出発する車の中で、はね上がった砂利が車体に当たる音を聞きながら、わたしは二つの半身をくっつけて丸い石にしたり、もう一度離したりしていた。何度繰り返しても、そこには目を見張る光景が現れるのだ。

❄

だいたい一八一〇年から一八七〇年にかけて、深い時間《ディープ・タイム》には尺度が刻まれ、名前がつけられた。あの気象通報かお経のような、淡々として印象的な響きの名前は、やがて地質学の教科書を開く者にはお馴染みのものになる。先カンブリア時代、カンブリア紀、オルドビス紀、シルル紀、デボン紀、石炭紀、ペルム紀、三畳紀、ジュラ紀、白亜紀、第三紀、第四紀……。言葉のもつ、物事をひとまとめに圧縮する力が地質学的な過去にも作用する。その力は当の言葉が説明している大地の力よりもむしろ強大で、何億年という年月をやすやすとわずかな文字に収めてしまう。科学の諸分野の中では遅まきに発展した地質学は、十九世紀を通じて、どんどん過去へと展開してゆく時間の軸に急ぐように名前をつけ、分類していった。一般向けの地質学書が増え、大衆はますます、山や海、盆地や平野をつくりだす上昇運動と侵食の繰り返しの理解を深めていった。詩心のある地質学者は、それを「地球の交響楽」と呼ぶようになっていた。ヨーロッパでもアメリカでも、学術誌には地質学の成果や発見について夥しい数の論文が掲載された。誰もが、地球の過去の秘密を親しく知るようになった。「風と雨が、私たちの時代のための図解を書き残したのです」と、チャールズ・ディケンズは一八五一年に自らが発行する『家庭の言葉』誌に書いている。「私たちはそれを繙いて、遠い昔にどのように雨が降り、潮が満ち干し、絶滅して久しい偉大な動物たちが峨々たる断崖を闊歩していたのかを学ぶでしょう。自然は、どんなことでも知れば知るほどにますます深い興味を私たちに抱かせるのです」。

十九世紀の想像力は、地質学が発見した巨大な時間のひろがりだけではなく、地球物理学的な力、つまり砂岩をパン生地のようにこね、樹木をきらきら光る石炭のかけらになるまで圧縮し、海の生物を押し固めて大理石にしてしまう、そんな途方もない力が働いているという考え方にも大いに刺激された。十九世紀の集合的な感受性には、ロマン主義の置き土産である過剰を賛美する心性があった。地質学をとりまく熱狂は、ある意味で、前世紀から受け継がれたこの壮大なもの、莫大なものを求める心のあらわれということもできる。

ジョン・ラスキンは十九世紀半ばのイギリスで地質学の文献を読み漁り、彼自身もまた傑出した文章によって、ゆっくりと進行する山岳風景のドラマを表現するようになる。一八五六年にラスキンの『山の美について』が刊行されたことは、一八三〇年のライエルの『地質学原理』と同じくヨーロッパの風景史にける画期的な出来事だった。「山岳はあらゆる自然景観の始まりであり、終わりである」とラスキンは冒頭に述べ、徹底してその言明に沿う主張を展開した。ライエルが教師だったとすれば、ラスキンは芝居に助言するドラマツルグだった。ラスキンの視線の先で、風景がその生成の物語を語りはじめるのだ。さまざまな鉱物や色の混ざりあった花崗岩の性質について思索しながら、ラスキンはその生成に秘められた荒々しい力に思いを巡らせる。「構成する要素はそれぞれに形も性質も振る舞いも異なっている。しかし、それらは激烈な、あるいは洗礼にも似た過程によってことごとく純化され、分かちがたく一つに結合しているのだ」。ラスキンにとって玄武岩とは、その履歴の一段階において「地底の炎の融解する力と拡張する力」を有していたものだった。ラスキンの文章というレンズを通すと、地質学は戦争や黙示録となった。山の頂からの眺望は戦場のパノラマとなり、そこではせめぎあう岩と石と氷が、信じがたい遅さと想像を超えた力によって、幾つもの時代にもまたがる戦いを繰り広げている。当時、そして今でも、岩石について語るラスキンを読むことは、その生成に関わるさまざまな要因を想起させられることにほかならない。

アメリカでも、一八二〇年から一八八〇年にかけて、自国のドラマチックな自然景観に想を得た風景画家の一派が現れた。フレデリック・エドウィン・チャーチがその筆頭だ。彼らは明らかにラスキン、ターナー、ジョン・マーティンというイギリスの三人組の影響を受けてはいたが、その心中には明確にアメリカ的な欲求が満ちていた。それは母国の風景への畏敬と誇りを表現すること、神に選ばれたその大地を祝福することだ。そのために彼らは巨大なキャンバスに、しばしば扇情的な画風でアメリカの原野を描いた。砂漠地帯の赤い城塞のような岩山、王の謁見室のようなアンデス山塊の風景、ロッキーの燃えあがる空や鏡のような湖、水煙を吹き上げる壮大なナイアガラの滝。彼らの巨大な作品は人間の小ささとはかなさを強調する。壮大な風景の造形に圧倒される小さな小さな人物の姿が、一人か二人、キャンバスの片隅に描き込まれているのだ。この芸術家たちは植物学や地質学にも通暁していた。いくつかの作品は風景があまりに細かく描き込まれていたので、発表された当時、その尋常ではない地質学的正確性を鑑賞するために、観る者にオペラグラスが配られることもあった。これは地質学と山岳表象の深い絡みあいを再確認させる逸話だ。

❄

油彩画は地質学的なプロセスを表現するにはうってつけの媒体だ。というのは、油絵具はその内に風景を含み持っている、つまり鉱物から作られているからだ。油絵具は十五世紀にファン゠エイク兄弟をはじめとするフランドルの画家たちが、亜麻仁油といろいろな自然の顔料の混合を試す中で考案された。鮮やかな色を出せるだけではなく、卵を使う伝統的なテンペラ画よりも乾燥時間を調節しやすい画材だった。彼らが油と混ぜた顔料の多くは鉱物に由来するものだった。人体の陰を描くとき、とりわけ十七世紀のフランドルやオランダの画家は焼かれていない石炭を好んで使った。茶色の色味には黒チョークや石炭が使われた。クロード・ロランやプッサンなどの作品の背景に描かれた遠い山のかすかな薄青色は、炭酸銅や銀の化合物に由来するものだった。オランダの巨匠たちが空を描く際に好んで用いたスカンブル技法（巻層雲の質感を見事に再現して、空に雲のようなテクスチュアを加えることができる）では、灰に顔料としてガラスの粉を加えたものが使用された。顔や衣服に赤みを加えたり、フレスコ画の下書きを漆喰に描くときにはシノピアと呼ばれる赤土が使われた。そんなふうに、地質学は絵画の歴史に密接に関わってきた。油彩で風景が描かれるときには、大地が自らを表現するために使われてきたのだ。

こうしたメディアとメッセージの一致がさらに密接になっているのが、唐や宋の時代の中国で人気を博した「学者の石」だ。中国や日本の芸術家は、西洋の山や原野への感受性がロマン主義によって刷新される七世紀前に、すでに野の風景がもつ精神的な価値を重視していた。十一世紀の著名な水墨画家・文筆家の郭熙《かくき》は、著作「林泉高致」の中で、野の風景は「人間の本性を滋養する」と述べている。「もともと人間の本性は世の中の喧噪や閉塞的な暮らしを嫌うものである。人間の本性が求めるのは山々の霞や霧や霊力なのだ」という。学者の石とは、水や風雪の作用によって石が複雑でダイナミックな形になるまで彫り込まれたものだが、この種のものが人気を博した背景には、自然を尊重するこうした東洋的な心性があった。学者の石は洞窟や河床や山で採集され、木製の小さな台座に据えられる。現代のわたしたちの机上にはペーパーウェイトがあるように、文人は文机や書斎にそういった石を置いた。これらの石が珍重されたのは、当の石を生み出した力と歴史がそこに現われているからだった。石の表面の小さな造形、刻まれた溝や、窪み、泡、隆起、穴の一つひとつが、悠久の年月を雄弁に物語る。石の一つひとつが、手の中に収まる宇宙なのだった。学者の石は風景のメタファーではない。それ自体が風景だった。

こうした石の多くは失われずに残り、今は博物館で見ることができる。顔を近づけて、長い時間をかけてそんな石を見つめていると、スケールの感覚がなくなり、自然が刻み込んだ渦巻模様や洞穴や山や谷が、その中を歩けそうなほど大きく見えてくる。

❄

みながみな十九世紀の地質学の発展に興奮していたわけではない、ということも指摘しておかねばならない。科学のほかの分野でも同様だが、地質学もまた人間を除け者にしてしまったという漠然とした感覚が共有されていた。ひとたび科学研究やその方法論が人間の活動の核心に入り込むと、それは人間が宇宙にいくらでもある雑多な物質の集合体と同じ程度の価値しかない、ということをはっきりさせてしまう。それももっとも情け容赦のない、反駁しようのないやり方で。そのことは、人間を万物の尺度とするルネサンス的な世界観を足元から揺るがせるものだった。地質学が明らかにした身震いするような時間の広がりは、人類がいかに取るに足らない存在かということを、ほかのどんなものよりも雄弁に物語っていた。山もまた風化し消えてゆくものだと知れば、否応なく、人間の営みの危うさやはかなさも思い知らされる。山でさえ時間が奪うものに無力であるのならば、街や文明がどうしてそれに対抗できるのか。「山は影」とテニスンは「イン・メモリアム」に書いている。この詩は留まる時間へのエレジーだ。「それは流れる／かたちからかたちへ〔From form to form〕、何者にも留まらずに。／堅い大地は霧のように融ける、／生まれては消えてゆく雲のように」。From《から》から form《かたち》へ言葉も流れる。当時の言語の研究は、言葉もまた万物と同じく留まることのない変化に従うことを明らかにしていた。言葉さえも同じところには留まらない。それ以上に持続するものといえば、もはや変化そのもの以外になかった。

しかし、概していえば、地質学の発見は脅威ではなく啓発的なものと受け止められていた。大地の力を説明するラスキンは、見えているものだけではなく、そこにないものによっても風景を解釈するように読者に求めていた。つまり、地殻の変動や着実に進行する侵食によって山から失われたものだ。ラスキンの文章の中では、想像の山々が、不確実なもの、ありえたかもしれないもの、かつてはそうだったものが綯い交ぜとなったファンタジーとして見る者の前に浮かび上がる。ラスキンはシェイクスピア『テンペスト』の偉大なプロスペロのように過去の山々の亡霊を召喚し、目の前の峰々の上に出現させる。野の自然は、今よりもさらに驚くべき存在だったものが残した廃墟だとラスキンはいう。それは「かつて創造された、原初の見事な造形」が荒廃した姿なのだと。天を衝く勇姿で無数の崇拝者をツェルマットの谷に惹きつけてきたあのマッターホルンでさえ、ラスキンによればひとつの彫刻、つまり大地のおそるべきエネルギーによってひとつの塊から彫り出され、削られ、そぎ落とされた姿だった。地質学的な過去はどこにでも姿を現している――その見方を知っていれさえすれば。ジョン・ラスキンは多くの読者に向かってそう説いたのだ（これは、後にアメリカ合衆国でジョン・ミューアがやってみせることと同じだった）。

ラスキンはまた、山は動くと信じていた。ひょっとすると、わたしたちの心の中にある山の成り立ちにもっとも重要な影響を与えたのはこのことだったかもしれない。『山の美について』を世に出す前、ラスキンは何年もの間アルプス山麓の山道を歩いては、スケッチをしたり、絵を描いたり、観察したり、考えに耽ったりして過ごしていた。彼がたどりついた結論は、見たところ脈絡のない山並みのぎざぎざとした形はまやかしにすぎない、ということだった。辛抱づよく、注意深い目で観察していれば、やがて山はその本来の形態の成り立ちを明かすのだ。それは表面的に見て理解されるような尖った形状ではなく、むしろ曲線でできている。山は本質的に曲線的で、山並みは波のように造形され、配置されている。それは水面の波とは別物の岩石の波、「青い山という静謐な波」なのだ。

そのうえに、とラスキンは述べる。水面の波と同じように、山々もまた容易く動かされる。山は巨大な力によって高みに持ち上げられ、今もなおその余力によって動きつづけている。山の動きは目には見えず、想像することだけができる。それは——ジェームズ・ハットンも指摘していたように——人間の一生の短さゆえだ。山は静止してはいない。むしろ流れている。岩は山の頂から転げ落ち、雨はその山腹から流れ下る。この永遠の運動によってこそ、ラスキンの山はあらゆる自然景観の始まりにして終わりとなる。

荒涼として恐れを抱かせるあれらの暗い山々は、ほとんどあらゆる時代にわたって、人びとが嫌悪や恐怖とともに仰ぎ見ては、死の永遠のイメージに襲われでもしたかのように身を縮こまらせてきたのだが、本当は生命と幸福の源であり、まぶしい平原のすべての豊かさよりもはるかに満ち足りた、恵み深いものなのだ……

＊

山が動く、というラスキンの直観が予想に反して正しいと証明されたのは二十世紀のことで、これは山の過去についての西洋の想像力に起きた最後の重要な展開だった。今では地球科学者の間で語り草となっている出来事が一九一二年一月に起こった。アルフレート・ウェーゲナー（一八八〇—一九三〇）なるドイツ人が、フランクフルトに集まった名だたる地質学者たちを前に、大陸は動くと宣言したのだ。より正確にいえば、花崗岩を主体とする大陸が、より密度の大きな海底の玄武岩の上を、水面に浮いた油のように「移動した」と述べた。そんなことはありえないという表情をする聴衆に向かって、彼はさらに、三億年前には世界の陸地はひとつの超大陸、ひとつの原始の大陸だったといい、それをパンゲア（「全ての陸地」の意）と呼んだ。パンゲアはさまざまな地質学的な力によって数多くの小片に分断され、それらの小片は玄武岩の上を引き摺られるように四散して移動し、やがて今日の場所に到達したのだ、と。

二十世紀初頭には、世界の山脈は地殻が冷えて皺が寄ることで形成されたという説が再び支持されるようになっていたが、ウェーゲナーはそうではなく、山脈は移動する大陸が別の大陸とぶつかり、衝突部分が押し上げられることによって形成されたと主張した。たとえばヨーロッパロシアとシベリアの境界とされている比較的標高の低いウラル山脈は、ウェーゲナーによれば過去に生じた二つの大陸の衝突の産物であり、それがあまりに大昔の出来事だったがゆえに、衝突部分の造山運動で形成された山の大部分は侵食されて平坦になった。

その証拠は地球儀を見れば一目瞭然である、とウェーゲナーはいう。大陸の配置をよく見たまえ。少し動かしてみればジグソーパズルのようにぴたりと合わさるではないか。南アメリカをアフリカの方へ横すべりさせれば、南アメリカの東の海岸線がアフリカの西側の輪郭にかっちりとはまる。中央アメリカを象牙海岸に沿わせ、北アメリカをアフリカの上部にもってくれば、もう超大陸の半分が出来上がりだ。同じように、斜めになったインドの西側は〈アフリカの角〉のまっすぐな輪郭にぴたりと合い、マダガスカルはアフリカの南東の海岸線の窪みに見事にはまる。

ウェーゲナーには、自説の根拠となるもっと確実な証拠もあった。彼はマールブルク大学の膨大な化石標本を何年もかけて調査した。そして、まさしくかつてひとつの場所だったと考えられる場所の岩石標本で同じ化石が見つかっているという結論に達した。たとえば、アフリカの西海岸とブラジルの東海岸では石炭の分布と化石の種が一致する。「ばらばらに千切った新聞紙を、輪郭の形を頼りにつなぎ合わせるようなものだ」とウェーゲナーは書いている。「そして、印刷の線がきちんとつながるかを確かめる。もしきちんとつながっていれば、紙片がもともとそのようにつながっていたと結論するだけのことである」。

大陸が相互につながっていた、という仮説を唱えたのはウェーゲナーが最初ではなかった。十六世紀の地図製作者オルテリウスは、大陸がジズソーパズルのように組み合わせられることに気づき、かつてつながっていたものが大洪水と地震でばらばらになったのだと考えた。彼の説を信じる者はなかった。洞察力ゆたかな哲学者フランシス・ベーコンは、一六二〇年の著作『ノウム・オルガヌム』の中で、諸大陸が「同じ型から切り分けられたように」ひとつに組み合わされる可能性に言及しているが、それ以上に考察を深めた形跡はない。一八五八年にはアントニオ・スナイダー＝ペレグリニというフランス系アメリカ人

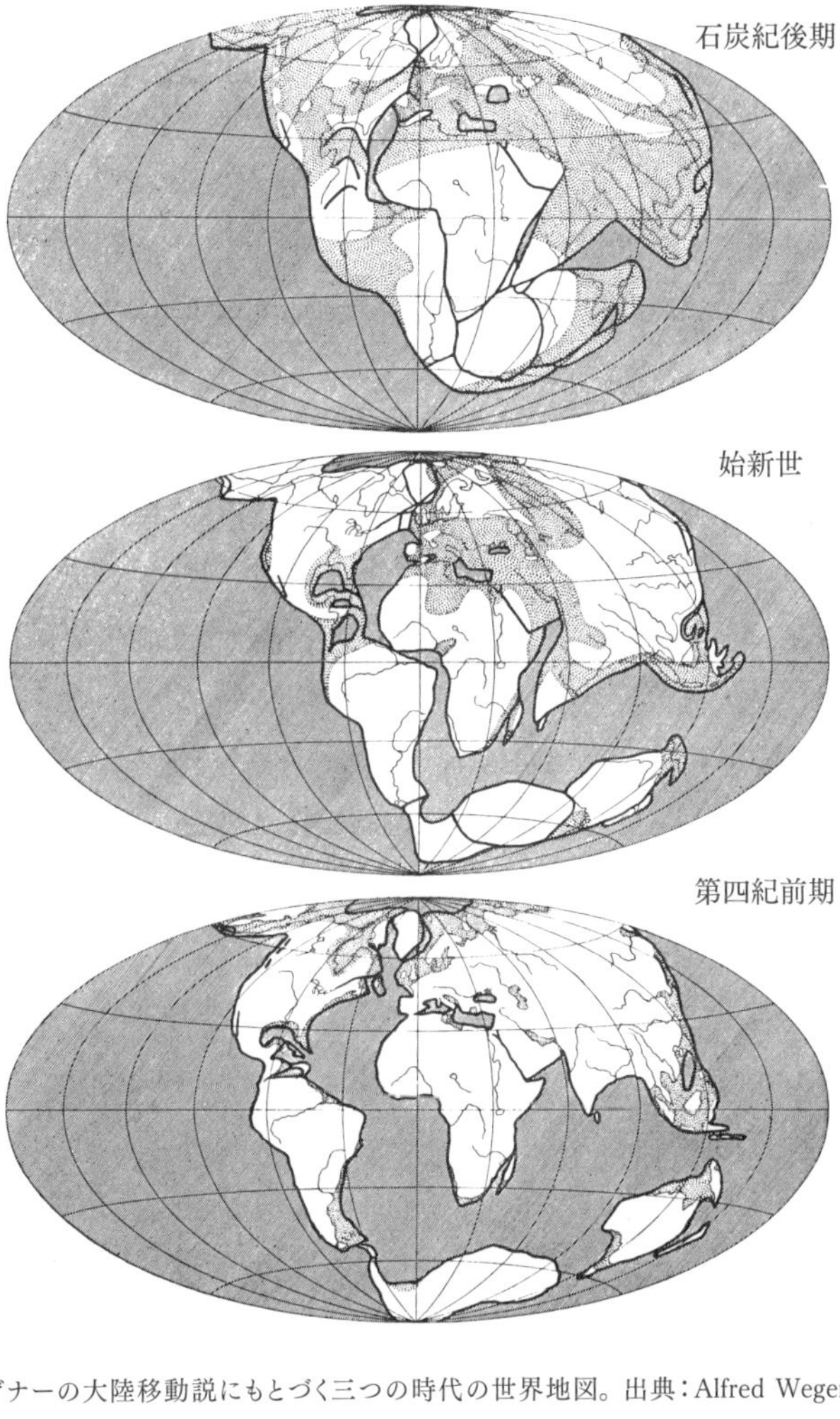

ウェーゲナーの大陸移動説にもとづく三つの時代の世界地図。出典：Alfred Wegener, *The Origin of Continents and Oceans,* trans. J. A. Skerl, 3rd edn (London: Methuen & Co., 1924).

が、『創造とその謎の解明』という著作を一冊まるごと費して、大陸がかつて一体だったという説を述べていた。

しかし十九世紀の半ばの段階では、端的にいって、そんなふうに地質学理論を根底から覆す説を受け容れる素地がなかった。この仮説に同調しうる知見が存在しなかったのだ。十九世紀の地質学が依拠していた考え方は、過去には世界中の大陸をつないでいた巨大な陸橋（帯状の陸地）があり、それがやがて崩壊して海の藻屑と消えた、というものだった。この陸橋説は異なる大陸に同じ生物種が存在することを説明できるし、大陸が移動するという話よりはよほど信用しやすい。

つまりウェーゲナーが一九一二年に唱えた説は、当時の支配的な認識に反する議論だった。もし彼の説が正しければ、十九世紀の地質学の骨格となってきた前提の多くが無に帰してしまう。さらに悪いことには、地質学者にとってウェーゲナーは自分の領分に入り込んできたよそ者だった。というのは彼の主なフィールドは気象学の研究だったからだ。ウェーゲナーは風船を用いた気象観測のパイオニアであり、グリーンランドの専門家として極地調査を何度も成功させていた（最後は遭難死したとはいえ）。一介の気象屋が、十九世紀地質学という複雑にして壮大な大伽藍を一挙に解体するなんてことがどうしてできるだろうか？

かつてのバーネットと同じように、ウェーゲナーの理論には間髪を入れず、容赦のない反論が寄せられた（アメリカ哲学協会の会長は「まったく馬鹿げた戯言だ！」というわかりやすい言葉を残している）。しかしストイックな洞察者であるウェーゲナーは、早々に自分に向けられた敵対心には冷静さを貫いていた。一九一五年には理論を詳細に解説する著作『大陸と海洋の起源』を刊行した。これはバーネットの『地球の神聖な理論』やハットンの『地球の理論』と同じように、地球の歴史を独特の黙示録的な筆致で蘇らせるものだった。一九一五年から一九二九年にかけて、ウェーゲナーは地質学の新しい知見を取り入れながらこの本を三度にわたって改訂した。しかし地質学界からは無視されたままだった。一九三〇年に、ウェーゲナーは何回目かのグリーンランドへの気象調査遠征を率いることになった。一行が猛烈な吹雪に襲われたのはウェーゲナーの五十歳の誕生日から三日後のことだった。気温は氷点下五十度まで下がった。仲間から離れたウェーゲナーは、真っ白な荒野でひとり凍死した。遺体は吹雪が去った後に同僚によって発見された。彼らは氷のブロックでつくった墓にウェーゲナーを埋葬し、その上に高さ六メートルの鉄の十字架を立てた。一年も経たないうちに、墓は埋葬物ごと足下の氷河の中に消えた。きっとこの葬られ方はウェーゲナーも異議はなかっただろう。

ウェーゲナーの説が少なくとも半分は正しいことが認められるには、一九六〇年代の「新しい地質学《ニュー・ジオロジー》」と呼ばれる展開を待たなければならなかった。潜水技術の発展によってそれまでより体系的に海底の調査が行なわれるようになり、大陸が実際に動いていること、そして巨大な超大陸から分かれたものであることが確かめられたのだ。ただしウェーゲナーの想定とは異なり、大陸は海上の氷山のようにばらばらに玄武岩の海を漂っているわけではなかった。明らかになったのは、地球の表面が二十枚ほどの地殻の断片（プレート）に覆われていることだった。大陸とは、単にプレートの一部が高くなって海から突き出しているだけのものなのだ。

これらのプレートには新しい地質学の牽引者によって名前がつけられた。アフリカプレート、ココスプレート、北アメリカプレート、ナスカプレート、イランプレート、南極プレート、ファンデフカプレート、オーストラリアプレート、アラビアプレート、そして中国のプレート群。各プレートは半液体状のマントル内部の対流（「対流セル」と呼ばれるパターンをなす）や自身の重みによって相対的に移動する。海底でプレートの端部が接する部分には、海嶺もしくは沈み込み帯が形成される。海嶺では、二つのプレートがマントルの運動によって押し分けられつづけている。その境目にはマグマが湧き上がり、冷やされて玄武岩の海底を形成する。そのため海嶺はクリケットのボールの縫い目のように周辺の海底よりも高くなっている。沈み込み帯は、その逆に二つのプレートが境を接して押しつけられ、より浮力の小さなプレートが他方の下に潜り込む。下側のプレートを構成する岩石はマントルの中へ押し下げられて、融けて液体状になり、ふたたび泡のように上昇して地殻に高温の傷口をつくる。こうした沈み込み帯は海溝を形成する。アリューシャン海溝、ジャワ海溝、マリアナ海溝といったものだ。これらの海溝の底（マリアナ海溝の深さはエヴェレストの高さを上回る）には莫大な水圧があり、人体をおけば一瞬で缶詰ほどの大きさに圧縮される。

世界の山脈の多くは、大陸プレートの押し合いや衝突によって持ち上げられたものだ。たとえば、アルプスはイタリアを載せたアドリアプレートがユーラシアプレートの下の潜り込む過程で造られた。古い山は、時間をかけて侵食されてきたため今では低くなっている。たとえば、ウラル山脈のなめらかになった尾根はその古い年代を物語っている。スコットランド、ケアンゴーム山塊の丸っこい形状も同じだ。意外かも知れないが、ヒマラヤは地球上でもっとも若い山地のひとつである。その造山が始まったのは、インドプレートが北に移動してユーラシアプレートにゆっくりとぶつかっていった、わずか六千五百万年前にすぎない。インドプレートはユーラシアプレートの下に潜り込んでほぼ九キロ上空に持ち上げた。地球上に存在するほかの年季の入った山脈に比較すると、ヒマラヤは若い。高齢の山脈は禿げてすり減っているが、ヒマラヤの峰は若者らしくパンキッシュに尖っている。

そして若者と同じようにまだ成長している。わずか二十万年前に世界でもっとも高い山になったエヴェレストは、一年に約五ミリメートルという急成長をつづけている。つまり百万年後には、これは地質学では瞬きのように短い時間だが、この山の高さは倍加しうる。ただし、もちろんそんなことにはならない。重力に耐えられないからだ。どこかで限界を迎える。自重で崩壊するか、何世紀かに一度ヒマラヤを揺らす巨大な地震によって崩される。

❄

もう何年も、山に行っては、深い時間《ディープ・タイム》に驚嘆してきた。あるとき、よく晴れた日にスコットランドのベン・ロワーズを登り、雲母が多く見られる山頂まで来て、苔や草の間から角張った堆積岩の塊が突き出しているのに気がついた。立ち寄ってその側面をよく見ると、ごく薄い、無数の灰色の石の層から出来ているのがわかった。層の一つひとつが一万年くらいだろうと見積もった。百世紀の年月が、三ミリメートル分の石の厚みに圧縮されている。

よく見ると二つの灰色の層の間に、銀色に光る薄い層があった。層の間にピッケルの刃を押し込んでみた。岩に亀裂が入ったので、指をねじ込んで持ち上げると、重い蓋が取れたように岩が開いた。二層の灰色の岩に挟まれていたのは、一メートル四方もあろうかという銀色の雲母だった。太陽の光を浴びて眩しいほどに光っていた。陽が当たるのは何百万年ぶりだろうか。宝箱を開けたら銀貨が縁まで詰まっていた、あるいは本を開いたら鏡張りのページだった、そんな感じだった。跳ね上げ扉を開くと時間の深遠が口を開け、その眩暈のする深みに頭から落ち込んでいきそうになる。そんな心地だった。

第三章　恐怖の追求

あのアルプスの魅惑はいまなお人を誘う
上へ、さらに上へ、ついには死者の列がさらに延び
嘆かれるには早い者の名がそこに加わるまで
　　フランシス・リドリー・ハヴァーガル、一八八四年

上を見た。雪の積もった雨裂《ガリー》の筋が垂直に刻まれた急峻な岩壁が、明るさを増す空に高く刺さるように聳えていた。それがわたしたちのルートだった。視線はその表面をなぞって下へ向かう。岩壁は斜度を緩めることなく二百メートルくらい落ち込み、岩壁の足元に盛り上げる小さな氷河に消えていた。盛り上がった氷河の表面は硬そうに見えた。銀色に光っていて、古い金属のように無数の凹凸があり、頭上の断崖からの落石が穿った穴があいている。さらに下で、氷河は三十メートルほどの段差に落ち込んでいた。そこでは氷の表面が澱んだ灰色に変わり、上では滑らかだった氷がクレヴァスと氷の塊に引き裂かれている。

氷河の中の、はるか下にある青い氷がかすかに見えた。滑落したら、そこがわたしたちの終着点だ。

その朝は山小屋を出るのが遅過ぎた。外に出たころには、東の山の向こうの空はすでに鮮やかな色に染まっていた。気温が上がる兆しだ。それも遅出すべきではない理由だった。暖かくなれば岩を固めている氷が緩み、氷河のクレヴァスも広がるからだ。時間に追われ、ロープは使わず、次第に斜度を増す氷河の上を三キロ以上、ほとんど駆け上がるようにして登った。まだその辺りに漂っている冷気がスノーブリッジが崩れないように支えてくれると信じながら。斜度が大きいのでジグザグに進路をとりながら苦労して長い雪の斜面を越えると、ようやく、わたしたちの目指す山の肩に出た。ここがルートの起点だ。

いちばんの問題はガレ場、つまり山裾に堆積している小石や岩の破片だ。ガレ場が登山者に嫌われる理由は二つある。ひとつは、上にいる登山者から石が落ちてくることがよくあるから。もうひとつは、どこに足をおいても危険があるから。まずいところを踏むと、積み上がっている石ごと岩肌から滑り落ちてしまう。

三十分ほど一定のペースで斜面を登った。岩の状態は悪く、水平に割れ目が走り、迷路のように亀裂が走っていた。体重をかけて乗ろうとした岩が引き出しのように滑り出してきたこともあった。湿った雪に覆われた岩棚もある。両手がだんだん濡れて冷えてきた。体に巻き付けたクライミング道具が岩にあたってガチャガチャと音を立てる。聞こえているのはその音と、自分たちの息と、岩と岩が擦れる音だけだった。

そのとき、叫び声が聞こえた。「落石《カイユ》！　落石《カイユ》！」という頭上からの叫び。女の声。その言葉は木霊を響かせながらわたしたちに届いた。発せられた方を見ようとして視線を上げた。

危険に直面したときに時間の流れが止まったり、ゆっくりになることはない。すべてはあっという間に起こる。単にわたしたちが——仮に生き延びたとすれば——その一瞬をまじまじと振り返って、その全体像をより細かく理解するようになるだけだ。わたしたちはそれを一時停止した映像のコマのように見つめる。このときの一瞬について思い出すのは、小さな水の流れが目の前の岩棚を黒く濡らしていたこと、自分の着ていた防水ジャケットの生地の細かな網目模様、そして、岩の窪みに縮こまるように咲いていた、小さな高山植物の黄色い花だ。それから音。衝撃に身構えて、踏みしめる足下の砂利が立てていたジャリジャリという乾いた音。

最初は石が二つだけ、岩壁を飛び跳ねながらこちらに向かってきた。空中で二つがぶつかり、はじけ飛ぶのが見えた。そしてたくさんの石が一挙に騒音を響かせながら落ちてきて、にわかに頭上の空気があわただしくなった。一つひとつがガッと岩壁で撥ね、ブーン……という音をさせて空中を落下した後にまたガッと跳ねる。石は徐々に勢いづき、ひと撥ねごとの飛距離が長くなり、ガッという音の間隔も一度ごとに長くなってゆく。

頭上で、二人のフランス人登山者が足下を見下ろしていた。岩棚から押し出されたひとつの石が別のいくつかの石を動かし、さらにいくつもの石を動かし、やがて大小さまざまの石がガラガラと音を立てて岩壁を跳ね下っていく様子を二人は茫然と見ていた。彼らには、下の方に誰かいるのかよく見えていない。庇のように突き出した岩に遮られて斜面を見渡せないのだ。ただし、眼下に登っている者がいるとは思わなかっただろう。彼らは頂上付近の難所で撤退を余儀なくされて、この日最初に下ってきたパーティーだった。到達点までのルートだった氷河をわたるときには誰も見ていないし、それより遅い時間にやってくる無謀な者はいないはずだ。それでも彼らは落石を警告する声を上げた。ゴルフコースで「フォア」と叫ぶのと同じ、ひとつの作法として。

わたしは視線を上げたまま、一群の石が自分の方に跳ねながら落ちてくるのを見ていた。学校で二、三学年上だった少年に、落石に遭遇したら絶対に見上げてはいけないと教えられたことがある。「なぜかって？　顔で石を受けるよりヘルメットで受ける方がずっとマシだからだよ」と彼は言った。「壁に向いてるんだよ、絶対に」。ウェールズの周回コースを歩いたとき、彼は丸一日ずっと先頭に立っていた。一行がへとへとになって出発点の駐車場に停めたミニバスに戻ってきた後も、彼は肩にロープをかけ、翳ってゆく光の中を山の方へ戻っていって、何も見えなくなるまで登っていた。その一年後、彼は別の友人とともにアルプスの落石で命を落とした。

その日の登攀のパートナーだったトビーが何か自分に叫んでいるのが聞こえた。そちらを見た。彼は張り出した岩の陰で石を避けていた。何を叫んでいるのか分からなかった。不意に、ドシンと叩かれる感触がして、体を捻るように背後へ引っ張られた。まるで誰かがわたしの肩をがっしりと掴んで、強引に振り向かせたような具合だった。痛みはない。だが衝撃で吹き飛ばされそうだった。その石はわたしのリュックサックの雨蓋に当たって跳ね返り、はるか眼下の青いクレヴァスへ消えていった。

石がおそらく十個あまり、回転しながら脇を通り過ぎていく。再び視線を上げた。石がひとつ、まっすぐ自分の方に落ちてくる。本能的に胸を衝撃から守ろうとして、体を後ろへずらし、岩から体を離すように背中を丸めた。だが指はどうするんだ、という思いがよぎった。直撃すれば指は潰れて、下山は絶対に無理だ。そしてガッという音がすぐ目の前から聞こえて、パンツをぐっと引かれる感触がした。そしてトビーの叫び声。

「大丈夫か？　真正面だったぞ」

石は目の前で跳ね、体の隙間を通り、両脚の間を抜けた。わたしに当たらなかった代わりに服をかすめていった。

もう一度見上げると、最後にいちばん大きな岩が落ちて来るのが目に入った。今度も自分は落下の線上にいた。この岩は十メートルあまり上の岩に当たって大きく跳ね、回転しながら空中に飛び出した。見ている中で岩はだんだん大きく、暗い色になり、自分の頭ほどの大きさになった。もう一度鋭い音を立てて岩壁に当たり、わたしの左側に逸れ、ビュンと音を立てて過ぎていった。

気がつくと、目の前の岩をあまりに強く握りしめていたので、指先が白くなっていた。脚には震えが走り、体重を支えているのがやっとのように感じた。心臓がばくばくと鳴っていた。だがそれで終わりだった。二度と高い山には戻るまい、と誓うのはこれで何度目だろうか。「さっさとこの山から下りるぞ」とわたしはトビーの方へ叫んだ。

氷河を引き返しているときもまだ動転していて、クレヴァスを踏まないようにやわらかい雪を試しながら、アドレナリンのせいで体の震えが止まらなかった。谷間にリズムよく響くバッバッバッというヘリコプターの音が聞こえてきた。映画『フルメタル・ジャケット』のヘリコプターのシーンの歌——ザ・トラッシュメンの「サーフィン・バード」——を口ずさみかけて、すぐにやめる。しっかりしろ、と自分に言い聞かせる。おまえはベトナムではなくアルプスにいて、わざわざ恐怖を感じるために山登りして、首尾よく成功しただけなのだ。おまえにはヘリコプターは要らない。

そのときのヘリコプターもわたしのためではなかった。それは氷河に音を響かせながら、東のツィナールロートホルンの山頂の方角へ向かっていた。わたしではない誰かがそこで死んだのだ。

❄

その夜遅く、戻ってきた谷で、寝つくことができずにテントの外へ出た。テントの張り綱に気をつけながらキャンプ場を歩いていた。内側に灯りがともったテントもあり、真っ暗な寒い原っぱに点在する小さなオレンジ色のイグルーのようだった。空は澄んでいて、山々の高みにある雪の斜面が救難信号を送る鏡のように月光を谷に照り返していた。

歩きながら、その日のことをもう一度考えていた。トビーとわたしはその晩、間一髪を切り抜けた記念にバーでラガービールのジョッキを傾けた。部屋は煙たく、大勢の登山客がいて、重いプラスチックのブーツをゴトゴトいわせてテーブルとカウンターを行ったり来たりしては、音楽に負けじと声を張り上げて武勇伝を語り合っていた。わたしたちは腰を下ろして、その日の朝の出来事を話した。最後の大きな岩が横に逸れなかったらどうなっていただろう？　もしぼくが石に叩き落とされたらお前は止められたかな？　それとも巻き込んで落ちたかな？　もっと経験を積んだ登山家ならばこんなふうに考えることはなく、この出来事も「ニアミス」の分厚いフォルダーに突っ込んであれこれ悩まずに次に進むのだろう。わたしは、自分はこの出来事を忘れないだろうと思った。わたしたちは、恐怖がその後にもたらした喜びの大きさについても話した。そして登山家が口癖のように繰り返すことも語りあった。つまり、山に命を賭けるのはいかに奇妙なことか、ただしその一方で、山につきもののリスクや恐怖が、どれほど山の体験に重要な意味をもっているか。

ソシュールは『アルプス旅行記』の中で、アルプス山中でシャモア（カモシカ）を狩る猟師について短く触れている。彼らの生業は危険なことで有名だ。猟師たちは獲物を追って入る氷河に潜むクレヴァスや、シャモアの好む急斜面からの滑落や、急速に発達するアルプスの吹雪による遭難死といった危険と隣り合わせだ。それでも、とソシュールは書いている。

まさにこのさまざまな危険、交互に訪れる希望と恐怖、種々の感情がもたらす絶え間ない興奮が猟師を活気づける。それは博打打ちや戦士や船乗りを駆り立てるものと同じだ。ある程度はアルプスの博物学者にも共通する。彼らの生き方は、いくつかの点においてシャモア猟師ととてもよく似ている。

この一節を読んだとき、数世紀隔たっているとは思えないほどに腑に落ちるものがあった。ソシュールがいうように、リスクを冒すことにはそれ自体に報酬がある。それは心に「絶え間ない興奮」を与えつづける。希望があり、恐怖がある。希望があり、恐怖がある――これは山登りの根底に脈打つリズムだ。生はその滅びの淵に近づくほど充実して生きられる、山中ではしばしばそんなふうに思える。死にかけた時ほど生きている実感をもつことはない、と。

もちろん、ソシュールのシャモア猟師とわたしの間には大きな違いがある。猟師にとってリスクは選択ではなく、仕事と切り離せないものだ。一方わたしはリスクを求めた。欲しがっていたといってもいい。実際、金まで払っている。これはリスクの歴史における大きな変化だ。いつでもリスクを冒す者はいたが、長い間リスクはその先の目的のために冒されるものだった。科学の進歩とか、個人的な名誉とか、金銭的な利益とかいったものだ。しかしおよそ二世紀半ほど昔に、恐怖はそれ自体としてもてはやされるようになった。リスクはそれ自体が報いを与えてくれる、そう認識されるようになった。それは現代ではアドレナリンの効果とされるような肉体の興奮や歓喜の感覚だ。その結果、人びとはリスクを冒すこと、わざわざ恐怖に近づくことを求めるようになった。そしてリスクは売り物になった。

❄

一六八八年の夏はヨーロッパにとって重要な季節だ。ロッテルダムでは、オレンジ公ウィリアムがイングランド侵攻のために大規模な艦隊を招集している。その帰結は後に名誉革命と呼ばれることになるだろう。その夏、オランダには亡命中のジョン・ロックも滞在していて、専制批判の小著『統治二論』についてあれこれと考えている。ヴェネツィア共和国はアドリア海沿岸のあちこちでオスマン帝国と戦っている。そして北イタリアでは、ジョン・デニスという名のイングランド人の若者が、投宿先のパチパチと音をたてる暖炉の前に腰を下ろしている。後に戯曲作家、美学者として名をなし、アレクサンダー・ポープの辛辣な批判の標的としても知られることになるこの人物は、そのときちょうどアルプスを越えたばかりで、山に近づいたことのないイングランドの友人への手紙をイタリアの宿で綴っている。

後に文筆で食い扶持と名声を得るデニスだったが、このときばかりは自分の身に起きたことを言葉にする難しさを痛感している。「君にローマやナポリを説明するのは簡単だ」と彼は書く。「なぜなら、君は多少なりともそれらと似たものをどこかで見ているから。でも、君の目の前に山を見せることはできない。山はほとんど目では捉え切れない、見上げるだけでもぐったりするものだ」。読む者の知識の中には何も似ているものがないもの、それをどう説明すればいいのか。デニスは紀行作家の永遠の課題に直面する。彼はまず、山の具体的な描写に注力する。そして、「のしかかるような岩壁」とか、「身の毛もよだつ断崖の落差」とか、「轟音を響かせる急流」といったもので友人の関心を引きながら、人を寄せつけない山に対する、その当時としては月並な反感を並べてみせる。

ところが、細くて危険な山道にさしかかった自分の内心に起こった感情を正確に綴ろうとするとき、デニスの言葉には不思議なことが起こる。

ぼくらが歩いていたのは、文字通り、破滅の崖っぷちだった。一度つまずきでもしたら命も体もひとたまりもなかったろう。こうしたものすべての感覚が心をいろいろに揺さぶった。喜ばしい恐怖、ぞっとするような楽しさというふうに。限りない喜びを感じているその同じ瞬間に、震え上がってもいた。

本人もまったく予期しないことに、デニスは「崖っぷち」を歩くという、わずかな過ちが悲惨な死に直結する状況が、奇妙な喜びをもたらすことを発見した。この経験を表現する語彙は存在しない。だから、彼は不自然な撞着語法を利用した言い回しを発明せねばならない。デニスはパラドックスに訴える。つまり「心の揺れ」に正反対の感情があるのを認め、「喜ばしい恐怖」や「ぞっとするような楽しさ」を感じたと述べるほかないのだ。

わたしたちがここで見ているのは、山中の快い恐怖について述べる、近代におけるもっとも早期の証言のひとつだ。その言葉は、アドレナリンの時代を生きるわたしたちには古風なものに感じられる。ジョン・デニスは、高所で感じる眩暈のもつ爽快な一面を発見した最初の人間ではないかもしれない。しかし後の時代の山への、つまり高さと恐しさへの感受性の礎を築いたのは、ほとんど未知だった高山の世界から戻ってきて新しい体験について語ったデニスのような人びとだった。高みの眩暈にある種の快感があるというデニスが垣間みた発見は、三百年の時を経て、わたしたちの時代の向こう見ずな危険の追求へと大きく開花する。いまや人びとはゴム紐を体に結んでクレーンの先から身を投げ、ロープにつながれて山肌からぶら下がり、あるいは何も結ばずに飛行機から飛び出してゆく。

＊

恐怖の中に喜びが見つかるというデニスの理解が定式化され、広く行きわたるきっかけとなる出来事が起こるのは十八世紀中頃のことだった。このころに提唱されたある知的な教説が、野山の風景への感受性と、そのころの人びとの恐怖への態度をいずれも刷新することになったのだ。この理念は今もなお、わたしたちと野の自然の想像的な関係や、勇敢さや恐れといったものへの考え方を静かに支配しつづけている。影響力の大きなこの理念は「崇高」(Sublime、「聳え立つ」「高みの」といった含意がある)という言葉で知られている。これは混沌、激しさ、大きな変動、巨大なもの、例外的なものに喜悦を見出すもので、別のいい方をすれば、それまでの時代の新古典主義とは正反対の美学だ。この激動の中から、当時では特にイギリス特有の、あらゆる野山の風景、つまり海、雪山、森林、砂漠、そして何よりも山への強烈な傾倒が生まれてくる。

一七五七年に、将来の名声を知らないひとりの若いアイルランド人が、長々しいタイトルの小論を発表した。それがエドマンド・バーク(一七二九—九七)による『崇高と美の観念の起源についての哲学的探究』だ。これは、バークが「恐しい対象」と呼ぶものが人間精神に喚起する感情の解明を試みるものだった。バークが関心を寄せたのは、たとえば急流や暗い穹窿や断崖といったものへのわたしたちの精神の反応だった。そうしたものは、わたしたちの心を捉え、戦かせる一方で、あまりに大きいことや、あまりに高いこと、あまりに速いこと、あまりに暗いこと、あまりに力強いこと、つまりわたしたちがうまく理解できないほどの過剰さによって、わたしたちを喜ばせもする。それが崇高な光景だ。バークは、消耗と怖気を誘う、わたしたちには制御できないそんな光景は、観る者の内面に茫然とするような快さと恐怖の混成物を喚起するという。それとは対照的に、視覚的な規則性や均整や予見可能性が喚起するものは美と呼ばれる。したがって、たとえばアッティカ彫刻やパルテノン神殿の均整のとれた佇まいは美であり、雪崩や激流は崇高ということになる。バークの生理学的な説明によれば、美は身体の「繊維」を弛緩させるが、崇高は「繊維」を緊張させる。彼は次のように書いている。

> 苦痛や危険を喚起するあらゆる対象、つまりあらゆる恐ろしいもの、恐ろしい対象に相通じるもの、恐怖と同じように作用するものは崇高の源であり、精神の感得しうるもっとも強烈な感情を生み出す。

バークの理論の中核には、こうした崇高な景観は恐怖を誘うものの、その恐怖は「身近に迫りすぎない限りはつねに喜びをもたらす」感情だという洞察がある（この点、バークは正しかった。誰でも身に迫る恐怖にさらされて、それが一瞬ではなく一定の時間つづくと、それ以外のことは何も考えられなくなると思い知らされる）。ということは、たとえば片手で岩壁にぶら下がっている者は崇高を味わえないが、自分が落ちることを想像してしまうくらい滝壺や崖のふちに近づいた者は大いに崇高を感じることになる。危難の予感と、その危難が自分には及ばないという認識が一体となったもの、それがこの喜ばしい恐怖を喚起する。つまりありそうにないことが、いかにもありそうな振りをしてやってくること。イギリスの医師・哲学者のデヴィッド・ハートリーは一七四九年の文章で以下のように簡潔に述べている。「眺望の中に断崖や大滝や雪山といったものがあるときには、湧き上がる脅威や恐怖の感がほかのあらゆる観念を増幅し、活気づける。そして苦痛からの安全さを暗示することによって、だんだんと喜びへと変わってゆく」。

明晰に書かれたバークの小論は、七十年前にジョン・デニスが説明しあぐねていた曖昧模糊とした経験に言葉を与え、それが知的な考察の対象たりえることを示した。バークは、崇高という言葉に特有の意味を与え、教養ある読者が引き合いに出せるような用語や理念の見取り図を提示した。この概念はより広い想像力の世界へ急速に浸透していった。『崇高と美の観念の起源』の後には、森ならばことごとく暗く陰鬱な森、山ならばことごとく荘厳な氷雪の世界となった。「崇高な」sublime「畏怖を誘う」awful「総毛立つ」dreadful といった形容詞は、「山々」mountains「大洋」oceans「峡谷」chasm といった名詞と切り離せないものになった。ヨーロッパ中の哲学者や美学者が崇高の問題に大きな関心を寄せるようになった。そしてこの理念は、いかにもそれにふさわしい、混沌として手に負えない勢いで、きっちりとした古典主義美学の垣根を超えて広がっていった。

崇高の概念はバークの発明ではない。これは紀元三世紀にギリシャの修辞家ロンギノスが『崇高論』を書いて以来知られていたもので、一六七四年にボワローが仏訳を刊行したことによって再び議論が活発になっていた。ただし、ロンギノスやその知的な後継者の念頭にあったのは、文学的な効果としての崇高、つまり風景ではなく言葉がどのようにして壮大なもの、偉大なもの、あるいは喚起力のあるものになりうるかということだった。バークは、すでに世の中に存在していた壮大なものへの関心を、十八世紀の最新の快さの経験、つまり自然の風景へと引きつけてみせたのだ。彼の小著は広く知られるものとなり、野の自然を見て味わうための新しいレンズを人びとに与えた。バークは、それまで曖昧ではっきりとしない畏怖の感情に特定の場所（大洋、砂漠、山岳、雪山）と名前（崇高）を与えたのだ。

十八世紀における崇高への熱望は、人びとが風景について感じたり書いたりすることだけではなく、現地での人びとの振る舞いをも変容させた。それまで忌避されていた野の自然は、強烈な体験を得られる場、つまり人をしばし狼狽させ、脅威の錯覚を与えてくれる場所として熱心に追求されるようになった。「わたしには、急流や岩塊やマツ林や枯れ木の森が、山や険しい山道や、こわくなるような断崖が身近に必要なのだ」とジャン＝ジャック・ルソーは『告白』（一七八二年に没後刊行）に書いている。「わたしが奇妙にも険しい場所を好む理由は、それがわたしに眩暈を起こさせるからで、身が安全ならば頭がくらくらするのを大いに楽しむことができるからだ」。フランスの作家ジャック・カンブリは、あえて暴風雨が吹き荒れるのを待ってからブルターニュの崖の上に立った。「大地の震えを感じる気がする」と彼は高揚した筆致で綴っている。「思わず駆け出してしまいそうだ。あらゆる感官が驚愕と、恐怖と、名状しがたい興奮に圧倒されている」。

崇高は十八世紀の観光旅行に新たな波をもたらした。古代の遺跡を訪問するかわりに、断崖や氷河や火山を、つまり崇高な景観を次々に訪れながら休日を過ごす観光客が増えていった。山岳という「廃墟」が観光地として古代の廃墟と競いあうようになったのだ。一例を挙げれば、ヴェスヴィオ山の訪問者は一七六〇年代から一七七〇年代にかけて激増している。そこは、山麓のポンペイ遺跡を半ば義務的に眺めて古代の生活の細部に思いを馳せる場所――ローマ時代の主婦の日常における水道や食器の使われ方をあれこれ考えるとか――ではなく、驚嘆に震えながらその山自体を眺め回す場所だった。山頂にもっと近づいたり、登ったりする者も現れた。モンブランのピーク群と氷河を仰ぎ見るシャモニの街ではガイド業が盛んになり、地元の人びとは、崇高を求めてやまない外国人をモンタンヴェールの展望台まで引っ張ってゆくようになった。そしてイギリスでは、崇高の探求者に加えて、そのやや穏和な親戚であるピクチャレスク〔十八世紀のイギリスで隆盛を見せた不規則性や変化を特徴とする美的範疇、およびその影響を受けた風景の趣味〕の愛好者によって、湖水地方や北ウェールズ、スコットランドの山岳地方が見出された。スコットランド沿岸の景勝地や内陸の原野を巡るカレドニア旅行はとりわけ人気を博した。カレドニア旅行をした最初の世代で、もっともよく知られる人物にはジョンソン博士として親しまれたサミュエル・ジョンソンがいる。彼が「スコットランド西方の島々」の旅へ赴いたのは一七七三年のことだった。

❄

身長百八十センチ、体重百キロあまりというジョンソン博士の体軀はほとんどそれ自体が崇高というべき存在感だった。ジョンソンはスコットランド西方のスタファ島にある「フィンガルの洞窟」〔柱状節理で知られる海食洞〕を訪問し、有名なゴシック・アーチ風の岩を小舟で通り抜けて、穏かな水面を味わった後、スコットランド北東の沿岸部バカンに到着した。同じようによく知られた岩の奇観、ブラー・オブ・バカンを見るために、ジェームズ・ボズウェル〔スコットランド出身の作家・法律家。『サミュエル・ジョンソン伝』で著名〕とともに反対側の沿岸部までやってきたのだ。中国に行って万里の長城を見たいと思っていたジョンソンからすればスコットランドはどうしても貧相な代用品にはなってしまうが、それでもブラー・オブ・バカンには感銘を受けた。彼はこんなふうに描写している。

垂直の管のようになった岩塊で、片側は海岸の崖につながり、逆の側は外海の上に高々と聳えている。上端から暗い淵を覗くことができ、狭まった岩の裂け目から水が洞内に流れ込むのが見える。壁のある巨大な井戸のような印象。

ブラー・オブ・バカンを訪れた者の多くは、安全な陸側の崖からの眺めで満足した。そこなら逆巻く海水が岩の裂け目に流れ込む様子を安全に見ることができたし、外海に向いた崖で営巣しているフルマカモメが餌を求めてあちこちへ飛び立ってゆくのを眺めることもできた。

しかし、この岩の山を訪れる者の中にはアーチ状になった岩の上を歩こうとする者もいた。これは実際的な危険があるわけではない。たしかに、ところによっては崖の幅が数十センチくらいに細くなっていたり、足下に茂みがあったり、不安定だったり、崖の際で崩れたりしているところもあった。足下を覗くと

ブラー・オブ・バカン

岩のアーチの下に渦巻く海が見えて、岩そのものが波のように揺れているような、水面に投げ出されて死んでしまいそうな心地がする。しかしこの場合は、それこそが、自分に自分の破滅を想像させることこそがそこを歩く目的だ。つまり、ブラー・オブ・バカンの崖は崇高の経験にうってつけの場所だった。

ボズウェルは躊躇したがジョンソンは岩のアーチを渡ることにこだわった。ボズウェルはおっかなびっくりでようやく渡り切り、「恐ろしくて動けない」と漏らした。それに対してジョンソンは彼らしくためらいもひるみもせず、大股ですたすたと渡った。ジョンソンは大柄にしてはとても機敏で、彼の書く文章にも似て、確信をもって足を踏み出す男だった。ジョンソンは後に、岩のアーチを歩いたことについて落ちついた筆致で解説している。

ブラーの縁はそれほど広くはなく、歩く者にはとても狭く見える。大胆にも下を見た者は、仮に足を滑らせれば恐しい高さから、眼下の岩か、逆側の水面に落ちると知る。しかし危険のない恐怖はただの空想の遊びであり、楽しく思える間だけ、わざと心を乱してみるだけのことだ。

サミュエル・ジョンソンとジョン・デニスが大きく異なるのは、ジョンソンがしばしの恐怖を自ら進んで味わっていることだ。デニスからジョンソンまでの九十年のあいだに、崇高の影響の下で、恐怖の追求が始まっていた。

とはいえ、山に関していえば十八世紀は全体として「遠くから眺める」世紀にとどまっていた。多くの人びとの第一の関心事は山に足を踏み入れることではなく、安全な距離を保って見つめることだった。落石や雪崩や吹雪や絶壁といった破滅のショー、つまり本物の、目に見える危険に事欠かない山は、それゆえに崇高の経験を期待できる場所ではあった。天を突く頂を谷底から見上げて、そこから落ちたらどうなるだろうとか、雪崩に巻き込まれたらどうなるだろうと空想することができた。「スイスの珍しい自然でもっとも感嘆したのはアルプスの恐しい造形だった」と、あるドイツ人旅行者が一七八五年に書いている。「その光景に畏怖の念に打たれ、この心地よい恐怖の感覚を友人みなに伝えたくてたまらなくなる」。詩人パーシー・シェリーは、子ども時代に経験したアルプスの危険を好んで語った。「ぼくは子どものころから山や湖に親しんだものだ」と自慢気に書いている。「崖っぷちの危険こそがぼくの遊び相手だった。アルプスの氷河を歩き、モンブランに見下ろされて暮らしていた」。実際にはシェリーは慎重で、崖に近寄るようなことはなく、つまりこれはみな誇張された法螺話だったが、自分をリスクを冒す者に見せるという欲求自体が、大胆な振る舞いが熱心に追求されるようになっていた徴ではあった。

しかしながら、十八世紀の旅行者が熱心に山を目指したあまり、山岳風景がほとんど時代遅れになってしまうまで長い時間はかからなかった。一八一六年の夏をアルプスで過ごしていたバイロンは、山に関心のなさそうな旅行者を散見して怒りを覚えている。ある友人への手紙を読んでみると、その憤慨も無理はない。

シャモニで、つまりまさにモンブランの眼下で、また別の女――またしてもイングランド人――が同行者に「こんなに田舎風の景色を見たことがありまして？」などと宣うのを聞いた、まるでハイゲートかハムステッドにでもいるかのように――あるいはブロンプトンかヘイズかもしれないが、「田舎風」だと！　岩、マツ林、急流、氷河、雲、あるいはそれらの頭上はるかに聳える永遠の雪の頂、それが「田舎風」とは！〔ハイゲート以下はいずれもロンドン近郊の緑地や公園のある場所〕

バイロンの憤慨、そしてこのイングランド人女性がみせている景色への定型的で無気力な態度には、十九世紀の旅行に蔓延しつつあった、ある衝動の核心が見え隠れしている。それはお決まりのコースを離れたいという強い欲求だ。谷から山を見上げることがハイゲートやハムステッド・ヒースやブロンプトンやヘイズの景色を眺めることと変わらないものになり、シャモニから臨む峨々とした景観にも人が興奮しなくなってしまうと、山を見る経験にも新しい方法が必要になる。壮大な景観だけでは「喜ばしい恐怖」が得られないとなれば、崇高への感受性をさらに刷新せねばならない。

その答えは、いうまでもなく、山に分け入ってさらなる危険に身をさらすことだった。山に登れば観光旅行ももっとシリアスなものになりうる。ちょっとつまずけば滑落しかねないのだから。

❄

イギリスのロマン派を代表する詩人・批評家・哲学者のサミュエル・テイラー・コールリッジは、十九世紀最初の二年間に「新種のギャンブル」と呼ぶ行為に没頭し、「やみつきになった」と告白している。もっとも、コールリッジは会話に没頭したり、考え事に熱中したり、果ては身を持ち崩すほどのアヘン中毒になったり、いろいろなことに中毒しがちではあった。そんな彼がしばらくの間やみつきになっていたのは高所の眩暈だった。大事なのは刺激だ。コールリッジはその際限のない好奇心を、感受性を広げたり高めたりする体験、精神を拡張したり鋭敏にしたりする経験に向けていた。そのきっかけは崖でもアヘンの吸引でもいいのだ。

コールリッジのギャンブルは以下のようなものだ。まず山を選ぶ。どの山でもよい。そして頂上まで登り、そこで「安全そうな登山道などを見つける」のではなく、つまり簡単な下山方法は探さずにそのままさまよいつづけ、「下りることが可能な最初の場所」があったらそこから下山し、「どこまで下りられるかは運任せにする」。つまり、これは山頂で、下山のルートを弾丸と空包の代わりにしたロシアン・ルーレットの引き金を引くようなものだ。

一八〇二年八月二日、コールリッジのギャンブルは彼を窮地に追い込むことになった。彼は湖水地方のスコーフェルの頂に苦労して登頂した。この標高九七三メートルの山はイングランドで二番目に高く、その頂は登る方向によっては険しい岩場になっている。この日の天候は気紛れで、南の空は嵐を予感させる不穏な色をしていた。下山する時間だった。「あまりに自信過剰で不注意な」判断によってコールリッジはギャンブルを敢行することに決め、台地状の山頂の北東側へ下り始めた。この選択は最悪だった。というのはこの向きに下りると、現在ではブロード・スタンドと呼ばれている、巨岩の急峻な段差と斜めになった岩棚がつづく場所に行き着くからだ。しかしコールリッジは「どこまで下りられるかは運任せ」という自分のゲームの規則に従って下山を始めた。

下りはじめは道も穏やかで、岩棚から岩棚へ下りてゆくことができた。しかしすぐに岩の落差が大きくなり、切り抜ける方法を考えねばならなかった。高さ二メートルあまりの岩壁に行き当たり、両手でぶらさがってはみたものの、あえなく下の岩棚に落ちてしまった。その衝撃はコールリッジの全身をこわばらせる。「手と腕の筋肉が延び、足には落下の衝撃を強かに受け、そのせいで全部の手足がぶるぶる震えた」。その上、そこから下りるルートを見つけねばならない。やりなおしの利かない判断、もはや背水の陣だ。コールリッジは崖を下りつづけるが、事態は急速に悪化していく。岩を下りるごとに「手足の震えが増して」くるのだ。

そして、気づいたときには進退極まっていた。そこは広い岩場で、上の岩棚には登る術がない。風が強まり、風切り音が耳を満たす。眼下は四メートル弱の落差があり、足場の岩は狭く、「飛び降りたら間違いなく後ろへ落ちて死んでいただろう」。

さあどうしよう。確かなのは、そのときのコールリッジの行動はそれまで誰もやらなかったものだったことだ。


手足はすべてひどく震えていた。ぼくは仰向けになって休んだ。頭上には左右から岩塊が迫り、そのすぐ上を不気味な色の雲が猛烈な速さで北へ飛んでゆく。その光景にすっかり気圧されたぼくは、よくやるように自分の狂人ぶりを笑いはじめた。ほとんど天啓を受けたような恍惚と歓喜の境地で横になっていた。そして声を上げて、理性と意志の力を神に感謝した。それがある限り、いかなる危険もぼくらを打ち負かすことはできないのだ！

神よ、ぼくは叫んだ、今ぼくがどれほど落ち着き、祝福されていることか。どうやって進めばいいのかも戻ればいいのかは分からない、けれどぼくは冷静で、恐れを知らず、自信に満ちている、もしこの現実が夢だったら、もしぼくが眠っていたらどんなに辛いことだったろうか！　なんという悲嘆！　理性と意志がないとき、ぼくらに残っているのは闇と霞、そして途方に暮れるほどの恥辱と苦痛しかない、それは無力なぼくらをまったく圧倒してしまう。あるいは幻想的な歓び、それは風に舞うムクドリの群れのように、さまざまに形を変えながら空を舞い、魂を引き寄せる。

嵐が近づき、滑りやすくなってさらに危険になるかもしれぬ崖に釘付けにされながらも、コールリッジはパニックに陥ることはなかった。それどころか、仰向けに横たわり、自らの理性の不屈さについて思いを巡らせていた。身に迫る極度の危機に曝されたコールリッジは、知性の砦に撤退して、そこから外界を見る。そこから見える岩や嵐や断崖は、ことごとくまやかしのように思える。別の言葉でいえば、彼は考えることによって窮地から逃れていた。

そんな理性の「恍惚」状態から現実に戻ってきたコールリッジは、岩棚の左側の少し先に細い岩の隙間《チムニー》があり、そこから下りられることに気がつく（現在「ファット・マンズ・ペリル」〔でぶの難所〕と呼ばれている隙間である）。彼はリュックサックを肩から下ろして「何の危険も面倒もなく、岩の壁の間を滑り抜けた」。そして生き延びてこの出来事を語ることになるのだが、その日はずっと「心が広がったような落着かない」心持ちだったと書いている。

一般的に、コールリッジによるブロード・スタンドの降下はロック・クライミングの嚆矢と考えられている。コールリッジ自身にとって、この脱出劇は現実を克服する理性の偉大さの証明だった。もちろんそれは間違っている。彼の脱出は理性とは何の関係もなく、ただラッキーで、窮地を脱け出す道を見つけられただけだ。どれだけ理想的なものを考えても、崖や岩を現実から消し去ることはできない。コールリッジ以来、たくさんの人びとがそのことを肌で知ることになる。コールリッジの危なかしい下山から百一年後の一九〇三年には、同じスコーフェルのホプキンソンズ・ケルン下の急な岩肌を登っていた四人のクライマーが死ぬ有名な事故が起きた。彼らはワズデール・ヘッドの教会墓地に葬られた。その墓石にはみな同じミルトン風の碑文が彫られている。「人はあるとき汚れなく満ちたりた空の天使の如くあり、次のひとときには我知らず父祖の国へと還る」。

❄

コールリッジのロック・クライミングは、山でリスクを冒すことがエスカレートする世紀の始まりを告げていた。意図された本物の恐怖への渇望が崇高が与えてくれる上品な快さを徐々に圧倒し、スリルを楽しむための条件、ルソーの言葉でいえば「身が安全」であることはだんだんと顧みられなくなっていった。ますます大勢の冒険家《リスク・テイカー》が山へ向かうようになる。イギリスの出版人で紀行作家でもあったジョン・マレーは、一八二九年のスイスのガイド本に、アルプスでは「スイスの山が気前よく差し出す幾多の危難を逃れたとしても、不意にぱっくり口を開ける氷河の恐しい裂け目に飲み込まれるかもしれないし、断崖絶壁が待ち受けているかもしれない」などと調子よく書いている。一八三六年に刊行されたアルプスのガイド本の著者マリアナ・スタークは、山へ行く女性向けに「崖から下をできる限りしっかりと見つめること」を勧めている。その理由は、スタークによれば、想像力を圧倒的な恐怖にさらすことによって、いずれは「高所からの眺めを落ち着いて楽しめるようになる」からだった。強烈な美観、高さ、そして人里から離れていること、たしかにそういったものは山の新たな魅力を構成する要素となってはいた。しかし、そこには危険という要素も伴っていた。山はリスクを満載した魅惑的な場を提協し、人はそこで、惜しみ無く降りかかる危険や困難に自らを試すことができたのだ。

十九世紀における恐怖への態度を何よりも決定づけたのは、リスクを冒すことを試練として捉える考え方だった。世紀が下るにつれて、リスクの概念は自我や自己認識とますます密接に結びついてゆく。この時代の日記や伝記や遠征の記録には、いくつかの特定のテーマや自然の風景への態度が繰り返しあらわれる。なかでも目立つのは、勝利と敗北、苦難とその報いという主題だ。こうした書きものでは、自然はたいてい敵や愛の対象として描かれている。つまり人によって征服する相手であったり、惚れ込む相手であったりする。荒々しい自然の美への関心はまだ残っているものの、さまざまな危険や過酷さを秘めた自然の風景を、試練の場、つまり自己のあり方がもっとも際立つ舞台と見なす考え方がはっきりと前面に出てきている。アルプスの雪原を踏破したり、極地のツンドラを苦労して横断することは、その人の本性を露にし、その本性が理想的な資質か否かを明らかにするというわけだ。北極探検をあつかった『ブラックウッズ・エディンバラ・マガジン』一八四七年十一月号には、この考え方をよく示す論説が掲載されている。いわく、「神意が人の前に困難を立ちはだからせる目的は明白で、それは克服のために人が知恵や能力を研ぎ澄ますことにある」。

重要なのは、野の自然の危険や美しさに触れることは、個人の資質を明らかにするのみならず、その積極的な改善にもつながっていたことだ。たとえば、ジョン・ラスキンが一八六三年にシャモニから父親に宛てて書いた手紙をみてみよう。彼は「危険がもたらす道徳的な効果はとても興味深い問題です」と書き始め、こう続けている。

しかし、これはぼくが実地に見出した知識なのですが、人が危険な場所にやってきて引き返したとすれば、それがいかにも賢明で正しい判断だとしても、それでもその人の徳性に幾許かの傷がつきます。それだけ弱く、生気を欠き、女々しく、将来に難事や過ちに陥りやすいことになるのです。その一方で、危難に正面から挑めば、その対決がどこから見ても向こう見ずで愚かなことだとしても、この対決をくぐり抜けるときはより強く、より優れた、より困難や試練に強い人となっているのです。唯一危険だけがこのような効果をもたらすのです。

「女々しさ」と生気のなさ、弱さ、過ちといったものを等価に語るラスキンの言葉は、この当時における勇敢さの理念と男性性の分かちがたい結びつきを再確認させる。同時に、危険の克服が「より優れた」人間を生むという信条においても、ラスキンの主張はやはりヴィクトリア朝的なものである。ラスキン以上によく知られた恐怖の形而上学者であるニーチェは後に、このことをさらに端的に「あなたを殺さないものはあなたを強くする」と述べることになる。リスクを冒すこと、すなわち自らを恐れさせることは、生き延びられた場合は強力な自己陶冶の手段となった。そして後期ヴィクトリア朝時代の人びと、とりわけ山へ向かうような中流階級にとって、自己陶冶は強烈な魅力のある目標だった。一八五九年にはサミュエル・スマイルズが書いた『自助論』が瞬く間に古典の仲間入りをした。スマイルズのメッセージは民主的な上辺をしたシンプルなものだ。つまり野心と努力さえあれば誰でもどんなことでもなし遂げられる、ということ。序文で彼は「偉大な人びとは……特権的な階級や階層に属していたわけではありません」と述べている。「時として貧しい生まれの者が高い地位を得ることがあります。一見して乗り越えがたく思える困難も、彼らに立ちはだかる障害にはならなかったのです」。

スマイルズの教えのひとつの要点は、困難が人の最良の部分を引き出すことだ。「安楽ではなく努力が、容易さではなく困難であることが人をつくるのです」と彼は書いている。「喜ばしきはまさに逆境の効用です……逆境はわたしたちに自分の力を知らしめ、わたしたちの活力を引き出します……困難にぶつからずにすむ人生は楽ではあるでしょう。しかしその人の価値は小さいままです」。ここから数歩進めば、自ら試練に挑む、つまり最高の自己陶治のために困難を探し求めようという話になる。スマイルズにいわせれば、いちばん無難な道は常に下り坂である。一方で、困難に挑み、乗り越える者は自らを高みへ上らせる。

スマイルズは自説を語るための比喩をあれこれ探しているが、最終的に行き着いたのが山登りであることは興味深い。「どんなところであれ、困難のある場所では個人は良かれ悪しかれ変わらざるをえません」と彼はいう。「困難との遭遇は人を強くして、技倆を鍛え、将来に待つ努力へ鼓舞することでしょう……成功への道は険しい登り坂かもしれません。そこでは頂を目指す者の力が試されます」。困難を通じた自己陶治というスマイルズの教えは、その意図においては非階級的な、つまり誰もがどんな人物にでもなれるという素晴らしいものだった。しかし、この教えをいちばん我がものにできたのはヴィクトリア朝時代のブルジョワジーであり、彼らの多くは危険な山岳地帯でこれを実践した。

大英帝国の繁栄の下、ヴィクトリア朝時代の都市民は国内の安定した豊かさと快適さを享受しつつ、ますます冒険を愛好するようになっていた。まるで、中流階級は危険という排気弁を必要としていたかのようだった。つまり過剰に保護された都市生活で溜まってくる蒸気を逃がすための弁がどこかに必要なのだ。アルプスはまさにうってつけの場所だった。なぜなら、そこには誰でもその人にあったレベルのリスクがあるのだ。ベデカー旅行案内書のスイス編の氷河の節には、読者を安心させるように「現実の氷河の危険は想像するよりも少ない」と書かれている。これはまさにその通りで、多くの訪問者にとってはこれこそが肝心な点だった。つまり、アルプスの氷河の上や、優雅に流れる氷河を囲む山中で起きるであろう、あらゆる恐しい出来事を想像はできる。けれども実際にはあまり起こらない。ごくたまに犠牲者が出るという事実でさえ、当事者以外には啓発的なことだった。なぜなら、おかげで死の可能性をまったく忘れてしまうことは避けられるし、それこそが山の体験に欠かせないものだったからだ。

ヴィクトリア朝中期の人びとが、眩暈のする高所の体験にどれほどの情熱を寄せていたかということは、人騒がせな風刺作家で起業家でもあったアルバート・スミスの成功から知ることができる。彼は一八五三年から、ピカデリーにある洞穴のようなエジプシャン・ホールで、自分の企画した「モンブラン登頂」を上演した。スミス自身はどちらかといえば書斎の人だったが、彼自身も一八五一年八月に、大勢のガイドと大量のアルコールの助けを借りてモンブラン登頂に成功していた（スミスが遠征で準備した飲物は以下の通りだった。テーブルワイン六十本、ボルドー六本、サンジョルジュ十本、サンジャン十五本、コニャック三本、シャンパン二本）。ロンドンに戻ったスミスは自分の登頂成功をロンドン中で喧伝し、一八五三年三月には登頂の物語を上演するショーを開演した。このショーは華やかなチロル風の格好をした女性の劇場案内人に始まり、スイス風の山荘の書き割り（ただしモンブランはフランスにある）、舞台奥に広がるモンブランのジオラマ、ふかふかのセントバーナード犬といったものを詰め込んだショーで、アルプスっぽさの極めつけとして寄せ木張りの床を二頭のシャモアが跳ね回り、上演中もかまわず糞をした。そしてスミスが登頂譚を朗々と語るのにあわせて、オーケストラ・ピットの楽団が「シャモニ・ポルカ」や「モンブラン・カドリーユ」といった曲を演奏する。

このショーは贅を尽くしたキッチュなアルプス芝居ともいえるが、提供されるスリルの体験は真に迫るものだった。「まずは斜交いに登り始めるのであります」とスミスはすっかり心を奪われた客を煽るように叫ぶ。これはモンブラン登頂ルートの途上にあるミュル・ド・ラ・コトの登攀のくだりだ。「足元には氷の裂け目。足を滑らせたり、杖が折れたりすれば命はありません。凍りついた岩から岩へあっというまに転落し、氷河のはるか下のどん底に激突して打ち砕かれるのです」。観客一同は戦きつつ「おお……」と息を呑む。客はどう見ても険しい山とは縁のないロンドンのピカデリーでヴァーチャルな危険に身を委ね、モンブランの切り立つ岩と氷の世界で一、二時間ほど過ごした後、劇場に照明が灯ると立ち上がって外套を羽織り、身震いする心地で去ってゆく。そこにあるのは自ら参加するのではない、見物人としてのスリルだった（このスリルはその後も滅びることなく、今でもパニック映画や大惨事をテーマにした物語を売りつづけている）。
異国情緒と壮絶さを混ぜあわせたスミスの出し物は人気を博した。ショーは六年間にわたって満席の興行をつづけ、三万ポンドを超える売り上げを記録した。ディケンズは「スミスは持ち前の技倆と快活さで〔モンブランの〕万年雪をも融かしてしまう。おかげで臆病な御婦人が一日に二度も……いささかも疲れる不安なしに登頂を果たせるのだ」と賞賛した。一八五五年の夏のイギリスは、タイムズ紙の言葉を借りれば「モンブラン熱」に席巻されていた。モンブランの至高の頂を目撃するためにアルプスに赴く観光客は増える一方だった。そしてますます多くがその登攀を試みた。

❄

十九世紀は一八五〇年に「正午」を迎え、一八五九年にはその転回点が訪れる。スマイルズの広く読まれた本が出たこの年には、チャールズ・ダーウィンの『自然の選択による生物種の起源』も刊行された。ダーウィンの理論のうち、もっとも人びとの関心を引き、さまざまに応用されたもののひとつが適者生存の考え方だった（ただし「適者生存」という言葉はもともと同時代の哲学者ハーバート・スペンサーが使ったもので、『種の起源』には登場しない）。一八六〇年代以降に、試練のためにリスクを冒すという考え方がさらに先鋭化する背景にはこの考え方があった。山が、いわば加速された自然選択のプロセスを観察できる実験室を提供するからだ。山が恐しくも人を夢中にさせるのは、ごく小さな判断の誤りが深刻な結果をもたらすところだ。都会でちょっと足を滑らせて足首を捻るほどのことでも、山ではクレヴァスに落ちたり崖から滑落したりして死んでしまいかねない。帰宅の時間が遅れることは、夕食に間に合わないことではなく闇にまかれて凍死することを意味する。たったひとつ手袋を失くしただけでも、その日は最高の一日から最悪の一日に変わってしまう。

山ではあらゆる物事が危険なくらいに増幅される。至るところに淘汰圧があり、その帰結はすぐさま現れる。したがって、山に身を置くことはその人の能力や体力が厳しく吟味されることでもあった。そしてもっとも弱い者には——当然ながら敗北が待っている。「どんな些細なことでも登山者が注意や能力を欠いていれば、適者生存の法則は彼を完膚なきままに叩き潰すだろう」。一八九二年に、アルフレッド・ママリーは単独登攀を擁護しながらそんな警告を述べている。サバイバルを重視するこの種の価値観はアメリカ、とりわけアラスカにも広まりつつあった。金鉱探しや木こりの男が集まるアラスカの酒場は、ひりつくような男性的ダーウィニズムの醸成される空間になっていた。十九世紀末アラスカで起きたゴールドラッシュの吟遊詩人というべきロバート・サーヴィスには、そのことをテーマにした短詩がある。「ユーコンの法、それは強き者のみが富を得ること／弱き者は必ず滅び、適者のみが生き延びること」。その当時以来、アメリカ西部とそのフロンティア神話は、変わることなくきわめて男性的なものでありつづけている。フリーウェイでタフなSUVを乗り回すのは現代の騎士たちであり、古典的な肉体賛美や荒涼とした自然もその当時のままだ。

では優秀な登山家や探検家が証明してみせるのはどんな資質だったのか。おそらくまずは男らしさ。これは二十世紀のマチズモにもつながる、すぐれてヴィクトリア朝的な理念だ。山に登ることは肉体の強靭さを証明し、果断さと力強さを示し、臨機応変で、他に依存せず、男性的であることの証になった。ジョン・ティンダル〔チンダル現象の発見で知られるアイルランド出身の物理学者・登山家〕は、スイスのヴァイスホルンへの初登頂を回想するときに処女性の喪失というモチーフを援用している。「わたしはこの山のもっとも高い雪を踏み、ヴァイスホルンの名望は永遠に失われた」と彼は書く。十九世紀の終わりから世紀の転換期にかけての山旅を論じたH・B・ジョージは、「地球を探検し征服する」衝動こそが「イギリスを世界最強の植民地支配国とし、あらゆる大陸の人里離れた奥地までイギリスの男たちを押し入らせた」と論じている。

そこには愛国心も関わっていた。著述家のレズリー・スティーヴンは、「本物のイギリス人は一日中岩と雪の中を歩き回り、良心が許すかぎり危険に挑むことを喜びとするものだ」と述べている。* しかしながら、風景によって露《あらわ》にされる徳性のうちで、もっとも重要視されたのは打たれ強さと寡黙さをあわせたもの、現代のわたしたちならば気骨《グリット》と呼ぶものかもしれない。気骨《グリット》とは、必要のある限りいつまでも足を一歩一歩前に進められる力のことだ。前をゆく者の足跡を休むことなくたどること。いつ先頭に立つべきかを知り、そのときに備えられること。そして何よりも、不平をいわぬこと。別の言葉でいえば果敢に、かつ正々堂々と戦うこと。テニスンの詩「ユリシーズ」から引くならば「努力し、求め、探し、そして屈服しないこと」。大英帝国時代のイギリス人は幼いころから気骨《グリット》を叩き込まれた。全寮制学校はこの資質を備えたとされる少年たちを幾世代にもわたって世に送り出してきた。これはイギリスの軍事的な成功や、探検への情熱や、帝国の建設を、つまり地図に赤い領域を塗り広げることを下支えする道徳的実質であったと考えられている。

進み来る者に対して山が求めるのもまた気骨《グリット》だった。作家・芸術家のジェームズ・フォーブズは一八四三年に、アルプスの旅は「一般市民が遭遇する可能性のある、もっとも軍事行動に近いもの」だと述べている。疲弊の極みの中でヴァイスホルンの最後の雪の斜面を登っていたティンダルは、自らを奮い立たせるために、戦場のイギリス人の評判とされる資質を思い出していた。「それは、何よりも降伏する時を知らないこと、希望という原動力が失われた後にも、義務ゆえに戦いをつづけることだ」。レズリー・スティーヴンは好んで自分を極地探検家だと考えた。「冬山で苦労して小屋まで進んでいる人は危険と戯れているだけなのだが、それでも、北極点を目指す冒険家の心情に自分を重ねてみることはできる。そして、後に残してきた船だけがこの作戦すべての拠り所なのだ、などと思ったりする」。氷雪と岩壁からなる山岳の風景はいろんな意味で特徴が乏しく、人間的なところはまったくない。それゆえに、死を賭して戦う兵士とか、冷静沈着で恐れを知らない探検家とか、自分の姿を好き勝手に想像するにはうってつけの舞台

＊ヒトラーが山の神秘的な力を強く信じていたことに加えて、苦闘する屈強な登山家の姿は、そこに結びついた逞しさや男性性の美学とともにファシズムにうってつけのイメージだった。一九三〇年代を通じて、ナチスドイツは「ナチの虎たち」として有名になる若いドイツ人登山家のチームを後援し、悪名高いアイガーのモルトヴァント（文字通り「死の壁」の意）をはじめとする難ルートへ挑ませた。彼らは大量の犠牲者を出した。ニーチェにも登山家はお気に入りのモチーフだった。彼は次のように書いている。「苦痛、それも大いなる苦痛の規律こそが人間の高みを築いてきたただ一つの規律であることを知っているだろうか……あらゆる登山者にはこの強靭さが必要とされるのだ」。

だった。

そんなふうに、十九世紀の登山家の多くにとって、山に身を置くことはほとんどロールプレイング・ゲームのようなものだった。山が差し出すのは神話の国、つまり自分をいかようにでも再発明できるオルタナティヴな世界だ。それはまさに大人の男が危険ごっこに興じられる「遊び場」——スティーヴンはアルプスをそう呼んでいた——だった。それは娯楽のアリーナであり、同時に自らを再創造する舞台でもあった。とはいえ、山の風景は依然として命にかかわるものであり、その点では自分や山の姿をどう想像するかということに大して意味はない。

❄

一年近く山と縁のない生活をしていたことがある。ケンブリッジシャーの台地に幽閉されたまま、休暇の見込みもなく働く日々の中で、わたしは垂直性に焦がれていた。唯一の慰めは、水平線を貫く黒い教会の鐘楼と、空の高みに舞い上がるような大学の建物の白い尖塔だった。一月下旬のある日、ついに限界に達したわたしはバスに乗ってユーストンまで行き、そこから友人とともにスコットランド高地へ向かう寝台列車に乗り込んだ。

目を覚ますと、列車はぎしぎしと音を立てながら凍りついた峡谷を突き進んでいた。線路の両脇にはうず高く積もった雪の断面が見えた。まるで除雪車が白い上着のジッパーを開けたみたいだ。峡谷は先の方で丸くカーブになっている。通路の窓から顔を出すと、冷気が顔を叩き、二本の眩しいロープのようなレールが、ひとつに縒り合わされながらはるか先の方まで太陽に輝いていた。

駅からヒッチハイクでケアンゴームの駐車場へ行き、黒と白のぎざぎざした城壁のような稜線がつづくノーザン・コリーズへのアプローチを歩きはじめた。戸外にいること、大きくやわらかな手に押されるような風に吹かれることが心地好かった。コリーズの山頂の上空に、一羽のカラスが羽ばたきもせずに乱流の中に浮かんでいるシルエットが見えた。わたしたちはコリーズの麓までたどりつき、九十メートルほど、ほぼ垂直に立ち上がる狭い雨裂《ガリー》づたいに高台を目指すことにした。そこからは天候次第で、さらに奥を目指すか、引き返すかするつもりだった。

ピッケルとアイゼンの助けを借りても雨裂を登るのはきつく、遅々とした歩みになった。南からの強い風によって、高台の雪が大量に北側の雨裂に流れ込み、膝ほどの深さの濃密な白い川になってわたしたちの上から絶え間なく注いでいた。見事な雪だ、息をつくために足を止めたとき一瞬そんなことを思った。圏谷《カール》を満たす風が不思議な渦やつむじ風になって、巻き上げられた雪煙がくるくると舞っている。雨裂の左右にある岩のリブは厚く氷に覆われていて、オーバーハングになっている箇所には、ひとつ残らず、がちがちになった青い氷柱のシャンデリアがぶら下がっていた。

一時間後に高台にたどりついたころには、天候はかなり悪化していた。ひどい雪だった。視程は三十メートルにまで下がり、気温も急速に低下していた。眉毛が重く、何かに引っ張られるように感じたので、手袋で触れてみるとびっしりと氷がついていた。わたしたちは雨裂の頂部のわずか下で膝をつき、ロープを巻きとろうとしていた。寒さのせいでロープは鋼のように硬くなっていた。二、三時間前には無邪気に戯れるように感じた風はすでに暴風になり、かちかちになったロープの両端がその中で鞭のように踊っていた。わたしはこの地方のガイド本で目にした警告を思い出した。〈ケアンゴームの高台における最大風速は、時速一七六マイル〔秒速約八〇メートル〕の突風が記録されている。これは軽々と自動車をひっくり返すほどの風である。〉

引き返すのは問題外だった。立ち上がることさえできない。体を起こせば崖下へ吹き飛ばされそうだった。雨裂を下りることもできなかった。わたしたちは四つん這いになり、雪が吹き溜まって凍りついている場所まで数百メートル移動して、一時間ほどかけて簡単な雪洞を掘った。その後の十二時間、わたしたちは雪洞の中で身を寄せて震えていた。両手を脇に入れて温めながら風が落ち着くのを待った。その夜は一晩中、温もりと平らな草原に思い焦がれていた。

ケンブリッジにいたときは、ケアンゴームの山々がどれほど厳しい場所になるか、すっかり忘れていたのだ。わたしの心の目が見ていたのは、鯨の背のように優美に盛り上がった雪と氷が、青銅色の冬の陽光に照らされている、そんなもっとも穏やかで美しいときのケアンゴームだった。実態はまったく事情が違う。想像されたものと現実の間にはギャップ、つまりある種の反語法《イロニー》があるものだが、山では、そのギャップは命にかかわるほど大きなものになる。

❄

十九世紀にアルプスやその他の山へ行き来する人が増えると、命を落とす者の数も増えた。そのことを問題視する者は初期から存在した。たとえばジョン・マレーが発行したスイスの旅行ガイドは、モンブランに登る者は「精神に異常がある」と断言していた。しかしこうした警告の声はほとんど無視されたままで、雪庇の崩壊や突然の落石や雪崩といった、エドワード・ブルワー＝リットン〔十九世紀イギリスの作家・政治家〕のいうところの「予見されざる不慮の危難」に遭遇する人はますます増えていった。

一八六五年には、山の危険を強烈に認識させる衝撃的な出来事が起きた。その忌まわしいマッターホルンの惨劇が起きたのは、ラスキンが父親宛ての手紙で危険のもつ道徳的効果について語ってから二年後だった。マッターホルン初登頂後の下山中に、三人のイギリス人——貴族と聖職者と若いケンブリッジ大学生という三人組——と一人のスイス人ガイドが、切り立った山肌から千二百メートル下の氷河へと転落した。残り三名は、落下した者と結んでいたロープがたまたま切れたために助かった。氷河にたどりついた救助隊は、裸になって手足が千切れた三人の死体を発見した。着ていたものは滑落の途中でもぎ取られていた。クロという名のスイス人ガイドの死体は頭蓋骨の半分が失われ、身につけていたロザリオが顎の肉に深くめり込み、取り出すためにはナイフで切り開かねばならなかった。貴族登山家のダグラス卿はブーツの片方、ベルト、手袋一組、それに上着の袖の片方しか見つからなかった。

マッターホルンの惨劇として知られるようになるこの出来事は、登山の黄金時代に翳りをもたらすものだった。とりわけイギリスでは、この明からさまに無益な命の浪費に対して戦きと興奮が混ざりあった反応が巻き起こった。高所への挑戦の中で、高貴なイギリス人の血が流されたのだ。多くの人びとは、さらに多くの血が流れるかもしれないという正しい予感をもった。チャールズ・ディケンズは、極地探検については理性的な事業として大いに関心を注いでいたものの、登山は馬鹿馬鹿しい所業だと考え、そう公言して憚らなかった。彼は「ただの見栄だ！」と冷淡に吐き捨てた。「そのような高みに登ることが……どれほど科学の進歩に寄与するかといえば、若い紳士の御一行がイギリスのすべての大聖堂の鐘楼の風見鶏にまたがることと大して違うまい」。わずか数カ月前には勇猛果敢な登山家を褒め讃えていた新聞は、時流をみて風見鶏のように意見を変え、なぜ英国人は「二度と帰れぬ深淵に行き着いてしまうことに」これほど熱心なのかと嘆いてみせたり、あるいは山登りを「堕落した趣味」に過ぎないと非難したりした。

その一方、大衆は死の報せに恐れ戦くよりはむしろ熱狂し、悲劇の詳細についてお決まりの残酷な好奇心を隠そうとしなかった。さらにいえば、多くの人びとにとって山での死は死者に威厳をあたえるものだった。滑落者のための哀歌を書いたA・G・バトラーは、死者をほとんど半神半人のように称揚し、登山を天上の戦いのように描写した。「彼らはかつて神々と闘いしティタンのごとく自然に挑み／ティタンの如く彼らもまた斃れ／希望の頂から投げ落とされた……」。バトラーの詩句は、なすすべもなく落ちてゆく瞬間の恐怖とか、骨も内臓もどろどろの塊にしてしまう落下の衝撃とか、そういった死の悲惨さには目をつぶって、滑落した者の運命を何か古代の壮大な物語のように堂々と描いた。山登りは、ディケンズが非難するように学生の悪ふざけを高尚にしただけのものではなく、大自然という至高の敵に立ち向かう壮大な挑戦であり、そのためにはどんなリスクも無駄ではないということだ。

マッターホルンの惨劇は、山でリスクを冒すことの歴史における重要な局面だった。仮に批判の声が主流になればその後の登山史の華々しい発展もなかったかもしれない。しかし最終的に勝利をおさめたのはディケンズの見解ではなく、バトラーの大袈裟な美辞だった。山登りはますます盛んになり、山に登らぬ大衆も山や冒険にますます熱狂し、アルプスの小さな村々の墓場には、登山中に落命した者が次々に埋葬されていった。生き延びた登山者のひとりエドワード・ウィンパーは、マッターホルンの惨劇と、登山という営みそのものへの戒めの文章を書いている。「望むなら登ればよい」と彼はいう。「しかし銘記すべきは、勇敢さも強靭さも慎重さなしには無に等しいこと、そして一瞬の過失は生涯の幸福を損なうことである。何ごとも急いではいけない。一歩一歩によく注意すること。そして、始めから終わりがどうなるか考えておくこと」。自身の教えをよく守ったウィンパーは論争への情熱を失わずに長い人生を送ったが、多くの者はそれほど慎重でもなければ幸運でもなかった。

❄

山は死に方には事欠かない。寒さ、滑落、雪崩、飢餓、消耗、落石、落氷による死に加えて、高山病という目に見えない敵が引き起こす脳浮腫や肺水腫による死もある。今も昔も変わることのない定番は、もちろん滑落死だ。重力は一瞬たりとも気を抜くことも休むこともない。フランスの作家ポール・クローデルにいわせれば、わたしたちには飛ぶための翼はないが、落ちる力は決して失わない。

今でも毎年何百人かが世界中の山で死に、何千人か何万人かが負傷する。モンブランだけでもこれまでに千人以上殺してきた。マッターホルンは五百人、エヴェレストはだいたい百七十人、K２は百人、アイガー北壁は六十人といったところだ。一九八五年にはスイス・アルプスだけで二百人近くが死んだ。

わたしは山登りで失われた命を世界中で見てきた。彼らは山間の町の墓地とか、ベースキャンプにつくられた間に合わせの墓に身を寄せ合って眠っている。山で死んだ者は遺体の回収はおろか発見すらできない場合も少なくなく、何かの形見だけが残されている者も多い。小綺麗な銘板が岩壁にボルトで留めてある場合もあれば、ただ岩肌に名前が彫られていたり、石や木の枝でつくられた粗末な十字架があったり、薄いポンチョの下に花が供えられていたりする。そして追悼の言葉が添えられている。幾度となく繰り返されてきた言葉が変わらぬ痛切さで胸を打つ。「……ここに眠る」「……ここに倒れり」「……を悼む」云々。そのすべての未完に終わった生。

遭難死を美化したり感傷的になったりすることは容易い。しかし思い出されるべきは――しばしば忘れられているのは――残された人びとだ。愛する者を山に失ったすべての親、子、夫、妻、パートナーたち。彼らの人生もまた満たされることなく損なわれた。山で深刻なリスクを冒しつづける者は、根本的に利己的であるか、あるいは彼らを愛する者への共感を欠いているといわざるをえない。わたしは最近、あるパーティーで、前の年に滑落事故でいとこを失ったという女性に出会った。彼女はそのことに憤りと当惑を覚えていた。なぜ彼は山に登らなきゃいけないと思ったんでしょうか、と彼女は答えを求めるでもなくわたしに尋ねた。テニスをやったり釣りに行ったりもできたはずなのに。彼女の憤りに拍車をかけているのは、その兄弟がいまだに山に登っていることだった。叔母と叔父は息子の死にひどく悲しんでいる、彼女は言った。それなのに、もう一人の息子は兄弟を殺したレジャーを熱心にやっている。少なくとも先週まではそうでした、というのは彼も落ちて両脚を折ったんです。その報せを聞いてほっとしました、と彼女は言う。これで二度と山登りはしないだろうと思ったからだ。きっとこれが命拾いになるんでしょう、これで自分勝手をやめてくれれば。静かな怒りを込めて彼女は言った。後日わたしが聞いたところでは、彼は無事に回復して両脚が使えるようになり、ギブスが外れてからひと月も待たずに登山を再開しているとのことだった。

こうした話にはなにか邪悪な魔法か催眠術でも作用しているのではないかという感覚を拭えない。ここでは山への愛が洗脳のようなものに変わってしまっているのではないか。これは登山の暗い一面を示す例であり、山登りに潜む代償の大きさを思い出させる。人が山や崖で命を危険にさらすこと、そこに不可避の必然性は何もない。山登りは宿命ではない。人は山に登らねばならないわけではないのだ。

わたしは今では、山で死ぬこと、それ自体には讃えるべき要素は何もないとほとんど確信している。むしろそこにあるのは残酷なまでに無益なものだ。わたし自身、リスクを冒すことをほとんどやめた。ロープで安全を確保する必要のある登攀はめったにやらない。山にいながらにしても、たとえば街で道路を横断するよりはるかにリスクを小さくすることもまったく不可能ではないと気がついた。そして怖気づくことも多くなった。恐怖の閾値はすっかり低下した。最近では、以前よりずっと早くあのゾクゾクして吐き気を誘う、かすかな官能を帯びたリアルな恐怖の感覚に襲われるようになった。五年前ならば喜んで歩いていたような崖の縁にも近づかないようになった。* 現在のわたしにとって山の魅力の源は、ほとんどの登山者と同じように、リスクよりもはるかにその美しさに、恐怖よりも喜びに、苦しむよりも感嘆することに、死ぬことよりも生きることにある。

しかし現実には多くの人びとが今も変わることなく山のリスクに惹きつけられ、今も変わることなく山で死んでいる。フランスのシャモニはおそらく山を愛する者の世界一のメッカだが、登ってしまう人を防ぐために旗竿にまで有刺鉄線が巻かれている場所は知る限りここしかない。アパートや教会やバーなどがアルプスの狭間にぎゅっと詰めこまれた、建て込んだ小さな街だ。現地を訪れるといつも驚かされる。ジュネーヴから山沿いの曲がりくねった道路を登っているときには、街どころか家一軒が建てられる平らな土地もないように思える。そして不意に、谷間に小さく横たわる町が現れる。周囲には氷河の点在する斜面がそそり立ち、視線は上へ、銀色に輝くモンブランの頂へ、そしてスカイラインに連なる、酸化鉄の赤い色をした岩稜へと誘われる。

シャモニでは、毎年の夏の登山シーズンに平均して一日あたり一人の死者が出ている。彼らがいなくなったことには誰も気づかない。バーに集まった友人たちが死者のために空けられた席を赤い目で見守っていることもなければ、暑い街中の通りで、悲嘆に暮れてあえいでいる両親の姿を見かけることもない。唯一の手がかりは街の上空を行き交う救難ヘリコプターのローターのバッバッバッという音だけだ。ヘリコプターが近づくとバーにいる誰もが空の方を見上げる。一瞬、それが向かう先のことを考えるのだ。

ある年の春、わたしはジェアン氷河を横断するトレッキングをしていた。シャモニの南東、フランスとイタリアにまたがる山域にある擂鉢状の氷河だ。この氷河の窪地を八キロほどわたると、フランスとイタリアを行き来することができる。その途中で、家を何軒か丸ごと飲み込みそうな大きなクレヴァスを通過する。クレヴァスを覗き込むと氷河の断面が見える。さまざまな色の氷の層だ。表面近くは白く、そこからコバルトブルー、群青色、ところどころは海のような青緑へと変わってゆく。これらの大きなクレヴァスの底の氷の層は、何世紀も前に降り積もった雪でできている。

四周には、輝く氷河の平原から突き出す有名なモンブラン山塊の尖峰《エギーユ》がみえる。空に何百メートルか飛び出している、針や塔のような形状の赤っぽい岩だ。晴れた日には、この氷河の窪地を彩る色彩、岩の赤、空の青、氷の白がまさに三色旗のようにくっきりと鮮やかだ。多くの尖峰には名がある。褐色の岩の僧衣をまとった偉大な修道士《ラ・グラン・カプサン》が静かな務めを果たしている。上空に突き出すコーヒーに染まった牙か、巨大化したアクセント記号のような巨人の歯《ラ・ダン・デュ・ジエアン》。人びとはこうした尖峰に登る。氷河を歩いていると、ときどき何百メートルか上の岩壁の隙間に蠢いている赤や白の小さな点が見える。

その日、わたしたちはイタリア側からフランス側へ氷河の窪地を横断していた。歩きはじめて間もなく、通常のルートを離れて百メートルほど進んだところで、塊になって咲いている越冬性の花のようなものに気がついた。ありそうもないことだった。ここは氷ばかりで花が育つような土はない。近づいて確かめる

＊　わたしが発見した自分の臆病さもマルセル・プルーストにはまだまだかなわない。プルーストは、ヴェルサイユからパリに移った後に眩暈と高所による不調で苦しんだと告白しているが、その高度差はわずかに八十三メートルである。

ことにした。

　それは半分ほど氷に埋もれた、握り拳ほどの大きさの粘土か油土でできた小さな緑色の玉だった。針金の短い茎のついた造花が十あまり差してあった。かつては色とりどりだったはずの絹地の花弁は、風雪でセピア色に色褪せていた。その一本の茎に、プラスチックのケースに入った小さなカードが下がっていた。産院の新生児がつけているようなものだ。ピッケルの先で引っくり返してみた。湿気でインクが流れていたが、にじんだ筆跡にいくつかの単語が読めた。愛しい君……死……山……さようなら。

　彼女に何が起こったのだろうか。どこで、どんなふうに彼女は死んだのだろう。そして誰が彼女を悼んでいるのだろう。彼女の家族がみなでここを訪れて、この小さな花の園を彼女のために供えたのだろうか。わたしは踵を返してルートに戻り、ふたたびフランスの方角へ進みはじめた。

　わたしたちは無事に氷河を渡り切ることができた。その二日後に家に帰った。留守番電話に待っていたのは、知人が山で死んだという報せだった。彼はスコットランドのベン・ネヴィスの登攀に成功した後、山頂付近の緩斜面でロープを解いた際に突発的な雪崩に巻き込まれ、それまで登ってきた高さ三百メートルの峡谷に突き落とされた。二十三歳だった。遺体はスコットランド山岳救助隊が使うくすんだ黄色のヘリコプターによって、ベン・ネヴィスとケアン・モル・ジャラグがつくる花崗岩でできた馬蹄形の山脈へ切れ込む、オルト・ア・ヴーリンという名の渓谷から運び出された。

　メッセージの再生が終わった後、わたしは電話を手にしたまま、ひんやりとする壁に額を押しつけて立ち尽くしていた。最後に彼と会ったのは、いつかの年明けに、エディンバラのアーサーズ・シートの岩壁を一緒に登ったときだった。酔っ払って笑いながら、雪の降るエディンバラの街を歩いたものだった。街灯の光がつくるオレンジ色の円錐の一つひとつに雪片が舞っていた。わたしたちはアーサーズ・シートの崖まで歩き、凍りついた岩肌で直登やトラヴァースを試みて一時間ばかりクライミングをしていた。三メートルくらい登ったところで隣り同士に並び、冷たい岩から身を離して次のホールドを探していたことを覚えている。わたしたちの髪は重力に引かれて、まっすぐ後ろへ櫛でとかしたように流れていた。

第四章　氷と氷河——流れる時間

一八六〇年の夏の盛り、シャモニ周辺の氷河はスカートの芯地の擦れる音でにぎやかだった。優美に聳え立つ近くの尖峰を除いて遮るもののないアルプスの空の下、メール・ド・グラス氷河の上には、広大な氷原に登ってきた男女の小さな集団がいくつもあった。男たちは濃い色のツイード、女たちはたっぷりとした黒いドレスを着て、高地の太陽から肌を守るために帽子のつばから薄織りのモスリンを下ろしていた。氷から照り返す陽光は、鼻腔の奥やまぶたの下までもじりじりと灼くようだった。男女いずれも滑り止めのついたブーツを履いて、先に金具のついた長さ一メートルあまりのアルペンストックを手にしていた。

グループの一つひとつにシャモニ出身の案内人がついていて、氷河の見所を示しながら、誰も疲れて落伍したり、口を開けたクレヴァスに落ちたりしないように気をつけていた（にもかかわらず、この手の事故はよくあった）。メール・ド・グラス氷河の低い方の、いちばん激しく氷が砕けているあたりでは、冒険好きが集まったグループが急な氷の斜面を登っていた。左右の青い深淵に向けて何かを叫ぶと、腹に響くような低音の木霊が深みから返ってきた。この氷河の上のコル・デュ・ジェアンのあたりでは、太陽が氷を造形して、伝説の動物や不思議な生きものたちの動物園ができあがっていた。「まるで古代の神殿に並ぶ四肢の折れた彫像のようだった」と、ある訪問者が書いている。「三日月のようなもの、翼を広げた巨大な鳥のようなもの、ロブスターの爪に似たもの、角を生やした鹿に似たもの」。氷河の上には、天の雷に打たれて周囲の山から落ちてきたと地元でいわれている、家よりも大きな岩があちこちに転がっていた。毎年の夏にシャモニを訪れる者は、お気に入りの岩が一年でどれだけ下流に進んだかを嬉しそうに確かめた。何日か好天がつづくと、氷河の表面は日射で融けるものの、岩のすぐ下の氷は融けることがなく、岩は小高い氷の台座に支えられてその場に留まった。大胆な者は、その氷河卓と呼ばれる岩の陰で昼食をとった。さらに度胸のある者は、その上に登って食事をした。

訪問客は氷河のクレヴァスに大いに関心をもっていた。勇気のある女性は腰にロープを結び、あるいはよくやるように案内人の腕に支えられて、亀裂の際まで身を乗り出した。縁からクレヴァスを覗き込むと、汚れた白い雪の色が深さとともに変わり、透き通った青色になったり、別の角度から入った光で鮮やかな緑色になったりする様を見ることができた。準備のよい者はシアン計を取り出して氷の壁の青みを測定した。そのシアン計は、目の覚めるような空の濃青色や、アルペンストックの先であけた雪の穴から漏れ出してくる淡い青色を測るときにも使われた。

その晩、訪問客たちは投宿したオテル・ダングルテールの暖炉の前に腰を下ろして、氷上で命を落とした人びとのことを語りあった。たとえばグリンデルワルト氷河の、ひとりがようやく入れるような細いクレヴァスに転落したフランス人牧師のこと。牧師に結ばれたロープを追ってクレヴァスへ下りた案内人が目にしたのは、「見事なアーチ天井のかかった巨大な氷のホール」の奥に、不自然な格好で横たわっている牧師の遺体だった。あるいはその前年に、大勢の者が訪れるボワ氷河の先端で、氷のアーチから落ちてきた氷塊に潰されて死んだ若い女のこと。

メール・ド・グラスまでのきつい登りを嫌う者のためには、谷の方へ流れ出しているボッソン氷河があった。この氷河は斜面に暗く茂って雪崩を押し止めているマツ林を通りぬけ、シャモニとセルヴォを結ぶ道路に届きそうなところまで迫っていた。氷河の下からは濁った水がほとばしるように流れ出し、道路の北側に細い川を穿って流れ下っていた。この水はやがてローヌ川の青い源流に合流する。

ここでは道路のすぐ脇にも目を見張る光景がいろいろあった。見物にやってきた人びとは、わざわざ無理して疲れる必要がなくてよかった、と口をそろえて言った。その最後尾からシャモニの案内人が説明をした。氷河がかつてあったマツ林をまるで苗木を倒すように押し流し、焚き付けにするかのように粉々に砕いたこと。太陽が高く気温が上がるときには、嵐に揺れる船の家具が立てるような氷が軋んだり唸ったりする音が聞こえること。そして、氷河の鼻先では氷が引き裂かれて、無数の氷のオベリスクが立ち並んでいること。

ボッソン氷河を訪れた者の多くは、そこがおそろしく不穏な場所であることに気がついていた。ゆっくりと暴力的に流れる氷河が、それがあるべき高度よりもはるかに下の谷の中にまで届いているのだ。その凶暴で、ほとんど非道ですらある莫大な氷の陰で日々の生活が営まれている。この土地の者は氷の進む先を推し量って、それを避けるように小屋や家を建てなければならない。そうでなくとも彼らの多くはこの氷河の犠牲になっている。日常的に飲んでいる氷河の雪解け水は腎臓に沈殿物を蓄積させ、顎の下にできる甲状腺腫の原因となるのだ。

もちろん、そんなことは訪問客の問題ではなかった。彼らはむしろ、アルプスの灌木林をかきわけて、氷の陰で残り火のような輝きをみせる小さな酸っぱいイチゴを探したり、氷河から数歩しか離れない場所に生えている、深い青色をしたリンドウの群生地を見つけたりすることを大いに楽しんでいた。そもそも彼らは、流れる氷のスペクタクルが生み出す、あの喜ばしい恐怖をわざわざ味わうためにシャモニへやってきたのだった。そして御者が鞭を一振りして、馬車がガラガラと音を立てながらジュネーヴへ走り出し、鉄道駅を経て、氷のないイギリスへと運ばれてゆくうちにそんなこともまたあっという間に忘れられてしまう。

誰もが氷河に魅了されたわけではなかった。一八三〇年代には、不満足そうな訪問者がオテル・アンペリアルの宿帳に次のような四行詩を書き残している。「タルトーニが出すアイスクリーム《グラス》が欲しい／メール・ド・グラスは君に進呈だ／僕にはあのアイスとケーキの方がいい／あの氷の海を渡るのはもう御免だ」。この短かい詩の書かれた宿帳のページはよく開かれていた形跡がある。というのは、この詩自体がちょっとした名物になっていたからだ。伝わるところでは、この男は翌日にタレーフル氷河の付近で雪崩に巻き込まれて行方不明になり、この詩は彼の最後の言葉になったとされている。

仮にこの男が噂のような死を遂げていなかったとしても、このページはやはり人びとの関心を引いていただろう。なぜなら、これは感嘆の声がびっしりと書き込まれたノートの中では異色の意見だからだ。シャモニのどんなホテルでも同じだが、オテル・アンペリアルの宿帳は氷河や山岳を讃える文集のようになっていて、まさしく日中に山のあちこちから聞こえていたのと同じ「雄大な」とか「崇高な」といった文句が繰り返されていた。登山家であっても、あるいはただ散歩や見物にやって来た者であっても、訪問客の大半にとって、これらの雄大な氷の河は深い驚きを心に刻む印象的な光景だった。一八六三年以降、スイスへ向かうすべての旅行者の必携となったガイド本の著者カール・ベデカーは、『スイス旅行案内』の序文に次のように断言している。「氷河は混じり気のない夥しい量の青い氷の塊であり、これはアルプス地方でもっとも目を見張るものである。スイスにはこれ以上に驚異的で、同時にこれほどの風変わりな美しさを湛えたものはほかにない」。とはいえ、これは何ともおかしなオブセッションだ。ただの氷の塊を人びとがこれほど熱心に観賞したり、その上によじ登ったりしたがるのは奇妙なことではないか。

しかしそのころ、機械化と物質主義に包囲され、神秘に飢えていた人びとにとって、氷河は至上の謎を秘めた存在だった。氷河の歴史や運動はまだ十分に解明されていなかった。こんな塊が大地をどのように動いているのか、本当のことを分かっている者はいなかったし、それどころか、氷河の氷は液体なのか固体なのか、それとも、液体のように流れて固体のように割れる曖昧な物体なのか、そんなことすらも知る者はいなかった。さらに、一八四〇年代以降には、地質年代上のある時点まで、氷河は現状よりはるかに大きく広がっていたことが明らかになってきた。その証拠は、途方もなく強い力で削り均されたような、磨かれて筋の刻まれた岩盤がヨーロッパの至るところに存在すること、そして角の丸まっていない大きな岩が原産地と思われる場所から遠く離れた地点で見つかることだった。

＊

二十二歳のとき、わたしは天山山脈への登山遠征に参加していた。天山山脈は、中国西部から中央アジアのキルギスやカザフスタンまで広がる人里離れた高山帯だ。錆の浮いた旧型のヘリコプターはわたしたちを山間に下ろすとすぐに飛び上がり、騒々しい音を立てながら上空の霧の中へ消えていった。

わたしたちの東側には優美な峰の連なる山並みがあり、その向こうは中国だ。北側にはさらに大きな怪物のような山塊があり、その背後にはカザフスタンがある。わたしたちはゆっくりとベースキャンプまで登りはじめた。目指すのは、イニルチェク氷河の黒っぽいモレーンの上に、テントや小屋が身を寄せて集まっている場所だ。

イニルチェク氷河は世界で三番目に体積の大きな氷河だ。天山山脈の山並みの間を八十キロメートルにわたって分厚い氷の河が流れている。Y字型をしていて、二股になった上流部分では何十もの氷河の支流がスローモーションで流れ込み、氷瀑の上を自動車ほどの大きさの氷の塊がゆっくりと落ちてくる。わたしはイニルチェク氷河のモレーンの上に何週間か滞在した。夜、テントの中にいると、氷河の立てるさまざまな音が聞こえてきた。氷河の巨体の身じろぎで削り取られた岩同士がザリザリと擦れあう音。氷河の奥底から聞こえてくる、氷の割れる呻くような音。一八四三年に、スコットランド出身の物理学者・氷河学者のジェームズ・フォーブズがモンブランの氷河について書いた、「すべてが動き出す直前にある」というフレーズを思い出させた。

引っくり返した岩の上で巧みにカードを配っている手の動きとか、太陽が山の陰に沈んだ後に体を温めようとする足踏みとか、キャンプにいるわたしたちのそんな動きは、氷河の運動に比べればほとんど軽薄なほどにすばしこく思えた。ただし時には、山がその手の技を見せつけるような、大きな動きもあった。叫び声のような大音響とともに氷瀑から氷の塊が剝がれ落ちたり、何かが砕かれるような音を立てて雪崩が起きたり、といったことだ。

あるとき、まだ日が高い時間に、東のはるか遠方から、かすかな破裂音と、吠えるような低い大きな音が聞こえてきた。その方角を確認した。あまりに遠く隔った出来事なので、すべてが緩慢で、減速されているように見えた。キルギスと中国の国境にあるポベーダ峰の山腹を、数分ほどに感じる時間をかけて雪崩が駆け下っていた。大規模な、それまで見た中でいちばん大きな雪崩だった。何万トンという雪と氷が静寂の中を落ちていった。やがて落ちた先で氷河にぶつかると、雪崩が巻き上げた白煙と粉塵が白い絨毯を広げるような大波になり、一キロに達するほどに広がっていった。二十分経っても、氷河の上には白い帳《とばり》が漂ったままだった。わたしたちはポベーダの北面にいるはずのスペイン隊の安全を思って二、三の言葉を交わし、やがてカード遊びを再開した。

一見すると、氷河は生命の気配のない無味乾燥なもので、その魅力は荒んだ茫漠としたあり様にしかないように思える。透き通った薄い冷気のせいで、写真のように凍りつき、ぴたりと静止しているように見える。十八世紀の旅人たちは、氷河を砂漠になぞらえるのがお決まりだった。しかしまさに砂漠と同じように、目を凝らしていれば氷河もまた別の姿を見せはじめる。誰も同じ川に二度入ることはできない、そうヘラクレイトスは言ったが、彼がもう少し北の方に旅をしていれば氷河についても同じことを言っただろう。氷は、まさに不変の流れという古のパラドックスそのものだ。

モレーンから氷に乗り移るたびに、イニルチェク氷河では何かが変わっていた。氷河は一日の中でも表情を変えた。寒い朝には引き締まった白色をしていた。正午になると太陽が氷の表面を彫り込み、小さくもろい氷の樹々をつくり出した。高さ十センチ弱の青みを帯びた銀色の森が、何キロにもわたって氷河の上に広がる。午後遅い時間には、濃密な液体のような陽光が、暗い色をした氷上の岩を黄色がかった獣に変えた。融けた水は氷河の窪みにたまり、黒い塗料のように輝いていた。ある夜、氷河の上にいるときに、大粒の重そうな雪が風に吹かれて舞いはじめたことがあった。ヘッドランプの光の中で、まるでわたしが深宇宙をワープ移動しているみたいに雪が流れていた。

氷河でいちばん好きな時間は夕暮れ時だった。太陽はいつも足早で、一瞬のうちに峰々の向こうに落ちていく。なので夕暮れは短く、岩陰に暗さが増し、気温が急降下する四十分ほどの時間だった。氷河から下りて氷の脇にいると、夜に向けて氷が引き締まる気配を感じることができた。氷の上数センチに手を浮かせていると、氷の冷気が脈打つように伝わってきて、まるで大理石のようだった。融けて大きな水溜まりができている場所では、水面のわずか下にジグザグの氷ができ、やがて下に水を閉じ込めたまま厚みを増して鉄板のようになった。その場にかがんで浅い窪みに溜まった水を何分か観察していると、周囲から内側に向けてぎざぎざの氷が広がっていき、やがて中央でしっかりとひとつに結合した。まるで閉じてゆくひよめきか、小さな氷河期を見ているようだった。

氷河見物は単なる十九世紀の流行り物ではなかった。「ヘルヴェティア〔スイス西部を指す古称〕の氷の結晶のような山々」といった、ヨーロッパ奥地の奇景についての報告がロンドンに届くようになったのは一六六〇年代のことだ。その最初期のもののひとつは、一六七三年二月九日に、ロンドンの最上級の学識団体である王立協会の『フィロソフィカル・トランザクションズ』に掲載されたムラルトゥス氏による報告だった。この記事にはグリンデルワルト下氷河を描いた簡単な図版が付されていて、切り立った峡谷を流れ下る一群の氷の塔が描かれている。「氷の山は一見の価値がある」とムラルトゥスは自信をもって述べ、さらにこう続けている。

この山は……非常に高く、亀裂の入るけたたましい音を立てて少しずつ伸び、年ごとに周囲の平地に拡大している。氷が破裂するときには大きな穴や隙間がつくられる。これはいつでも起きているが、殊に夏の盛りに頻発する。暑い時期には、猟師は獲物が腐らぬようにそこへ吊るしておくことがある。……陽が差しているときにはプリズムを覗くようにさまざまな色が見える。

❄

「けたたましい音」で存在を誇示しながら、思い出したように周囲の大地を飲み込み、太陽の光を七色に分け、前触れもなく粉々に砕けるこの動く山を、ロンドンの人びとはどう受け止めたのだろうか。もちろんロンドンの住人も氷はよく知っていた。冬になるとテムズ川はしばしば氷結し、ランベスからブラックフライヤーズまで馬車で行けるほど厚い氷が張ることも珍しくなかった。ただしそれは手に負える、利用できる氷だった。氷の隅にはテントが張られ、真ん中の辺りではスケートを履いた人びとが氷の粉を散らしながら8の字を描いて滑ったりもしていた。ロンドンの氷は、戦いを挑むかのように「おそろしい轟音を立てて……辺りの住人が震えあがらせながら……広がってくる」氷の山とはまったくの別物だった。

十八世紀が始まるころには、イギリスでも氷河の評判が広まり、ソールズベリー主教の息子ウィリアム・バーネット（トマス・バーネットとは無関係）は、一七〇八年十月十二日の手紙に自ら現地に赴いたと書いている。「スイスの氷の山を見るために現地へ赴くことにしたのです」と彼が書き送った相手は、著名な博物学者のハンス・スローン博士だった。スローンは王立協会の書記を務めており、彼自身も報告をこの年の王立協会の『紀要』に載せていた。「そこで、ベルンから二日の旅程である山、グリンデルワルトへ向かいました。そこで見たのは、二つの山の間にある氷の河のようなものでした。二つの枝に分かれていて、山の上から谷底にかけて巨大な塊がところどころに膨れ上がり、そのいくつかはセントポール大聖堂よりも大きなものでした」。

かつてのジョン・デニスのように、バーネットもまた読者が、つまり科学に通じたロンドンの人びとが目にしたことのないものを形容する難しさに直面していた。彼が喩えに選んだのは、この都会に暮らす王立協会会員にとってこの上なく分かりやすく、喚起力のある大きなもののイメージ、すなわちセントポール大聖堂だった。このクリストファー・レン設計の大聖堂の建設はすでに三十三年間つづいていて、一七〇八年の時点で竣工まであと二年というところだった。ロンドンの住人ならば誰でも、低空につらなる街のスカイラインに一際高く、優美な曲線を描く灰色の丸屋根を目にしたことがあり、誰もがその見事な均整に感嘆したものだった。バーネットの報告を読んだ者は、したがって、文字通りの「氷の河」というグリンデルワルトの氷河の様態と、「レンの大聖堂よりもさらに大きなもの」というその大きさの鮮明なイメージを受け取ることができた。氷の河としての氷河のイメージは、その後の数十年間にわたって氷の山を喩えるときのお決まりになった。まさにぴったりの比喩として、人びとの想像力にすんなり入り込んだのだ。

しかし、それだけ示唆に富むことを述べているにもかかわらず、バーネットはただ眺めただけだった。氷に近寄ろうとも、触れようともしなかった。イギリス人が実際に氷河の上に足を踏み入れて、そのことを書き残すまでには、それから三十年の年月と、目立ちたがりの大法螺吹きの登場を待たねばならなかった。

❄

一七四一年の夏の夕方、ジュネーヴとシャモニの間の小さな町サランシュの平原に、白いテントの並ぶ小さな宿営ができあがっていた。近くの畑では、わずかに色づきはじめた小麦とライ麦の穂が六月の太陽に照らされている。宿営の外には二頭の荷馬が杭につながれ、それぞれの背中に食糧で膨れ上がった袋を載せている。その近くには銃をもった三人の男がいて、次第に暗さを増す周囲の様子に目を凝らしていた。彼らは少しずつ集まってくる地元の人びとを警戒しているのだ。厚いキャンバス地のテントの入り口が時おり持ち上げられ、若い男が顔を出して辺りを見回す。地元の住人が見物に来るのはこの男のためだった。彼はターバンをきつく巻き、レヴァント地方の豪族のようなたっぷりとした衣をまとって、反り身の小刀を腰に下げ、同じように反り返った奇妙な靴を履いている。そして仲間と並んで歩きながら、見物人の驚いた顔を見て笑い合った。雇い主の奇態にはもう慣れたのか、警備に立つ者はひと言も言葉を発さずに、馬の背の荷物に手を伸ばす者がいないか目を光らせていた。

スルタンの格好をしたこの男はリチャード・ポコックという名の志の篤い聖職者で、旅行癖にとりつかれた人物だった。同行者はウィリアム・ウィンダムといい、十五世紀に遡るノーフォークの名家ウィリアム・ウィンダム一族の当主ウィリアム・ウィンダムの長子で、兄弟のうちもっとも手に負えない人物だった。青年ウィンダムに手を焼いた父は、政治家一族の若者にふさわしい振る舞いを身につけてほしいという期待のもとに彼をジュネーヴへ送り出したが、本人は現地であらゆる娯楽に首を突っ込み、娼婦を買ったり喧嘩をしたりするばかりだった。

シャモニの氷河を見物したがったのはウィンダムだった。ロンドンにいる間に、ただただ見事なものだという噂を耳にしていたのだ。一方でジュネーヴの住人はといえば、それほど遠くないにもかかわらず、氷河を見に行ったことのある者はわずかしかいなかった。この街に住む敬虔なカルヴァン主義者の多くは、神は粗野で罪深い住人を罰するためにシャモニを氷の河で襲わせ、いつまでも続く災いをもたらしているのだと信じていた。ウィンダムの氷河旅行の同行を買って出る者はなかなか見つからず、ようやく出会ったのがリチャード・ポコックだった。ウィンダムは公刊された遠征の記録に、ポコックについて「この紳士はレヴァントとエジプトの旅行から最近ジュネーヴに到着したばかりで、いずれの国も実に詳細な探訪をしてきた」と書いている。

二人が装備と食糧をたっぷりと準備し、ジュネーヴ人の用心棒を三人雇い、小さな馬の隊列を組んでシャモニへ出発したのは一七四一年六月七日のことだった。ジュネーヴからボンヌヴィルまで二十キロばかり馬に乗り、さらにアルヴ川に沿って「さまざまな快い風景を楽しみながら」先へ進んだ。最初の晩に野営をしたのがサランシュの平原で、ポコックがスルタンのような格好をして地元民の好奇の的になったのはこのときだった（この衣装は、彼がサッカラで見つけたミイラの棺やイシスの石像などといっしょにエジプトから持ち帰ったものだった）。

谷の住人には彼らが氷河に足を踏み入れようとしているという噂が広まり、いよいよシャモニ近郊のモンブランの山影に届くところまで来たときには、修道院長がやってきて愚挙を思い留まらせようと二人を説得した。しかし、最初に目撃した氷河の末端がそれほど印象的ではなかったにせよ――ウィンダムは「ただの白い岩か、山から流れる水が凍った巨大な氷柱《つらら》のようなものだった」と残念そうに書いている――この二人は進路を変えなかった。ウィンダムは後に、「自らの強さと決意を頼りに、我々はこの山へ挑む決意を固めたのである」と述べている。

高地対策のための水で薄めたワインを瓶に詰め、ジュネーヴ人の従者を野営地に残して、ウィンダムとポコックは氷河の端を登りはじめた。「家ほどに大きいので、当初は岩だと思ったいくつかの氷の塊」を通り過ぎ、雪崩の通り道では息を殺して急いで横切った。氷塊や打ち砕かれた樹々が雪崩の猛威を物語っていた。二人は五時間をかけ、ところどころで危ない登攀も行ないながら、苦労して高台にたどりついた。そこで足を止め、水で薄めたワインの栓を抜いて祝杯を挙げ、眼前に広がる荒れ狂う大洋のような氷に見入った。

ウィンダムの遠征の報告は、王立協会の『紀要』を含めてイギリスや大陸ヨーロッパのいくつもの学術雑誌に掲載され、彼の冒険はイギリス全土に知られるものとなった。リチャード・ポコックは自分の貢献を言い立てることにはあまり興味がなかったとみえ、旅の回想録ではこの遠征に言及もしていない。ポコックは一七六五年にアイルランドで卒中を起こして不帰の客となったが、その名は本人の生きた時間よりもはるかに長い間、人びとの記憶に留まることになる。その理由は、メール・ド・グラス氷河の上をゆっくりと運ばれる岩に彼の名前が掘り込まれていたこと（これは偽スルタンに魅了された地元の住人が名残を惜しんでハンマーと鑿で刻んだものだった）、そして彼がアイルランドのアードブラッカンにレバノン杉の種を植えたことによる。レバノン杉の子孫は今もまだ健在で、沼がちで高い木のない土地に暗い梢が忽然と立ち上がっている。

「それをどう正確に分かってもらえばいいのか、非常に困惑するところだ」と、ウィンダムは氷河について記している。「というのは、わたしがこれまでに見たどんなものにも似ても似つかないからだ」。その三十年前のバーネットと同じように、ウィンダムは何にも似ていないもの、喩えようがないとしかいえないものを「分かってもらう」必要に迫られた。彼は間接的に説明する、つまり別のイメージを利用することにした。「もっとも近いのは、グ、リ、ー、ン、ランドの海について旅行者が述べていることだと思われる」と彼は書いている。そして「湖に強風を起こして波を立て、一瞬のうちに凍りつかせたと思ってほしい」と。プリマスから西に船出して、未知の世界の果てを目指して北方に向かった数少ない旅人の記録に基づくこの喩えは卓抜なものだった。彼らは、寒さでガチガチに凍りついた海とか、吐息が凍りついて甲板に落ちてカラカラと音を立てるほどの冷気とか、そういった土産話を持ち帰っていた。

凍りついた荒れ狂う水面、というウィンダムのイメージはメール・ド・グラスを語るときのお決まりの表現となってゆく。そして世界中の氷河についても同じ言い回しが使われるようになる。ウィンダムは、氷河を一時停止した莫大な力のように感じ取った最初の人物だった。華やかな筆致で記されたその報告は、高山は別世界だというヨーロッパ人の認識を後押しした。そこは、自然の要素が相互に転生する場所だと思われていた。つまり水は氷に、氷は水になり、アルプスの陽光の下でも雪が永遠に融けることのない世界だ。ウィンダムの三年後に同じように氷河に旅したフランスの技師ピエール・マルテルは、目の前の光景の描写を試みるものの、ウィンダムのイメージよりも「適当なものが思い当たらなかった」と記している。喩えとはそういうものだが、ウィンダムの喩えはマルテルの世界の見方をも規定していたのだ。

一七六〇年になると、オラス゠ベネディクト・ド・ソシュールがアルプスをひとつの新しい世界、一種の「地上の楽園」とみなして本格的な探検を行なうようになった。ソシュールはほぼ確実にウィンダムの報告を読んでおり、メール・ド・グラスの上のポコックの岩も訪れている。彼は氷河の見かけを説明する際には、ウィンダムのイメージをより細やかに発展させた。氷河は「突如として凍りついた海のように見える。嵐の最中ではなく、風がおさまった一瞬の、波はまだ高いが鈍くなって丸みを帯びている姿だ」と彼は書いている。カール・ベデカーは、この一節をスイス案内本のあらゆる版で引用した。その結果、この一節は氷河の驚異を見物にやってくるヴィクトリア朝時代の無数の人びとの脳裏に凍りついたように固着した。彼らはそれ以外に氷河の光景を想像する術がなかった。ウィンダムは百年の時間を超えて氷河旅行者の想像力を掻き立て、ただひとつのメタファーで凍結させたのだ。

「氷河」glacier という言葉は、一七五五年にサミュエル・ジョンソンが編纂した浩瀚な『英語辞典』には含まれていない。つまりこのフランスからの外来語が正式な英語の一部となるにはまだ時間が必要だったが、一方で混沌とした氷の海、という目新しいイメージは当時すでに多くのイギリス人の心を掴みはじめていた。イギリス人にとって、氷河の外見や動きは、彼らの文化が強く必要としていたものへの解答のように受け止められていた。ウィンダムとポコックが先鞭をつけた後には、大量のイギリス人旅行者が期待に胸を高めて氷河やモンブランの巡礼に向かった。この旧世界の最高峰である白い山《モンブラン》を凌駕するのは、世界中でもアンデスの神秘的な高峰しかないと考えられていた。

一七六五年の時点では、訪問者が泊まれるシャモニの宿は司祭の館だけだったが、毎年夏に氷河を見物に訪れる千五百名の旅行者を迎えるために、一七八五年までに三つの大きな宿ができた。シャモニはにわか景気に湧き、経済はおおいに潤った。地元でつくられる透き通った黄金色の蜂蜜はお土産として人気を博し、遠く離れたパリの食通の間でも評判となった。住人は家々の前に敷物を広げ、自然が産んだ品物の数々を並べてみせた。多くは化石や結晶の類だ。大きな水晶や煙水晶の結晶、苔瑪瑙《こけめのう》、大粒の縞瑪瑙《しまめのう》の首飾り、晶洞石《ジオード》、そして小さな電気石《トルマリン》。シャモアの角や、ごつごつとしたアンモナイトのような螺旋型の角が生えた雄のアイベックスの頭骨もあった。

ヨーロッパ中の人びとが氷河を見に訪れていたが、もっとも数が多く、いちばん熱を入れて氷河を礼賛していたのがイギリス人だったことは間違いない。スイスを旅していたゲーテは、一七七九年の冬に「氷の上を歩いて、その巨大な塊を間近に観察する」ためにシャモニを訪れた。彼は「大波のような結晶の断崖の上を百歩あまり」歩き回ってから堅い大地《テラ・フィルマ》に戻り、メール・ド・グラスを一望できるモンタンヴェールの岩場に登った（このおよそ一世紀後に、ヴィクトリア朝後期のある旅行者が「大地は堅ければ堅いほど安心だ《ザ・モア・ファーマー・ザ・レス・テラー》」という地口を宿帳に書き残している。おそらくこの人物は氷上で恐怖に震えたのだろう）。ゲーテはそこでひとりのイギリス人に出会った。ブレアとだけ名乗るその男は「そこに簡素な小屋を建て、自分や客人が窓から氷の海を観察できるようにしていた」。「氷の見物に実に熱心なことである」とゲーテは日記に記している。

メール・ド・グラス。G. S. Gruner, *Die Eisgebirge des Schweizerlandes* (1760)収録の銅版画。
右下隅に見物客が描かれている。

南イニルチェク氷河を徒歩で横断した者はこれまでに数百人くらいのものだろう。これは厄介な行程だ。氷河の真ん中には砂丘のような氷の丘が無数にあり、その上には手がかりになる岩のようなものはなく、堅い氷の表面が滑らかに盛り上がっているだけだ。氷の丘の麓には融け出した水が緑色の川となって轟音を上げて流れ、やがて氷に穿たれた真っ暗な大穴で唐突に消える。丘と丘をつなぐように細く青い氷の尾根が伸びているが、その上は屋根の棟瓦《むながわら》のように丸みを帯びている。わたしたちは綱渡り芸人のように両腕を広げてバランスをとりながら、そろそろと足を踏み出してその氷の尾根をわたっていく。やむを得ない場所では懸垂下降して谷に降り、川を跳び越え、ピッケルとアイゼンをたよりに次の丘の上まで登る。氷河の幅はわずか三〜五キロ程度だったが、横断には七時間かかった。わたしたちは暗がりの中、山裾のごつごつとした岩場にテントを張った。頭上には白い皿のように平板な月が見えていた。空気の薄さと、転落するような感覚に眠りを邪魔されながら途切れ途切れに眠った。目を覚ますと、テントの内側一面に霜が降りていた。

＊

明くる日は青空で、冷たい空気は陽光に満たされて目に見えない炎で燃えているようだった。この天気は危ない。三十分も日に当たれば肌は真っ赤になり、一晩経つと水ぶくれになる。わたしたちは手袋をしっかりとはめ、白いガーゼのような薄地の布を何メートル分も頭に巻きつけ、氷原用のゴーグルで目を守り、一言も発しないまま、氷河の北側のへりを何キロか歩いた。午後の半ばに一ヘクタール以上の広さのある大きな氷河湖に着き、その湖畔に幕営した。湖をとりまく青い氷にテントのペグを打ち込み、モレーンの岩でフライシートをおさえた。湖面には、周囲の山並みを真似たように切り立った形をした一群の小さな氷山がゆっくりと流れていた。

テントを張り終えた後、湖岸の温められた岩に横になり、平たい石を積んで小さな塔をつくった。眠る者もいた。午後のその時間、大気は熱を帯び、動きを止めた。岩の表面から熱気が立ち上り、粘りけのある波のように脈打っているのが見えた。氷山も動きを止めていた。水の表面は金床のような色をして、鋼のように穏やかだった。湖に飛び込んだら氷の上に投げた石のように水面を跳ねてつるつると滑っていきそうだった。透き通った湖底が、沈んだ金属の塊のように日光を反射していて、それだけが深さの手がかりだった。わたしは身を起こして、膝を抱えたまま、何時間にも感じられる間、水面を見つめていた。そこにじっとしていると、時間が止まったようだった。太陽の光が風景も湖も石にしてしまったようだった。時間の流れを思い出させる動きやリズムを保っているのは、はるか頭上で現実とは思えない生成と変容を繰り返している雲だけだった。それを別にすれば、自分は今どの時代にいてもおかしくない。そのときには、この眩しい氷と暗い岩が織り成す情景以上に確かなものはなく、それ以上に永遠のものもない気がした。すでに永劫の時間を過ぎた後に、ただそのままに続いてゆく光景。わたしを凌駕して、わたしを超越した風景。わたしはたまたま、何の影響を及ぼすこともない、正真正銘の傍観者としてそこにいるだけだ。

やがて、予想もしない雨が降りはじめた。大粒の水滴が、わたしたちの座っていた灰白色の岩の上で跳ねて散った。雨は大気を割り、石を打ち、湖を沸き立たせて無数のユリの紋章が並ぶ花畑に変えた。

聖書外典に、敬虔なイギリス人の背筋を寒くさせる詩句があった。罪の蔓延した地上への神罰が死をもたらす酷寒として訪れる、世界が「北の酷寒」に包み込まれて凍りついてしまうと述べるものだ。その無慈悲ですさまじい一節は次のようなものだった。

主は塩のように地上に霜をまく。北からの冷風が吹き、水は堅い氷となる。北風は水のあるところに限なく吹きつけ、水面は鎧のようになる。それは山々を食い尽くし、火のごとく荒れ野を焼き払い、草木を燃やし尽くす。

この終末論的な氷雪は、まさに黙示録に描写された天から降る火のように無慈悲な破壊の限りを尽くす。抗えるものは何もない。

十九世紀には、世界が凍りついて破滅するという、聖書外典の災厄のヴィジョンが現実として認識されるようになっていた。地質学は地球の歴史に少なくとも一度の氷河期があったことを発見し、科学は同じことが将来にも起こりうると示唆している。十九世紀後半の人びとは、人類が氷河期と氷河期の間を生きていることを受け容れざるをえなかった。あまりにおそろしく、あまりに圧倒的なこの認識に人びとが、とりわけ温暖で緑豊かなイギリスの人びとが順応するには数十年の時間を要した。少なくともキリスト教徒にとって、その恐怖を和らげてくれるのはそれが神による世界の浄化であること、つまりその寒さが清めとして到来することだけだった。

一八一六年の厄災の夏〔この年は異常気象による「夏のない年」として知られる〕にサヴォワの氷河を訪れていたパーシー・シェリーは、そんなふうに心を慰めてくれる宗教的感情をもっていなかった。コールリッジは「シャモニの谷の日の出前の賛歌」の序文で「誰がこの驚異の谷で無神論者でいられるだろうか」と問いかけた。七月の半ばにシャモニに到着したシェリーは、宿帳に「無神論者《アテオス》」と署名することでこのコールリッジの大げさな修辞疑問に答えている。

到着の翌日にシェリーはボッソン氷河を訪問した。アルプスで見た自然の造形の中で、氷河はいちばん深い印象を与えたようだ。彼は山中の経験についての考察を、友人の小説家トマス・ラヴ・ピーコックに宛てた二通の長大な手紙で書き送っている。氷河についての彼の見解は長文で引用するに値する。というのは、公刊されて多くのイギリス人に読まれたこの書簡は、十九世紀後半の想像力につきまとう、未来の氷河期のヴィジョンを驚くほど先取りしたものになっているからだ。

〔氷河は〕絶え間なく谷に流れ込んでいます。遅々とした、しかし抗いようのない歩みで周囲の牧草地や森林を破壊していきます。溶岩流ならばものの一時間で完遂してしまう荒廃の過程を、途方もない時間をかけて、しかもそれ以上に有無を云わせずに展開していくのです。ひとたび氷が流れ下ってきた場所には、どんなに強かな植物も育つことはありません……氷河はひたすらに前進をつづけます……山々の残骸である巨大な岩や、莫大な量の砂や石を、その流れの源の一帯から引き摺ってくるのです……氷河の一辺を画する森のマツの木は、投げ出され、ばらばらになってその足下に散らばっています。氷の亀裂のすぐそばで、枝をもぎ取られた数本の木の幹が根こそぎに引き抜かれたままに立っている様には、何か表現しようもなく恐しいものがあります……この氷河をつくり出した雪がますます降り積もり、谷間の温度がこれまでに流れ込んだ膨大な氷を融かすこともなければ、帰結は明らかです。氷河は成長をつづけ、少なくともこの谷から溢れだすまでは消えることもないでしょう。

ビュフォンによる壮大だが陰鬱な学説に深入りしようとは思いません。それは、わたしたちがいる地球は、将来のある時点で、極地や、地上のもっとも高い場所でつくられる氷に侵食されて氷雪の塊になってしまうという話なのです――

そして、シェリーは地球が氷の墓場になるという悪夢について言葉をつづけている。この手紙はある程度公刊を見越したものであったため言葉づかいが時おり大げさになっているが、彼が氷河に心を揺り動かされたことは疑いない。とめどなく広がってゆく氷河を止められるものはこの地上に何もない。十分な時間さえあれば氷河は本来の場所からあふれだし、谷を埋め、極地の氷と融合して世界をすっかり覆い尽くしてしまう。シェリーはそう思った。そしてすでに見たように、当時の地質学は世界にはまさにそれに必要な時間がありあまるほど存在していることを明らかにしていた。

この一八一六年の夏には、将来地球が凍結してしまうという話がほかの年以上に本当らしく思われた。前年にインドネシアでタンボラ火山が噴火し、その粉塵と灰が貿易風に乗って世界中に運ばれた。噴出物の微粒子はヨーロッパやアメリカの上空で奇妙な形状にまとまり、極地の探検家がよく報告するような光のショーが観察された。ターナーの絵画のような、燃えるように鮮やかな夕焼けが連日つづき、その一方で日中の気温は平年よりも大幅に低下した。世界の気温は最大で摂氏二度下がり、農作物は不作になり、夥しい人びとが飢餓や寒さで死んだ。夏はなかった。太陽までもが混乱に陥ったとでもいうように、裸眼でも見える大きな黒点が出現し、ロンドンの人びとは煤をつけたガラス越しに目を細めてそれを観察した。

その異常に寒冷な七月に、シェリーが氷河のうちに世界の終焉をもたらすものを見出したのは、したがって無理のないことだった。この年にシェリーとともにヨーロッパで休暇を過ごしていたバイロンも、同じように「止まることを知らぬ大量の冷たい氷河が／一日一日と前進をつづける」様子に恐しく容赦のないものを感じ取り、空を覆う灰の帳《とばり》に酷寒による死滅というヴィジョンを見ていた。それは凍りついて荒廃し、人間の住む場所ではなくなった地球の姿だ。同じ夏に書かれたバイロンの「闇」は、「わたしは夢を見た、それはまったくの夢というわけではなかった」という書き出しではじまっている。

輝く太陽が消え、星々は
永遠の宙の暗がりを光なくさまよっていた、

光なく、定まった道もなく、凍りついた地球は
月なき大気に震え、盲いながら闇に沈んだ

シェリーとバイロンが抱いた凍りついた地球というヴィジョンを、暇を持て余した詩人の思いつきとして一笑に付す者もあった。しかし後の時代の科学は、それがただの他愛のない詩人のメランコリーではなく、恐ろしいまでに正確であることを明らかにした。

氷河期の概念は、人びとの意識に徐々に広まるのではなく、むしろ予定のない巨大船の入港のように、ほとんど前触れもなく突然に到来した。一般的に、氷河期を人びとの知るところにした張本人は、ルイ・アガシーという、先見の明があり、人騒がせでもあったスイスの科学者とされている。アガシーは古生物学者として評価を得た後、一八三〇年代後半にそのころ生まれつつあった氷河学へとフィールドを変えた。彼は研究のためにベルナー・オーバーラントの高所、ウンターアール氷河の頁岩モレーンの上に簡素な木の小屋を設けて研究所とした。この小屋自体も載っている岩に運ばれて傾斜を流れ下り、氷河の運動についての実験の一部となった。アガシーの計算によれば、そのペースは一年に平均して一〇六・四メートルという悠揚迫らぬもので、この小屋は一八四〇年の春に人知れず倒壊した（夏にアガシーが研究所に到着したときには瓦礫の山になっており、その部材はてんでばらばらな方向へ移動をはじめていた。彼は他所に滞在することを余儀なくされた）。

アガシーはこのオーバーラントの高地において、歴史上の氷河の広がりについての大胆な仮説を着想し

た。彼はあるイギリス人の地質学者にこのように書き送っている。「氷河を目にしてからというもの、頭の中は雪のことでいっぱいです。地球はすっかり氷で覆われていて、過去の生命はすべて寒さで死に絶えたのだと考えています」。これは根拠のない与太話ではなかった。一八四〇年にアガシーは『氷河の研究』を出版した。イギリスで「氷の本」と呼ばれたこの本は、熱に浮かされたアガシーが一晩で書き上げたと噂された。同じ年にアガシーはイギリスを巡り、彼の斬新でラディカルな着想を人びとに聞かせてまわった。それは一万四千年前というそれほど遠くない過去に、ヨーロッパを含め、おそらく世界のほとんどの地域が厚い氷に包まれていたというものだった。アガシーによればアルプスの氷河は今よりはるかに広範囲に広がっていて、北極圏の氷も大きく南に進出していた。そして氷河は容赦なく大地を掘り、丸裸にし、すっかり形を変え、東ヨーロッパを平原に均し、山も谷も関係なく氷で満たした。遡及的にではあるものの、そこに示されているのは壮大にして陰鬱なビュフォンの学説の正しさだった。

アガシーの目的は科学だったが、彼の文体は性格同様にドラマチックなものだった。これは一八四一年の『エディンバラ新哲学雑誌』に掲載された記事にも表れている。

> 両極の環境もつくり出せないほどの気候、命あるものすべてを凍えさせるほどの寒さが突如として出現したのである。地球のどこにも、この全能の酷寒から生きものを守る場所はなかった。どこへ逃れようと、かつて生きものたちの多くが潜んでいた山岳の棲み家であろうと、森の茂みであろうと、あらゆる場所で彼らはこの破壊的な自然の猛威に屈服した……地球の表面はただちに氷の殻に覆われ、

その堅固なマントルの下に、つい今しがたまで地表の生を謳歌していた生命の残骸を包みこんだ……地球のあらゆる有機体は終焉を迎えたのだ。

いまだに崇高の虜になっていたヴィクトリア朝時代の初めごろの人びとにとって、アガシーのヴィジョンは全てがスリリングで、思わず胸が躍るほどすさまじいものだった。氷が命あるものをその最後の隠れ家まで狩り尽くし、「あらゆる有機体」を抹殺し、大地をすっかり上書きしたというのだ。当初、アガシーの説は馬鹿馬鹿しいものと否定された。しかし彼には、溝が刻まれた岩、鋭角を保ったままの迷子石〔氷河によって離れた場所に運ばれた岩石〕、説明しようのない漂礫土《ひょうれきど》〔氷河に削り取られた岩屑が運ばれて堆積したもの〕といった説得力のある、目に見える証拠があった。そして彼の主張は少しずつ支持を集めはじめる。アガシーがグラスゴーで講演をした後、あるスコットランドの科学者は彼に「この地のすべての地質学者は貴殿のおかげで氷河に夢中です」と手紙を書いた。「彼らはこの国の全体をまるで氷室のように見立てるようになりました」。

氷河期という発想が十九世紀の世界観をどれほど劇的に変えてしまったか、わたしたちには想像が難しい。その影響は博物学、化学、物理学といった科学のほとんどすべての分野に及び、人類学や博物学や神学は大幅な再考を余儀なくされた。より直接的な影響としては、見慣れた風景が突如としてまったく違う見方をされるようになった。ウェールズのランベリス、湖水地方のウィンダミア、あるいはケアンゴーム山塊やスイスといった場所は、氷河期の痕跡が目撃される場所となった。山腹に掘り込まれた洞穴、U字

1860年に制作された三層からなるパノラマ図。一番上の現代の「アダム」の世界は、氷河期（上から二層目）の「鋭利な剣」によって第三紀・第二紀の爬虫類と哺乳類から隔てられている。W・R・ウッズによるリトグラフ。Isabelle Duncan, *Pre-Adamite Man*（1860）より。

型の谷、巨大な岩、氷河に削られた刃のような尾根といったものだ。ジョン・ラスキンは『近代画家論』の第四巻で、アルプスの谷について次のように書いている。「そこにはまだ古の氷河の痕跡が見られる……そのいわば氷河の足跡は、柔らかな道に残っている馬の足跡と同じくらいに簡単に見分けることができる」。氷河を馬に、堅固な山を柔らかな道に喩えるラスキンのイメージは、遠大な過去を見慣れた現在に折り込んでみせ、見事に往古を身近に感じさせるものだった。

氷河は大きな関心事になった。当時の著名な評論家であるラスキンやジョン・ティンダルはその重要性を論じた。雑誌の紙面では氷河の運動の原動力や、氷河の氷の科学的性質をめぐる議論が交わされた。ラスキンは、もしかしたら瑣末な議論を終わらせたい思いもあったのか、彼らしい落ち着いた態度で、氷河とは「山の上に注いだ大量のアイスクリームの塊が下まで流れていくもの」だと述べている。

❄

一八四〇年代から一八七〇年代の新聞紙面には氷河に関する大量の記事が載り、さらに氷河期という新たな事実の提示もあり、かつて世界の地表の姿を変えた氷の塊をこの目で見ようと氷河見物に旅立つ者はますます増えた。ティンダルの言葉を借りれば「今日のちっぽけな氷河は、氷河期の巨人に比べれば取るに足らない小人のようなもの」だったが、小人を巨人に拡大して空想することもまた想像力の楽しみだった。スコットランドの谷を訪れる者は、遠い昔に融けて消えた氷河がその谷を穿つ様子を思い描いた。そしてアルプスにいまだに残る氷河を訪れる者は、地球を包みこむ壮大な氷の河というその古の姿に思いを馳せた。

シェリーを恐れさせたのと同じように、ヴィクトリア朝時代後期の人びとに底知れぬ恐れを抱かせたのはその氷河期がふたたび、今度は悲劇として到来する可能性だった。ケルヴィン卿として知られる物理学者ウィリアム・トムソンは、一八六二年に、太陽はエネルギーの枯渇によって冷えてゆくという自説を明らかにした。日の下に新しきものなしとはいうものの、太陽それ自体も新しいものではなく、一日一日と古びてゆくという話だった。ゆっくりとした不可逆的なエントロピーの増大のために、太陽系は「熱的死」といわれる運命を避けられないとされた。これはビュフォンの凍りついた地球という仮説の焼き直しといえるが、今回は冷えてゆくのが地球ではなく、その光源であり熱源でもある太陽だった。宇宙は限られたエネルギーで動きつづけていて、将来のいずれかの時点では、凍りついた地球が迷い震えながら宇宙の闇に沈む。科学はそのことに裏付けを与えた。

一八五〇年代以降、ヴィクトリア朝時代の議論好きの間では太陽系物理学がホットな話題になった。ケルヴィンの洞察は、宇宙全体に冬が到来するというまた別の氷河期をも予見するものだった（ケルヴィンの説は、二十世紀初頭のラザフォードによる放射性崩壊の発見で否定された）。ヴィクトリア朝時代の人びとは、「結晶の大陸」とされた南北の極地そのものには足を踏み入れられなかったとしても、氷河のあるアルプスやカフカスやカラコルムに赴いて自分たちの消滅という恐怖に直面することができた。そこでは将来、自分たちを破滅させる存在を身近に知ることができたのだ。彼らが感じていた畏怖の念は、不気味な輝きを放つ核弾頭が並べられた核貯蔵施設を訪れるときにわたしたちが感じるものと同じかもしれない。氷河期の再来は、まさに彼らにとっての核の冬のようなものだった。

❄

わたしがボワ氷河を描いたジョン・ラスキンの素描をはじめて目にしたのは、三十九巻からなる『ラスキン全集』の第二巻を、この人物の勤勉さに圧倒されつつ、ぱらぱらとめくっているときだった。それは目を見張るスケッチだった。ラスキンは、氷そのものの形や質を再現することは難しく、型通りの写実主義ではこの光景を表現できないと判断している。その代わりに、見るものと見られるものの関係を描こうとした。氷それ自体を描写するのではなく、彼が見たものとしての氷を、つまり知覚のはたらきを描こうとしたのだ。

ラスキンが敬愛する画家J・M・W・ターナーが傑作のひとつ《吹雪、港の沖合の蒸気船》を完成させたのは一八四二年のことだった。一見するとこの絵画に蒸気船の姿はなく、ただ吹雪だけが描かれている。キャンバスには粘りつくような雲の渦がほとんど鉛直に立ち上がり、暗い色彩が渦巻いている。タイトルの助けを借りながら何秒か見ているとようやく船の姿が見えてくる。泡沫の間から暗色の丸い外輪がなんとか判別でき、火室からのぞく炎がうねる海をほんのわずかに輝かせていることもわかる。ひとたび船の姿を見つけると、上の方から下へ伸びる暗褐色の雲に思えていたものが、実は広がりながら立ち上る排煙だとわかる。そして、最後に渦の中心には救いの兆しも見つかる。かすかな青みを帯びた、嵐の瞳のような、目にも似た形の晴天がわずかにのぞいているのだ。本当にほんのわずかではあるが、それはたしかに青空だ。

ラスキンによる氷河の素描は、明らかにターナーの吹雪の絵を範にしている。ターナーの絵と同じような力強い渦巻の印象と中心に向かう動きがある。風に吹き飛ばされた氷雪が雪煙となってあらゆるものに吹きつけている。描かれた世界の際のあたりにはキバシガラスかワタリガラスが飛び、刷毛のように小枝を広げた古木の幹が描かれていて、どちらも白い穴のような太陽に巻き込まれてゆくようだ。左下隅のラスキンのサインさえ素描の中に引き込まれそうに引っ張られて湾曲している。背景には白いナイフが並ぶ

ジョン・ラスキンによる《ボワ氷河》。素描にもとづく銅版画（1843年）

ような山の稜線が見え、その形はとげとげしい氷河の造形に呼応している。この素描のラスキンは、わたしが知るほかのどんな芸術家よりも氷河の上に立つ経験を捉えることに肉薄している。不動の激しい力という氷河のパラドックスを見事に造形しているのだ。氷河の上に立つと、人は絶えず静止の中の運動を意識させられる。アルプスの氷の河についてジェラード・マンリー・ホプキンズが述べたように、そこには「中断された活動の気配」があるのだ。

わたしは一度、雪に覆われたスイスの氷河を歩いていてクレヴァスに落ちたことがある。氷河の上ではついザ・ドアーズの「ブレイク・オン・スルー・トゥ・ジ・アザー・サイド」〔この歌は「向こう側へ突き抜けろ」と繰り返す〕を口笛で吹いてしまうのだが、そのときもそうだった。そしてまさにジ・アザー・サイドに突き抜けてしまったわけだ。ミシッという音がして、次の瞬間には落とし穴が開いたように足場が崩れるのを感じた。

まっすぐ垂直に落ちて、腹のあたりで氷に挟まり、衝撃で肺を一気に圧迫された。下半身はまったく別の場所にあるように感じた。下の世界はずっと冷たい。両脚はブーツとアイゼンで重く、足掻いても宙を蹴るばかりで、引っ掛かっている体が落ちそうなので、足は力を抜いてぶらぶらさせておくほかない。そして上の世界で、両腕を雪の上に精一杯広げる。自分の下には計り知れない深淵がある、そう思うとくらくらとする眩暈を感じた。この感覚は、十三歳のころコルシカ島の何キロか沖で、ヨットの縁から海に飛び込んだときと同じだった。海図ではその下に深さ千二百メートルの海溝があった。水は澄んでいて、青みを帯びていた。弟とわたしは銀色のサンチーム硬貨を二枚落として、ダイビングマスク越しに、何時間にも感じられる長い間、水の中でひらひらと揺れるそのきらめきを見ていた。わたしは不意にパニックに襲われた。浮力を失って、為す術もなく、硬貨の後をゆらゆらと落ちていきそうな恐怖を感じた。父はわたしを水から引き上げなければならなかった。父がわたしの脇に手を入れて一息に水から持ち上げると、海の水が尾を引くように流れ落ちた。

クライミングのパートナーが、ちょうどプールから引き上げるように、わたしを氷河から力まかせに引っ張り上げてくれた。わたしは雪の上に横たわり、恐怖で喘息になったようにあえいだ。その晩は、安全なアルプスの山小屋の薄いマットに横になったまま、ほかのクライマーが寝返りを打つ隣りで眠れずにいた。その日の出来事が脳裏に浮かび、わたしはさまざまな「もし」に思いをめぐらせた。もしクレヴァスの中まで落ちていても、氷河はわたしなど存在しないかのように着実な運動をつづけていただろう。わたしの体は氷河内部の運動によって消し去られていたはずだ。もしあのフランス人牧師のように大きなクレヴァスの「巨大な氷のホール」に落ちていたら、何カ月かかけて周囲の壁が迫ってきて、そこはダンスホールから寝室にまで縮められ、そして押入へ、最後には棺桶になっていたはずだ。

❄

氷河は、十九世紀の想像力にとりわけ刺激的な二つの概念を生み出した。それは途方もない力と、途方もない時間だ。スコットランドの氷河学者ジェームズ・フォーブズは、『サヴォイ・アルプスの旅』の中で、後者について読者に注意を促している。「氷河は無限の巻物である」と彼はいう。「氷河は時間の流れであり、そのまっさらな表面には、今を生きる人間の記憶をはるかに超越する年月の出来事が刻まれている。氷河の流さをおよそ二十マイル〔三十キロメートルあまり〕、一年あたりの進度を五百フィート〔約百五十メートル〕とすれば、今しがた氷河の端から剝がれてモレーンに落下した氷の塊は、チャールズ一世の時代に岩場から移動を始めていたことになる」。したがって、氷河の「輝く大きな道」を歩いて下ることとは時間を遡ることでもあった。クレヴァスに降りることは、清教徒革命の最中に降り固まった氷に出会うことを意味する。そして巨大な雪崩や氷瀑を見ることは、遠大な時間にまたがる崩落を目撃することだった。一八一〇年代末にカフカスを旅していたイギリスの貴族軍人ロバート・カー・ポーターは、「幾世紀にも及ぶ雪と氷が流れ落ち、巨大な瓦礫の山になっている！」と記している。氷河とその周囲の山々は、人間の心に別の方法、別の速度で考えることを強いるのだ。

作家マーク・トウェインの面白い逸話がある。トウェインは一八七八年に家族でスイスを訪れていた。一家はツェルマットの谷の東側へ登った後、いちばん楽な帰り道を考えた。『ヨーロッパ放浪記』の中で、トウェインは「雄大なゴルナー氷河に乗ってツェルマットに向かうことにした」と回想している。

私は探検隊を引き連れて急で難儀なロバの道を下り、氷河の真ん中でできるだけましな場所を探した。というのはベデカーには真ん中がいちばん速く流れると書いてあったからだ。しかし効率を考えて、いくつか重い荷物をゆっくり運ばれる両側に置いた。待てど暮らせど氷河はぴくりとも動かない。日が暮れて夕闇が迫りつつあった。私たちは動く気配もない。ふと、ベデカーに時刻表があるかもしれないと思いついた。いつ動きはじめるのか確認するのも悪くなかろう。ただちに、眩いばかりに真実を照らし出す文章を発見した。そこには「ゴルナー氷河は平均して一日に一インチ弱動いている」とあったのだ。これほど憤りを感じることは滅多にない。これほど悪しざまに自信を裏切られることも滅多にない。少しばかり計算をしてみた。一日一インチ、つまり一年に三十フィートだ。ツェルマットまでの距離は三と十八分の一マイルと見積る。氷河でその距離を行くために要する時間は五百年と少し！　この氷河の客席部分——つまり中央部分——はいわば超特急だが、二三七八年の夏までツェルマットには到着しない。そして速度の遅い縁に乗ってくる荷物が到着するのはその何世代か後になる……氷河は旅客手段としては失敗といわざるを得ない……

これはトウェイン特有の飄々とした文章によって、そのころ以来支配的になってきた自然への態度を風刺するものだった。つまり自然に人間のやり方を押しつけ、命じるままに自然を従わせようとする態度だ。あるいは、テクノロジーによって自然を乗り越え、自然のペースを蔑ろにすること。わたしたちはスピードを求めるがゆえに流線型を賛美し、あらゆる物事に激しい動きを求めるようになった。この傾向は、わたしたちが自然界のペースから逸脱してしまうまでに加速している。

しかし遅いもの、静止したものにそれ特有の徳や美学があることは折に触れて思い出すべきだ。わたしはある年の早春に、北京郊外でミニバスに乗った。バスは北上して、氷結した密雲《ミーユン》ダムのどこまでも広がる広大な銀色の氷の側を通った。北京で使われる水の大部分を供給するこのダムは襞のように折り重なる風景の中に広がっていて、その細い山の背に沿って万里の長城が伸びている。バスは走り出してから三時間後に鋪装された幹線道路を降り、小石の敷かれた曲がりくねった道をあえぎながら登りはじめた。

ようやく到着すると、そこは狭く薄暗い峡谷の底だった。北側の岩壁の上には頑丈そうな見張り台があり、八百年間変わっていないという風情で周囲を見下ろしていた。峡谷の縁には流れ出した滝が凍りついている。長さ百数十メートルの、汚れた黄色をした太い氷柱が立ち並び、その間には縦縞のように立ち上がるきれいな青い氷が見えた。氷の滝の全容は大量のパイプが縦横に走るゴシックのパイプオルガンのようだった。空気は暖かく、一番下の氷柱《つらら》の先から融けた水が一筋流れ落ちていた。

アイゼンをつけて両手にアイスアックスを持ち、その滝を登って一日を過ごした。休憩しているとき、クライミングの装備を外して、滝が流れ込んでいる凍った川へ降りてみた。斜めから見下ろすと氷は青く、その上に銀色の筋が走って見える。そこへ下り立ってみた。

岸辺の石の隙間を埋める氷は滝のように白く曇っている。川の中程には大きな岩があった。夏には、今は透き通ったなめらかな氷に囲まれているその岩の周りに渦巻や急流ができるのだろう。氷を覗き込むと、宙づりのまま氷漬けになった樺の葉や、数珠繋ぎになった真珠のような白く丸い空気の泡からその深さを伺うことができる。物音がして目を上げると、岸辺の物陰から一頭のミンクが流れるように飛び出してきて、湿った氷の上を滑るように走り、平たい石から石へ跳ねて対岸まで走り抜けた。石の上には黒いシールを貼ったような濡れた足跡が残り、乾いた空気の中ですぐにもとの石の色に戻っていった。

わたしが凍りついた滝や静止した川の前で驚嘆を覚えるのは、普段は激しく流れているはずのものが完全に静止しているからだ。もしかしたら、ますます速いものを求めるわたしたちのスピードへの執着は、わたしたちにつきまとう世界の終わりの気配に関係があるのかもしれない。つまり、氷結（太陽の死）や火（核兵器による絶滅）によって世界の破滅が訪れるという、近代のわたしたちに特有の潜在的感覚だ。そんなことを考えるのはわたしだけではないと気づかされたのは、テオフィル・ゴーティエが一八四三年に書いた記事を読んでいるときだった。

同じ時に、あらゆる国の人びとが高速移動への激しい欲求にとらわれているのはいかにも奇妙だ。「死者は速足だ」と詩は詠うが、ならば私たちは死んでいるのか。それとも、これは何か私たちの惑星に迫っている破滅を先取りする感覚なのか。私たちはそんなものに取り憑かれているがために、残り少ない時間にその表面をくまなく旅するための移動手段を増やそうとしているのか。

❄

恐ろしいまでにゆっくりとした、仮借のない歩み。そこに湛えられた遠大な歴史。そして、少なくとも十分に鍛えられた想像力をもつ者にとっては危険に満ちたスリリングな場所。氷河が十九世紀にそれほどに大量の、熱心な訪問者を引き寄せたのは意外なことではない。なによりも、氷河は普段とは全く別の世界を見せてくれた。ラスキンがズムット氷河を讃えて書いている通りだ。「眼下のすべてにまったく動きがなく音も聞こえない。ここは、ただ人里から遠く離れているばかりでなく、人びとの考えることからもかけ離れている」。一八二八年に妻とタレーフル氷河の中心まで歩いたジョン・マレーは、立ち並ぶ高さ二十メートルの氷のピラミッドの間に腰を下ろしてスキットルのブランデーをあおり、辺りの壮大な光景について思いをめぐらせた。

このすさまじい、人気《ひとけ》のない氷のただ中で、自分たちの声だけが聞こえている。一帯を支配する死の静寂を破るのは、時おり聞こえてくる雷のような轟音のみ。遠方の雪崩か、巨大な氷河の砕ける音。山をなす雪に取り囲まれ、ところどころを頂の尖峰に貫かれたこの壮大な円形劇場に君臨するのは、永遠の冬、幾時代も降り積もった雪、砕かれ流れゆく岩、そして荘厳に具現化された恐るべき荒廃……

❄

孤独、死の気配、不毛さ、荒漠、非人間性。これらはロマン主義がとりわけ魅力を見出した風景の特質だ。極地の荒野はその理想的風景の典型だが、そこは十九世紀には（そして現代でも）非常な決意と潤沢な資金を備えた探検家でなければ足を踏み入れられない場所だった。その極地にいちばん似通った、最上の類似物を提供したのがヨーロッパや南アメリカやアジアの氷河だった。人びとは氷河を楽しむために大挙してそこへやってきた。それは現代も変わらないし、わたしもまたその一人だった。そして、そこで死んだ者も少なくない。人びとは、ちょうど氷河それ自体のように、幾世紀もの時間をかけて形づくられた感受性によって氷へと引き寄せられてきたのだ。

第五章　高みへ——山頂の眺望

私たちは今、いちばんの高みへ向かって出発する。無数の静かなささやきが呼んでいる。「もっと上に来なさい」と。

ジョン・ミューア、一九一一年

「雪の中にブッダのように座ってたんだ。ぼくも一ダース以上は見た」とサシャがわたしたちに教えてくれた。それは死体のことだった。天山山脈の最高峰、「勝利の頂」を意味するポベーダ峰の頂近くの尾根で死んだクライマーたちの死体。ほとんどがロシア人だった。サシャはわたしたちを感心させようとしていたわけではなかった。その必要がないことを知っていた。彼は一年の四分の三をモスクワの大学の数学講師として過ごし、毎年夏の三カ月、つまり天候が適している期間は天山山脈で少しずつ難度を上げながら登攀に挑んでいた。ほとんど完璧な英語を話し、瓶の底のような巨大な眼鏡をかけ、いつも薄くなったダウンジャケットと継ぎを当てたオーバーオールを着ていた。

わたしたちは十キロくらい先の尾根を見上げた。気圧の低い高地の空気はレンズのようなはたらきをして、遠いものを近くに見せる。氷河の上からでも嵩高く盛り上がったポベーダの輪郭がくっきりと見え、山頂へ至る十二キロの尾根の上の氷塔《セラック》や雪原の一つひとつがはっきりと見わけられた。雪は夕方の光に洗われてピンク色に染まり、奇妙に優しげな表情を見せていた。イチゴのアイスクリームみたいだ。わたしたち五人はその場に立ったまま、白い息を吐きながら死体のことを考えていた。何ごともないかのように雪にもたれかかっていて、肩を揺すれば目を覚ましそうな、ただ眠ってるような彼らの姿を想像した。頂上までの道標になる石積みのケルンのように、彼らが尾根沿いに並んでいる姿を思い描いた。

しかし現実的な可能性としては、彼らの体は寒さのためにねじ曲がり、着ているものは吹雪と日射でぼろぼろにされ、その切れ端が周囲に散乱しているはずだ。きっと皮膚は真っ白に色を失い、剝がれ落ちて骨が見えている。

「あの中のひとりのことを聞いたよ」とサシャは尾根の上の方を指しながら言った。「三人で山頂に着いたときは天気が悪くて雪がひどかったらしい。東からも大きな吹雪が来ていたから、登ってきた尾根のルートをまっすぐ引き返すことにした。五分くらい歩いたら目が見えなくなった。パッと真っ暗になる、電気を消すみたいにね。網膜をやられるんだ。もう何歩か歩くと、今度は別の目がパッとやられた。気圧のせいで両目が網膜剝離になったんだよ。残りの二人の先導で何歩か進んだけど、目が利かないと下山は到底無理。最後は雪に座り込んで死んだ」。

サシャは肩をすくめた。「やつはまだあの上に座ってる。高所ってのはそういうものだね」。

高い場所でもまともに使えるのは視覚くらいで、ほかの感覚がまるで役に立たないことは珍しくない。触れて感じるには冷たすぎるし、高すぎて何の匂いも感じないし、味覚もぼんやりとするし、自分の息くらいしか聞こえる音はない。視覚は不可欠だ。幾筋かの巻雲を見つけて嵐の前触れを知るためにも、吹雪の中で足を置く場所を見定めるためにも目は要る。そして眺望を味わうためにも。そもそも、それが空の上のそんな危険な場所に登る理由のひとつであることも多いのではないか。

高さと同じように、記憶もまた特定の情景を特別に鮮やかなものにすることがある。わたしは七歳のころに祖父が見せてくれた一枚の白黒写真のことをはっきりと覚えている。縦横それぞれ二十センチと十センチくらいのアルプスの雪山の写真で、写っているのは祖父が登ったピッツ・ベルニナのビアンコグラート尾根だった。鋭く切り立った尾根が日光を二つに切り裂いたように、尾根の片側は燃えるように白く、逆側は影に沈んでいた。背景には空だけが見えていて、頂は雪の円錐のように上に細まっている。その円錐の先から雪が白い旗のように舞い広がっていた。祖父は小指でその白い旗を指した。風で山肌から吹き飛ばされた氷の結晶の流れだと教えてくれた。わたしには、氷の旗をはためかせながら空虚な空に突き出しているその頂が地球上のものとは思えなかった。祖父がそれに登ったことが信じられなかった。

子どものころは、夏はほとんど毎年のように、スコットランド高地の祖父母のところへ車の旅をしたものだった。祖父母の家は山で過ごす休暇の拠点になった。祖父の登山道具が仕舞ってある車庫はいつもひんやりとして、エンジンオイルの匂いが漂っていた。長い間わたしの背よりも高かった祖父のスキー板と、その裏に張るためのアザラシの皮もあった。祖父は、アザラシの皮は毛並みのおかげで雪の上では一方向にしか滑らないと教えてくれた。だから登るときには後ろ向きに滑らないと。ストックはまっすぐな木製で、先端には金具があり、籐細工の大きなリングがついていた。スキーの側には必ず一組のアイゼンが置いてあった。オイルを塗られた、爪のついたひとつながりの灰色の金属は二匹の小さな怪物のようだった。そして祖父のピッケルもあった。長さ一メートル弱で舟のオールのように重く、木の柄はニスで光り、鋼の刃先は使い込まれて傷だらけだった。

祖父はレマン湖の東の湖畔の街モントルーで育った。学校への行き帰りの途中には、アロラの近くの草深い山腹を下山中に滑落死したイギリス人親子の記念碑があった。毎年の夏には、家族ぐるみで交流していたオランダ人の友人と山に登った。友人はビッグ・ラビーというあだ名も不十分なほどの大男だった。祖父は九歳ではじめてアルプスの三千メートル峰に登った。ダン・デュ・ミディのオート・シムというピークだった。その山頂で、祖父は一九二二年から一九二四年までのエヴェレスト遠征を率いたチャールズ・ブルース将軍に出会った。永らくイギリス陸軍に献身した老将は疲労や古傷が見て取れたが、祖父たちとひと言ふた言の静かな会話を交わすと、山の急峻な側をさっそうと下っていった。祖父とラビーは今しがたの出会いを反芻しながら、おずおずとした足取りで緩斜面を下山した。祖父は、その偶然の出会いを登山人生の出発点としていつまでも忘れなかった。

年月が流れる中で、わたしはそのピッケルに刻まれた一つひとつの傷の物語を知っていった。祖父はヒマラヤ、北アメリカ、そしてヨーロッパの至るところで山に登った。トルコのアラ山脈には彼の名を冠した谷があった。そこは戦時中の海外任務の間に探検した場所だった。祖母もまた熱心な登山家で、ブリテン諸島、ベネズエラのアンデス、西インド諸島の火山とさまざまな山に登ってきた。結婚したすぐ後、祖父は祖母を連れ、スイスのヴァレー地方へ登山旅行に出発した。一週間の日程のはじめに嵐が襲来して、二人は人里離れたテュルトマンタル小屋に三日間閉じ込められた。食料は大きなタマネギがひとつあるだけだった。祖父は、新婚旅行には「そういう小旅行」はやめておけ、とわたしに忠告した。七十歳の誕生日の記念に、祖父母はブータンへの登山旅行に参加した。季節外れの豪雪で、一行は高度四千メートルを超える谷から移動できなくなり、最終的には要請を受けたインド陸軍のヘリコプターで救出された。イギリスのわたしたちが過ごした不安な午後をよく覚えている。無為に紅茶を口に運びながら、ほとんど言葉も発することなく、電話が鳴るのを待っていた。

高地への祖父の情熱が揺らぐことはなかった。それが彼にとって疑問の対象ですらないことは、友人が山で死に、あるいは悲惨な負傷をしても同じだった。友人のひとりは、ヒラヤマの高峰の氷洞で一夜を過ごす羽目になり、手足合わせて全部で十六本の指を凍傷で失った。彼はその時二十二歳だった。わたしはそれから五十年後の本人に一度会ったことがある。ふと習慣で握手をしようと手を差し出したわたしは、その丸い手の感触にショックを受けた。指があった場所にはつやつやとしたこぶが並んでいるだけだった。一度、祖父とそのことを話そうとしたことがある。なぜ高い場所に行くのが好きなのか。なぜそれほどに苦しみながら、多くの山に登ることに人生を費し、命を危険に曝すのか。彼はその問いかけを、というより、それが疑問であることすら理解したようには思えなかった。祖父にとって、高所の魅力は説明の及ばないこと、あるいは説明が存在しないことだった。それにしても、高山の頂やその眺望が、多くの人の想像力をそこまで惹きつけるようになったのはいったいなぜなのか。テニスンが――彼の詩にはところどころに山の話題が割り込んでいるが、彼自身は高所を目指すタイプではなく、休日はワイト島で過ごす方が好みだった――その分からなさを控え目に表明した言葉を借りるならば、「高みに……高さと寒さにいったいどんな喜びがあるというのか?」

テニスンの疑問への単純な答えは、人間の精神には世界の広がりを――高さも含めて――探検する衝動がもともと備わっているから、ということになるだろうか。空間と物質についての思考を紡いだフランスの哲学者ガストン・バシュラールは、高度への欲望は普遍的な本能だと考えていた。彼は「人間は若い時であれ、発展の時であれ、多産な時であれ、大地から飛び出したいと願う。跳躍は初源的な喜びである」と書いている。たしかに高さと好ましさが同一視されることはわたしたちの言語に、したがってわたしたちの考え方に埋め込まれている。わたしたちの使う「卓越する」excel という動詞は「高められた」「高い」といった意味をもつラテン語の excelsus に由来する。「上回っていること」superiority はラテン語の superior すなわち何らかの状況、場所、地位においてより高いことを意味する語から来ている。「崇高」sublime という言葉はもともと聳え立つ、際立った、あるいは高くもち上げられたことを意味していた。例は枚挙に暇がない。その逆に、低さに結びついた軽蔑語もたくさんある。「卑しさ」lowliness、「劣っていること」inferiority、「下劣な」base、こうした例はさらに何十も挙げられるだろう。それにわたしたちは勾配によって進歩のモデルを組み立てている。上昇するか、それとも凋落するか。前者は後者より難しく、まさにその理由から前者は賞賛される。どんな言葉づかいであれ人が下向きに進歩することはない。ほとんどの宗教は、天国やそれに類する状況を上に、その逆を下におく垂直軸で展開されている。つまり上昇することは、ある意味で神に近づくことなのだ。

より最近の話でいえば、山の頂は努力とその報いをあらわす世俗的な象徴となってきた。「頂点に達する」とは何らかの営みのもっとも高い地点に至ることだ。「世界の頂点」に立つのは最高の気分を意味する。山頂に到達する達成感が高みへの欲望の大事な要素となってきたことは疑いない。そしてこれは意外なことではない。山登り以上にシンプルな「成功」の寓意がほかにあるだろうか。山頂は目に見えるゴールであり、そこに至る坂道は挑戦だ。歩いて、あるいはクライミングによって山を登るとき、わたしたちはただ実際の山の斜面を進むだけではなく、苦労と達成という隠喩の大地をも歩んでいる。山頂にたどりつくのは非常にわかりやすい逆境の克服だ。つまり何の役に立つかは別として、何かを征服すること。これこそが、つまるところは地質学の偶然によってほかの場所のより高くなったひとかたまりの岩や雪にすぎないもの、座標で示される空間の一地点、幾何学上の仮想物、意味のないひとつの地点、すなわち山頂という場所に想像力が付与する重要性であり、山登りという営みが勃興する大きな原動力となってきたものだ。*

しかし高みにあるよろこびは成功の感覚だけではない。そこには高さがもたらす感性の愉楽もある。これは競争ではなく、観想のよろこびだ。高さはどんなに知りつくした景色も見なれぬものに変える。生まれてからずっと生活してきた街も、塔の上から見れば新鮮に見える。ヴォルテールをよく読んでいた詩人のジョージ・キーツが、高みでは「新しい創造が目に飛び込んでくる」と書いたのはまさにそのことだ。山の頂から見るとき、風景の中の事物はまったく違ったものに見える。川の流れはリボンのように、湖は銀色に光る刃のように、岩塊はわずかな塵のようにみえる。大地は抽象的な紋様や思いがけない図像に変貌する。

ある年の十月、わたしはスカイ島のブラー・ヴェンに登頂した。好天だったが山の頂までの百メートルほどはすっぽりと雲に覆われていて、その雲の中に入るまで山頂が冠雪していることもわからなかった。わたしはしばらく真っ白な雪と真っ白な雲につつまれたまま、山頂に佇んでいた。どこを向いても五、六メートルより先は見えなかった。一面の白の中に黒々と突き出している岩を除けば、どこで大地が尽きて、どこから空が始まるのかもほぼわからない。立ち尽くしていると、不意にユキホオジロの一群が吹雪のように目の前を横切った。雪の白さの中に翼の下の黒い羽を鮮やかにひらめかせながら、小さな群れは一羽の鳥のように向きを変えて飛んでいった。高山の配色、それはチェス盤のような黒と白だ。

そして突然に、一瞬だけ、周囲の雲が切れた。地図を広げるように海岸線が南北へ伸び、陸地の黒い手が大西洋の銀色の手を握りしめていた。遠い海の上で雲の覆いに窓が開き、太陽が水面に黄金の光の島をつくり出した。そしてふたたび閉じられた。わたしのまわりも雲に閉ざされた。わたしは踵を返して下山の途についた。

飛行機や人工衛星から撮られた画像を浴びるように見ているわたしたちは、もう上からの景観に目を見張るということも少なくなった。しかし、それまで上空からの眺めというものを一切知らずに山頂に立った昔の人びとが、突然に世界を見下ろしたときの驚愕はいかほどだっただろうか。そうした旅人にとって、高さのもたらす広大な眺めは神の目へ近づくように感じられた。初期の山登りの手記を読んでいると、登頂に成功した者が自らをギリシャ人がいうところのカタスコポス、つまり見下ろす者、天上の観察者になぞらえる一節にしばしば遭遇する。地図を描く者の視点から世界を見ること、彼らは不意に訪れたその至福に息を飲んでいる。

❄

永きにわたって到達高度の記録を保持していたのはノアだった。聖書によれば、方舟は大洪水の水が引いた際にアララト山に漂着したとされているが、この山の所在や高さについては実にさまざまな意見がある。その遠征の記録（つまり創世記）によれば、ノアはアララト山の頂には立っていないが、かなりの高

＊もちろん、みながみな山登りを愛好しているわけではない。誰が言ったか忘れてしまったが、「胴回りと背の高さの比率が一定の値を超えた者は、心の底から平地を好むようになる」という気の利いた冗談を聞いたことがある。それはさておき、ロープウェーやケーブルカーやチェアリフトをはじめとした上昇のための大掛かりな装置の存在は、もともと山を歩いて登るようなタイプでない者も上昇への衝動に駆られる証左ではある。

度に到達したことは間違いない。十八世紀のケンブリッジ大学の宇宙論学者ウィリアム・ウィストンは、方舟が打ち上げられた山の高さを六マイル、つまり約九・七キロメートルとし、エヴェレストより千メートル近く高く見積もった。仮にウィストンの推算が正確で、なおかつ方舟が創世記の説明通りの荷を積んでいた場合、乗り込んでいた人間とその他の動物たちは低体温症や低酸素症など、高々度がもたらす致命的な影響でただちに死滅していたはずだ。セム、ハム、ヤペテにはじまって、信じがたい繁栄をみせたノアの子孫たちが「増えて地に満ちる」こともなかったし、動植物と人間がふたたび世界中に広がることはなかった。

とすると、ウィストンは高さの見積もりを誤ったのかもしれない。ただし初期の地質年代の推測と同じように、当時は高度の推測に関しても混迷を極めた時代だった。これは当然といえば当然だ。そもそも正確に高さを計算する必要はなかった。山に登る人間はほとんどいなかったし、ごくわずかの登山者も山の高さを競うわけではなかった。高さを測ることより、海の深さや海岸線の長さを知る方がはるかに必要性が大きかった。大プリニウスは、世界でもっとも高い山は標高三十万フィートに達すると述べていた。二十七万フィート〔八万メートル〕以上も過大な見積もりだ。十八世紀までは、多くの者がカナリア諸島のテネリフェ島の火山が世界でもっとも高いと考えていた。これは主要航路の近くにあって、海からまっすぐに聳える、よく目立つ山だったからだ。この山の高さは実際にはエヴェレストの半分もない。

高地を越えざるを得なかった昔の旅人たち、たとえばローマへ行き来する途中でアルプスを通過する商人や巡礼者たちは、高々度と人体の相性が悪いことを、そこで感じる吐き気や眩暈や頭痛からよく知っていた。現在でいうところの急性高山病（AMS）の症状を記した初期の記録は数多くあるが、なかでもホセ・デ・アコスタの日記にはなまなましい記述がある。一五八〇年にアンデスを訪れていたアコスタは、現地でプナと呼ばれるものに難儀して旅の断念を考える羽目になった。「いきなり胃の激痛と吐き気に襲われた」と彼は書いている。「魂を吐き出すのではないかと思うほどで、食べたものや粘液をもどし、黄色や緑色の胆汁をあとからあとから吐いてしまった」。旅人たちは酢に浸した海綿を口や鼻に当てるなどして高度の害と闘っていたが、これは高山病の症状に有効だったとは思えないし、旅の楽しさを増したとも思えない。

十八世紀より前のヨーロッパでは、眺望を観賞する習慣が一般的に存在していたことを示す資料はほとんどない。たまたま高い山に登った者は、どちらかといえば眺めの見通しではなく自分の生存の見通しを気にしていることの方が多かった。現代のわたしたちにとっては風景へのほとんど本能的な反応のように思える「美しい眺望」という理念も人びとの意識に普及していた形跡はない。少なくとも、それは山に喚起されることはなかったようだ。実際のところはむしろその正反対だった。一八世紀が十分に経過するまでの時代には、アルプスを越えざるを得なかった旅行者は、山々の恐しい景観を見ずにいるためにあえて目隠しをする者も少なくなかった。哲学者・聖職者のジョージ・バークリは、一七一四年に馬に乗ってモン・スニ峠を越えたときに「身の毛もよだつ断崖に気分を害した」ことを書き留めている。おそらく最初のスイス観光案内である『スイスの楽しみ』（一七三〇年）を著した匿名の作家も、アルプスの「度を過ぎた高さ」や「融けない雪」には恐れをなしたとみえ、「この巨大な大地のこぶは、見るかぎり有用でも見映えのするものでもない」と書いている。この作家がその代わりに薦めているのは、美しい街並みや、幸せで健やかなスイスの牛たちだ。

❄

よく高さの歴史の出発点として挙げられるのは、イタリアの詩人ペトラルカが元気な弟ゲラルドと一三三六年四月に敢行したモン・ヴァントゥ登山の記述だ。この山はフランスのヴォクリューズ県にある標高一、九一〇メートルのなだらかな山だ。頂上に立ったペトラルカはその眺望に目を見張った。

私は不意に目を覚ましたかのように、ふりむいて西のほうを眺めました。フランスとスペインとの境をなすピレネーの山々は見分けられませんでした。その間にはなんのさえぎるものもないのですが、ただ人間の視力の弱さのみがわざわいしているのです。しかし、右手にはリヨン地方の山々、左手にはマルセイユの海や、エーグ＝モルトの岸辺に打ち寄せる白波が、歩くと何日もかかる距離なのに、じつにはっきりと見えたのです。

ペトラルカとゲラルドは夕闇が迫る中を下山して麓の宿に帰り着き、詩人はロウソクの光を頼りにその日の記録を認めた。この登山が高さの歴史における重大事だったのは間違いないが、ペトラルカはその重要性は強調しない。というのは彼自身はその経験をひたすら宗教的なアレゴリーとして語るからだ。ペトラルカの描写するもの、たとえば登った道だとか、頂上からの眺めとか、着ていた衣類といったものは、何ひとつそれ自身では意味をもたない。こうした記述はすべて、象徴性に満ちた記述のディテールなのだ。研究者の中には、そもそもこの登山自体が実際には行われず、ペトラルカが形而上学的な考察を繰り広げ、敬虔な教訓を引き出すための都合のよい筋書きとして考案したフィクションだと考える者もいる。ペトラルカの感慨の結びには、次のような言葉がある。「われわれが懸命に努力すべきは、山々の頂を足下にすることではなく、地上的な衝動にかきたてられた欲望をこそ足下に踏みつけることではないのか」。

山頂が、信仰上の象徴にとどまらない、見る者の心を動かす具体的な形態として関心を向けられる最初の兆しを見るには一六〇〇年代を待たねばならない。この時代は、いわゆるグランドツアーの原型ができあがりつつあるころだった。教養を深めるために大陸ヨーロッパの諸都市や名所を巡るこの旅行は、十七世紀後半から十八世紀にかけて裕福な（あるいは家から追い出された）若者の慣習となった。グランドツアーに出た者は風景一般、とりわけ山についての新しい文化を吸収して帰り、その普及のきっかけをつくった。グランドツアーを試みた第一世代の若きイングランド人の中に、没後は日記作者として著名となるジョン・イーヴリンがいた（彼の日記は一六四一年から一七〇六年まで綴られていたが、それが洗濯籠の中から発見されたのは一八一七年で、初めて公刊されたのはその翌年である）。

一六四四年十一月のある夕刻に、イーヴリンは二人の仲間とともにイタリア半島中部の山中にあるロッカ城の城壁の脇を軽快に進んでいた。夕方の空気に教会の大きな鐘の音が響いていた。近くのボルセーナ湖の島に暮らすカプチン会修道士が鳴らす鐘の音だ。わずか二、三週間前にアルプスを越えてイタリアに入ったときには、イーヴリンは山岳の「見慣れない、ぞっとするほど恐ろしい」景観に嫌悪を催していた。そのころの日記には、山の険しさのせいで視線が遮られてしまうとか、生命の気配のない、何の役にも立たない「砂漠」であるなど、十七世紀の紋切り型的な山への反感を繰り返しながらアルプスの山々への悪罵がつづられている。

そんな不快な経験をしたすぐ後に、高さに胸を高鳴らせている自分に気がついたイーヴリンは大いに驚いたに違いない。というのは、馬に乗ってさらに上へ登ったイーヴリンの目に、高さが見せるもっとも美しく興奮を誘う光景のひとつである雲海の光景が飛び込んできたからだ。登山者が不意に自分が雲の上にいることに気がつく瞬間だ。

分厚く濃密な暗い雲の中に入った。少し離れたところからは岩のように見えていたこの雲が、一マイルほど登る間ずっと続いていた。湿り気のない霧の蒸気が、消えることなく途方もない厚みに重なっていて、太陽も地上も覆い隠し、雲というよりは海の中にいるようだった。そしてぼくらが向こう側に突き抜けたとき、そこに広がっていたのはこの上なく澄み渡った天上の世界だった。人間の世間からすっかり抜け出したような心地で、山はあたりの丘陵から切り離された大きな島のように見えた。足下にはただただ巨大な波のような厚い雲の海が広がっていて、ところどころに遠く離れた別の山の頂が顔をのぞかせていた。雲の切れ目には下の風景や村々が見えるところもあった。これは、ぼくが生きてきた中でもっともよろこびに満ちた、新しい、何よりも驚きをあたえるものだったといわざるをえない。

十七世紀から十八世紀初頭にかけての旅行記を読んでいると、時おりこんなふうに、精神が風景のありさまと取り結ぶ直観的な関係を吐露する場面に出会う。人の心が既存の認識を脱ぎ捨てて新しい感受性を垣間見せる瞬間だ。ただし、イーヴリンが経験した高所の興奮はやはり珍しいもので、それが表舞台に登場して今日にまでつづく正統性を獲得する、つまり、高さが高さのゆえに憧れの対象とされるのは、十八世紀の半ば以降のことだった。そしてこの感受性の変化の後の時代には、高さに歓喜せずにいることは、かつての時代に高さによろこびを見出すことに劣らぬ風変わりなふるまいになる。

❄

十八世紀を通じて、高さはますます崇められるものとなっていく。もちろん教会はそれまでもずっと、具体的な意味でも道徳的な意味でも「高い場所」を確保することに余念がなかった。陽光を浴びるイタリアの丘の上からスイスの険しい谷の上まで、下界を見渡すように設けられた教会や礼拝堂や十字架には事欠かない。さらにはヨーロッパ中の街々には、神の住む高みに憧れの手を伸ばすかのような大聖堂の尖塔《スパイア》が天を突いて――高く聳えて《アスパイアド》――いるものだ。しかし新たに芽生えつつあったのは高さへの世俗的な感受性であり、天界のパラフレーズとしてではなく、高さへの歓喜と興奮をそれ自体として一人ひとりの人間に発見させるものだった。

この新たな高度への態度は内面深くに変化を生み、その影響は文学から建築や園芸まで、文化のあらゆる領域に及んだ。十八世紀の初頭には、いわゆる「山岳詩」と呼ばれる詩のジャンルが一部で人気を博するようになった。これは、おおよそ四世紀前のペトラルカと同じように、まず詩人が山を登る様子を具体的に描写して、つづけて山頂の眺望に喚起される思索を語るものだ。また、山や丘の頂は眺望を得られる場として余暇の人びとを惹きつけるようになった。ヨーロッパのいたるところに眺めの名所や展望台が現われ、お決まりのものとなった。エトナ山、ヴェスヴィオ火山、あるいはナポリといった場所もその一部だ。そこは、さまざまに異なる生きた世界の秩序を、遮られることなく、快く眺めわたすことのできる場所だった。普段はばらばらの空間や時間で展開されている出来事や事物や存在のありさまが、同時に、一望のもとに経験される。つまり高さは〈パノラマ〉をもたらした。これはギリシャ語で「全景」や「全体像」を意味する言葉だ。スイスの博物学者コンラート・ゲスナーは、アルプスの山頂からは一年の四季を一日で観察することができると記している。また十七世紀フランスの偉大な旅行者マクシミリアン・ミッソンは、ナポリの高台に造られたサンマルティーノ修道院の粗石造りのバルコニーに立てば、船着場、防波堤、灯台、城塞といったこの街の輪郭が見てとれると述べた。海岸沿いに南に目を移せば白い石に縁取られた入江の連続する海岸線がつづき、北に目を向ければ、火口からまるで奇術師のロープのように螺旋を描く濃い噴煙を立ち上らせているヴェスヴィオ山の黒い威容が見える、と。

この世紀の後半のイギリスでは、ピクチャレスクの流行の下で、啓蒙主義的なきっちりと整形された庭園に代わって洒脱でふぞろいなデザインが流行するようになった。啓蒙時代がイギリスの邸宅に遺したのは端正で幾何学的な庭園芸術だ。つまり紋様のように配置されたバラ園や、軽やかに水を吐く噴水の池から放射状にのびる砂利道、視界から隠されたハ・ハ〔隠れ垣〕まで遮られずに伸びてゆく、カード遊び用のフェルト敷きテーブルのように真っ平らな芝生といったものだ。しかし十八世紀後半にさしかかると、こうした細々とした手入れのやり方はあまりに規則的で整いすぎているとして嫌われるようになり、流行に敏感な地主の多くは、すみずみまで手入れされていた自分の土地を象徴的な野の風景に変えてしまうことを選んだ。そして急速に、石窟《グロット》、滝、四阿、隠者〔庭園に装飾として隠者を配置し、そこで生活させる流行があった〕、折れたオベリスク、薄暗い叢林や岩だらけの丘といった粗野なものが、端正に刈り揃えられた生け垣や、雄大に広がる一面の芝生よりもはるかに好まれるようになった。こうした地主は庭の改修を発注する際に小さな岩山のような高台をどこかに造らせて、その豪奢で荒々しい地所を見渡せるようにするのが常だった。

やがて「偉大《グレート》なヒル」と呼ばれるようになるリチャード・ヒルもそうした地主のひとりだ。ヒルは一七八三年にシュロップシャーのホークストーンの地所を受け継ぎ、すぐさま十五年におよぶ改修に乗り出した。ヒルは、ある同時代人の謎めいた形容によれば「実入りのよい算術」によって資金を得ながら長さ三キロにおよぶ湖の掘削を指揮し、その間に「ミス・ヒルズ」と呼ばれた熱心な二人の姉妹が化石や貝殻などの地質にまつわる珍品を収集し、もともと地所にあった入り組んだ洞窟の壁に埋め込んでいった。三年

「エトナ山の火口の遊覧客」。J. Houel, *Voyage pittoresque des isles de Sicile, de Malte et de Lipari* (1787) より。

を費した改修が終わると、リチャードは隠者を雇って洞窟の中に住まわせ、「ジョルダーノ・ブルーノ〔十六世紀イタリアの哲学者〕のように」振る舞わせた（と契約には記されている）。

ホークストーンの白眉は白い砂岩の高さ約九十メートルの丘「グロットヒル」だった。晴れた日にはグロットヒルの頂からイングランドの十三の州が一望できた。地所には多くの訪問客が訪れ、この眺めに驚嘆の声を上げ、快い眩暈の感覚に身を震わせるようになった。これは今も続いている。もっとも早い時期にグロットヒルに登頂した者の中にはサミュエル・ジョンソンもいた。敬愛されるジョンソン博士は、このときばかりは紋切り型の表現で体験を語っている。

ホークストーンの断崖に登った者は、どうやってここに来たのかと驚き、どうやって戻ればよいのかと戸惑うだろう……彼が感じるのは平穏ではなく孤独の恐しさ、恐怖と畏敬の入り乱れた喜びのようなもの。その心は崇高、恐ろしさ、広大さの想念に圧倒される。

これが救援も撤退も望めないアルプスの高峰ではなく、羊の点在するシュロップシャーの丘陵地にある高さ九十メートルの崖であることを思い出してほしい。それでも、ジョンソンの誇張気味の表現はよく当時の人びとの口に上るものだった。このようなイングランドの田舎でも、一部の者がすでに雄大な山岳地方で追求していたよろこびに、少なくとも似たものを見つけることができたのだ。

新しい高さへの感じ方は次第に確固としたものになっていった。ヒルの丘の人気もそのひとつの現れだった。「精神をもっとも高め、崇高の感覚を生み出す自然の景観はどんなものでしょうか」とはスコットランドの聖職者ヒュー・ブレアが一七六〇年代にエディンバラで行なった説教の一節だ。「それは花咲く野や栄える街といった生き生きとした風景ではありません。それは白々とした山であり……岩を流れ下る急流なのです」。この世紀の後半に、教養ある精神を高揚させたのはまさしく高さそのものだった。高さのもたらすこの愉しみに、そして危険にさらに多くの者が身をゆだねるようになり、やがて、山頂はそれ自体が到達すべき目標なのだという考えが生まれてくる。同じ世紀をやや下った、夏のカンブリアのうだるような午後のことだ。ある山の頂に立ったサミュエル・テイラー・コールリッジを待っていたのは、夕闇につつまれてゆく湖水地方を、嵐が雷光を閃かせながら移動してゆく光景だった。青くジグザグに走る稲妻が明滅し、遠くティンパニを打つような雷鳴が響いていた。それは「これまでに目にしたあらゆる地上の事物のなかで、もっとも心を震わせるものだった」と、下界に帰りついたコールリッジは歓喜を綴っている。アルプスではミシェル＝ガブリエル・パカールとジャック・バルマという二人のフランス人によってモンブランの登頂がなし遂げられた。一七八六年の寒い日のことだ。バルマは遠く離れたシャモニの村人から見えるように頂上から帽子を振ってみせた。パカールは山頂の気温を記録しようとしたが、インクが紙に触れる前に凍りついてしまった。そのわずか一年後には、若く有能なイギリス人将校マーク・ボーフォイがさほどの苦もなくモンブランに登頂した。なぜ登ったのかと問われたボーファイは、「地上のもっとも高い場所に立つ、という誰もがもっている欲に従って」と、それがさも普遍的な真実のごとくに答えている。登頂への強い願望《サミット・フィーヴァー》が広まりつつあった。

❄

スイス、午前四時。空は澄み、すでに暑い日中を予感させた。わたしたちは氷河の平坦部に設営したテントから暗い空気の中に這い出した。ヘッドランプを灯すと、それぞれに一人用の円錐形の視界があらわれる。その光線の中を小さな氷の粒が海中のプランクトンのように通り過ぎていく。月は強烈な光を放っていたが、それでもわたしたちはヘッドランプが必要で、その明るさは夜目をくらませた。灯りを消して周りを見回すと、そこにあるのは完全な闇だった。そして写真を現像するように、現像液の中を漂いながら次第に明瞭さを増してくるイメージのようにわたしたちを取り囲む峰々の形が視界にあらわれてきた。

南西に聳えるナーデルホルンと、その近くの少し小柄なレンツシュピッツェが際立っている。この二座の四千メートル峰を長いぎざぎざとした岩稜がつないでいて、山容の全体は高空で凍結した氷と岩の大波、大地がその場に押しとどめた津波のようにみえる。

暗闇の中で、ヘッドランプの眩しい光を頼りに身支度をした。ハーネスを着け、ロープをまとめて結び、ピッケルのリーシュに手首を通す。このときも、まるで戦闘に備える中世の騎士のようだと思った。他人の確認を必要とする儀式のような手順があり、わたしたちは主人と従者のように互いの脇に立って留金や結び目をチェックし、ダブルチェックし、ストラップを引き締め、小声で大事な確認事項をささやき合う。まるで、ナーデルホルンの山頂で戦いが待っているかのような高揚感がある。

薄明の中、わたしたちは「大波」の下に広がる氷河の盆地を横切るべく、ゆっくりと行動をはじめた。凍結した雪が足下でみしみしと音をたてた。互いをつなぐロープが時おり盛り上がった氷に引っかかる。南のはるか先に、発光する昆虫のような灯りが二つ見えた。大波の内側の曲面を直登する難ルートに挑む、わたしたちよりシリアスなパーティーの二つのヘッドランプだった。千メートル弱あるほとんど絶壁のような氷に、ピッケルとアイゼンを打ち込んで登るのだ。彼らは迅速に動いて早めに登頂することを望んでいるはずだ。熱い朝の太陽がバーナーのように氷を炙り、足下をやわらかいバターに変えてしまう前に。

とても寒く、おそらく氷点下十度くらいだった。体を動かすと額に汗が浮かび、すぐに凍りつくのがわかった。手を持ち上げると、氷に覆われた皮膚が薄くニスを塗ったようにパリパリする感触があった。体のほかの部位も凍りついていた。バラクラバは鉄兜、グローブは鎧の籠手のようになっていた。

尾根の右がナーデルホルン（4,237m）、左がレンツシュピッツェ（4,294m）。

わたしたちが第一になすべきことは、ペースを保って氷河の盆地を渡り切り、その向こう側に立ち上がっている雪面を登ることだ。その先には北西の風が吹き抜けることで有名なヴィントヨッホという峠がある。二時間ほどかけて峠に到着すると、まさに消えかけた闇の中に強風の咆哮が響いているところだった。一日が始まりつつある中、わたしたちは北東稜を一定の調子で登っていく。早朝の光の中で、岩に張り付いた薄膜のような氷がちらちらと光り、滑りやすそうに見える。空に浮かんだ小さな岩と氷の円錐のような頂上にたどりつくころには、すでにわたしたちを取りまく空気は熱を帯びていた。

その温もりのなかで、頭の後ろに手を組み、三十分ほど横になっていた。顔に付いた塩の結晶をこすり落として周囲を見回す。南には丸々と膨らんだ雪のドームを頂く別の大きな山が見える。その向こうの真っ青な空の中に、ひとつだけ大きな積雲が育ちつつあった。

わたしは視線をそちらに向けて、内側からゆっくりと爆発するように形を変える雲を見ていた。つやつやとした膨らみがどこからともなく盛り上がり、入り組んだ雲の表面をさらに複雑なものに変えていった。組んだ手をほどいてそちらに伸ばせば、その表面の細かな渦や尾根や谷の一つひとつを撫でられそうな気がした。目を下に戻すと、視線はまだ暗い朝のうちに横切った氷河の窪みに引き寄せられた。動くものはなかった。一瞬、その空虚と静寂に満たされた巨大な窪みに飛び込みたい心地がした。

高い場所には、平地にいることをどれほど愛する者にも否定できない効用がある。遠くを見通せることだ。スコットランドの西海岸の山上に立って大西洋の方角を見れば、両端に地球の丸みを帯びた黒々とした水平線が見える。カフカスのエルブルズ山の頂からは、西に黒海、東にカスピ海を望める。スイス・アルプスの峰の上ならば、わたしの左はイタリア、右はスイス、正面にはフランス、といった具合に他所よりも気前よく世界を語れる。土地の単位が急に「地方」から「国」に変わる。実際、晴れた日であれば、眺めのさまたげとなるのは視覚の物理的な限界だけだ。その条件を除けば、人は全視的《パノプティック》な、人工衛星のような、すべてを見通す「私」になる。マーシャル・マクルーハンが「すべてを飲み込む視覚空間の莫大な広がり」と呼んだものに高揚し、同時に怯えている「私」だ。その感覚はいつまでも忘れられない。

豊かな高みは豊かな視野をもたらす。頂上からの眺めは人を力づける。しかしある意味では、人を無きものにする。視覚の拡張は自我の感覚を強化し、同時に危機にさらす。山頂が見せる遠大な時空が、それがいかに取るに足らないものかを突きつけるのだ。旅行家で探検家のアンドリュー・ウィルソンは、一八七五年のヒマラヤでこのことを痛感させられていた。

夜、この壮大な山並みのただ中で、天の星々のようにきらめく無数の氷の峰に囲まれて、はかり知れない宇宙の深みに燃える天体の数々を見上げるとき、人は物理世界の圧倒的な広大さをほとんど痛みのように理解する。私とは何なのか？　巨大な山脈のつらなりに比べればこのチベットの人びとは何だというのか？　そして広大な恒星の連なりに比較するとき、この山々や太陽系のすべてがいったい何だというのか？

これは高さにまつわる人間的なパラドックスだ。高さは個人の精神を高揚させ、同時に抹殺する。山の頂を目指す者は、半ば自分自身を愛しながらも、半ばそれを忘れてしまうことへの愛を抱いている。

❄

十八世紀を通じて隆盛をみせた山頂への憧れが、ヨーロッパでピークを迎えるのは十九世紀最初の数十年間のことだ。ドイツロマン主義の画家カスパー・ダーヴィト・フリードリヒが一八一八年に制作した、通称《雲海の上の旅人》と呼ばれる絵画がある。絵葉書にもよく使われる、今やほとんど誰でもどこかで見たことのある作品だ。このフリードリヒの《旅人》は、今日に至るまで、山に登って思索にふける者というロマン主義芸術に頻出する人物像の原型的なイメージとなってきた。現代のわたしたちの目には、雲の間から顔を出す小さな岩の出っ張りとか、片足を岩に乗せたお決まりのポーズ（仕留めた獲物に足を乗せる猛獣狩りのハンターのようだ）などは真実味を欠いているし、いささか滑稽にも感じる。しかしこのフリードリヒの絵画はひとつの理念を具象化するもの、つまり頂に立つことは賞賛される行為であり、人に高貴さを付与する行ないであるという考え方を体現する作品として、長年にわたり、西洋人の自己認識への大きな象徴的影響力を及ぼしてきた。

フリードリヒがこの原型的作品を描きあげる二年前、ジョン・キーツは創作上のスランプの不安を抱きはじめていた。キーツは高い場所が心を落ち着けてくれるのではないかと考え、何かを書こうとするときには高みにいる自分を想像することにした。寝つけないときに羊を数えるようなもの、そのロマン主義ヴァージョンである。この方法は効いた──少なくとも、それが書く主題になるという意味では。

ぼくは小高い丘の上に爪先立ちした
……眺めていると身軽で自由な気がした
まるでメルクリウスの羽ばたく翼が
ぼくの踵に乗り移ったように、ぼくは心も軽く
目の中にさまざまなよろこびが浮かんできた……

高さ──少なくとも想像上の──はスランプに陥ったキーツの精神が停滞を押し流すために必要だと考

える下剤だった。ここでも山頂という場所が具体的なもののみならず、精神的な意味でも展望を与える場所であることが改めて示されている。シェリーも同じように高所の性質に強く惹かれていた。彼は「風、光、大気がぼくの中に激情を掻き立てる」という。大気はシェリーの詩を特徴づける要素だ（バイロンの水のように）。シュリーははかなく軽やかな言葉で「高みの大気」や、「空を切りつける山々」や、「純白の雪」や、「冷たい空」に幾度も立ち返る。その詩そのものが実体のない気体に昇華し、螺旋を描いて虚空へと立ち昇るようだ。シュリーは一八一六年に、馬に乗ってシャモニとセルヴォをむすぶ道を進みながら初めてアルプスを見上げて圧倒された。幸運にも誰かが手綱を握っていたので彼は存分に山に見惚れることができた。その感慨を綴った手紙は有名だ。「ぼくは知りませんでした。いったい山がどんなものなのか、それまで考えたこともなかったのです」と彼は書く。「空高く聳えるこの山々が不意に視界に飛び込んできたときには、うっとりするような驚嘆を覚えます。それは狂気と無関係とはいえません」。

フリードリヒ、キーツ、シェリーといったロマン主義の芸術家にとって高い場所がそれほどに魅力的だった理由は、後の時代からみればそれほど難しいことではない。それがロマン主義的な個人の称揚にぴったりと合致していたからだ。山頂とは人が際立つ、卓越した存在になれる場所だった。また、山頂は自由というロマン主義的理想のアイコンでもあった。山の頂ほど自由と解放を体現する場所がほかにあるだろうか。「人は蟻塚に集うべくつくられたものではない……集まれば集まるほど人はお互いを堕落させる」とはルソーの言だが、都市化の進む十九世紀にはこの洞察もますます説得力と重みを増していたことだろう。都市には商売人や盗人が満ちみちているが、山は違う——山には人間の罪というものがない。都市に縛りつけられた精神にとって、山頂は解放を意味する普遍的なシンボルとなった。それは薄っぺらな人づきあいだけの、放埒を極める都会社会からの脱出という、ロマン主義的な田園風景への渇望の具現化した場所だった。都会の群集の中でも孤立はできるかもしれないが、山の上には孤独があるのだ。

　そして孤独になれる山頂がロマン主義的な内省への耽溺を誘い、満足させる場所となるのは当然だった。ロマン主義者の書きものを読んでいると、高所に触発されて奔流のような物思いを吐露する旅人に出会うことは珍しくない。「山頂に立つ哲学者の心はなんと壮大な光景に満たされることか」とはフランスの作家・モラリスト、ピヴェール・ド・セナンクールの一八〇〇年の弁。その二十年前のオラス＝ベネディクト・ド・ソシュールはさらに忘我の境地だ。「この雄大な山景が山頂の哲学者の心にあふれさせる感情を表わし、その思いを形にできる言葉があるだろうか。彼はまるで地球を我がものとし、その運動の源を発見し、その回転の主たる原理を理解したとさえ感じている」。ロマン主義は、高所への想像力に、人びとを惹きつける新しい魅力をつけ加えた。それは、高く登れば人は啓発される、つまり精神的あるいは芸術的な啓示を受けられるという保証だ。** 山頂をはじめとする眺めのよいところは、観想と創造にふさわしい場所、つまり実際的にも形而上学的にも、より遠くを見通せる場所とみなされるようになった。イングランド中南部の丘陵地ノースダウンズでロンドンの街を眺めながら弁当を口に運ぶ家族の一行から、登頂を

＊キーツは、実際に登った際には山がそれほどインスピレーションに富むとは感じなかった。一八一八年に湖水地方の山に登ろうとした際にはこう書いている。「頂上まで行くべきだったと思うのだが、不運にも片足を泥だらけの穴に滑らせて意気阻喪してしまった」。これは心の中の山と実際の山のずれ具合としては比較的無害なケースだ。

目指して未踏峰に挑むアルピニストまで、高所を訪れる人びとを等しくそこへ惹きつけていたのは、ひとつには、そこに行けば外向きにも内向きにも明るい視界が得られる、つまり地上の風景だけではなく心象のそれも見えてくるはずだ、という確信だった。

❄

チャールズ・ダーウィンは一八三六年に、「高所の眺望が心にもたらす勝利と誇らしさの感覚は誰もが知っているはずだ」と自信をもって語ることができた。これは、一七一四年のバークリが視界を過ぎてゆく「身の毛もよだつ断崖」に表明した不興を思えば大きな変化だ。わずか一世紀と少しの間に、高所はさまざまな魅力的な性質のある場所と思われるようになった。高い場所は脱出、孤独、そして精神的・芸術的な啓示と等号で結びつけられた。さらに物理的に清潔な場所と考えられるようにもなった。高いところの大気は清浄なもの、さらには浄化作用のあるものとされた。ジョン・ティンダルは、一八七一年に「山の酸素にはたしかに高潔さがある」と述べている。一八五〇年代以降には、ヨーロッパ・アルプスの各地に多くの高地療養所が設立され、結核や喘息の患者が滞在するようになった。彼らは山の陽光を浴び、山の空気を呼吸し、夕食の席で大層な議論を戦わせた。キャサリン・マンスフィールドやロバート・ルイス・スティーヴンソンもそうした患者だった。わたしの曾祖父は、慢性気管支炎と診断された際に医者たちにスイスへの転地を勧められた。彼の場合は山の空気の甲斐もなく一九三四年に亡くなり、高峰を望む山間の墓地に葬られた。ただし、これが理由で祖父はスイスで育てられることになり、祖父はその地で山への愛に感染した。わたしはそれを受け継いだわけだ。

十九世紀の終わりの数十年間になると、高い場所への憧れはほとんど当たり前になった。危険を冒してまで山岳地帯に足を踏み入れようとは思わない、あるいはその余裕のないヨーロッパの住人にも、高所を体験する方法はいろいろあった。風景写真や風景版画の本、遠征の記録、普及版のロマン主義詩集といったものはいずれも、自宅にいる者たちに、間接的ではあれ高所のあり様や感覚を提供するものだった。サルヴァトル・ローザやヨース・デ・モンペルといった山を題材にした初期の大陸ヨーロッパの画家たちにつづいて、フィリップ・ド・ラウザーバーグ、J・M・W・ターナー、アレクサンダー・コゼンス、ジョン・マーティンといった十九世紀の画家たちは、峨々とした風景をキャンバスに展開し、縮尺の誇張、型破りな視点の置き方、乱れた水平線といった手法を駆使して観る者の平衡感覚を失わせ、眩暈を誘うイメージへ引き込んだ。一八二〇年代から三〇年代にかけてロンドンのレスター・スクウェアにあった〈ロタンダ〉や〈パノラマ・ストランド〉では、観客は暗くした施設の中央を歩きながら、複数の消失点を使って室内の全周に描かれたモンブラン山塊の風景、すなわち「アルポラマ」［アルプス＋パノラマ］を観賞した。その一、二時間の間は、輝く氷雪や黒い岩稜といった山岳風景の造形美で頭をいっぱいにすることが

＊＊アルプスの創造力についての証言の極めつけは《トリスタンとイゾルデ》でアルペンホルンを使ったワグナーかもしれない。彼は初演後に「［この作品は］あの安らかで素晴らしいスイスで、黄金を冠した山々を前にして構想したもの」、「それ以外の場所では生まれようがなかった傑作」と慎ましい自賛を述べている。

できた。「アルポラマ」のハイパーリアリズムは狙い通りの成果を上げ、急に方向感覚を失ったり、眩暈を感じたりする客が続出したといわれている。さらに一八五〇年代より後になると、ある乗客が「よろこばしい速度」と形容した高速鉄道がツェルマット往復の所要時間を六十六日間から十四日間に短縮し、さらに「旅行業界のナポレオン」ともあだ名されたトーマス・クックの企業家精神のおかげもあって、大衆がマッターホルン見物に出かけるようになった。低空を這うような街のスカイラインの下で暮らしていたイギリスの人びとにはさぞすがすがしい衝撃だったことだろう。

共通の遺産となった感受性は世代を超えて受け継がれ、ますます多様な人びとに広まっていく。山で死んだ者と、トーマス・クックのツアー旅行でアルプスを訪れた者と、山について読むかその絵や表現物を見ただけの者の間にある違いはカテゴリーではなく度合いだった。誰もが高さの魔法にかかっていて、誰もがその魔法の一部だった。目立ちたがりの登山家と、登りたがりの人びとの間にはほとんど理想的な結びつきが生まれていた。長らく山を敵視していた人びとの想像力は、今では高山が誘発する、それまでとは別種の新しい病にとらえられつつあった。人は、高所にい、な、い、ことに不快を覚えるようになったのだ。真っ平らな土地にいると「吐き気と苦痛のようなもの」を感じるというジョン・ラスキンがもらした告白は、まさにそのことだった。

❄

一八二七年、ケンブリッジ大学を卒業したばかりのジョン・オールジョという名の若者が、伝え聞いたアルプスの話に夢中になり、イギリス人で七番目のモンブラン登頂者となることを夢見てシャモニに到着した。町に到着すると、すぐに彼のもとをひとりの地元の男が訪れた。一七九一年にモンブランで発生した落石で頭に重傷を負いながら生還した男だった。年老いた男は窪んだ傷痕のある頭をオールジョの目の前に突き出し、登攀を思い止まるように警告した。オールジョは一笑に付した——が、無事に登り切るためにガイドを六人雇う程度には用心した。

しかし、その大勢のガイドたちも山中のオールジョが被った苦難を退けることはできなかった。登りの途上では高山病、低体温症、雪盲、強烈な眠気が次々に襲い、それに加えて下山の際には熱中症と胃腸の不調が加わり、体を思い通りに動かせなくなり、ついには倒れ込んでしまった。登頂は果たしたものの、これはオールジョの生還のために六人のガイドが力を尽くした成果にすぎなかった。オールジョが低体温症で最悪の状態になって、ほとんど動くこともできなくなったときには六人のガイドが身を寄せて体温でオールジョを温めた。そうやって解凍されたおかげでオールジョは下山の最後の数時間を持ち堪えることができた。彼は英雄の帰還を待つシャモニの町にほうほうの体で帰りつき、二日間かけて体力を回復してから、ガイドたちに涙の別れを告げてロンドンへの帰途についた。

イギリスに戻ったオールジョが書き上げた登攀の手記の内容は、壮絶な苦痛と、壮絶な山の美とに二分されている。かたやオールジョはこの登山が困難をきわめたこと、「途方もなく寒かった」ことを堂々と認めている。その一方で、彼はその苦しみは最終的に価値があったと述べている。なぜならモンブラン山頂の眺望が、「眩しいほどに輝きを放ち、ほとんど目が受け止めきれない、いかなる言葉の力でも表現できないほどの」光景を見せてくれたからだ。

登攀の記録を結ぶにあたって、オールジョは次のように述べている。「この短い手記は、私と同じような冒険心を抱えた者、あるいは、似たような企てに惹かれるすべての者にとって有用であろうと述べても、必ずしも自惚れと誇られることはあるまい」。たしかにそれは自惚れではなかった。大胆不敵さと類い稀な感性をあわせもったオールジョは一躍人気者となり、著作は飛ぶように売れた。彼の手記は、大衆の想像力の中にあるモンブランへの熱狂をさらに掻き立てるだけではなく、眺望というもの、すなわち彼が山頂で目にした「眩しいほどに輝きを放つ」ものは命を賭けるに値するかもしれない、という発想を人びとの間に広めていった。一八二八年以降には、登頂を試みるイギリス人の数が急増した。オールジョの手記は国中の想像力を虜にしたのだ。

アルバート・スミスというロンドンの若者もその読者のひとりだった。オールジョの描写にいたくイマジネーションを刺激されたスミスは登頂に挑むためにシャモニに旅立った。一八五一年に、彼はあこがれのオールジョに比べればかなり順調に登頂を果たした。スミスがこのときの登攀を舞台に翻案し、一八五三年三月に開幕したこのショーを自分のいちばんのヒット作にしたのはすでに見たとおりだ。この山の噂はアメリカにも波及していた。ヘンリー・ビーンもまた、スミスの登頂記や、彼の舞台に表現された山頂からの比類のない眺望を味わった者のひとりだった。彼は一八七〇年九月五日に、アメリカ人の友人ランドール氏と、ジョージ・マッコーケンデール師というスコットランドの聖職者、それに三人のポーターと五人のガイドをともなってモンブラン登頂に挑んだ。

はじめはすべて順調だった。快晴にめぐまれて軽快に登りをこなした後、一行はグラン・ミュレ小屋に一泊した。翌朝も暖かい陽射しのなかを出発し、午後二時半に山頂に到達した。この様子はシャモニの望遠鏡から確認された。そしてすぐに下山をはじめた。雷雲がおそろしい速さで彼らを包み込み、その姿をかき消してしまったのはその直後だった。

仮に、わたしたちがその二十四時間後に山へ出発して、ビーン、ランドール両氏と同じルートをたどったとしよう。わたしたちはシャモニの町を出た後、山麓に広がる鬱蒼としたマツ林の中の急登をこなし、ペルラン氷河の崩れかけた氷を越えてゆく。そしてそのあたりで、まだ山体を覆っている嵐の下方の雲に入り、木霊のよく響くエギーユ・デュ・ミディの峡谷《クロワール》の底を、落石に気を配りながら注意ぶかく、かつ迅速に進む。そしてモンブランの山頂を包み込んでいる吹雪に突入する。吹雪は猛烈で、中に入ってしまえばどこを向いても白一色だ。

やがて、わたしたちはのっぺりとしたコル・デュ・ドムの雪面のどこかでビーン氏を発見する。彼は、アルペンストックとかじかんだ手をシャベル代わりにして、ポーターのひとりと力をあわせて掘った雪洞の中に、背中を丸めてうずくまっている。ビーン氏は外に近いところで内側を向き、その手に小さくなった鉛筆をかろうじて握りしめている。指は凍傷で白や紫色になり、固まってうまく動かせない。着ている杉綾のツイードは凍結して亀の甲羅のようになり、身じろぎすることも難しい。同じ雪洞に身を寄せたポーターの背中に寄りかかるようにして、ビーン氏は携行してきたノートに妻への言葉を短く書き留めている。紙の上を鉛筆がゆっくりと、ぎこちなく進んでいく。荒れ狂う風の音の中では、粗い黒鉛とざらざらの紙面が擦れるカリカリという音は聞こえない。彼はノートのつづきにこう書き加える。

九月六日火曜日。モンブラン登頂を果たす。同行は十人。八人のガイドと、マッコーケンデール氏とランドール氏。二時半に登頂。頂上を離れた直後に雪雲に巻かれた。雪洞を掘って一晩を過した。雪洞は十分な大きさだが満足な避難場所ではなく、一晩中体調は優れなかった。

九月七日。朝。非常に寒い。ひどい雪が降り続いている。ガイドたちは休めていない。

夕方。愛するヘッシー、ぼくらはモンブランで丸二日、ひどい吹雪の中で迷ったまま、標高一万五千フィートの、雪に掘った穴にいる。もう下山の希望はもっていない。

ビーン氏の文字は大きくなり、筆跡はふらふらと乱れがちになる。

ひょっとしたら、このノートが見つかって君のもとに届けられるかもしれない。食べるものがない。足が凍って、もう疲れ切ってしまった。あとわずかしか書く力がない。Cの教育のための金は残してきた。君なら賢明に使ってくれるはずだ。ぼくは神を信じて、愛しい君を思いながら死ぬ。みんなさようなら。また会おう、天国で……ずっと君のことを思っている。

＊

この出来事は、わたしたちの心を揺さぶると同時に、ぞっとさせもする。それは、高所へのある蠱惑的で危険な想念が、まるでロバート・ルイス・スティーヴンソンの『宝島』の〈黒丸〉のように人から人へと伝わり、最終的に悲劇を生み出してしまう様を、この上なくはっきりと見せつけるからだ〔『宝島』の〈黒丸〉は、海賊の間で絶縁状として手渡される片側が黒い紙片のこと。死の宣告に等しい〕。そこには高さとか、眺めとか、頂上といった漠然とした概念への感情が人びとの間を伝わってゆく様子が見て取れる。ジョン・オールジョは、実際にアルプスを目にしたり、登ったりした他人の手記を読んで心を動かされ、モンブラン登山を決意する。彼の物語はアルバート・スミスを触発して同じ目論見を決行させ、スミスはピカデリーのショーの成功を通じて無数の人びとをモンブランに直《じか》に触れる旅へ誘う。そのスミスの影響を受けたひとりのヘンリー・ビーンは、妻のもとを離れて大それた冒険に足を踏み出す。オールジョとスミスは生き残る。ビーン、マッコーケンデール、ランドール、そして八人の名も知られぬポーターは死ぬ。この男たちすべてを山に引き寄せたのは、綯い交ぜになった二つの想念だった。まず第一に、山の頂に立つことはそれ自体に価値がある目標だという抽象的な想念。そして第二に、大いなる高みからの眺望、オールジョが「眩しいほどに輝きを放っている」と述べた光景は、目撃するために命を賭けるに値するほど素

晴らしいものだという信念。
　山で落命したすべての者と同じく、つまりポベーダ峰でブッダのように凍りついたロシア人たちや、わたしの祖父の登下校路の傍の記念碑になっていた父子も同じく、ビーンを死に向かわせた感受性は、彼が生まれるずっと以前から駆動されていたものだ。なぜなら、わたしたちは過去にそこを訪れた者たちがわたしたちを促し、整え、喚起するようにさまざまな風景のかたちを認識し、それに反応するのであり、山の死はそのどれひとつをとっても歴史的背景と無縁ではないからだ。わたしたちは、高みで経験することはまったく人それぞれの、個人的なものだと思い込みがちかもしれない。けれども本当には、わたしたちはひとり残らず、ほとんど目には見えない、入り組んだ感性の系譜の継承者なのだ。わたしたちが見るとき、わたしたちは数え切れない、名のない先人たちの

目を通して見ている。イーヴリンが高所で発見した思いがけない歓喜。フリードリヒが描いた岩塊に立つ旅人の印象的な姿。高空の大気のようなシェリーの詩。モンブランの頂に恍惚とするオールジョのヴィジョン。そのすべてが、それぞれに高所への想像力の変容に役割を果たしてきた。今、二十一世紀を迎えた人びとの想像力は、登山家で作家のジョー・シンプソンが「大いなる高所の物言わぬ招き」と呼ぶものをやすやすと受けいれる。それは人をどこまでも上へと誘惑する力、山に向かわせる反転した重力だ。

第六章　地図の先へ

いちばんわくわくさせる海図や地図には、そのどこかに〈未踏査〉と書かれた場所があるものなんだ。

アーサー・ランサム『ツバメ号とアマゾン号』一九三〇年

わたしが手にした中でいちばんわくわくする地図は一枚のコピーだった。それにはキルギスが中国とカザフスタンに国境で接しているあたりの、天山山脈の東の端が描かれているはずだった。なぜわくわくしたのかといえば、あまりに素っ気ないものだったからだ。描かれているのは山頂を示すバツ印、湖の丸印、それに尾根を示す線だけ。山をぐるぐると囲む等高線もなければ、危険な崖を示す陰影もなし。当然ながらFB（歩道橋）だとかPO（郵便局）だとかPH（パブ）だとかいった、あの安心感のあるイギリス陸地測量部の省略表記の類いもまったくない。

地図の中央には、イニルチェク氷河が山を削ってつくったY字型の谷の輪郭があった。この谷は天山山脈の「中央道路」としてよく知られたものだ。ここは一八五六年から翌年にかけて、ロシア人の探検家P・P・セミョーノフが初めて足を踏み入れた（彼は後に、十九世紀ロシア流の命名法にしたがってそのままの意味のセミョーノフ＝天山《チャンシャン》スキーと呼ばれるようになった）。イシク・クル湖の周辺に跋扈するキルギスの山賊団にひるむこともなく、セミョーノフはサンタシュ峠まで東進した。このあたりは長らく中国と他の中央アジア平原の勢力が争いを繰り広げてきた国境地帯だ。ティムール朝の建国者ティムールが、明国との戦いに向かう配下の軍勢の一人ひとりに石をひとつずつ積んでいくように指示したのがこのサンタシュ峠だったといわれている。遠征の後、大きく数を減らした兵士たちはこの峠に戻り、ひとつずつ石を拾い上げた。ティムールは残された石を数え、明でどれだけの兵士が失われたかを知った。

セミョーノフの報告に誘われて、ロシアの探検家や地図製作者がこの地へ続いた。その中には敵意に満ちた、しかし優秀なニコライ・プルジェワルスキーもいた。コサックの血を引くポーランド系ロシア人のプルジェワルスキーはヨーロッパ人であることに誇りを抱き、生涯の多くの時間を過ごしたアジアの人びとを軽蔑していた。彼が最後に残した著書には、すべてのモンゴル人を排除してコサックに置き換えることが主張されていた。これは後のスターリンが実現に踏み出そうとした政策だ（スターリンはプルジェワルスキーの息子と噂されたことがある）。非ヨーロッパ人への嫌悪を抱えながらも、プルジェワルスキーはキルギス最東部への遠征を含めて四度の調査行を指揮した。そしてアジア人に囲まれて死んだ。一八八八年に彼が没したイシク・クル湖の東端の街カラコルは、ロシア語では彼の名前にちなむ名で呼ばれている。この街にはほこりっぽい公園の一角に黒光りするプルジェワルスキーの彫像が立っていて、その記憶に捧げられた人気《ひとけ》のない博物館がある。そこには彼の業績にまつわる鞄嚢や地図や武器といった古物が所狭しと並べられていて、奇妙なことに剥製の動物たちもある。

プルジェワルスキーの後にやってきたのは、ミュンヘン生まれの探検家ゴットフリート・メルツバッハーだった。メルツバッハーをこの地の山々に誘ったのは政治的な理由ではなく（プルジェワルスキーは中央アジアをめぐる英露の諜報戦〈グレート・ゲーム〉の立役者のひとりだった）、むしろ知りたいという欲望だった。彼はこの地方についてのセミョーノフの手記を読み、天山山脈の「巨大な結節点」の描写に魅了された。それは、セミョーノフがハン・テングリ、すなわち「天の主」と呼んだ、ピンク色大理石の美しい巨峰のことだ。後に訪れたロシアの地質学者はセミョーノフの手記を裏付けはしたものの、セミョーノフと同じく登山の技術はもたなかったため、険しい山塊に分け入って山頂に立つことはできなかった。

一九〇二年から翌年にかけて、メルツバッハーはチロル出身の二人のガイドとコサック人の護衛を従え、ハン・テングリを目指して迷路のような山と氷河に足を踏み入れた。山々はそう簡単には秘密を明け渡さなかった。メルツバッハーは雪崩に見舞われ、スズメバチに襲われ、荒天に悩まされ、部下に裏切られ、落石や落氷に潰されかけた。もっとも深刻だったもの、少なくともメルツバッハー自身がそう述べているのは渡河の際に歯ブラシを紛失したことだった。しかし彼はそうしたあらゆる苦難を生き延びて一九〇三年にイニルチェク氷河を発見し、その端のほとんど中国と国境を接するあたりに「天の主」を見出した。

イニルチェク氷河はメルツバッハーの山々への道となった。氷河は長い年月をかけて行く手のあらゆる土地を削り均し、たゆまぬ粘り強さで標高六千メートルを越える山々を磨り減らしてきた。この氷河がなければ、メルツバッハーはハン・テングリに近寄ることすらできなかっただろう。そしてその助けがあったにせよ、彼は氷河を何日間もかけて歩き登らねばならなかった。

天山山脈を目指したわたしたちは、ヘリコプターでイニルチェク氷河の上まで一息に運ばれた。まず轟音をあげて流れる灰色の雪解け水の川を遡って氷河の先端に至り、さらにぐずぐずに崩れた氷河の青い氷の上を一気に飛ぶ、四十分間の早回しの旅。たしかに便利ではあるものの、気の安らぐ移動ではない。

ヘリコプターが飛び立ったのは、天山山脈の深部の人里離れた谷間にある、ロシアの軍事基地だった。中ソの緊張が高まっていた一九六〇年代に、中国の通信を傍受する拠点として設置された基地だ。キルギスに入ったわたしたちの一行は少人数で——今になって思えば——危険なほどに経験の浅いチームだった。わたしたちの目的は未踏峰の登頂だった。飛行機でカザフスタンの首都アルマトゥに着き、鉄道、バス、タクシー、そして徒歩で数日をかけてカラコルまで来た。そこから八輪のトラックに乗り、山岳地帯の西側に伸びる鉱山用の砂利道を七時間かけて軍事基地まで運ばれた。到着した夜に、わたしたちは氷河から基地にヘリコプターで戻ってきた、大柄で厳めしい顔をしたアメリカ人の二人組と言葉を交わした。山よりもヘリコプターの方がはるかに危ない、と彼らは言った。氷河の南側の岩場でヘリコプターの残骸を三機分見たということだった。

飛び立つ日の朝六時にテントの幕を開けると、パイロットのセルゲイの姿が目に入った。どう見ても粘着テープでテールローターをヘリコプターに固定し直しているようにしか見えなかったが、元気よくこちらに笑顔を向けて親指を立ててみせた。三十分後、そのおよそ飛びそうにないヘリコプターの状態に地上クルーが満足したとみえ、わたしたち十五人は不吉なことに古びた食肉用の秤で計量され、機内に案内された。どうやらわたしたちは、五十玉の西瓜と、何十包かの食糧と、一頭の死んだヤギと相乗りのようだった。地上クルーは最後に五十キロの赤いガスボンベを機内に放り込んだ。メインローターがゆっくり回転音を立てはじめる間に、ボンベはわたしの両脚の間に配置された。整備工のリーダーは「ヘリが落ちるときはそいつをママみたいに抱き締めろ」と叫んでヘリコプターの扉を勢いよく閉めた。どうやら彼の決まり文句のようだった。

飛んでいる間、わたしはガスボンベをレスラーのようにがっしりと両腿で挟み込んでいた。ラッキーな気もした。少なくとも死ぬときは自分が最初で、いちばんさっくりと死ねるだろう。氷河の末端のあたりまで来たときに冷たい上昇気流がヘリコプターを捉え、機体を丸ごと揺さぶった。一瞬真っ逆さまに落ちていくような気がしたものの、やがて安定を取り戻して荒れた氷原に着陸した。扉を開け、ローターの轟音と振動の中で、ひとりずつ氷河の上によろよろと飛び降りた。吹き付ける風で氷のかけらが舞い上がり、その輪がだんだん広がっていった。

この氷河は、わたしの素朴な地図の中央あたりにY字型に描かれている領域だった。その全長にわたってI-N-Y-L-C-H-E-Kと間延びした文字が配置されていた。氷河を取り囲む山の頂には名が付され、標高が記されている。しかしそれより先は詳細が消える。地名も、標高もない。ただバツ印と、線と丸だけ。さらにその先は、ただただ空白。知られざる領域だ。

その日、テントを設営した後で、モレーンの上に中国の方角へつづいている、かすかな踏み跡をたどってみた。一キロ弱行くと、岩稜をまわり込んで氷河の圏谷《カール》にたどりついた。そこでしばらく圏谷の様子を眺めた。小さく垂れ下がった氷河から氷の塊が崩れ落ち、青く綺麗な氷の面を覗かせていた。鮮やかなオレンジ色の嘴をしたキバシガラスが一羽、姿の見えない仲間に向けて鳴いていた。ゆっくりと蠢く氷河の主流の上で、粉々になった頁岩の破片が小山をつくっていた。歩くわたしのすぐ側で、弱々しく陽の光を反射するものがあった。泥のような茶色をした岩の隆起に小さな金属板が留められていた。ひとつ、またひとつ。岩の上に登ってみると、そこはこの地の山で死んだ者の墓地だった。岩に留められた金属板は十五枚あり、三十一人分の名前が刻まれていた。死者の多くはロシア人だった。それからドイツ人がひとり、アメリカ人が二人、イギリス人がひとり。ロシア人の金属板の下には、一枚を除いて小さな窪みが彫られていて、供物なのか悲嘆のしるしなのか、細々としたものが置かれていた。まるで厳粛な死の雑貨店のように。安っぽいプラスチックの人形があって、オキシドールで脱色したようなブロンドの髪と、緋色のドレスがのっぺりとした岩の上に一際目立っていた。融けて厚く固まった、二本の黒ずんだ芯が残る赤い蠟のかたまり。ぱりぱりに乾燥したエーデルワイスの花。小さな青い涙を永遠に浮かべたままの陶製のマリア像。

イギリス人の場所にはそんな窪みはなく、薄く錆の浮きかけた金属板があるだけだった。「ポール・デヴィッド・フレッチャー、天山、一九八九年八月十六日」とあった。その下にはもう少し太い文字で「Англичанин」――「イギリス人」。彼はなぜここまで来たのだろう、としばし考える。ここに何があると期待していたのだろうか。もちろん死ではなかったはずだ。わたしは、そこで見た銘板のことを繰り返し思い出した。とりわけフレッチャーのものを。たぶん、記憶というものは身勝手で自己中心的なものだからだ。そのすべての死者の中で、彼がいちばん自分に近いように思えたのだ。彼を十年前にイギリスからはるかに離れた天山山脈へ導いたものは何だろうかと思った。その人を寄せつけない風景が、いったいどんなものを差し出してくれると彼は想像していたのか。

歩き回ってテントに戻ると、ガイドのディミトリに紹介された。ディミトリは白熊のような体軀をして、サンタクロースのような髭を生やしていた。北極圏のアイス・クライミングのチャンピオンだと言うので、それは疑わずにおこうと思った。少なくとも、口に出しては。

❄

氷河に到着した後、わたしたちは幾晩かディミトリの小屋で食卓を囲んで過ごした。ターポリンと板でこしらえた簡素な小屋だった。外は吹雪。猛烈な風音だったが、わたしたちには山の音が聞こえた。射撃のような落石の音や、たまに聞こえる雪崩の低い爆音。卓の真ん中に置かれたハロゲンランプが室内を照らし出し、ガラス瓶に入れた蜂の巣が黄白色に光っている。ランプを見つめてから小屋の暗がりに目をやると、網の目のような刻印が視界に残って、網膜に灼きついた眩しさがしばらく消えなかった。卓のまわりを見回すとみんなの顔が強い光に照らされていて、頭の後ろは闇に紛れて消えている。

食卓の上にはディミトリが置いた金属のボウルが二つあった。ひとつには三角に切られたオレンジ色のメロンが盛られていて、もうひとつにはクリーム色のニンニクが十片くらい入っていた。ディミトリはタマネギを剥いた。中は真っ白だった。片手で器用にタマネギの上をつまんで、ナイフで四回、切れ目を入れた。そして手を放し、奇術師が杖で帽子に触れるようにナイフで軽く叩いた。花弁が開くようにタマネギが八つの楔形に分かれて広がった。最後に、分厚いガラスのタンブラーを五つ並べて、ウォッカを並々と注いだ。あまりに度数が高いのでガソリンのようにとろとろとしていた。

わたしたちは飲み、食べた。その後、タマネギとウォッカのせいで目に涙を溜めながら、自分の持っている地図に印刷された線の向こう、空白の場所には何があるのかとディミトリに訊いた。

「何もない。誰も登ってない山だけだ」

「ぼくらはそこまで行ける？」

「もちろん。歩いて行ける」。彼はおだやかな、疎んじるような目をしてわたしたちを見回した。「金を払うならヘリで飛んで行ける。去年、一組そうやって運んだよ」。そう言って手のひらをあいまいに南の方に向けてひらひらとさせる。「そいつらは一週間で未踏峰に四つ登った。お望みならひとつ先の尾根の向こうの谷に連れて行ってもいい。そこは誰も行っていない」。

翌朝、わたしはディミトリとともに氷河のモレーンの上に立った。朝日を浴びてがんがん鳴るような二日酔いの頭を抱えながら、未踏の谷はどこにあるのかと尋ねた。彼は南東の方角、青空を支えるように高く弧を描いている雪の尾根を指差した。あの尾根の先はまだ誰も行ったことがない。

不意に、そこへ行きたい、というほとんど悪心のするような強烈な欲を覚えた。氷河の上の岩に腰を下ろすとすでに太陽の温もりがあった。わたしは自分の地図を広げて尾根の場所を確認し、ふたたびその尾根へ目をやった。

その紙面の空白以上に雄弁なものはなかった。わたしたちは、あの雪面に足を踏み入れ、あの山並みを目にする最初の人間になる。わたしたちは隙のない足取りで、見事に登攀をなし遂げる。そして四つの頂を征服し、それぞれに名前をつける。わたしたちの名は未来永劫、あの山々、あの谷に結びつく。わたしたちの記憶は、そのためにはるばるやってきたこの風景と切り離せないものになる。

もちろん、わたしたちは行かなかった。費用がかかりすぎるし、経験の未熟さを思えばほとんど自殺行為だっただろう。その代わりに、わたしたちは氷河の向かい側にある、七年前にチェコの遠征隊が一度だけ登頂した山に登った。一歩一歩登りながら、わたしはチェコ隊のことを頭から追い払おうとした。自分が先駆者であり、開拓者であり、道を切り開いているのだと思い込もうとした。自分たちこそが初めてあのピークに立ち、眺望に圧倒されて言葉を失うのだ、と。しかしそうではなかった。それは言葉にできないほどの失望だった。

未知の領域が想像力を強烈に刺激するのは、それが想像によってどんなふうにでも形を変える、文化や個人が恐れや憧れを投影できるスクリーンだからだ。ギリシャ神話のエーコーの洞窟のように、未知の領域は何を叫んでもその通りに呼び返してくる。ジョゼフ・コンラッドが「少年がうっとりと夢を見る場所」と呼んだ地図の空白は、いかなる約束でも、あるいは恐怖でも、望み通りに描き込むことのできる場所、無限の可能性を与えられた場所なのだ。あの尾根の向こうの真っ白な谷にわたしが感じた、胸を刺す

イニルチェク氷河の先に未踏の谷の方向を望む。手前の雲のかかっていない稜線の背後にその谷がある。

ような渇望は、形を変えたわたし自身の夢への渇望だった。わたしの夢は、いうまでもなく、まだ誰も行ったことのない場所に行くこと、まだ誰もやっていないことをなし遂げることへの欲望に衝き動かされている。それは西洋の想像力に深々と埋め込まれた、先んじること、何ごとかの祖となることへの欲望そのものだ。

　未知という概念が常に魅力を孕むものだった、あるいは常にそれ自体が魅力的であったわけではない。何世紀にもわたって、人を探検に駆り立てる動因は主に経済的、政治的、あるいは利己的な見返りだった。つまり金か、領土か、名誉への欲だ。未知の領域それ自体に惹かれていたわけではない。だから賢明な探検家は、慣れ親しんだ地図で旅路を検討した。西洋の想像力が未知へのあこがれを抱くようになるのは、またしても十八世紀後半のことだ。一七〇〇年代後半のヨーロッパには、遠く離れた国々や、別の土地、趣味嗜好、感覚、つまり現代なら異国情緒《エキゾチック》と呼びそうな類いの経験への、それまでにない独特の欲求が生まれていた。こうした、何かを発見することへの欲求の高まりは、さまざまな不満足の反映だった。とりわけ、都会のブルジョワ生活の敬虔さや閉塞感に由来する疲弊が蔓延していた。すでに知られていること、先行きの分かりきった物事は敬遠され、人びとは予期できないものへの期待をもてる場所を求めるようになった。未知は、そうした別の経験の次元への入り口と見なされるようになっていた。シャルル・ボードレールは何十年か後にそれを「未知の奥底で新しいものを見出す」と表現するだろう。

一七七〇年代以降には、こうした未知への知的な渇望が大それた行動として表現されるようになった。十八、十九世紀をまたぐ六十年間は探検の黄金時代だ。冒険家や探検家は、富と美を求めて厚い氷に覆われた北極海を渡り、太平洋の島々を訪れ、アフリカの砂漠を横断した。彼らを衝き動かしていたのは、何よりも新しいものへの欲望だった。その至上の目標は、未知に分け入り、まだ誰も目にしていないものを見ることだった。発見それ自体が目的となった。これは、あらゆる形でオリジナルであることに知的な情熱を傾けた、その時代の精神と軌を一にするエートスだった。啓蒙時代の理想的存在は「未踏の土地を探索し、新しい発見を行なう」ことが必要だと、文筆家のウィリアム・ダフは一七六七年に記している。ジョージ三世は、即位して間もない一七六四年に一連の海洋探検に着手した。その探検家たちに与えられた使命は「南半球で新しい発見をすること」という単純なものだった。ジェームズ・ブルースという名の若きスコットランド人は、ジョージ三世の治世に最初の「新発見をもたらす」人物となる希望に大いに胸を膨らませてアビシニアの山や河の探検に身を投じた。

そうした人跡未踏の地へ向かう探検家は、今でいえば映画スターのような、華やかで話題になる存在だった。彼らは帰還すると——無事に帰還できた場合だが——その手柄の手記を書き、それに未知への道程を線や点で描き込んだ折り込みの地図をつけくわえた。一八二二年にはイギリスの北極探検家、ジョン・フランクリンが三年間におよぶ北極圏ツンドラ地帯の探索を終えてロンドンに帰還した。フランクリンとその一行は、飢餓のあまりブーツの革や、地衣類や、最終的には仲間を食糧にして生き延びたのだと噂された。フランクリンの探検記はベストセラーになり、もとの価格を大幅に超える値段で古本が取り引きされるまでになった。不屈の情熱で北極探検に挑んだ海軍大尉ウィリアム・エドワード・パリーは、数次の北方遠征で有名になったために、街中でファンに取り囲まれるほどになった。*

いわゆる探検の黄金時代が一八三〇年代に終わりを迎えた後も、地理上の未知という概念は十九世紀の外交政策の原動力でありつづけた。イギリス、フランス、ロシア、スペイン、ベルギーといったこの世紀の拡張主義大国は、みな地図の空白をお気に入りの色に染め上げることに熱心だった。フランスは緑色、ロシアはオレンジ色、イギリスはピンク色という具合だ（アメリカでは別の闘争が展開されていたことはいうまでもない。それは「文明世界」のフロンティアを太平洋岸まで押し広げる闘い、つまり〈明白なる使命《マニフエスト・デステイニー》〉の名のもとに未知を西海岸に追い込み、消し去ろうとする闘いだった）。帝国主義列強は世界の未知なる領域に地歩を築き、領有を主張し、「文明化」するために、矢継ぎ早に遠征隊を繰り出した。

地図上の空白がひとつ埋まれば、別の新しい場所が登場した。ナイル川の源流。北西航路〔北米大陸の北側で太平洋と大西洋とつなぐ航路〕。南北の両極。チベット。そしてエヴェレスト。十九世紀の各世代はそれぞれに新しい地理的な謎を見出し、その解決に頭を悩ませ、執着した。「知られざる土地に足を踏み入れる探検家ほどに興奮を誘う境遇は想像することができない、とりわけ自然が人を拒む壁となって立ちはだかり、そこにまだ人跡のない大地があるときには」というボヘミア出身の探検家ユリウス・フォン・パイアーの言葉は、彼を含めた探検家だけではなく、その読者となる大衆にも大いに当てはまるものだった。

イギリス人は、他の帝国主義国に増して強烈に、世界を隈なく既知とすること、つまり地球上のすべてを地図の升目に切り分けて把握する欲求に駆り立てられていたように思われる。一八三〇年には「地理学の発展」を目的に王立地理協会が設立され、ヴィクトリア女王時代〔一八三七―一九〇一年〕の初期には、世界地図の残りの空白を埋めるという目標が、文化的信念のみならず政治的課題としても掲げられるようになった。タイムズ紙は一八五四年の論説で、「イギリス人が誰も足を踏み入れていない未知の土地の話を耳にした者は最初にそこへ到達せねばならない」と宣言した。一八四六年に、当時の海軍本部書記次官

＊ パリーは最初のグリーンランド遠征にオリーブの枝を描いた旗を携行した。それで自分が平和的な目的でやってきたことを「エスキモー人」に伝えるつもりだったのだ。つまりパリーは、樹木はおろか、ほぼ植生のない氷の世界に暮らす人びとに、オリーブの枝というシンボルが通用しない可能性には思い至らなかったようだ。これは、世紀の変わり目ごろに海外へ向かったイギリス人たちの一部が抱えていた、愚かさと文化的驕りの混ざりあった心性を示す初期の例である。彼らは、ゆっくりと話しさえすれば英語が直感的な共通語として使えるはずだと信じさえした。シベリアのノヴォシビルスクからアフリカのティンブクトゥまで、どこでも奇跡的に通じるものだと思っていたのである。

ジョン・バローは次のように述べている。「世界の中で我々が何も知らないのは北極だけである。この知識の完全なる欠乏は、この開化した時代に残された無知の汚点を一掃する行動を後押しすべきものである」。バローの言葉は真実ではない。南極大陸とヒマラヤは北極よりもさらに何も知られていない場所として残されていたからだ。しかしこうした熱を帯びた物言いは、十九世紀半ばのイギリス人が、どれほど熱心に地球の謎を解き明かそうとしていたかを端的に物語っている。

十九世紀を通じて人びとが探検や発見を礼賛するようになったことは、当然ながらその時代の山の捉え方にも影響をおよぼしていた。未知に惹きつけられながらも探検家になり切れない者にとって、山登りは探検によく似た魅力的な経験を与えてくれるものになる。探検家になりそこねたヨーロッパ人にとりわけ好都合だったのは、山が近くにあることだった。山へ行くために常軌を逸した長旅をする必要はないし、海軍省の予算委員会にその遠征の価値を認めてもらう必要もない。山の未知を体験にするために延々とつづく水平の旅をする必要はなかった。南極まで船で下るには一年はかかるし、北極に行くには船を飲み込むほどの大波や、船より大きな氷山と闘いながら何週間もかけて北上せねばならない。しかし山はさっさと垂直に旅するだけでいい。心中の決意と、丈夫な靴と、食糧をつめたリュックサックさえ装備すれば、わずか一日の間に優しいスイスの草原から極地のように過酷なアルプスの高峰に登ることができる。

山はいろいろな意味で、ほかの一見大胆に見える冒険よりも本物の未知の経験を与えてくれるものでもあった。ジェームズ・フォーブズは一八四三年に次のように書いている。

紳士諸君は、いまや馬上でフィレンツェに向かう御婦人方よりも心おだやかにシベリアを歩き回っている。大西洋でさえアメリカ大陸を気楽に旅する者のためのハイウェイに過ぎないし、インドまでの陸路はロンドンからバースまでの道程のように詳細に書かれている。砂漠には馬宿があり、アテネには乗り合い馬車が走っている。しかしヨーロッパのまさに中心には、知られざる地域がある……パリー、フランクリン、フォスター、サビーン、ロス、ダーウィンといった者は、南北両極の過酷な環境に挑んで、地球や大気や気候や動物のさまざまな現象の知識を持ち帰るのだが……こうした物事について、私たちは地球上の自分の近所でさえ完全に知りつくしているだろうか？　まずそんなことはない。

フォーブズの言葉には、世界に広がる文明社会がもたらすある種の退屈さを聞き取ることができる（大西洋はハイウェイになり、シベリアは歩き回れる場所になり、イタリアは馬の調教場になり、アテネは交通渋滞ばかり）。この感覚は、世紀が下るにつれて次第に強まっていった。しかしそれとともに、ここには文明化されたヨーロッパのただ中で、高さによって視界から隠され、見過されていたアルプスという未知の領域《テラ・インコグニタ》の発見への興奮がはっきりと見てとれる。

アルプスには無数の未踏峰があり、アルプスを越えた先にはまだ地図のない、探検も登攀もされていない数々の高山帯、すなわちアンデスやカフカスやヒマラヤ等々の山々が広がっていた。英国山岳会会員の文章を編んで人気を博した文集『頂と峠と氷河』（一八五九年）の創刊号の論説は、アルプス登山は「いつの日かイギリス人の足が登るに違いない山脈の数々はいうにおよばず、無限の冒険の場を」与えてくれると述べていた。つまりはイギリス人はそこを目指すということだ。

膨大な未知の領域《テラ・インコグニタ》に惹きつけられて、一八五〇年代から一八九〇年代にかけてはイタリア人、フランス人、ドイツ人、スイス人、アメリカ人、そしてイギリス人の登山家が群れをなしてアルプスに向かった。彼らは登攀し、登頂し、名付け、そして何よりも重要なことに、地図をつくった。

早い時代のヨーロッパの地図では、山は単純化された塚のような形状や小さな岩の露頭のように描かれていた。たとえば通称〈アングロサクソン図〉と呼ばれる地図（一〇二五―五〇年ごろ、大英図書館コットン文庫所蔵）では、褐色のおおざっぱな形で山が描かれ、その近くにはライオンに似た有翼で猫背の怪物が描かれている。知識の果てるところには伝説がはじまる。こうした早期の地図に登場する空想上の生き物は、具現化された未知、いってみれば無知のささやかな戯画だった。ライオンの体に蛇の頭といったこの種の奇妙でハイブリッドな動物は、船乗りや探検家や旅人の想像力の中に生き延びつづけてはいたものの、十五世紀になるころには知識の拡大に追い落とされて地図上からはほとんど絶滅する。

怪物が姿を消した後も、山はやはり単純化された形状で描きつづけられた。これは森林（様式化されたミニチュアのモミの林のように描かれた）や、海（凍りついた何列もの青い小波のように描かれた）も同じだった。これらの初期の地図における山は、あたかも谷からその山を眺めたような形で描かれている。「平面図」、つまり真上から見下ろす視点はまだ考案されていなかった。十五世紀後半のポルトガルで製作されたヨーロッパの地図の一例では、山岳地帯は小さな茶色の小山を何列もきれいに整列させたように表現さ

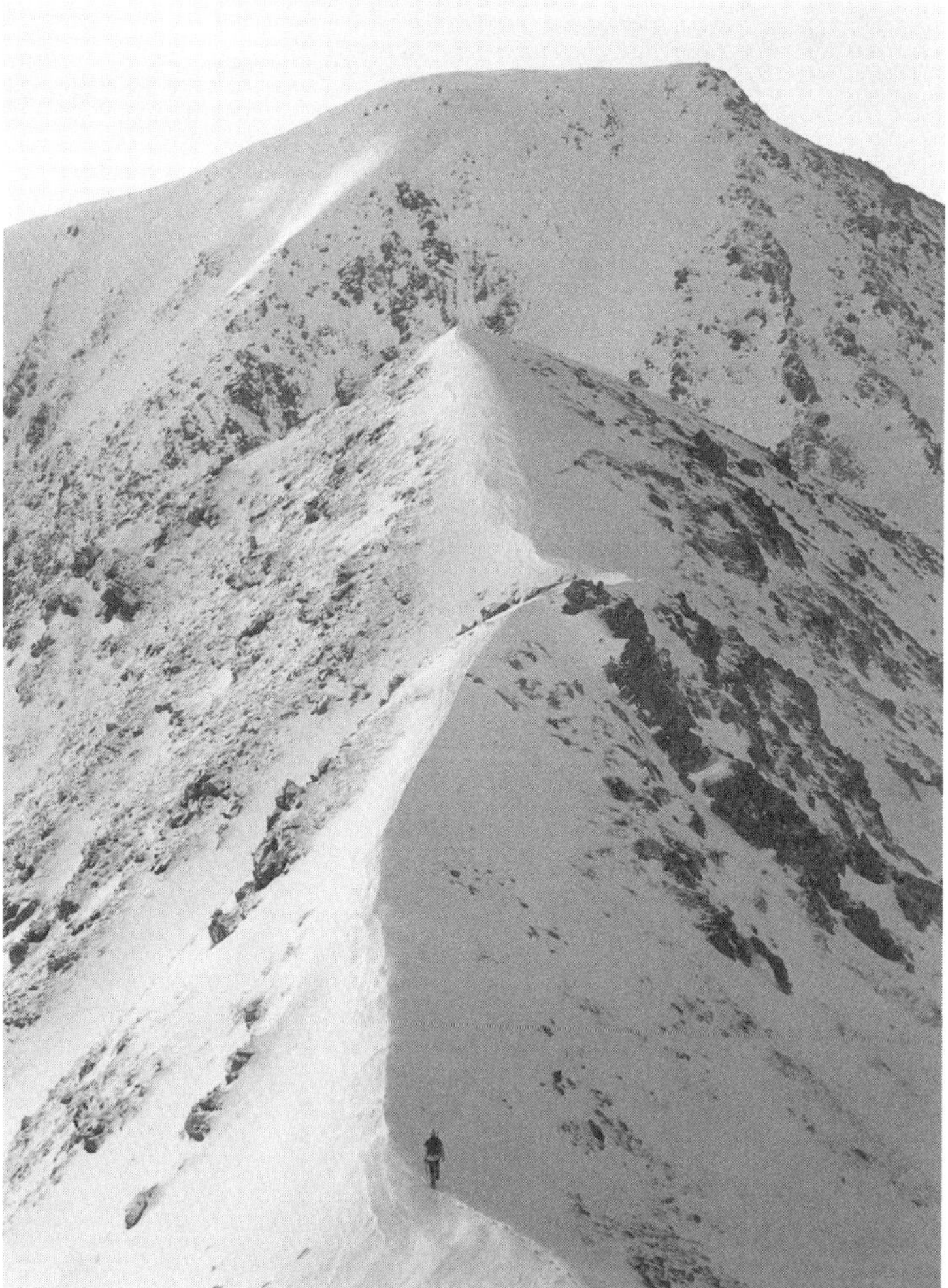

れた。まるで、よく訓練された勤勉なモグラの一団が大地でせっせと働いた跡のようにみえる。さらに奇妙なのは一四八九年の〈カネパのポルトラーノ〉に記載されたアルプスで、山は上下さかさまに描かれて鮮やかに彩色されている。まるでたわわに実った赤や緑のブドウのようだ。

十六世紀から十七世紀にかけて、地図を製作する技術はより繊細になって標準化も進み、風景のさまざまな要素を描きわけることに注意が払われるようになった。トマス・バーネットは、一六八一年に「地理学者は、山々の数やその周囲の状況について、十分に注意をはらって地図に描いたり注記したりしない」との批判を述べている。そして彼は、「君主」はみな、「山がどのようにあるか」「荒れ地や国境がどのように配置されているか」といったことが適切に描写された「各々の所領や領土の見取り図を描く」べきだと提案している。その根拠を述べるバーネットの言葉には幾分エロティックな含みがある。いわく、「このような方法で大地を把握し、あたかも裸の大地を見下ろすように虚飾のない見取り図をたびたび参照することには非常に利点がある。なぜならば、そうすることで自然の真の姿体をもっともよく吟味できるからだ」。

ルネサンスの思潮の影響の中で、地図製作者たちは三次元的な表現のためにさまざまな手法を考案した。一様な小山のような形状はより尖った円錐になったり、平坦になったり、あるいはごつごつした山の形状に変化した。周囲の地面より高いことを示す陰影の描写があらわれ、斜面やその傾きを表現するためにケバの技法（多くの短い線で起伏を表現する）も使われるようになった。この手法では斜度が険しい場所ほど密に、つまり濃く見えるように線が描き込まれる。フリードリヒ二世は、配下のプロイセン軍の地形記録者に「余が行けぬ場所は黒く塗り潰せ」と命じた。等高線は十六世紀の発明だが、測量技術が十分な精度に発展するまでは十分に活用されなかった。

地図の魅惑や楽しみは、それが口を噤んでいるところ、つまり想像力によって埋められるのを待つ隙間や不完全なところにある。旅行家のロジータ・フォーブズが書いているとおり、地図には「その実現のために汗をかいたり骨を折ったりすることとは無縁な、期待という魔法」があるのだ。わたしの家では、次に計画する山旅のずっと以前に地図を買っていたものだった。新品の地図はガサガサとうるさく、扱いにくいものだ。開こうとしても素直に従ってはくれず、すぐに畳まれた状態に戻ろうとする。折り目を折り返すたびにバリバリと音がして、堅い紙が不格好にめくれ上がる。わたしたちはどうにかして地図を床に組み伏せ、四隅に重しの本を載せ、膝をついて計画するルートをたどったものだった。早くから父に等高線の読み方を教えられていたおかげで、地図の全体が魔法のように浮き出してみえた。

地図は童話に出てくる魔法の長靴をくれる。ものの数秒でものすごい距離を進むことができる。歩いたり登ったりするつもりの経路を鉛筆の先でなぞりながら、クレヴァスを跳び越え、崖をひとまたぎにして、河でもなんでも苦もなく渡ることができる。しかもいつも好天で視界は最高だ。地図は風景を見渡す力を与えてくれる。地図を読むことは飛行機に乗って山野の上を飛ぶことにも似ている。つまり、脱臭されて気圧も温度も制御された場所から下界を眺めているようなものだ。

しかし地図は決して大地そのものの複製にはなりえない。地図上の作戦会議では身の程知らずの計画に行きつくことがよくあった。家で計画したルートは、実際には底なしの沼だったり、膝ほどあるヒースの茂みだったり、雪が厚く積もった広大なガレ場だったりした。土地そのものに地図の力の限界を諭されることもあった。手にもっていた地図を風に奪われて崖の向こうに飛ばされてしまったこともあった。雨に濡れてぐずぐずになり、読めなくなってしまったこともあった。山頂でホワイトアウトに見舞われたときには、地図の上で「ここにいる」と言うことはできても、吹雪が過ぎるまで雪洞に身を隠しているほかなかった。

地図が扱うのは空間だけで、時間のことは埒外だ。風景が絶え間なく変化していること、常に自らを新たにしつづけていること、そのことを地図は認識しない。水の流れは休むことなく土や石を運びつづける。重力は斜面から岩を引き摺りだして転がし落とす。ライチョウは砂嚢の消化の助けにするために石英の欠片を飲み込み、離れた場所で排泄する。石も、その他の事物も絶え間なく運ばれつづけている。別種の変化も起こる。突然の豪雨は小さな水の流れを渡ることもできない激流に変える。氷河の穴から流れ出す雪解け水は堆積物に水路を穿ち、延々と形を変えつづける抽象芸術のような紋様を描く。風景のこうした次元は地図に示されることなく展開している。

フランシス・ゴルトン（一八二二―一九一一年）は現在では優生学の祖およびその命名者として知られているが、彼もヴィクトリア朝時代の例に漏れず多彩な人物だった。ゴルトンは探検家であり、登山家であり、神秘主義者であり、気象学者であり、犯罪学者であり、指紋利用の推進者であり、革新的な地図製作者でもあった。後世にもっとも大きな影響を残した業績のひとつは、地図と体系的な天気記号を組み合わせ、テレビの天気予報番組に登場する天気図の原型をつくったことだ。ゴルトンは、地図は単なる地表

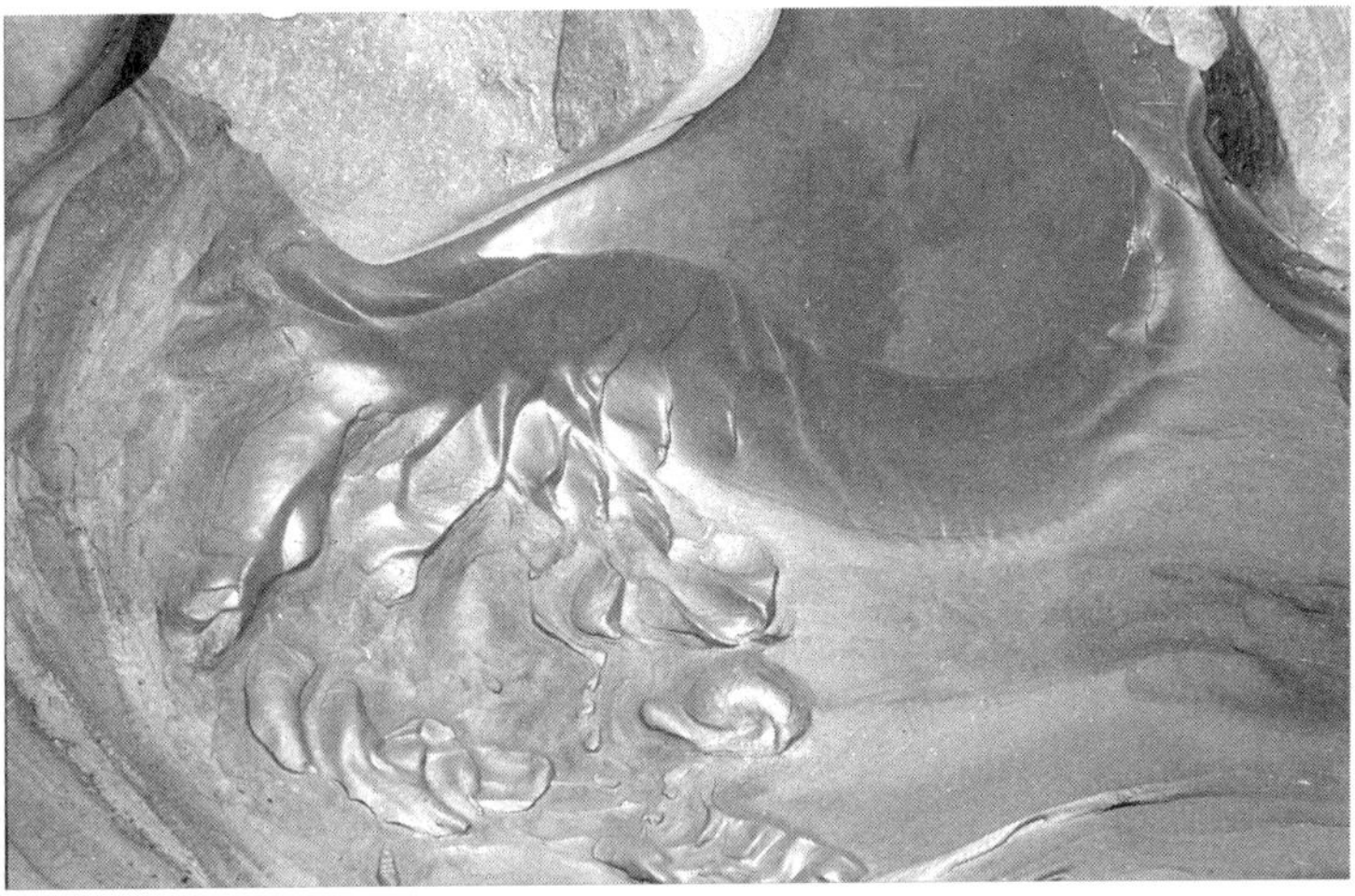

氷河堆積物がつくりだす紋様

の空間情報以上のことを担うべきだと考えていた。彼は旅をする者に、旅先の土地の感覚的な印象をも伝えようとした。地図は、どうにかしてその場所の匂いや香りや音まで、つまり、

海岸の村にただよう海藻や魚やタールの香り、ハイランド地方のピートの煙の匂い、あるいはイングランドの都会の鼻につく下品な悪臭や……ひっきりなしに鳴く騒々しいバッタの声、南方の鳥の耳障りな甲高い叫び声、外国語のざわめきや抑揚

といったものを再現すべきだと彼は考えていた。ゴルトンのマルチメディア的な地図はすぐれた構想とはいえない。それは世界そのものの複製と同じことだが、地図は縮約されたものだからだ。そのことが定義であり、強みであり、限界なのだ。

どこかの風景をよく知ろうと思えば自らその中へ分け入らねばならない。冬に樹々が自らに熱を集め、そのまわりの雪を融かしている様子を観察しなければならない。凍てついた大地に銃声のように反響するカラスの鳴き声を聞かなければならない。夜明け前のアルプスの頭上に広がる、はるかな眼下に瞬く街の灯りの上にどこまでもつづく灰色の空の遠さを感じなければならない。

世界の多くの山岳地帯の地図が製作されたのは、十九世紀という帝国の時代だった。地図の営みは常に帝国の企みの前衛として進軍した。ある国の地図をつくることは、地理的のみならず戦略的に対象を知ることであり、そうやって兵站における優位を得ることだった。イギリスの場合、地球から未知の領域を追放したいというイギリス人の素朴な欲望は、帝国の政治的野心と合致するものでもあった。

一八〇〇年代初頭以降、拡張を図るイギリス、ロシアの両帝国が中央アジアで軋轢を生じるようになると、ヒマラヤを越えた地方の詳細な地図情報が極めて重要な意味をもつようになった。一八〇〇年に、当時ベンガルの測量監督だったロバート・コールブルックは、全てのイギリス歩兵に対して、各々が選んだ国に進入して地図を製作することを命じた。このころはまだアンデスが世界でもっとも高い山脈であると考えられていたので、密かに測量を行なった者が帰還し、ヒマラヤにさらに高い山があると報告するようになると、彼らは地図製作の専門家たちに嘲笑され、数字をいじっていると叱責された（たとえばW・S・ウェッブ中尉は平地の四地点から観測したダウラギリの標高を二六、八六二フィート〔八、一八八メートル〕と算出していた。現在公認されているダウラギリの高さはおよそ二六、八〇〇フィート〔八、一六七メートル〕である）。

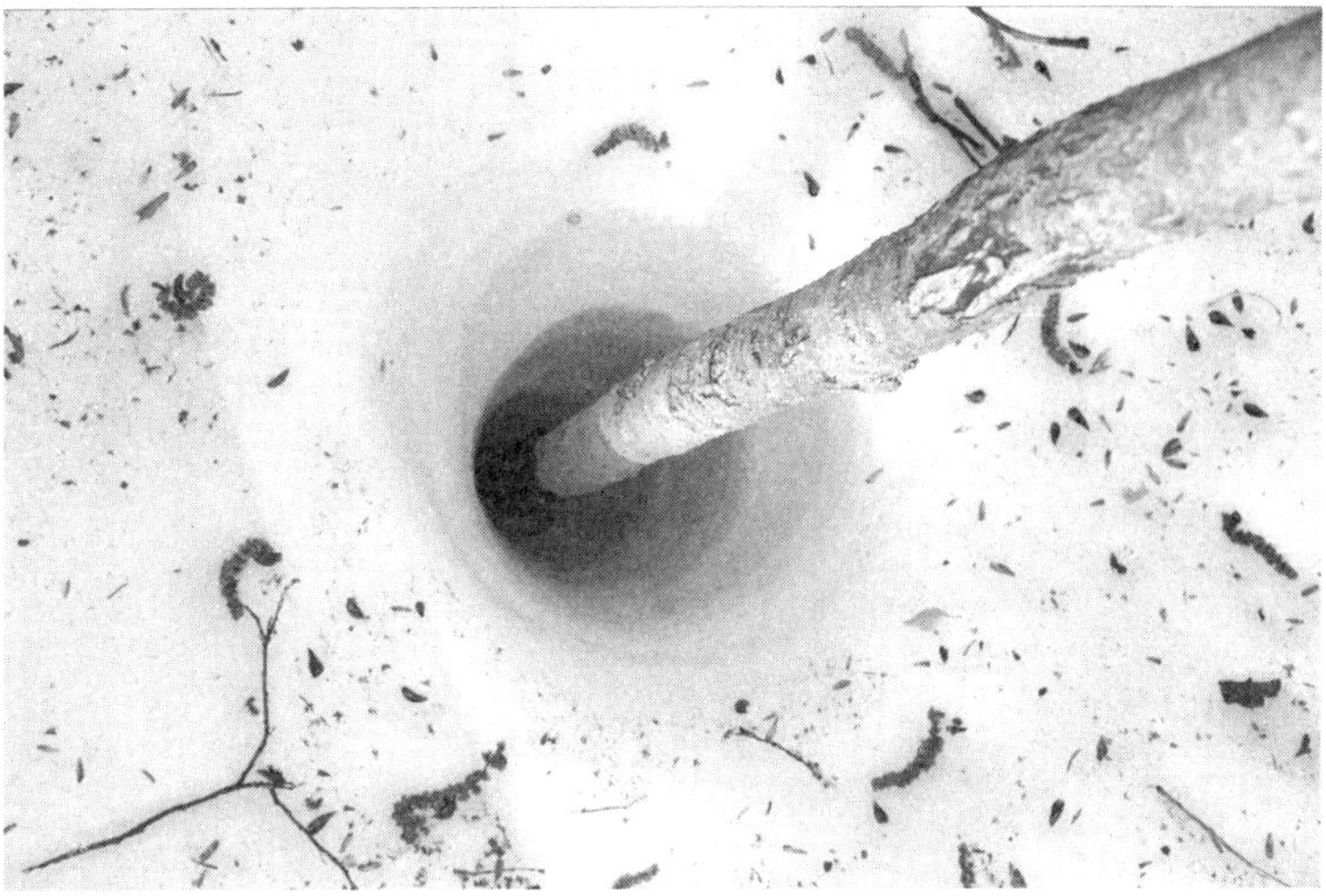

根雪の中の樹幹

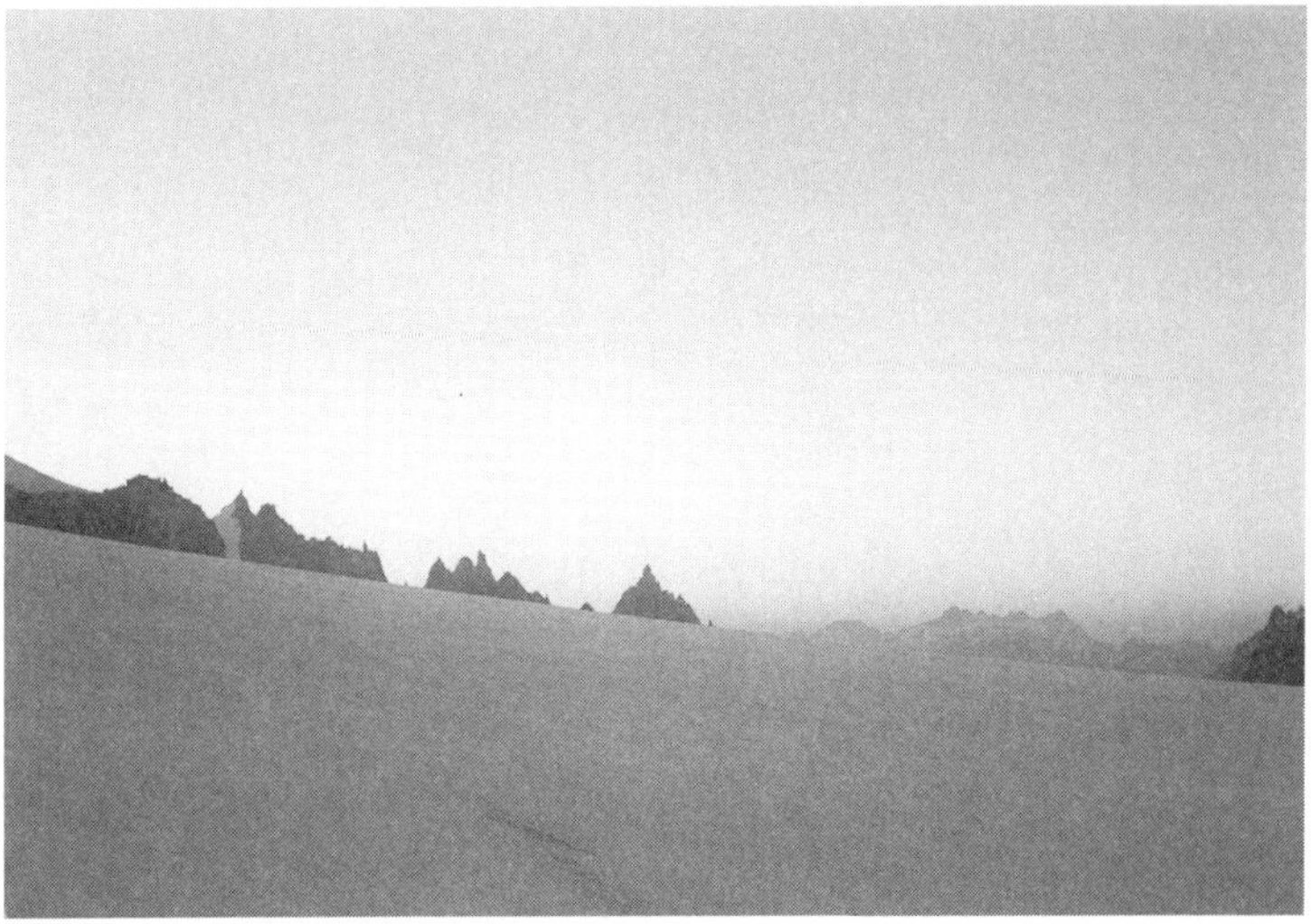

砦のように立ち並ぶ夜明けの岩

こうした一匹狼のような地図製作者が収集する情報は、代償をともなうことが少なくなかった。越えていかねばならない地形の物理的な危険だけではなく、測量者たちは盗賊に襲われたり、スパイの嫌疑で処罰されたりする危険にもさらされていた。

とりわけ、アフガニスタンの族長たちは、近隣国の将校が自分の土地をうろつくことを歓迎しなかった。事故や暗殺によって多くの自軍の人間を失った後にイギリスは――実にイギリスらしいやり方だが――現地のインド人を地図製作者として訓練し、巡礼者の振りをさせ、イギリス将校が安全に入り込めない地域の偵察と測量に送り込むようになった。やがてパンディットと呼ばれるようになった彼らは、自分の歩幅を数え、一マイルを二千歩で歩き、百歩ごとに数珠を繰って記録する術を身につけた（博学家を意味するpunditは彼らに由来する）。マニ車に隠して手帖を携行し、荷の中には沸点によって高度を測るための温度計を隠し持っていた。こうした初期のパンディットの中でもっとも有名なのは、従兄弟同士のナイン・シンとキシェン・シンだ。キシェンは非常な熱心さでこの仕事に臨み、自分の歩幅だけではなく走る馬の歩幅をも利用した。つまり彼は、賊に襲われて馬で逃げざるを得ないときも、逃げてゆく土地の測量を途切れることなくつづけることができたのだ。

一八一七年にはインドの大三角測量が、測量兵ウィリアム・ラムトンの監督のもと、南インドの灼熱の平原で開始された。大三角測量の目的は、英領インド全土にわたるグリッド・システム、つまり地図上の三角形によるネットワークを構築し、インド亜大陸の任意の二地点間の距離や高度差を算出可能にすることだった。大三角測量の調査隊はコモリン岬を出発して三角点を設置しながらインドを北上し、同時に人口や地勢の情報を収集していった。一八三〇年代初頭には、調査隊の先頭はヒマラヤが視界に入る地点まで到達した。高さ二十メートルほどの石塔をつくり、その上に測量用経緯儀を据えて禁断の領域であるネパールやチベットの奥まで目を凝らすと、はるか遠方に聳えるヒマラヤの高峰をかすかに望むことができた。そして大気の屈折やヒマラヤの山塊の重力による測鉛線への影響を補正した後に、七十九座のヒマラヤの頂が「確定」された。これらはヒマラヤ全貌の謎を解く鍵となるものだった。測量を指揮したある者は以下のように書いている。「これらの山頂は将来の測量の基盤となる。河川の流路や湖沼の位置はこれらとの関係から確定でき、頂の分布から山脈の向きや形状や規模も推測される」。そして一八六六年に没するまでこの事業全体の監督にあたっていた人物こそ、世界でもっとも著名な地質の名所にその名を——本人の意思とはむしろ逆に——刻む測量者となるジョージ・エヴェレストその人だった。*

地図をつくることは名付けることでもあった。十九世紀は、他のどんな時代にも増して、まるで消印や検印を押すように世界中の原野が命名されていった時代だった。南は南極から北は北極まで、そして世界のあらゆる山岳地帯の隅々まで、地図上の空白の一つひとつはまずは進入され、そして報告され、そのたびに小さな筆記体で発見者の名が刻まれていった。もちろん、ずっと以前から名を与えられていた山も多かった——たとえばユングフラウやアイガーはそれぞれ十一世紀、十二世紀に命名されていた——が、事

＊チベットやネパールの人びとにとって、チョモランマ（世界の母神を意味するチベット名）あるいはサガルマータ（大空の頭もしくは空の女神を意味するネパール名）といった人智を超えた偉大な山にひとりの人間の名をつけるのは到底理解できないことだったし、それは今でも同じである。

細かな命名が本格的にはじまったのは十九世紀のことだった。窪み《ニッチ》、峡谷、山の肩、鞍部《コル》、尾根、氷河、登攀ルート、それらのすべてに登山家や探検家の名が付されてゆく。いまアルプスを示した大縮尺の地図をひろげてみれば、そこには個々の地形の要素から、黒い細かな輻《や》が伸びるようにひしめいている彼らの名前を認めることができる。

こうした命名への執着は一種の記念の形式だった。そして、紛れもなく植民地化のひとつの形式でもあった。つまり帝国の版図を故郷に持ち帰るという、ヴィクトリア朝的な欲望のよじれた表現物でもあった。イギリスの一八五一年の万国博覧会はこの貪欲な衝動をあますことなく見せつけるものだったが、山に関しては動植物と同じようなやり方は通用しなかった。ヴィクトリア朝の人びとは、彼らの山を象徴的なやり方で、つまり岩石の標本という形で運んでくることにした。そして、彼らはたしかにそこに立った証しとして自らの名を残すことにした。いわばそれは帝国が残したグラフィティなのだ。

ただし場所に名前をつけるというヴィクトリア朝時代の探検家の習わしは、単に彼らの帝国的衝動の発露だっただけではない。このやり方は、故郷とあまりに大きく異なっているゆえに理解もできなかったはずのさまざまな風景を理解する基本的な仕組みでもあった。風景の中のある場所に名を刻む、すなわち何かの存在や出来事を時間と空間の枠組みの中に固定する願望は、その風景を語りうるものにするひとつの方法だ。この場所、つまりわたしがxと名付ける地点でわれわれは食事を取った。あるいは病に罹った。あるいは息を飲む光景を目にした。そしてわれわれはわたしがyと名付けた地点まで進んだ。探検家にとって地名は、それ以外の手法では意味のない反復に陥ってしまう風景に構造と意味を与える。空間に形を

Photogravure.　　Survey of India Offices, Calcutta. December, 1906

NOJLI TOWER.

北インド、Nojli の測量塔。おそらく1890年代の撮影。

与え、地点を相互の関係のなかに配置する。そして地名は、探検家たちがまさに身を置いている、止むこ（プロット）となく変化をつづける氷雪と吹雪と岩石からなる地上世界にひとつの安定性を、つまり言葉や語りや物語の安定性を付与する。名付けることは空間をより大きな意味のマトリクスの中に位置付ける方法だったし、現在でもそのことは変わらない。要するに、それは未知を既知とするひとつの方策なのだ。

以前、エジプトの砂漠で小さな丘に登ったことがあった。せいぜい高さ五、六十メートルの、黄金色の岩と砂でできた丘だった。正午を迎えた砂漠には白い金属的な光が降り注いでいた。その丘の頂の近くで、砂岩の露頭の下の方に文字のようなものがあることに気がついた。わたしは身をかがめ、額に手をかざして眩しい太陽を遮りながらよく見てみた。「カーター中尉　一八二八年」とあった。文字の周囲の砂岩は、幾年月と知れない砂漠の日々の陽光に灼かれて、深い褐色に変わっていた。しかし刻まれた文字はまだ明るく白っぽい色をしていた。わずか一八〇年足らずの時間はその色を変えるには足らなかった。

カーター中尉がここにいて、しゃがみこみ、銃剣の先で自分の存在を時間の流れに刻みこんでいる姿を想像してみた。そのふるまいは理解できる気がした。故郷を遠く離れたひとりの人間が、この怖気がするほど自分に無関心な風景の中に、どうにかして自らのことを書きつけようとしたのだ。わたしはカーターのグラフィティをその場に残して、さらに十分ほど登りをつづけ、丘の頂までやってきた。しばらく眼下に並ぶ砂丘を眺めた後、砂岩をいくつかゆるく積んだ即席のケルンを作り、踵を返して登ってきた道を下った。

ヴィクトリア朝時代の人びとは、さまざまな意味で、未知に対する情け容赦のない敵だった。しかし彼らは非常な熱心さでその根絶に勤しみつつも、たどりつけない場所、つまり想像力に訴える大きな力をもつ場所が世界に存在しつづける必要性を感じるようにもなっていた。その空無の特別な性質、その反響の力強さゆえに、未知をそのままに残しておこうとする衝動が生まれつつあった。

つねに世情に敏感だった作家のジョージ・エリオットは、生まれつつあるこの感覚に早くから気がついていた。その小説『ミドルマーチ』の中に、「ナイル河の源などはわからないほうがよい、詩的想像力の猟場として未知の領域を保持しておくべきだ」という若きウィル・ラディスローの意思が語られる場面がある。十九世紀末の数十年間には、このラディスローの所感が人びとの間でますます正鵠を射たものと感じられるようになっていた。この世紀は知識のフロンティアを拡大することに費やされてきた。その営みが、いまでは縮減してゆく未知の範囲を前にして、閉所恐怖を引き起こすようになったのだ。リアリズムの時代が、自らが抱える謎へのあこがれを発見してしまったのだ。

この閉所恐怖の少なくない部分は、近代の技術の産物だった。電信網はあやとりのように縦横に走る通信線で世界を結びつけ、鉄道や蒸気船は、世界中をより速く、より頻繁に行き来するようになった。これらは時間と空間の圧縮、つまり離れたものをより近い、より早いものに変えるという特異な効果を発揮した。近代の全面的到来の先端にあたる一九〇〇年に、ジョゼフ・コンラッドの小説の主人公ロード・ジムは「電信線も郵便船の航路も尽きる先」にたどりつくためにはるばるボルネオまで行かねばならなかった。十九世紀が終わるころには、イギリスでも北米でも、（ある作家の言葉を借りれば）「夢の地域を厳しく節約すること」、つまり世界に残された原野を近代産業の侵入から保護することが呼びかけられるようになっていた。登山家のF・W・ボーディロンはこう書いている。

自然美を護ることは、すべてのイギリス人とヨーロッパ人にとって、道徳的生活の原動力と理解されている……想像力の糧を見出すことは、すでにヘロドトスやオデュッセウスがロマンと未知に満ちる世界を逍遥した時代より難しくなっていたが、さらには世界が広大であったエリザベス朝時代にも増して難しくなっている。

第一次世界大戦が終わるまでには、地図に残されていた両極の空白も埋められていた――少なくとも両極点は「到達された」場所となっていた。若きジョゼフ・コンラッドを捉えて離さなかったアフリカの地理的な謎もすべて解明されていた。はっきりと手付かずのままに残されている地域はチベット高原だけになり、その南端に聳えるエヴェレストは最後に残された未知の砦、「第三の極地」と呼ばれるようになった。もちろんチベットやネパールの人びとがこの山を知らなかったわけではない。彼らにとってこの山ははるか昔からの崇拝の対象であり、登ろうという欲とは無縁のものだった。[*] しかし探検の歴史によくあることとして、その土地にもともと暮らしている人びとの存在は、西洋人の探検家が考える先着性をいささかも損なうものではなかった。

一九二〇年に、エヴェレスト登頂を目指す遠征の計画がはじめて世の中に発表されたとき、地球のすべての表面から空白が消える見通しに悲鳴のような声があった。「世界の頂点に立つ者には誇り高い瞬間となることだろうが、彼は後世の機会の喪失を苦悩することにもなるだろう」とデイリー・ニュース紙の論説は嘆いている。「筆者としては、世界のどこかの片隅が永遠に手付かずのまま残されると望みたいところである。おそらく人間は何かに驚嘆する気持ちを失うことは永遠にないが、それを失うことを常に試みてしまう。だからこのような聖域には世界的な意味があるはずだ」。イヴニング・ニュース紙はさらに強い言葉を使っている。「彼らのような侵入者が、露《あらわ》にされたエヴェレストの頂という世界に残る最後の秘密の場所に踏み込むとき、この世に残された謎は幾分失われることになる」。

未知がやせ細ってゆくことについての同じ懸念はわたしたちの時代まで続いている。探検家ウィルフレッド・セシジャーは自伝『私が選んだ人生』の中で、「内燃機関のおかげですっかり探検し尽くされてしまった今では、冒険を期す人間が知られざる場所を探索する余地は残されていない」と書いている。もち

＊そのことを物語るように、シェルパの人びと（エヴェレストに近いネパールのクンブ地方に暮らし、その名は今では飛び抜けた高所登山能力で知られている）の言葉には、「峠」や「山腹」を指す語彙はあっても「山頂」にあたる言葉がない。ネパールもチベットも汎神論的な文化であり、風景の各要素に神性が宿ると考えられている。すぐれて西洋由来のものであるヒマラヤ登山が二十世紀に盛んになる以前のネパールやチベットの人びとにとって、氷雪に覆われた高山の頂に登るという考えは、まったくの狂気かこの上ない冒瀆にほかならなかった。

ろん未知の破壊を推し進めるのは人間の移動だけではなく、情報の移動もある。先の世紀の間にインターネットを筆頭とする地球規模の情報ネットワークが確立された意味とは、いかなるメディアにも現われないまま残っているものはもうほとんど存在しないということだ。わたしたちはマウスをクリックするだけで、望むほとんどすべての対象のイメージを、言語に表現されたものであれ、視覚的に表現されたものであれ召喚することができる。何かが未知のまま、あるいは手付かずのまま残されている余地はほとんどないように思える。だからわたしたちは、かつてのヴィクトリア朝時代の人びとと同じように、未知なるものの所在を移転することにした。わたしたちは自分たちの未知の概念を、上方かつ外部、つまり周知の「最後のフロンティア」である宇宙と、下方にして内部、つまり原子や遺伝子の微細な構造や、人間の心の奥底へと移している。ジョージ・エリオットはこの最後のものを「わたしたちの中にある地図のない国」と呼んでいた。

❄

しかし、ある意味では未知は最初から存在しないともいえる。なぜなら、わたしたちはどこへ行くにも自分の世界を連れてゆくからだ。たとえば、ジェントルマン登山家として知られるダグラス・フレッシュフィールドをみてみよう。彼は一八六八年に、漠然とした情報と古いロシアの地図の青い染みを頼りに、当時ほとんど知られていなかったカフカス山脈を探検した。その日記の中でフレッシュフィールドは、幾度となく、見なれぬ風景をヴィクトリア朝イギリスの語彙で描写して自らを慰めている。並んだ二座の未踏峰は「書きもの机のような急峻な姿」をしていて、氷河に覆われた圏谷《カール》は「クリケット場のように平坦」で、「暴風雨と晴れ間が入り乱れる天候」は「まるでイギリスの湖水地方の天気」、カフカスの濃厚なデザートは「デヴォンシャークリームのようだ」。多くの十九世紀の探検記も同じことをやっている。虹色の藻に覆われた密林の池が「ビリヤード台に張られた羅紗のように滑らか」だったり、遠方に光る海面のきらめきは「晴れた日のサーペンタイン池〔ロンドン、ハイドパークの池〕のよう」だったりした。

たどりつくことがきわめて難しい場所でさえ、わたしたちは白紙のままやってくることはできない。アメリカの作家レベッカ・ソルニットが洞察するように、「歴史と呼ばれるものは……社会的想像力の産物」であり、「歴史は内面においてもっとも隔絶した場所へ運ばれ、そこで何者かの行為がもちうる意味を見定めようとする」。つまりわたしたちは限りなく未知の風景を行くときにも、同時に既知の大地を歩んでいる。わたしたちは内に抱えた期待を運び、ときには、出会ったものをその期待の通りに振る舞わせさえする——まさにフレッシュフィールドがそうしていたように。わたしたちの知覚やふるまいは、どこにいるときであれ、ほとんど気づかれないままの大量の臆見や予断に影響されている。わたしたちが抱えている文化という荷物や、わたしたちの記憶に重さはない。しかしそれを捨てて旅立つことはできない。

とすれば、未知がもっとも完全な状態で存在しているのは、予期されること、すなわち想像力の地平ということになるのかもしれない。旅、登攀、遠征、発見といったものは未来の時制において、つまり足を踏み出す前、いかなる比較もなされる以前に、もっとも純粋な形で経験される。もしあの天山山脈の未踏の谷へ足を踏み入れていたら、わたしはきっと、それがよく知る雪の谷とそっくりなことに気がついただろうと思う。そして見慣れた風景に失望したはずだ。

ただし、それでもなお、わたしたちは見慣れぬものへの驚きを失っていないし、新奇なものに衝撃を覚えることができる。然るべき心構えさえあれば、家の中で部屋から部屋へ移動することが最上級の冒険になりうる。子どもにとって裏庭は未知の国になる。最良の児童書作家はそのことをよく知っている。リチャード・ジェフリーズのあまり知られていない作品に『ベヴィス　ある少年の物語』（一八八二年）という、マークとベヴィスという二人の少年の冒険物語がある。この二人は家のそばで湖を「発見」して、それが密林に阻まれた、誰にも知られていない内海に違いないと考える。そしてボートを作り、海のひろがりを探る旅に出る。その途上でさまざまなものを発見し、それぞれ「ニュー・フォルモサ」〔フォルモサは台湾の旧称〕、「ニュー・ナイル」、「中央アフリカ」、「南極」、「未知の島」等々と名付けてゆく。

ジェフリーズは、この作品は子ども時代に満ちみちていた驚きへの、「草の葉や、星や月や、落ちている石といったあらゆる存在が魔法を秘めていた」時代への讃歌なのだと記している。同じ発想を使って何十年か後にアーサー・ランサムが書いた『ツバメ号とアマゾン号』は大きな賞賛を呼ぶ作品になった。こちらではロジャー、ティティー、ジョン、スーザンの四人が、ただ「湖」とだけ知るウィンダミア湖を横断する探検の旅に出る。子どもたちにとって、湖の南北両端は南極と北極の未知の領域《テラ・インコグニタ》であり、その東西には未踏の地である「丘陵地帯」が迫り、北東には「大山脈」がある。ジェフリーズとランサムは、いずれも、ひとつの湖を世界の全体に変えてしまう、つまり知り尽くされたものをまったくの未知へと変える

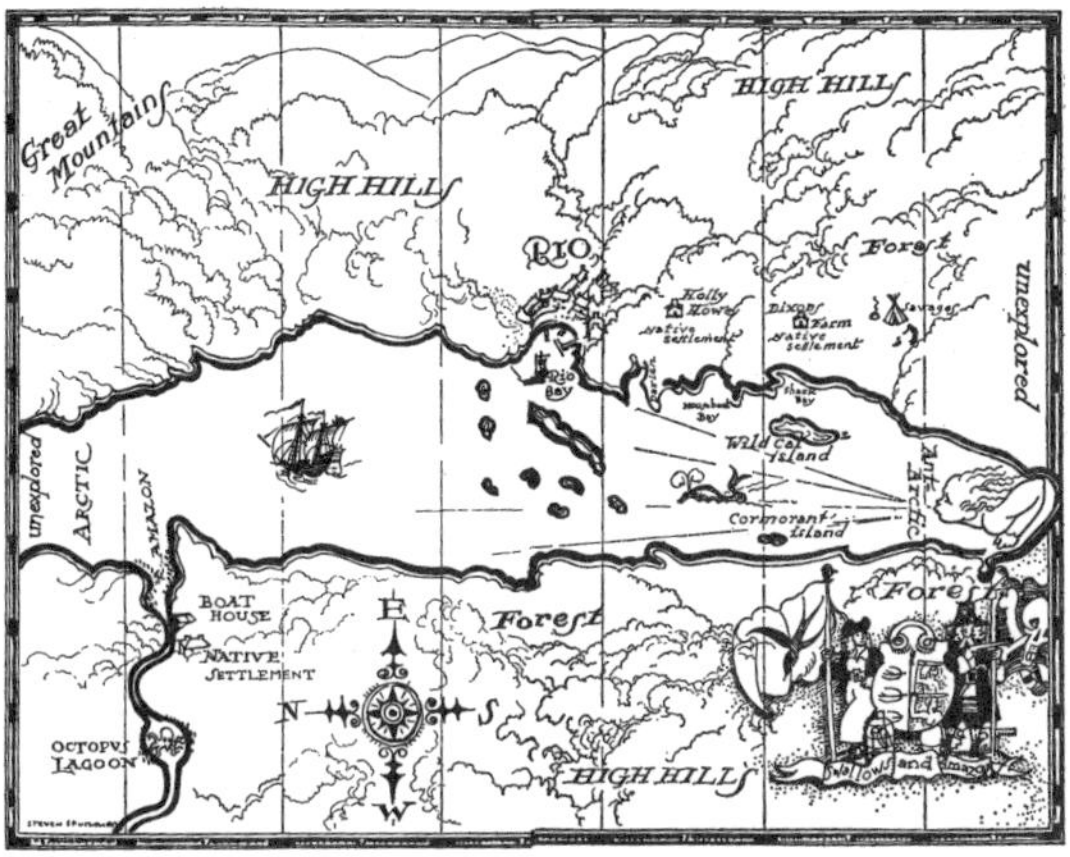

『ツバメ号とアマゾン号』の初版（1930年）に付された地図。スティーヴン・スパリア画。丘陵地帯High Hills、大山脈 Great Mountains、南北両極の未踏の地が読み取れる。スパリア家の許諾により複製。

ことのできる想像の錬金術のはたらきを見出し、その可能性を追求した。ロジャーやティティーたちが漕ぎ出してゆくウィンダミア湖がどれほどヨットや遊覧船のひしめく場所であったとしても、子どもたちにとっては自分たちこそがその探検家であり、パイオニアであり、初めてその水面をゆく先駆者なのだ。

　雪の大地は探検家志望者のための理想的な舞台だ。そこにはまるで、かつて訪れた者の痕跡が跡形もなく消し去られて、まっさらな状態を取り戻したような魅力がある。新雪に覆われた野山を歩くときには、ほんとうにその道をゆく最初の人間になった気もする。J・B・プリーストリーは『猿と天使』の見事な一節で、雪が与えてくれる新しさと探検の気配に触れていた。「初雪はただの出来事ではなく、魔法のような事件だ。なにしろ眠りに入ったはずの世界とはまったく別の世界で目覚めるのだから、これが魔法でないならば世界のどこに魔法があるのだろう」。

ある年の元旦、わたしは夜明けに起き出して、ケンブリッジの真ん中のパーカーズ・ピースという芝生の広場まで歩いた。まだ誰もいない。早朝に降りはじめた雪はすでに止み、家並みの向こうから日が昇ろうとしていた。どこまでも青い空に、飛行機雲が二筋だけ、教師が黒板に描いた巨大なバツ印のように交わっている。その場に何分間か立ち止まって、飛行機雲が端の方からかすれて消えるのを見ていた。そして広場のまんなかを歩きはじめた。雪の表面は薄く凍りついていた。体重を支えられるほど固くはなく、足を一歩下ろすごとにザク、ザクと音を立て、その下にはみっしりと詰まった羽毛のような感触があった。広場の向こう側について振り返ると、自分の足跡が、裏返しにした切手シートのミシン目のように一面の雪を二つに分けていた。この地をはじめて横断した人間はわたしだった。そんなこともあるかもしれない。あの朝はたしかにそうだったのだから。

第七章　新たな天地

平地の国で眠っている者をそのままアルプスに連れ出して、とりわけ高い山の頂に置き去りにしたとしよう。目を覚ましてあたりを見回した彼は魔法の国か別の世界にやってきたと思うだろう。目の前にあるのはすべて、それまでに見たり想像したりしてきたものとは別物なのだから。

トマス・バーネット、一六八四年

その冬の午後、わたしはカナディアン・ロッキーの谷を川伝いに歩いて登ってきた。川の両岸には丸みを帯びた岩がごろごろしていた。谷のいちばん奥には湖があり、その氷結した湖面のほとりにわたしは立った。湖をとりまく赤い葦原はその場に凍りついていた。車中で聞いたラジオの天気予報は、大きな嵐がこちらに向かっていると伝えていた。東の空を見ると、雷雲が徐々に大きくなりつつあり、谷は嵐の前の不穏な光に満たされていた。目の前の光景を照らし出し、そのまま静止させるような光だった。同時に、もっともありふれたものを何か驚嘆すべきもののように思わせる光でもあった。川岸の岩の一つひとつや、モミの木の間に積もった雪の斜面や、凍りついた湖面に吹き散らされた文房具のコンパスのような形のマツの葉、そんなものまで。

強い風が吹きはじめ、まるで嵐が荒れ狂う大気を駆り立てながら近づいてくるように、刻一刻と強さを増していた。まるまる三時間もかけて登ってきたのは野生動物を見るためだったが、めぼしい成果はなかった。雪の上に残された痕跡は、前回の降雪から今までに数多くの生き物が行き来したことを示していた。穴ウサギや野ウサギ——黒々とした糞がピリオドのように純白の上に散らされている——はもちろん、シカが残したお菓子の型で抜いたようなくっきりした足跡、それから雪に刻まれた鳥の楔形文字。

西にあたる谷の反対側では、山につづく谷頭の斜面が湖に落ち込んでいて、それなりの大きさの滝が大量に水面に落ち込んでいるはずだった。しかしその日はほとんどの滝は凍りつき、きらきらした固い氷のカーテンになっていた。凍らずに流れ落ちている大きめの滝もいくつかあったが、岸辺近くの水面は穏やかだった。

滝にはもっと奇妙なことが起きていたのだが、気がつくには何秒間かの時間が必要だった。気がつくとわたしは思わず笑っていた。凍っていない滝の水は、みな崖の岩肌を上へ流れ落ちているのだ。一瞬、わたしの頭が逆さになっているか、崖が全部上下さかさまになっているのではないかと錯覚した。でも違う。風のせいだ。岩肌に吹きつける嵐の風があまりに強いので、滝の流れが崖の上に押し戻されているのだ。

水は花崗岩の縁からあふれ出し、頭上の空に向けて降り注いでいる。落水《ウォーターフォール》ではなく昇水《ウォーターライズ》とでも呼ぶべきかもしれない。

湖の向こうの山並みに目をやると、同じような銀色の滝がたくさん見えた。立ち並ぶ煙突の群れが、銀色の煙を吹き上げているようだった。わたしは嵐が近づいてくる間、一時間ほどそこにいて、それを眺めていた。

十六世紀に、後にチューリッヒ派として知られることとなる革新的な博物学者のグループがつくられた。現代では彼らは自然の多様性や細部へ視線を向けたことによって記憶されている。チューリッヒ派の最重要人物は、コンラート・ゲスナー（一五一六—六五年）だ。彼は同時代の迷信的な考えへの寛容さをほとんど持ち合わせない人物だった。

ゲスナーの合理主義が発揮されたもっとも有名な出来事は、ルツェルンにほど近いピラトゥス山で起きた。ルツェルンの人びとは、ピラトゥス湖に棲んでいると噂されていた古代ローマの総督ピラトの亡霊に怯えて暮らしていた。一五五五年八月二十一日、ゲスナーは友人ひとりを連れてピラトゥス山に登り、湖の灰色の水面に石を投げ落とした。なんであれ、そこにいるかもしれない超自然的な存在をわざわざ挑発するためだった。水が噴き上がることもなければ、ピラトの亡霊が姿を現わすこともなく、ただちにルツェルンの街が天変地異に襲われることもなかった。今では、人びとの恐怖を取り去ったこのゲスナーの象徴的な悪魔払いは、山に向けられた西洋人の想像力から迷信が排除されはじめた時代の画期と見なされることも多い。

ゲスナーは、山への愛が狂気と見なされる世紀に山の世界を愛した人物だった。一五四一年に、彼は友人ヤコブ・フォーゲルに山に行くことについて書いた手紙を送っている。この手紙は辛辣な調子で書き始められている。「頭の鈍い人間はどこかを歩きまわろうなどという気は起こさないものです。彼らは大いなる世界の劇場で展開されている物事を見に行かずに、漫然と家の中で座しているのです」。その後も同じように妥協のない調子が続く。

したがって私は、そうした人間は、時間をかけて観察するに値する高い山々の価値を認めない、自然の敵だといわざるを得ません。高く聳える峰々の頂は、まるで別の階層に属しているかの如くに、下界の私たちの世界を律する法の上にあるのが本当のところなのです。あの高みでは、全能の太陽のはたらきも下界とは異なり、大気や風のふるまいも異なっています。そこでは雪がいつまでも融けることがありません。私たちの指の間で融けてしまうこのひどくはかない物質が、苛烈な太陽や灼けつくような光をまるで意に介さないのです。その雪は時の経過とともに消えてしまわないばかりか、何をもってしても融かすことができないような堅い氷の結晶になってゆくのです。

ゲスナーは、山上の世界は下界とかけ離れた世界、物理法則のはたらきが異なり、低地の時間や空間の考え方がまるでひっくり返ってしまう世界だと考えた最初の人間のひとりだった。「あの高み」では、自然も似ても似つかぬ姿をしている。物質は本来の状態や関係性を無視して別のものと互いに変容し合い、人間ともいっそう複雑な関係をもつ。自然を構成する要素のヒエラルキーも変わる。灼熱の太陽は氷に手出しできず、氷は傲慢なほどに堅いままだ。「あの高み」では、透明な風も目に見えるものになる。氷の結晶や雪の粉を孕んだ風は、その波打つ輪郭をドラマチックな光景として展開してみせる。大気もより澄んでいて薄い。空の青みも、サージの布のようなどんよりとした低地の空とはまったく別の、染付の磁器のような色味と質感をしている。そして「あの高み」では、滝が重力に従わずに上に流れ落ちる。

湖の対岸に目をやり、平板な光に満たされた谷の光景や列をなす滝を見つめながら、ゲスナーの手紙のことを考えていた。〈高く聳える峰々の頂は、まるで別の階層に属しているかの如くに、下界の私たちの世界を律する法の上にあるのが本当のところなのです〉。彼は正しかった。山は別世界だ。山で雷が近いときには、爪先から頭の天辺まで体中がぴりぴりするような大気の帯電を感じる。夜明け前の薄明の中で雪の斜面を登っているときに、雪を蹴る登山靴がブドウのような黄緑の燐光を発するのを見たこともある。空から花のような繊細な形の雪片が降るのも見たし、遠い昔からずっとそこに立っていた岩の塔が崩れる瞬間も目撃した。綱渡りのロープのように切り立った岩稜で、両脚を別々の国において腰を下ろしたこともあった。クレヴァスに落下して、ターコイズブルーの氷の光に包まれたこともある。

文学や宗教には別世界の物語があふれている。海図のない海、秘密の王国、幻の砂漠、人を寄せつけない山、未上陸の島、失われた街。わたしたちは開かずの間とか、塀の向こうの庭園とか、地平線の先の風景や、地球の反対の空想の国に本能的ともいえる好奇心や魅力を感じる。すべてはここと違うどこか、隠された場所を知ることへの欲望の表れだ。ゲスナーが山は「別の階層」にあると書くとき、彼はその莫大な想像力に触れ、それを解き放とうとしている。一六八四年にトマス・バーネットが「魔法の国」と呼んだ領域に足を踏み込んだ初期の旅人たちは、人びとを驚愕させる報告を持ち帰った。永遠に融けない雪、眩暈を誘う地形、岩と氷がもたらす畏るべき災厄。それがどんな環境か見たことのない者にとっては、想像もできないばかりか、ほとんど信じられないことばかりだった。

C・S・ルイスの『ナルニア国物語』の中には、別世界を描いた物語の最上のものがあるとわたしは思う。ごくふつうのイギリスの子どもであるピーター、スーザン、エドマンド、ルーシィの四人は、ロンドン大空襲を逃れて田舎の屋敷に疎開する。この屋敷を探検しているときに、ルーシィは大きな——扉に姿見がついているような類いの——衣装簞笥の奥の毛皮のコートの間を通って別世界に抜け出してしまう。永遠の冬が支配するその世界には、傘を差す半人半獣のフォーンがいて、白い魔女がソリに乗って雪の野を走っている。ルイスの物語がこれほどに人を惹きつけるのは、そんな別世界が現実生活のすぐそばに広がっているからだ。日常生活の片隅に佇む古いコートかけの奥に、限りなく意外なものが潜んでいる。必要なのは探すべき場所を知っていることと、探してみようとする好奇心だけだ。

十九世紀のある詩人が「あの奇妙な白い王国」とも呼んだ山の世界へ行くことは、毛皮のコートを押し分けてナルニアに入りこむことに似ている。山ではものごとが予想できない、奇妙なふるまいをする。時間も歪み、変質する。目の前に展開する地質学的スケールの時間に触れると、人の精神はふだんの時間にしがみつく力をゆるめる。山を越えた先に抱いていた興味や意識はどこかへ退いて、代わりにもっと直接的な必要性をつきつけられる。温かさ、食べるもの、進むべき道、身を寄せる場所、生き延びること。山で何か異常が起こると、時間は粉々に砕け散り、その瞬間、その出来事のもとに再構成される。すべてがそこへ至るもの、あるいはそこから帰結するものに変化する。そのとき人は、束の間の、新しい存在の中心を与えられる。

山で過ごした後に地上に降りてくること——衣装簞笥から出てくること——は当惑も生む。ナルニアから帰ってきたピーター、エドマンド、スーザン、ルーシィと同じように、人はすべてが変わっていることを期待している。最初に出会う人が自分の腕をつかんで、無事だったのか、こんなに長い間どこへ行っていたんだ、と語りかけてくれるとどこかで半分期待している。でもたいていは、そもそもどこかに行っていたことにすら気がついてはくれない。そしてあなたが経験したことのほとんどは、その場にいなかった人びとには伝えることもできない。山旅の後で日常に戻ろうとするとき、わたしはよく、何年も外国で暮らした後で帰国した人のように、戻ったことにまだ馴染めず、言葉にできない経験を抱えたままのように感じたものだった。

山の上の別世界は、しかし、いつもおとぎの国のように思われていたわけではない。西洋の古い時代には、山は当然のように超自然的な存在の棲み家とされていた。地図のない両極地方が桃源郷（氷の帳の先に広がる、永遠の陽光が照らし出すゼピュロスの国）やら、邪悪な場所（無垢な南の民族を恐れさせるゴグとマゴグの率いる北の軍勢）やらといった神話の宝庫になったように、高さという単純な事実によって日常世界から隔絶された山の上の領域も、神々や怪物たちの暮らす場所と見なされてきた。山の高所には巨大なカモシカ、トロル、インプ〔小鬼〕、ドラゴン、バンシー〔妖精の一種〕等々といった意地の悪い空想上の

存在が目を光らせていると噂され、その頂には神々が住まうといわれてきた。ジョン・マンデヴィルはセイロンの金山では犬ほどの大きさのアリが金を採掘していると書いていたし、フランシスコ会修道士の著述家、パルマのサリンベーネは、アラゴン王ペドロ三世は山の頂に登っておそろしい雷鳴と烈しい雷光に遭い、「おそるべきドラゴン」に遭遇したと記録している。このドラゴンは驚いて飛び去り、太陽はその革のような翼に隠された。

各地の山にはそれぞれに神話や伝説が語られ、山の姿形、そこで起こる嵐、氷河、光といった高山でおきる現象は伝説に沿って解釈された。たとえばヨーロッパにおける魔女狩りの最盛期にあたる一五八〇年から一六三〇年の間には、山は魔女の隠れ住む場所とされ、暴風雨や吹雪は魔女の祝祭が気象におよんだものと考えられた。十八世紀初頭に、スイスの科学者ヤーコプ・ショイヒツァーはアルプスに棲息するとされていた各種のドラゴンの総覧を著した。太陽が頭上にあるとき、鳥がその何倍も大きな影を山肌に投げかけて飛んでゆくのを見たことがある者ならば、ショイヒツァーのドラゴン図鑑もそこまで突飛な空想の産物とは思われないだろう。

ヨーロッパにおける山への迷信的な眼差しは、十八世紀になっても健在だった。一七四一年にウィンダムとポコックがシャモニに到着したとき、彼らはモンブラン登攀を思いとどまるよう村人に警告された。ウィンダムはばかにした口調で、「氷河の上では魔女やらなにやらが悪戯をはたらいたり、楽器を奏でて踊ったりするというおかしな話がたくさんある」と日記に書き留めている。ウィンダムの嘲笑的な物言いには、啓蒙時代の文化がその種の迷信に抱くようになったシニシズムを聞き取ることができる。空想のドラゴンたちを山から追い払ったのは、ヨーロッパにひろがってゆく合理主義の波だった。

高みの世界を神の住処と見なす信仰もある。ユダヤ＝キリスト教の伝統において、預言者や智者が神託を受けに行くのは決まって山の上だった。たとえばモーセは、ピスガ〔死海の北東端に近いアバリム山脈の一部〕の頂から約束の地を眺め、十戒を受けとるためにシナイ山に登った。聖人や隠者は、俗の喧噪にまみれた低地よりも黙想に向いた山々の高みにいるのが常だった。わたしのお気に入りの隠者は十八世紀のスイス、ディゼンティスの修道士プラシダス・ア・スペシャだ。彼はスイス・アルプス山中の修道院近辺の山によく登っては、修道士の着る頭巾つきの外套にくるまって山頂で眠った。そうやって、彼の神の近くで夜を過ごしたのだ。

スペシャのような人物は最近でも珍しくない。つまり彼のように、「上」を天に至る道とするシンプルな啓発の幾何学を信じて山上を目指す人びとは枚挙に暇がない。モーリス・ウィルソンもまたそんな人物だった。ヨークシャー生まれのセールスマンだったウィルソンは三十歳を迎える前に正気を失った。若きウィルソンが取り憑かれたのは、断食と祈禱をすれば山に登れる、したがって神に近づけるという信念だった。彼は一九三〇年代はじめにエヴェレストを究極の目標に見定めた。そして一九三四年にエヴァー・レスト号と名付けた開放型コクピットの複葉機を操縦してロンドンから八千キロ離れたインドのプルニアまで飛び(これはイギリス、ネパール、インド各当局の意向をまったく無視した行為だった)、当時未登頂だったエヴェレストへの違法な登攀をはじめた。まだ寒い四月の早朝、巡礼者の扮装――藤紫色の厚い羊毛のケープをまとい、三メートル半ある赤いシルクの飾り帯を巻き、その全体に金襴と金のボタンが星座のように散りばめられていた――に身を包んだウィルソンは、インド警察の監視をかいくぐってダージリンの街を抜け出し、エヴェレストを目指して風の吹き荒ぶチベット高原を徒歩とロバで進みはじめた。

登山経験もなく、ひどく衰弱していたことを考えれば、ウィルソンは驚くほど高いところまで登った。雇ったシェルパは標高六、四〇〇メートルのロンブク氷河上部の窪地で彼を見捨てた(賢明ではあったが躊躇の末の判断だった)。ウィルソンは登攀をつづけ、危険極まりない天候と行く手を阻む難所(氷河上端にはベルクシュルントと呼ばれるクレヴァスが口を開けている)に突入し、栄養不足と低体温症で死亡した。その翌年に同じルートを登ったイギリスの調査隊が、頁岩が小さな浜のように集まった場所に横たわっているウィルソンの死体を発見した。彼らはウィルソンをクレヴァスの底に埋葬し、岩陰に腰を下ろしてその日誌を読んだ。緑色の革装の小さな日記帳の紙はごわごわになっていた。ウィルソンのしっかりとした書き文字は終わりに近づくにつれてだんだんクモの巣のように錯綜していき、文章も覚束無くなっていた。しかし、その最後の日付けである五月三十一日の日記ははっきりと書かれていた。「再び出発。素晴らしい天気」と。

❄

山の高みの世界は、想像力の中において、神々や怪物たちの領域からゲスナーを歓喜させた自然現象の宝庫へと変わっていった。その変化をもたらしたのは、一六九〇年代から一七三〇年代にかけてヨーロッパにひろく影響力をもった自然神学の教理だった。

自然神学の根本的な前提は、この世界のあらゆる側面は神が人間に示した徴であり、トマス・ブラウンの言葉を借りれば、神の偉大さが記された「普遍的で誰にも明らかな文書」であるということだった。したがって、自然を仔細に研究してそのパターンや特質を見出すことは礼拝のひとつの形となる。山は神の文書のうちでも最上の部類であり、ゲスナーが「世界の大いなる劇場」と呼ぶものの特等席だった。自然神学の代表的な論者のひとりプルーシェ神父は、「神の摂理が大気を透明なものにしたのは、私たちに自然のスペクタクルを目撃させるためである」と述べている。

したがって、高みの世界を訪れてその驚異を観照することは、肉体のみならず霊的にも人を高める行いとなった。多くの者にとって山はやはり抗いがたい恐怖を喚起する場所ではあったものの、しっかりと神を心に抱き、十分に目を凝らしさえすれば、それに打ち克つこともできるのだ。ヨーロッパの知識階級に対して、現実世界をより具体的に経験するように求める自然神学の思潮は、山を美的に不快なものとする評価を覆すことに重要な役割を果たした。山の微細な現象、つまりさまざまな要素の細やかな作用に細心の注意を払いつつその全体を経験するという、野の風景を見る新しい方法が確立されたのだ。

自然神学にくわえて、世の中の具体的な事象に向けられた新たな科学的探究心の下で、山上の「高みの世界」の捉え方は十八世紀の終わりにかけての想像力における共有された理念となっていった。風景について書かれたこの時代の文章には、至るところで同じイメージを発見することができる。オラス＝ベネディクト・ド・ソシュールは山を「ある種の地上の天国」と呼んだ。一七七七年にル・ビュエ氷河を発見したフランスの探検家ジャン・ド・リュックは、自分が「清らかな上空の大気へ」浮かび上がるように感じたと記した。マルク・ブーリは『サヴォワ公国の氷河への旅』（一七七四年）に、山岳という「異世界」の中で「あまりに多くの驚異を眼前にして、精神が余すところなく動員される」様子を綴っている。高みの世界について述べたこの種の記述のうち、もっとも大きな影響をもったのはジャン＝ジャック・ルソーの『新エロイーズ』（一七六一年）だ。この著作は今では世俗的な山岳崇拝の始祖という地位を与えられている。ルソーはアルプスのことを「すべての人間社会から持ち上げられているようです」と書いている。

低劣な地上的な感情のすべてを置き去りにして、現実離れした領域に近づくにつれて、その永遠の純粋さに魂が染まる思いがします。いま描いて見せた印象をまとめてごらんなさい。数限りない驚くべき光景の驚異的な多様さと、壮大さと、美しさを。ただまったく新しいもの、見慣れない鳥たち、奇抜な未知の植物を目にすることからくる喜び、いわば別の自然の事物を観察すること、そして地球の高みに隔てられた新しい世界に自分を見出すことの喜びを……要するに、こうした山々の風景にはある種の超自然的な美があり、感覚と精神の両方を魅了して、自分自身のこと、そして世界のすべての物事を忘れさせるような心地があるのです。

このルソーの熱を帯びた魅惑的な一節は、山々の「現実離れした領域」を、目を見張る光景に満ちた、新しい魅力的な世界として提示するマニフェストとでもいうべきものだ。

高所の世界への熱狂が広まり、山へ惹きつけられる人が増えるにつれて、犠牲者も出るようになった。一八〇〇年には若いフランス人がル・ビュエ氷河のクレヴァスに落ちた。変わり果てた死体が回収された際に――その様子を見ていた者は「この不運な若者はあまりにも突然に惨《むご》い圧死を遂げたのだ」と書き残している――その任に当たった者は彼のポケットを裏返しにして身元の手がかりを探した。発見されたのは七十八リーヴルの金と、一冊の手帖、そして読み古されたソシュールの『アルプス旅行記』第三巻だった。手帖には書きかけの父親宛ての手紙が大事に挟まれていた。その書き出しは胸塞がるものだ。「愛する父上、この通り私は旅に出たのです。この旅が望みうるなかでもっとも興味深く、そして美しいものであることもご承知のことと思います……」。十九世紀のとば口に起きたこの若者の死は、山岳やその環境が魅惑的なものであると同時に、命に関わる過酷なものであることを改めて思い知らせる出来事だった。

❄

十九世紀には、イギリスのジョン・ラスキンや北米のラルフ・ウォルド・エマソン、ヘンリー・デヴィッド・ソロー、ジョン・ミューアといった錚々たる知識人が熱烈に山を讃える文章を書いた。それらには「流れゆく大理石の舗道」のような氷河とか、奇跡のように一つひとつが異なる雪片の造形とか、そういった高山の細やかな要素に向けられた特別な関心が表れている。嵐の黒雲が「時化の波が岩に砕けるように」割れる様子を見たラスキンは、そのようなスペクタクルについて、「平地に暮らす者には、彼のものとは別の惑星の光景ほどに想像や理解することが難しい」と述べている。一八五九年に刊行された『頂と氷河』の創刊号には「高所の氷の世界」についての情熱的な言葉があふれていた。十九世紀半ば以降は、新しいメディアである写真もまた山のステータスを高めることに貢献した。ヒマラヤを撮影したある写真家は、「このような光景に見出される美や力づよさを人の精神に教え、それをより甘美で高揚を誘うものとして表現することは写真の功績といえるだろう」と、自分の写真についての自負を述べている。

十九世紀には、自然の精密な観察や、節度ある想像力の遊びに特化した野山の愛好家のコミュニティが生まれた。異なる山それぞれの魅力を吟味するさまざまな方法が議論された。あの山の尾根筋はエジプトのフェラッカ船の帆の輪郭に似ているとか、この山では冬の間に繊細な氷細工が見られるとか、そういったことだ。山岳の美を味わうことは、通り一遍な畏怖の感情としてではなく、山で起こるさまざまな事象により鋭敏に反応することに変わった。旅人の目は山に特有の事物に美を見出す新しい感受性を備えるようになり、十九世紀以降に書かれた登山者の記録もまた細かな言及に満ちたものが多くなった。とりわけ印象的なのは岩石への愛だ。旅の日記には、地上で見える地質学的な特徴への関心が幾度となく書き留められている。天然橋、洞窟、鍾乳石、岩柱《ピナクル》といったもの、あるいは岩の形がライオンやら僧侶やら「ムーア人の頭」やら大砲やらラクダやらに似ているもの、等々。モロッコのアトラス山脈や、月の山脈〔東アフリカのナイル川源流にあるとされた山脈〕や、南アフリカのリク山脈や中国の梅峰山地から帰ってきた探検家は、それぞれの山の壮大な美しさ──「峨々とした断崖」や「無数の岩」や「途方もない高さの絶壁」──だけではなく、そこで見つけた可憐な小さな石についても語った。幅数センチの雲母の亀裂や、煙水晶の結晶を含む石や、エメラルド色の苔を纏った石といったものだ。

それとは対照的に、すばやく変化する山の現象、つまり突風、吹雪、嵐、雪のつむじ風といったものや、幻日、ブロッケン現象、光冠、霧虹など、触れられるようで触れられない、見えるとも見えないともつかないはかない美しさに魅了される者も現れた。こうしたものへの熱狂を育んだ土壌の一部は崇高の美学であり、同時に十八世紀後半の美術や建築で流行したロココ的な趣味もあった。高山は非物質的なもの、束の間のもの、はかないものといった、ロココの美学が愛好する特質に満ちあふれていた。光や霞の織り成す効果や、氷が垣間みせる青や緑の色合い、あるいは霧、雲、雪、蒸気、雪煙その他のあらゆる要素がめくるめく情景を展開しているのだ。画家たちは、日没や雲の性状や霧をはじめとする、山の大気がみせるさまざまな効果を表現する課題に取り組んだ。作家はふんだんに言葉を尽くして、エリザベス朝時代の

「髪粉をはたいた鬘のような」白い雲が山頂のまわりに生まれる様子とか、あるいはさらにその上の、「髪粉をはたいた鬘のような」雲の様子を描写した。冬の旅でサヴォワ地方のアルプスを訪れたゲーテは氷霧のふるまいを詳細に分析し、高度と空の青さの関係を解き明かすために言葉を重ねた。その数年後には、シェリーが陽光に暖められたアルプスの麓の岩に横たわり、想像力のままに、過ぎ行く雲の形から動物たちや聖書の場面を見出した。気まぐれで興奮を誘う高所の世界は、堅固な岩の大地と心地良い対照をなすものだった。

そして多くの人びとが、厳寒の環境から遠く離れた場所でこうした自然の驚異を読み知り、高所の世界の素晴らしさに惹きつけられてゆく。ある登山の初心者は一八五九年に、自分をアルプスに引き寄せたのはその美と孤独の評判だったと書いている。多くの人びともまた同じだった。「かねてから、その風景の非常な美しさや雄大さへの讃辞を聞かされるたびに、私は好奇心を掻き立てられ、人を寄せつけぬその山野を……人跡未踏の氷雪の荒野を探索したいという強い望みを覚えたものだった」。上を目指して登ることは、まったく新しい在り方の探索を意味するようになった――このことは現在も変わっていない。山は予期のできない、より直接的で、より真正な経験を与えてくれる。高所の環境は、街や平地ではありえないやり方で人の心身の両面に影響をおよぼす。山で、人は違う自分になるのだ。

❄

山の美しさとされたもののうち、人びとがもっとも言葉を費して語るのは光だった。初期の旅行者は、

日に照らされた雪の斜面がみせる夥しい数の細かな「炎のきらめき」や、氷結した岩に日光が「反射して無数の太陽をつくりだす」ことへの驚嘆を書き残している。アルペングロー（アルペングリューエン）の壮麗な光景に度肝を抜かれる者も多かった。アルペングローは夜明けや日没の陽光が雪の面に反射して生み出す効果で、空は鮮やかなピンクや赤の強力な光源に照らされたようになり、山並みは藤色からカーマインまでさまざまな赤の色彩に染まる。長い間、何がこの現象を生み出しているのかは知られていなかった。東アルプス地方では、氷の下に埋められた財宝のかがやきが太陽の光を反射しているのだと噂された。毒々しいまでに鮮やかなアルペングローを目にした者のなかには、水平線の先が火に包まれている、その向こうで大災厄が起きているに違いないと考える者もあった。

光がみせる圧倒的な多様さや、それがどれほどすばやく、すっかり表情を変えられるものなのかを山ほどに気づかせてくれる場所はない。光の変わり身の速さでは、砂漠の光も山には適わない。山の光は移り気で、過酷にもなる。たとえば吹雪に日が差すときの眩しいきらめきは、空中に刃が躍るようだ。あるいは雷雨がみせる、豪奢で壮観な光と音のショー。快晴の日には雪と氷の大地がマグネシウムのような強い光を放つ。その白い光は直に見つめていると角膜を傷つけるほどに強烈だ。夕暮れになると光は艶のない細かな粒子のような、一つひとつの光子が巨大で目に見えるような感触を与えることもある。

山の光は建築的にもなる。雲の配置が塔や柱のような光の造形をつくりだすことがある。ぎざぎざした岩稜の下から太陽が差すときには、扇を広げたような光景が現われる。もっと幻想的な光景もある。たとえば雲の上まで登っているときには、下界の氷原に反射した光が、見渡す限りの真っ白な光の王国を出現させる。山に沿って投げかけられた深い黄色を帯びた光が、ギリシャ神話のミダスのようにすべてを金色に変えてしまうこともある。そして山の一日に帳を下ろす、すべての風景をひとつの肌理に溶け合わせる光がある。この光には、静寂さや世界のまとまりや内在性を感じさせる穏やかな透明感がある。

一九二一年にエヴェレストを目指してチベットを進んでいたジョージ・マロリーもまたこの光を経験した。マロリーにとって日中のチベットは、粗い砂利の平原と荒削りの山ばかりの、醜い土地だった。風景のあらゆる角度と表情が調和を欠いていて、目障りだった。しかし、「夕暮れの光の中では、雪山も何もかも美しい場所になるんだ」と彼は妻ルースへの手紙に書いている。「荒涼とした感じがおさまり、山の斜面も陰に入ってやわらかになる。最後の光が消えるまで、いろいろな線や折り目が入り乱れて、まったく剥き出しの大地がありがたく思えてくる。ここには混じり気のない造形の美が、究極の調和のようなものがある気がしてくる」。

太陽の光だけではなく、月の光もまた山に思いがけない印象を与えることがある。夜の馬車に乗って初めてシャモニへ向かっていたゲーテは、月光を反射して銀色に輝くモンブランの稜線を見て、一瞬、別の天体だと勘違いした。「光を放つ大きな山体は天球の高みに属していた。地球に根差したものだとは信じ難かった」と彼はその驚嘆を書き留めている。晴れた夜の月光は世界をまるごとメッキ槽に浸けるように山々を銀色に変える。ある年の初夏に、アルプスの高地で幕営していて、翌日の登攀が気になって眠りにつけなかったことがある。わたしは深夜にテントを抜け出して、周囲のさまざまな物言わぬ形状を見ていた。すべてが月光で銀色に染まっていた。それは奇妙にはかないものに見えた。まるで何かの偶然でそこ

に据えられた大きな隊商のテントの群れのように、翌日には片付けられてどこかへ出立してしまいそうに見えた。
山の光は壮麗だ。そして、ほかの要素と相俟って人の目を欺くものにもなる。光の錯覚や幻影をつくり出す。雪原や氷河の上では、風景の白さや一様さのせいで奥行きの感覚がおかしくなる。距離が見定められなくなる。一八三〇年代から四〇年代にかけてアルプスの雪原を歩きまわっていた、スコットランドの科学者・登山家のジェームズ・フォーブズは、目の焦点がどこにも合わせられないことに気がついた。彼は「はるか先まで広がった、ほとんど影もない雪の斜面につづいている氷原が、その果てしない広大さによって生み出す効果」に驚愕した。ル・ビュエ氷河の上で陽光と深い雪がつくりだす滑らかな錯覚は、ジャン・ド・リュックが「雲に乗って空中に留まっている」に

違いないと思い込むほど強烈なものだった。

もっと奇妙な、もっと独特な幻覚を経験した旅人もいた。一九三〇年代にエヴェレストに挑んだあるイギリスの登山者は、その頂の上には脈動する巨大なティーポットの群れが浮かんでいたと報告している。もっと不気味な光景を目にした者もあった。エドワード・ウィンパーは一八六五年のマッターホルンで、同行者のうち三名が転落死した、そのわずか数時間後に慎重な下降を行なっているとき、霧深い空中に三つの十字架が浮かんでいるのを見た。一つだけやや上に配置されたその十字架は、三人の仲間の死を示す霧のゴルゴダに見えた。今では、ウィンパーが見たものは彼の潤色か——彼が真実について柔軟な態度をとっていることはよく知られている——あるいは特異なブロッケン現象によるものと考えられている。ブロッケン現象（ブロッケンの妖怪）は一七三七年にブーゲがペルーで最初に目撃・記録した現象で、晴れた日に、観察者が太陽と霧や雲の間に位置しているときに見られる。観察者の影が霧に映り、大気中の水滴で屈折した日光がその影の周囲に虹の暈のようなものをつくり出す。わたしは一度だけ、スカイ島でブロッケン現象を目撃したことがある。南北に走る、長くなだらかな尾根筋を登っていたときのことだった。朝日が東から照らしていて、ふと気がつくと自分の影が眼下の水蒸気の霧に映っていて、カラフルな光彩がその周りを囲んでいた。まるで霧の魔法の絨毯に乗ったすばしこい精霊が、一定の距離を保ちながらしつこくついてきているようだった。

初期の旅人たちは、自然の造形にもうひとつの素材があることを山で発見した。それは雪だ。十八世紀から十九世紀にかけての登山者の日記や書簡を読むことは、雪と氷に対する新しい感受性、つまり冬がみ

せるその明澄な美しさへの、それまでにない反応の推移を読むことでもある。一見すると雪は風景の細部を覆って滑らかにし、単純化するようにみえる。石を丸い玉に、樹々を柱に、山の頂を円錐に変える。そうやって風景は幾何学的な美と統一感をあたえられる。

さらに、寒さが複雑さと多様さをつけ加える。「雪がこれほどに多様な姿をみせるとは誰が想像しただろうか」と、一八二〇年代のある旅人は驚きを書き残している。雪は山の扮装名人だ。アヒルの羽毛のように大きく柔らかな雪片となってふわふわと降ってくることもあれば、散弾銃の弾のような雹の粒となって雲から打ち出されてくることもある。きれいな畝をなして積もったかと思えば入り乱れた波のようにもなる。雪山でいちばん目を引く現象のひとつに、巻き起こる雪煙がある。強風の中で風下側の斜面を登っていると、尾根の上で布地のように巻き上がったり、しなやかな二枚目の皮膚のように固い雪面の上でうねる雪煙を見ることができる。そして氷になってあらゆるものをワニスのように覆ってきらきらと光らせたり、岩壁一面にゴシック建築の飾り格子のような氷柱《つらら》を展開したりする。ヒマラヤで高度四千六百メートルの氷河を重い足取りで登っていたとき、視線を上げると視界の左右に凍りついた広大な氷の斜面がどこまでもつづいていることに気づいた。それは陶器のように滑らかで硬く、眩しかった。

雪はいつも白いわけではない。古い雪は黄色みを帯びたバターのように、クリーミーで濁って見える。新雪は夜のうちに凍りつくと硬質な青い輝きを放つ。塊になった氷はミラーボールのように光を反射して、あらゆる方向にカラフルな光の破片を撒き散らす。そして奇妙な藻類の繁殖によって、雪原が西瓜やミントやレモンの色に染まることもある。ヒマラヤの一部の地域では、パンジャブ地方から北風に巻き上げられた大量の芥子色の砂塵が降り、雪原はじゃりじゃりとした黄色の平原に変わる。

寒さの産物の中で、とりわけ脆く美しいのは霧氷だ。氷点下の空気中で過冷却になった水滴が岩などに吹き付けられて表面に凍りつくものだ。飛行機の翼の先端に付着して危険を招くものもこれと同じだ。霧氷は羽毛のような繊細な形に発達することが多い。面白いのは、それが風上に向かって成長することだ。できあがった霧氷の表面には次の結晶の層が成長する。だから岩にできた霧氷の向きをみれば卓越風の方向がわかる。大地はそんなふうにして気象の記録を留めている。ある年の冬、ケアンゴーム山塊の峰から突き出た、一対の花崗岩の塊に行き当ったことがある。寒い日が数日続いた後で、岩の黒い表面は厚い霧氷に覆われて見えなかった。手袋のまま手を伸ばして羽毛のような氷に触れると、砕けて粉のようになってしまったので驚いた。それは炎がそのままの形に残した灰のようだった。

山を旅した多くの者が、氷がつくり出すさまざまな形や構造への驚きを書き残している。たとえば一七七四年のマルク・ブーリの証言。彼はサヴォワ地方の氷河で遭遇した「氷の建造物」に驚嘆した。

私たちは、サンピエトロ大聖堂の正面の二十倍はあろうかという、巨大な氷の塊を間近に目にした。複雑な造形をしていて、見る位置を変えればどんな形にも見えた。混じり気のない結晶に覆われた壮大な宮殿のようであり、さまざまな色や形の列柱で飾られた荘厳な神殿のようでもあった。左右に塔と稜堡を備えた要塞のようでもあり、その基部には岩屋があり、その端は大胆な造形のドームになっていた。この妖精の住処、魔法の家、夢幻の洞窟……は劇的なほどに壮麗で、まったく絵のようで、とても想像できないほどに雄大で美しい。人間の術はこれほどに大それた構造や多様を極める装飾をもつ建造物を未だに生み出し得ないし、将来もできないだろうと確信させる。

神殿、要塞、妖精の住処といったブーリの移ろいがちなアナロジーは、氷それ自体の捉えがたい、かっちりとした描写に収まろうとしない性質に由来するものだ。氷や雪はつねにするすると言葉をすりぬける、しっかりと把握することの難しいものだった。しかしブーリやその後につづく多くの者は、この視覚的な移り気をどこか魅力的に感じていた。なぜならそれは、氷の美しさが、いわば人それぞれのものだということを意味していたからだ。「見る位置を変えればどんな形にも見えた」と彼は書いている。つまり旅人

は、この望み通りになる視覚の世界で、それぞれに見ようとするものを見ることができる。氷は太陽の光の具合によって、そしてそれを知覚する者の精神によって、塔であったり、象であったり、砦であったり、ほとんど考えうるあらゆる形になる。この過程は逆向きに作用することもあった。つまり他のものが氷のように見えるのだ。一八二〇年のある安息日にシャモニの谷を訪れていたワーズワースは、白衣に身を包んだ修道士の一団が、暗く尖塔のように立ち並ぶマツの林を縫うようにゆっくり進んでいる光景を見た。ワーズワースの目には、それが教会の方角へ谷をゆっくりと下ってゆく青白い氷柱の行列のように見えた。氷と戯れる光が予測の難しい、脈絡のない光景を見せるために、芸術家にとって氷は難しい題材だった。ヴィクトリア朝時代の科学者シルヴァヌス・トムソンは「氷を描いているときほどの幸福は他にない」と述べながらも、その微妙な光の綾を満足に描けない自分の技倆への失望を死ぬまで抱えていた。氷は水よりも豊かな光を放ち、おまけに固体であるにもかかわらず、もっと気まぐれなのだ。氷の予測しがたい輝き、その無数の光彩をかろうじて再現できる手段はただ写真——文字通りの光で書かれたもの《フォトグラフ》——だけだった。

　小さなものなら、ブーリを驚嘆させた氷の建造物の世界を見かけることはそれほど珍しくない。気温が上がった日の午後、跪いて氷河や凍結した湖の水面に顔を寄せると、そこには小さな宮殿や市庁舎や大聖堂が建ちならぶ、見たことのない建築の世界が広がっている。太陽が不均質に融かした氷の表面に、はかなくも精妙な造形が生まれているのだ。一夜にして失われ、また日が昇るたびに幾度となく繰り返すバロック的造形の数々。わたしは雪に膝をついたまま、十五分間ほどこうした小さな氷の建築物の群れを眺め

ていたことがある。顔を上げると眼前には山並みが迫っていて、わたしは冬空を背景にしたその巨大さに驚いて何秒間か固まってしまった。

旅人たちは、高山の寒さには目に訴える美しい情景をつくり出すことに留まらない、別の特質があることにも気がついていた。時間を止めることだ。寒さは命を奪う。しかしそのままに保持する。つまり有機的な分解の過程を減速する。氷の上に一群の蝶が散らばっている光景を目にしたことがある。羽には色とりどりの小片の一つひとつがそのままに残っていて、まるでついさっき麻酔をかけられたようだった。チャールズ・ダーウィンは、一八三五年にチリ、ポルティージョの雪原で、荷運びのラバの隊列を率いて迷路のような氷柱の間を抜けようとしていた。彼が見上げると「氷の柱の一本の上に凍った馬の姿があり、台座に載せたような具合だが後ろ足はまっすぐ空中に突き出していた」。この馬はクレヴァスに滑り落ち、氷河の不可思議なメカニズムによって氷の上に高々と持ち上げられていたのだ。その亡骸はまったく無傷のままで、まだ生きているかのようだった。氷河が完璧な防腐処置をしたのだ。氷の柱の上の馬は、きっと少し不格好な回転木馬の子馬のように見えたに違いない。

人間の死体も寒さによって保存される。山の物語には、気味悪いほど生きているように見える死体に出会う話が数多くある。海中の死体はいずれ膨張して小魚につつかれるし、ジャングルでは朽ちかけた骨の山と探検帽を見つけるのが関の山だ。しかし山では、極地と同じように寒さによって時間の進行が止まる。高所の冷凍保存効果にはチャールズ・ディケンズも恐怖と魅惑を感じていた。彼の小説『リトル・ドリット』の中に、旅の一行がアルプスのグラン・サン・ベルナール峠を越える場面がある。一行は宿への道中で吹雪に巻かれてしまう。ようやく宿について体を温めている彼らが見出した光景は——

五、六歩離れた、同じように雪と霧に覆われた格子のついた小屋の中に、もの言わずに座っているのはこの山で死んだ旅人の死体だった。部屋の隅には何年も前の冬に吹雪に足止めされて死んだ母親が立っていて、まだその胸に子を抱いていた。飢えなのか恐怖なのか、手を口元へやったまま、もう何年もその手を乾いた唇に押し当てている男もいた。不可思議な運命に呼び寄せられたおそろしい会合だった。このおそるべき運命を母親は予見していただろうか。

不気味な死体が同居するディケンズの「格子のついた小屋」は、ナルニア国の白い魔女、冬の女王が命令に背いた者を凍らせて彫像のように並べた庭園を思わせる。

山では、空や空気さえも目を見張らせる異質なものに感じられる。快晴の日の高所の空は、低地の頭上にかかる平板な天蓋とは違う、豊潤なコバルトブルーの海になる。その官能的な深みに落ち込むような感覚を覚える者もいる。それは、見つめていると、ある旅人が言葉を失いつつも「名状しがたい広大さの感覚」と表現したものに押し倒されてしまいかねない。一七八二年にアルプス山中の峠にたどりついたスイス人レオナルト・マイスターは、経験したことのない空間の感覚に圧倒された。「霊感に満たされて、顔を上げて太陽を見た。私の目は無限の空間に吸い込まれた。私は神々しさに身震いした。そして深い畏敬へ沈み込んだ」。

山の夜空もまた尋常ならざるものだ。都会の汚れた空気や光害から遠く離れた夜空には、夥しい星々が瞬き、宇宙はより深遠に、より明澄に見える。一八二七年にアルプスの高度千八百メートルの空の下で眠りにつこうとするジョン・マレーが目にした夜空には、「無数の星が宝石のように輝き、その光はあまりに鮮やかで、海や、厚いもやのかかったイギリスで目にする光景とは比べものにならなかった」。それはまさしく「新たな天地」だった、とマレーは恍惚の境地で書き残した。

第八章　エヴェレスト

影を投げかけるほかの山のない
高くそびえ立つ見はらしよい嶺へと
激しい憧れがしきりにわたしを惹きつける

ペトラルカ（一三四五年頃）

心の眼でエヴェレストを見ようとするとき、そこに現われるのはひとつの像ではなく、三つの対照的なイメージだ。

まず山そのものがある。わたしは頂から六十キロあまり離れた斜面から、はじめて黒々としたその岩塊のありさまを見た。山頂からは、一年のうち八カ月間この山に吹き荒れる暴風が巻き上げる氷の粒がカタ（願掛けの意味の込められたスカーフ）のようにたなびいていた。

そして現在のエヴェレストのサウスコルの光景。空になった酸素ボトルが目に鮮やかな爆弾のように積み上がり、テントポールが骸骨のように折り重なっていて、ぼろぼろになった極彩色のテントの生地が祈禱旗《タルチヨ》のように風にはためいている。どこかの戦場のようにも見える。

そして三番目にはジョージ・マロリーがいる。彼は一九二四年六月にエヴェレストの山頂近くで死んだ。マロリーの記憶は彼が最期を迎えた山から切り離すことができない。わたしの胸中に浮かぶのは、一九二二年のエヴェレスト遠征のアプローチの途上にチベットで撮影された写真だ。マロリーは渡河のために裸になっていて、身につけているのは黒っぽいフェルトの帽子とリュックサックだけ。カメラに対して横に構え、慎ましく股間を隠すように左脚を半歩前に出している。その皮膚は輝くように白く、体つきは驚くほど曲線的だ。尻は丸く、腹は弓なりの弧を描いている。真っ白なチベットの陽光を受け、帽子のつばの下で彼の顔は陰っている。そしてカメラをまっすぐに見つめて、まるで海辺にでもいるかのような、少し挑発的ないたずらっぽい笑みを浮かべている。温かみと快活さを感じさせる。地質学者で登山家のノエル・オデルの視界の中で、二つの黒い点――つまりマロリーとアンドリュー・アーヴィン――がエヴェレストの最後の斜面をゆっくりと登り、やがて渦巻く雲の向こうに永遠に消えてしまうのは、この写真が撮影された二年後のことだった。

❄

エヴェレストこそは心に抱かれた最大の山だ。これほど強烈にわたしたちの想像力を惹きつけてやまない山はほかになかった。そしてジョージ・マロリーほどにエヴェレストに惹かれた者はいなかった。この誘惑は時をおかず執着へ変貌し、三年後には悲劇としてクライマックスを迎えた。マロリーは一九二一年、二二年、二四年の三度にわたって登頂に挑み、三度目に帰らぬ人となった。マロリーは自分を衝き動かすこの山の力を感じ取っていた。「ぼくがどんなにそれに取り憑かれているかは書きようがない」と一九二一年に彼は妻のルースに書き送っている。長年の登山パートナーで、メンターでもあったジェフリー・ウィンスロップ・ヤングには、「ジェフリー、ぼくはどこまでいったら立ち止まれるんだろうか」と書いていた。

マロリーは魂の求めるままに山に登る類い稀な人物だった。そのことは疑う余地がない。しかしその一方で、彼の山行が、それまでの三百年の間に移り変わってきた山への態度の影響下にあったことも間違いない。わたしはアーカイヴに籠もり、彼が郷里のルースに書き送った手紙を読み、友人や家族とのやりとりを読み、彼の日記を読んだ。そのすべてに満ち溢れているのは、マロリーの愛だった。高所や、眺望や、氷や、氷河や、遠く離れた土地、知られざるもの、山々の頂、そして危険と恐怖への愛だ。マロリーの中で、この本がここまで跡づけようと試みてきた山へのさまざまな感受性が力強く、そして致死的に結びついていた。

ある意味では、この本の中で出会ってきた人びと——一七四一年に初めて訪れたサヴォワの氷河上で祝杯のワインをラッパ飲みするウィンダムとポコック、一七七三年にブラー・オブ・バカンを闊歩するサミュエル・ジョンソン、一八一八年に《雲海の上の旅人》を描くカスパー・ダーヴィト・フリードリヒ、一八五三年に聞き入る聴衆にモンブラン登頂の武勇伝を語りかけるアルバート・スミス、そしてその他の、心の中の山の姿を少しずつ変えてきた無数の人びと――は、誰もがみなマロリーの死に関わっている。彼は、生まれるずっと以前から準備されていた山岳風景へのさまざまな感情や態度の複合体の後継者だった。それは彼の山への応答、その危うさ、その美、その意味への反応を、ほとんど予め運命づけてさえいた。

マロリーはウィンチェスター・カレッジの生徒時代にはじめて登山を知り、それ以来、山への熱烈な愛情を抱くようになった。大学時代とその後の交友関係によって山への情熱はさらに高められ、ますます強く高所の誘惑に惹きつけられていった。マロリーはいわゆるブルームズベリー・グループの周辺と交流があり、とりわけ詩人のルパート・ブルックやアーティストのダンカン・グラントらと友人だった。この界隈には理想主義や冒険や傑出した個人といったものを称揚する風潮があった。マロリーの山への憧れはルパート・ブルックにも共通していた。マロリー宛てのある葉書きで、ブルックは北ウェールズへの登山旅行の誘いを残念そうに断っている。ロダンの《考える人》の絵葉書だ。「ぼくの魂は山に焦がれている。心底から山が好きだ」とブルックは書いている。そして「だが青白き神々がそれを許さないのだ」と。生気のないブルックの神々に比べれば、マロリーにはもっと血色のいい北欧神話のトールのような神がついていたわけだが、伝説や神話への感受性は似たようなものだった。

やがてマロリーの山への憧れは度し難いまでに強烈なものとなり、妻や家族への愛情をも凌駕した。三世紀前であれば、エヴェレストへの執着は彼を癲狂院に放り込むに足るものだっただろう。一九二四年のその山での死はイギリス全土を嘆きの底へ、マロリー自身を神話の世界へ導くことになった。

世界でもっとも高いこの山はかつて海の底だった。一億八千万年前には大陸も今とはまったく別の形をしていた。まず、今のインドに相当する三角形の部分が、テチス海という今は存在しない海によってアジアの大半から隔てられている様子を想像してほしい。この「インド」はプレートに乗って一年あたり約十五センチという駆け足で北上している。その原動力はさらに二千万年前に超大陸パンゲアから「インド」をすっぱりと切り離したのと同じ地質の運動、つまり液体のように流動するマントル内部の岩の対流だ。

動きのないチベットプレートとインドプレートの前端がぶつかるところには、沈み込み帯が形成された。この時点では、インドの陸塊はまだテチス海によってユーラシア大陸やチベットとは離れている。テチス海の底には、砂やサンゴの残骸や夥しい海洋生物の死骸からなる海洋堆積物が厚く蓄積していて、沈み込み帯の深い海溝には大量の堆積物が溜まっていた。

インド大陸の北端は数百万年という時間をかけてチベットの陸塊の南端に向けて移動し、二つの大陸の端が近づくにつれて海底に溜まった堆積物は圧縮され、熱と圧力によって岩石となっていった。その一部は二つのプレートの狭間で下に引き込まれ、マントルの中で融けてマグマとなった。一方、その大半にあたる途方もない量の岩塊は上へ押し上げられた。

＊

ヒマラヤはこうしてできあがった。チベットにインドが衝突し、押し上げられた大陸の間の海洋堆積物が四筋の曲線を描くヒマラヤの尾根を形成し、その最高地点がエヴェレストとなった。もともとの山の形は今わたしたちが見るような込み入った形ではなく、もっと滑らかで曲線的だった。複雑な形をもたらしたのは、その後の地震や季節風や氷河による浸食作用だ。

つまり、現在の地表の最高地点にあたる場所は、かつては地上のもっとも深い場所のひとつだった。エヴェレストの山頂のすぐ下を走っている黄色みがかった岩層では、数億年前にテチス海に生きていた生物の化石が見つかる。多くの人びとが登頂を夢見る岩の塊は、それ自身もまた、テチス海の海溝の暗黒の世界から、陽光に満たされたヒマラヤの空まで、数万メートルの標高を昇ってきたものなのだ。

❄

ヒマラヤの地質学的な由来はインドとチベットの衝突だった。そして西洋の想像力の中にヒマラヤを聳えさせたのは、十九世紀における、北進を図るイギリスと東進を図る帝政ロシアの衝突だった。

その時点まで、トランスヒマラヤ〔ヒマラヤ以北〕の高地は西洋にはほとんど何も知られていなかった。十七世紀以前には、ほとんどのヨーロッパ人はヒマラヤの存在すら知らないのが本当のところだった。ヘロドトスはインドについて書いているが、その北の山地については言及していない。プトレマイオスはヒマラヤとカラコルムを一緒くたにひとつの山脈にして、中央アジアの高原の全体を無いものとした。地図製作者たちは十六世紀の半ばに国々の輪郭をまとめ上げることには成功していたが、ヨーロッパを除けば大陸の内部は謎のままに残されていた。

しかし十九世紀のはじめになるとロシアの拡張という脅威の兆しが感じられるようになり、イギリスはトランスヒマラヤ地方の情報を収集することが急務となった。一八四〇年代から五〇年代にかけての大三角測量によって確定されたヒマラヤ地方の高峰は七十九座あり、その中に当初「ピークH」、まもなくして「ピークXV」と呼ばれるようになった山があった。この山は、二百八十キロあまり離れたビハール平地の測量拠点から、ジョン・ニコルソンという測量者によって最初に観測された。大三角測量で収集された現地情報は計算や照合のために各地方の測量拠点に送られた。算出された「ピークXV」の情報を検証し、気温、気圧、大気の屈折、そしてヒマラヤ連山それ自体の質量による重力の影響*を計算に反映することには七年間を要した。最終的に、「ピークXV」の標高は一八五六年に測量局長官アンドリュー・ウォーによって確定された。その二九、〇〇二フィート（八八三九・八メートル）という標高について、ウォーは十分な確信をもって「インドで計測されたいかなる山より高く、おそらくは世界でもっとも高い」と述べている。わたしたちが今エヴェレストと呼んでいる山、ただし現地の人びとにはすでに数世紀にわたって知られていたヒマラヤ高地の山は、こうして西洋によって「発見」された。

ただし発見はされたとはいえ、近づけたわけではなかった。というのは、「ピークXV」は立ち入ること

＊ エヴェレストが強力な吸引力を発揮するのは人の想像力に限った話ではない。ヒマラヤ山脈とチベット高原の莫大な質量は、近傍のあらゆる液体を引きつけるほどに強力な重力を発揮する。つまりヒラヤマの山麓では水たまりの水面も「水平」とは限らない。

William Orme, *Twenty-Four Views in Hindostan*(1805)より「チベットの山々」。山並みは足を踏み入れることも想像することも拒むような、現実にはありえないほど切り立った尖塔のように描かれている。

のできないネパールとチベット両国の国境に聳えていたからだ。大三角測量で使われた望遠鏡の視界に見えてはいたものの、政治と地理の両方の理由からこの山に徒歩で到達することは事実上不可能になっていた。イギリス人は、かねてからネパール王国の主権を尊重してきた立場から、この山の南側については測量や探検の範囲に含めてこなかった。そしてチベットは、南北両極に次いで、十九世紀後半における最大の未知の領域となっていた。小説家ヘンリー・ライダー・ハガードはこの地を憧れの念を込めて「人跡未踏の地」と呼んだが、これは多くの者を代弁する言葉でもあった。チベットの内部に足を踏み入れた西洋人はほとんどおらず、ほとんどの領域は事実や報告に汚されていないままの白紙《タブラ・ラサ》のままだった。それは地上でもっとも高い土地に広げられたまっさらな布地であり、西洋の想像力はその上にオリエントのフアンタジーを気ままに描くことができたのだ。

そうしたファンタジーのひとつはチベットの神聖な純潔さだった。多くの西洋人にとって、この国は氷上のエデンのような国、アジアの奥地にある高潔な聖所だった。そしてチベット人は周囲のドラマチックな風景の移ろいと調和した生活をおくり、その美しさや薄い大気によって道徳的にも浄化されている。そこにはラスキンが「十九世紀の嵐雲」と呼んだもの、つまり産業・無神論・合理主義という三重の害毒が及んでいない。一九〇三年にチベットを訪れたあるイギリス人旅行者は、その山のひとつを「巨大な大聖堂」になぞらえた。同じころにチベットの高地にたどりついたフランス人探検家は、「人間の悲惨さを増すばかりのこの科学と技術の世界を後にして、地獄から天国へ、幾重もの雲を越えて」登ってきたようだ、とその感慨を記している。十九世紀にとってのチベットは十八世紀にとってのスイスだった。つまりそこはヨーロッパやイギリスやアメリカの薄汚れた都市の光景から魔法のようにかけ離れた、高所の桃源郷なのだった。

そのチベットと、立ち入ることのできないネパール王国の狭間にあるのがエヴェレストだった。エドワード・ウィンパーがそれを第三の極と呼んだのは一八九四年のことだ。エヴェレスト測量から一九二一年の偵察遠征が麓に到達するまでの七十年間、この山に六十キロより接近した西洋人はひとりもいなかった。エヴェレストの情報は欠落し、この真空は希望や恐れや憶測を吸い寄せた。一八九九年に、インド総督カーゾン卿が冷涼なシムラーの宮殿の窓から白い城壁のようなヒマラヤを見上げていた。エヴェレストは彼を魅了していた。「毎日自分の部屋に座り、空に突き出すあの並みいる雪の胸壁、インドを世界から隔てるあの巨大な塀を眺めていた。誰かがあの頂を目指すのならば、それはイギリス人の務めなのだろうと感じていた」と書いている。

❄

カーゾンがそう書いてから五年後、フランシス・ヤングハズバンド率いるイギリス軍がインドからチベットに侵入し、チベットの謎は永遠に失われた。侵攻に及んだ理由は領土紛争であるとされた——チベットの「軍隊」が国境を越えてネパールのヤクを連れ去った、と報告された——が、実際にはチベットへのロシアの影響力拡大を恐れたカーゾンが、イギリスの影響力の確立を図ったものだった。かねてから行動に積極的だったヤングハズバンドは「金輪際、僧侶たちがチベットと周辺のイギリス領土の繁栄を勝手に妨害せぬよう、彼らの力を打ち砕くべきである」と当時らしい言葉遣いで進言している。

チベット側はヤングハズバンドの軍勢の侵入を傍観したわけではない。最初の衝突が生じたのはギャンツェ村の近郊だった。火縄式の銃や剣や槍で武装した二千人のチベット人が、それより少数ながら大砲やマキシム機関銃を備えたイギリス軍と対峙した。チベット側の生存者によれば、イギリス兵は「六回熱い茶が冷めるほどの時間」発砲をつづけた。砲撃と機関銃の音が止んだときにはイギリス側は負傷者十二名、チベット側は死者六二八人を出した。ヤングハズバンドがラサに到達するころには、イギリス兵は四十人の犠牲者を出し、チベット人はさらに二千人が死んだ。

流血を伴うラサの陥落は、またひとつ未知の領域が突破されたことを意味していた。文筆家・政治家のジョン・バカンは著書『最後の秘密』の中で次のように書いている。「どれほど感傷と無縁な者も、人類の想像力を大いに掻き立ててきた帳が引き開けられてしまったことには幾許かの遺憾を禁じえない……ラサの暴露とともに古のロマンスの最後の砦もまた陥落したのだ」。

古のロマンスは潰えたかもしれない。その一方でチベットの奥地には新しい、場合によってはさらに強力な魅惑が登場した。つまりエヴェレストだ。そこに居合わせた、登山家にして探検家であり、神秘主義者でロマンチストで愛国者であった人物は、比類のないこの山の征服という着想を誰よりも先に抱いていたはずだ。フランシス・ヤングハズバンドはイギリス軍の野営地の有刺鉄線や土嚢越しに「天空高くに聳える汚れなき世界の頂点」エヴェレストを眺め、すっかり魅入られていた。この遠景のエヴェレストがヤングハズバンドの想像力に植え付けた種は、その後、ヴィジョンから野望へと開花してゆくことになる。

それが開花する時間は十分にあった。というのは、一九〇四年のチベット侵攻の間接的な帰結として、イギリスとロシアは一九〇七年にそれ以上のチベット遠征を禁ずるという合意を締結したからだ。ネパールはやはり不可侵の土地であったため、一九〇七年の合意によってエヴェレストにたどりつくことは事実上不可能になった。しかし、一九一三年に若いイギリス軍将校ジョン・ノエルが「インドの回教徒」を装って不法侵入し、エヴェレストまで六十キロ未満の地点へ到達した。彼はこの山を「雪のひだ飾りをまとってきらきらと輝く岩の尖塔」と報告した。*

ノエルの報告は多くのイギリス人の好奇心を刺激した。とりわけ王立地理協会のメンバーは大いに関心をもち、登頂計画が検討された。第一次世界大戦により中断を余儀なくされたものの、休戦後すぐにこの動きは再開され、新たにフランシス・ヤングハズバンドを会長に選出した王立地理協会は、一九二一年一月十日にエヴェレスト遠征の計画を発表した。ヤングハズバンドは「エヴェレストの企画を三年の任期中の主眼とする」決意だったと、著書『エヴェレストへの挑戦』に記している。彼は照準を聖杯に定めた。必要なのは旅を率いる遍歴の騎士だった。

ジェフリー・ウィンスロップ・ヤングに「ガラハッド」〔アーサー王の円卓の騎士のひとりの名〕というあだ名で呼ばれていたのがジョージ・マロリーその人だった。一九二一年二月九日、ヤングハズバンドはマロリーを昼食に招いてエヴェレスト第一次偵察遠征への参加を打診した。出発の期日は四月。マロリーはそれまでも妻と三人の子から離れた生活が長く、仕事も家も背負っていたものの、その昼食のテーブルの雪のようなクロスの上で穏やかに、かつ即座に――ヤングハズバンドの回想によれば「表情も変えずに」――打診を受けいれた。

これは転職のようなものだった。マロリーはこのとき三十五歳、仮にエヴェレストに登頂して無事に帰還すれば、その功績によって将来の経済的な安泰が約束されるのは間違いない。ただし彼には別の、もっと危険の少ないキャリアを選ぶ道もあった。歴史あるチャーターハウス校の教師という当時の職は安定したもので、ジャーナリズムやフィクションを手がける物書きになる希望もあり、左翼寄りの考え方から国際政治にも関心をもっていた。そして何よりも、マロリーが望んでいたのはルースと三人の小さな子どもたち、六歳のクレア、四歳のベリッジ、六カ月のジョンの傍にいることだった。一九一四年に結婚した後、マロリーは戦争後半の十六カ月間ルースのもとを離れ、西部戦線の砲兵将校として従軍していた。この別離は二人にとって辛いもので、休戦が実現したときには、ようやくまともな結婚生活がはじまると期待していた。フランスからイギリスに帰国する直前、マロリーはルースに宛てて「ぼくらが一緒に過ごす素晴らしい生活」についての歓喜に満ちた手紙を送り、「ぼくらはきっと、この贈り物から大いに素敵なものを生み出すんだ」と語りかけている。

それは叶わないことだった。マロリーの心の深みに抱え込まれていたある力、あるひと揃いの力が、エヴェレストへ行く機会を与えられた彼に承諾の返事をさせた。そして二度無事に山から帰還したとき、彼は二度とも山へ戻ることを選んだ。三次にわたるエヴェレスト遠征の間にマロリーが書いた手紙や日記を読んでいると、燃え上がる情事を、つまり山との情事を立ち聞きしているような感覚を覚える。マロリーはこのどこまでも身勝手な情事にケリをつけるべきだったし、それは不可能なことではなかった。しかしその逆に彼自身だけではなく、妻と子どもたちの人生もまたその犠牲になっていった。わたしたちの手元に、ルースがエヴェレスト遠征中のマロリーに送った手紙はない。彼女はたびたび手紙を書いていたが、残されているのは一通だけだ。だからわたしたちには、夫の行動について彼女がどう考えていたのか、はっきりとしたことはわからない。この三者がつくりあげる関係、この三角関係の中で彼女の声はほとんど

＊このノエルの描写はエヴェレストが重力のみならず知覚にも歪みをもたらす一例である。というのも、エヴェレストは優美なゴシック的造形とは無縁の、巨大で嵩高いどっしりとした山容であり、どこから見ても「尖塔」とはかけ離れているからだ。

聞こえてこない。わたしたちが知っているのはマロリーがエヴェレストと恋に落ち、やがてそれが彼の死をもたらすことだけだ。わたしたちには理解しがたいこと、この本が光を当てようと試みていることは、血の通った妻に深く愛されていたマロリーが、どうやって岩と氷の塊に恋に落ちるなどということがありえたのか、ということだ。

最初の遠征、つまり一九二一年の偵察遠征の報告書の結びに、マロリーは次のように書いている。「最も高い山は過酷なものになりうる。その過酷さは賢明な人間ならばそのとば口に立つだけで怖気を起こし、考えを改めるほどに凄まじく致命的なものだ」。今になればこの言葉は彼自身への警告のようにも読める。そして彼がこの警告に耳を貸すことはなかった。

❄

一九二一年四月八日、マロリーはティルベリーから単身、蒸気船サルディニア号に乗船した。遠征隊のほかのメンバーは先に出発しており、ダージリンで落ち合う予定だ。小さな船に乗り合わせたのはすこぶる退屈な者ばかりで、居室は狭く鉄工場のようにうるさい。気温が十分に暖かくなる程度に南下した後は、マロリーはほとんど毎朝、舳先の錨の鎖が固定されているあたりに座って過ごすようになった。視界にあるのは、舳先で風よけの帆布に守られて座っている見張りの影だけだ。舳先にはそのほかに人の姿はなく、同船の人間にうんざりしていたマロリーにはたいそう都合がよかった。顔に受ける風も、広々とした海や

1914年のジョージ・マロリーとルース・マロリー。©Audrey Salkeld.

過ぎてゆく陸地を眺めるのも心地がよかった。

船は標準的な進路をとり、サンヴィセンテ岬までまっすぐに南進、そこから東へ転回してジブラルタル海峡を通過して暖かな地中海へと入った。海上でもマロリーの心は山にある。早朝に目を覚ましたマロリーは、「ジブラルタルの岩」が船窓を過ぎてゆくのを見て甲板に駆け上がった。船が青い光の中に聳える灰色の岩塊の傍らを過ぎる間に、マロリーは無意識にその崖を登る最適な登攀ルートを探っていた。イギリスを発って五日後の四月十三日には、双眼鏡でスペインの内陸を眺めた。山腹の半ばまで雪に覆われた、純麗で輝くような山脈が見えた。シエラネバダだ。「山々に祝福あれ！」と日記に書き込む。南のアフリカへも視線を向けた。家並み、教会、要塞、小さな崖、川、そして白く広がるアルジェの街。すべてが贅沢なニュース映画のように左舷から右舷へ滑らかにマロリーの眼前を通り過ぎ、船はそのまま地中海の保安水域を、ポートサイドとスエズ運河の方へ向けて進んでゆく。

マロリーの心はしばしば故国の方へとさまよった。残してきた家族のこと、我が家のポーチから射し込んでくる日の光、そして庭のヒマラヤスギの先の土手に咲き、芝生に花弁を散らしているであろうライラックの白い花のこと。

スエズ運河は想像していたよりもずっと単調で、両岸には戦争の遺物が点在する陰鬱な光景がつづいていた。骨組だけになったトラック、ばらばらになった戦車、その周囲の砂を染める錆の色。運河の両側が低くなる箇所に来ると、砂漠から見ている者には、この船が砂丘を切り裂いて砂の大地を突き進む砕氷船のように見えるだろう、などとマロリーは想像した。

スエズ運河から紅海へ、そして紅海からインド洋へ。そこには眺めるような海岸線はなく、湾曲した水平線があるだけだった。時おり綿毛のような煙をたなびかせた船が遠くを過ぎてゆく。この海の上の空は、マロリーがそれまでに見たどんなものよりも大きく、故郷の沼沢地の空よりもはるかに広大だった。ここでは雲が飛行船の隊列のように整ったままに過ぎていくことがなく、乱雲や巻雲の残骸が絡まりあって雷雲をつくり上げる。気象というよりは地質の造形を見ているようだ。雲を登ることができたらどんな感じだろうか、とマロリーは考える。隆起や丘や斜面を横切って進み、雲のいちばん上の丸い頂上まで登るのだ。そして、見えている雲の天辺がエヴェレストの頂上よりはるかに低いことに気がつく。彼は自分が試みることがどれほど大それたことかを、改めて思い知らされる。

空はマロリーを高揚させたが、海は不吉な気分にさせた。「災厄や危険がこれほど近くにある感覚は不思議なものだ……海の魅力は底知れないが、その禍々しさも底知れないものがある」。そう彼は書いている。舳先にいるとき、彼は一瞬、外套を甲板に脱ぎ捨て、船を捨てて砲金色の水面に飛び込みたい、そんな強烈な思いに駆られることもあった。

セイロンが見えてくる。明るい緑色を頂いた赤や黄色の染み。蒸気船が近づいてゆくと、それはジャングルを背景にした、色取り取りに塗られた家々の群れだとわかる。ここには一、二日ほどの待ち侘びた寄港の時間があり、その後には暑熱の中で最後の航海が始まった。上甲板で運動をしているときも、船室で横になっていても、喫煙室でものを書いているときもマロリーは汗だくになった。空気には水分が満ちていて、水中とも陸上ともいえない、半ば気体で半ば液体のようなものになっていた。舳先に座り、水平線の向こうにカルカッタが見えてくるのを待っているマロリーは、自分の体がゼリーのような物質の中を押されてゆく心地がした。マロリーは、マレー語では水を英語の空気と同じ air と綴ることを思い出す。このような熱帯にいると、このたまたまの一致も実にまっとうなことだと思える。

五月十日にカルカッタに接岸して、一泊した後、マロリーは山岳鉄道に乗り、十八時間かけて平原を横切ってダージリンへと上った。列車は段々の茶畑の広がる山腹や急峻な峡谷を突っ切って進む。垂直に森が生えたような崖を見て、マロリーは中国の掛け軸を思い出す。一カ月を大海原で過ごした後の山国は気分がよかった。

ダージリンでほかのエヴェレスター(彼らは自分たちをそう呼ぶようになっていた)と合流すると、ようやく冒険が始まったような気がした。いや、まだだ。まずは形式的な行事を済ませなければならない。到着して最初の夜には、ダージリンの受け入れ側にあたるベンガル知事の催す晩餐会に出席しなければならなかった。実に華やかで豪奢な宴席だった。会食の前には儀式のような握手が繰り返され、つづけて何品ものコース料理。列席者の一人ひとりの背後には注意深く視線を向ける専属の係が立っていて、まるで幽霊か影のようで落ち着かない。こんな仰々しい饗応はまったくマロリーの趣味ではないが、この時代のエヴェレスト遠征がさまざまな意味で帝国の一大事業であることを思えば仰々しくなるのも無理はなかった。彼は遠征の仲間たちとも顔合わせをした。そして、その晩のうちに故国のルースに宛てて手短に辛口の所感を書く。「やり手のカナダ人」(「カナダ人には複雑な感情があるのは君も知ってるね。苦いものを飲み込まない限りは彼とうまくやっていけそうにない。唾が出るように神に祈らないと」)。そして遠征隊の隊長ハワード

＝ベリー。マロリーはこの保守的で、粗野で、教条主義が鼻につく人物が直感的に気に入らなかった。マロリーの登攀のパートナーになる予定のブロックは、ウィンチェスター・カレッジ時代からの知己だ。ブロックはなぜかスーツケースを持参していて、その中に防寒着としてコート一着とセーター二着、そして吹雪や日射からの保護と、景色の中で自分を「絵になるように」見せるためのピンク色の傘を入れていた。測量士で登山家のモースヘッドは頑健そうで、マロリーは感銘を受けた。そしてスコットランド出身の医師で登山家のケラス。彼は中央チベットの三座の高峰を登った後、急いでダージリンに戻ったところだった。マロリーはケラスが定刻に十分遅れた上に「錬金術師のような」よれよれの格好をして知事の晩餐会に到着し、強いスコットランド訛りでぶつぶつと形だけの詫びを述べているのを見て、すっかりケラスが気に入った。

大幅に予定から遅れて、遠征隊はダージリンを出発した。五十頭のラバとそのためのラバ追い、そして大勢のポーターや料理人や通訳やポーター頭《がしら》、それから当のエヴェレスターたち。一行は温室のようなシッキム地方のジャングルを何日間も進む。土砂降りの雨が厄介だった。マロリーは黒い自転車用のケープをまとい、ブロックはピンク色の傘を持っていたが、これほどの大雨の前には無力だ。あらゆるものをずぶぬれにして、あらゆる樹々の葉や石の上を水が流れていく。ダージリンで調達したラバは丸々と太っていて、ジャングルの道には適していない。九頭が体調を崩し、一頭は倒れて死んでしまう。五日後にはラバとラバ追いをダージリンに帰さざるを得なくなり、チベットに着いてから現地で荷役の手段――ヤクや小型の馬――を調達して凌ぐことにする。雨はヒルも連れてくる。あらゆる方向から大群となって襲いかかるのだ。地面を驚くべきスピードのさざ波のように移動し、葉や枝の先から体を伸ばして、何かを警告する指のように空中でゆらゆらと蠢いている。ポーターたちは脚にまとわりついたヒルをひねってむしりとる。その痕には小さな輪のように血が滲んで何時間も止まらない。西洋人もすぐに彼らに倣って同じようにする。

しかしこの湿り気の多い、好き放題に成長した密林には美点もあった。雨は分厚い葉をつやつやと輝かせ、頭状花の中にたっぷりとした銀色の水溜まりをつくる。小さなネオンサインのようなトンボが水場の上をさっと通り過ぎ、空中でぴたりと静止する。マロリーは花々にひときわ魅了された。バラ色のランの花や、レモン色のシャクナゲの花。そして見知らぬ突飛な花のように大地で上下に触れているブロックの傘。

ジャングルは突然終わりを告げた。ジェレプ・ラの分水嶺を越える高みで、一行はみな四千四百メートルの高度を薄々感じながら、北の方角に目を凝らす。空気は冷たく、清浄に感じる。まるで酸素の香りのようだ。ここで初めて、マロリーが出会うためにはるばるやってきた山並みが見える。雪に覆われた山々が地平線の縁から突き出している。その手前にチベットがあり、そのどこかにその山、エヴェレストがある。「樹々に満ちた麗しのシッキムよ、さらば」とマロリーは興奮気味に記している。「そしてようこそ——神のみぞ知る世界へ！」大地の様相は一変する。パーリの村の方へ下ってゆくにつれ、空気は乾燥し、植生も様変りする。このあたりには白っぽいモミが生えていて、その根本には濃い色のシャクナゲが茂っている。

そこから先は南チベットの高地の礫砂漠になる。白く眩しい砂漠が延々と続く。パーリから六日間をかけて、ラサに向かうヤングハズバンドの部隊が通過した丘の上の砦カムパ・ゾンへ。さらに六日、褐色の高原砂漠を進む。ほかの砂漠と同じように、これらの砂漠も一行が目を覚ます早朝には冷涼で静かだ。昼食のころには灼熱になり、行く手の岩屑から陽炎が立ち上り、頬の皮膚が剝がれ落ちそうな焦熱地獄になる。午後には風が起こり、地面に積もった粉塵を大量に巻き上げる。夜にはテントのグランドシートの上を走り回る尾のないネズミに苛ついているうちに気温が急降下してゆく。砂漠の縁から立ち上がっている山並みは、横から見れば、大昔に氷河や渓谷に削られたふっくらとした輪郭をしていて、表面は剝がれやすい岩に覆われ、高いものには雪が水平の縞模様のように積もっている。

一行は全員、胃腸の調子を崩していたが、いちばん苦しんでいたのは赤痢にかかったケラスで、担架で運ばなければならないほどに弱っていた。彼は三度の登攀の疲労を抱えたままこの遠征に参加していて、体力を十分に回復していなかった。しかし彼は引き返すことは拒んだ。カムパ・ゾンまであとわずかという六月五日、高い峠を越えた少し後に彼は血と下痢にまみれて死んだ。

帝国の威信をかけたこの行進は急に葬列に変わった。目的地の山からこれほど離れた場所で、これほどに早い死が訪れるのは奇妙で間違っているような気がする。マロリーはルースに宛てて自分の体調については心配ないと書く。ケラスの死が、ハワード゠ベリーが毎日のようにタイムズ紙に送る至急便で伝えられることは分かっている。マロリー自身の手紙がイギリスに届くまでには一カ月以上かかるだろう。

一行はケラスの亡骸を一晩安置するためにテントを設営する。翌日には岩がちな丘の中腹の脆い地面に墓を掘り、遠征の前に彼が登った——そして間接的にその命を奪った——三座の山が見えるような向きにケラスを埋葬する。ハワード＝ベリーはよく引かれるコリント書の一節を虚空に向けて唱える。ケラスと親しくなっていた四人のポーターが墓の近くの平らな岩の上に座って、イギリス人の言葉に耳を傾けている。それが済むと、一行は墓の上に石のケルンを築いてから前進を再開する。

カムパ・ゾンは狭い谷間の入り口を守るチベット風の砦だ。ここへ来て士気が上がる。ベリーはレイヨウと脂尾羊を一頭ずつ撃ち、ブロックはガチョウ一羽と皿一杯分の小魚を仕留める。ケラスの死と土地の険しさにもかかわらず、マロリーはエヴェレストに近づくことへの期待と、まだ誰も足を踏み入れていない場所に向かっていることの興奮を感じている。「ぼくらはヨーロッパ人が誰も訪れていない国にいる」とルースに宛てて書く。「あと二日のうちにぼくらは「地図の外」に出る。その地図はラサ遠征のときに作られたものだ」。このときエヴェレストは西洋の想像力の中にしか存在していないのだ。何十年かの間のわずかな機会に遠くから目撃されたもの、そして高さと座標を確定された三角測量上のピーク以上のものではない。その山は期待の中にしか存在していない。

その翌朝の朝食の前に、マロリーとブロックは砦の上の堆石に覆われた不毛な斜面を、二歩登って一歩滑り落ちるようにして登る。二人は金色の陽光に向かうようにしておそらく三百メートルほど登る。

ぼくらは足を止めて向き直し、目当ての方角へ目を向けた。西にある二つの大きなピークは見間違えようがなかった。左側はマカルーに違いない。灰色で、険しいけれど他に比べれば優雅だ。そしてずっと右にあるのは――その素性を疑う者はいないだろう。それは世界の顎から突き出した巨大な白い牙だった。そちらの方角にある薄いもやのせいで、エヴェレスト山の輪郭はそれほどはっきりとは見えなかった。この状況は謎と雄大さをさらに増した。もっとも高い山がぼくらを失望させなかったことに満足した。

マロリーはついに、自分を世界の果てから何千キロも呼び寄せた山を目にした。今はまだエヴェレストを「はっきりと」見たいとは思わない。この山には謎を湛えたまま、想像力と地質学が生み出した半ば空想の産物、半ば現実の山のままでいて欲しい。暗示やもやや謎への欲求を刺激する崇高の美学がマロリーの中で作動し、半ばだけ見えているものの方がより熱心に見られると思い込ませる。マロリーを惹きつけているのは、後の時代のJ・R・R・トールキンが魅惑と呼んだもの、つまり「決して明確には見えてこない、けれどももっと深みがあることを仄めかしつづける、かすかに見えかくれする示唆のゆらめき」なのだ。

一行は数日休養した後にカムパ・ゾンを発ち、さらに西へ移動をつづける。いよいよチベットの本格的な荒れ地を進んでゆく。青銅色の光の中に広がる砂丘と泥の平原だ。ここでは風は神の恵みのように感じられる。というのは、風が吹いている間は貪欲な砂蠅の大群が地面に留まっているからだ。荷を運ぶ動物たちは泥の中をもがきながら進み、砂の急斜面ではなだめすかして進ませなければならない。ブロックの目には、ここはどこまでも荒れ果てた不毛な土地に見える。一方でマロリーの鋭敏な目に見えているこの場所は、まったく魅力や色彩が失われてしまっているわけでもない。マロリーは葉もつけずに砂利に咲いている小さなアヤメのような青い花や、ピンク色や黄色の花弁をつけてほんの小さな緑の葉を生やした、キンレンカのような鮮やかな植物がわずかに生えているのに気がついている。あたかも砂の地表のわずか下には様々な色彩が埋まっていて、そこかしこに顔を覗かせているようだ。

ある日の朝、マロリーとブロックはもう習慣になっていたように、一行の集団から先行して進む。馬に乗って深い川を渡り、狭い峡谷の底に沿って、軽い駆け足で何キロか行く。不意に峡谷の両岸が開けて砂の平原に出る。そこで彼らの眼前に、洞窟の底から見上げるような空に雲を突き抜けて輝いていたもの、それこそが彼らがはるばる出会うためにやってきた山々だった。マロリーはふたたび、まだ誰も到達していない場所へ行くことの強烈な戦慄とスリルを感じる。

なんだか旅人のような感じだった。ぼくらの前にここに来たヨーロッパ人がいない、というだけではない。ぼくらはある秘密に分け入ろうとしていた。ぼくらが見ていたのは、カムパ・ゾンから西の方を見てから、ずっと視界を遮る遮蔽物になってきた、南北に走る巨大な障壁の向こう側だった。

マロリーがこの「大冒険」――彼はそう呼ぶようになっていた――に求めているのはまさにこうした瞬間だった。

一行が追いついてくるまでの間、マロリーとブロックは小型馬をつなぎ、峡谷の北の一角にある小さな堆石の山をよじ登る。その頂上で西を見る。峡谷を抜けたころには雲が出て山を隠し、双眼鏡を使っても何も見えそうにない。しかし、そのとき――

ぼくらの目は雲の向こうに光る雪のきらめきをとらえた。そして次第に、二時間ほどが過ぎる間に、ゆっくりと立派な山腹や氷河や尾根がところどころに見えてきて、裸眼ではほとんど分からない、雲から区別することも難しいその形が、雲の切れ間から現われて次第に意味をなしてきた。――切れ切れのものがはっきりひとつのものを意味している、つまりぼくらは山塊の全体を見ていたわけだ、わずかずつ、小さいものから大きなものへ、想像して夢見ていたよりも信じられないほどに高く空に聳え、やがてエヴェレストの頂が姿を現わすまで。

その石の山の頂上にいるうちに風が強くなって平原の砂を巻き上げ始め、下ってゆく二人には眼下の平原が波打つ絹の布地のように見える。

間もなくシェーカル・ゾン――白水晶の砦の意――にキャンプを設営する。漆喰で白く塗られた建物の壁が陽光に輝いている。この場所の光はキャンプ生活のあらゆる細部を丹念に照らし、物の一つひとつの肌理を浮き立たせていて、マロリーにはそのすべてが美しく見える。ガイロープの繊維、椅子を兼ねた茶箱、食堂用テントの厚手の粗布、カラカラと音を立てる調理用のボウル。物珍しそうなチベット人たちがエヴェレスターの周りをうろついている。赤ん坊を抱いた母親たち、垢染みた幼子たち、痩せた父親たち。

シェーカル・ゾンでは二晩を過ごす。郵便が届き、マロリーはルースからの手紙の束を受けとる。マロリーはすぐさま返事を書き、チベットの小さな花を手紙に挟む。彼はその日が、つまり雲の切れ目から断片的にエヴェレストを垣間見た日が「何か大きな節目」だったと書く。今やエヴェレストは「空想以上の何かになった」。それはたしかに節目だった。より正確には分岐点というべきかもしれない。なぜならば、この日から先はエヴェレストが、ルースにも増してマロリーの手紙の主たる関心事になるからだ。この山は愛する人以上に彼の心を支配しはじめる。こうしてマロリーとルースを二人とも打ちのめすことになる三角関係の第三の点が据えられたのだ。マロリーはルース宛ての手紙で問いかけている。「大いなる謎をもう少し解き明かすために、もう一度山を望むにはどこに行けばいいんだろう?——この日からはこのことが頭から離れない」。

六月十九日、ダージリンを発ってからおよそ四週間後、遠征隊は急流にかかる朽ちかけた線路のような橋をいくつも越え、ティンリ・ゾンへと上ってゆく谷に入る。ティンリ・ゾンは塩原の真ん中の小さな丘の上にある交易の村で、エヴェレストからは六十キロあまり。ハワード=ベリーはここに、この先も使う暗室と食堂用のテントを設営する。ティンリは本部つまり作戦基地となり、この遠征の中枢となる。

マロリーは先を急ごうとする。少しだけ休んだ後、さらに前進したベースキャンプを設営するためにブロックとともにロンブク谷を進む。もう山まで二十五キロほどだ。ここまで来ると「驚くほどに飾り気のない」エヴェレストがのしかかるように見えている。周囲の環境はこの山を引き立てているように見える。ロンブク谷の長い腕と、仏教徒の隠者が住む洞窟が穿たれた高い壁が、エヴェレストから下に向けて「巨人の四肢のように、素朴に、厳めしく、堂々と」伸びている。その間にはロンブク氷河が山裾の深い谷筋まで「軽騎兵旅団の突撃のように」駈け上がっている。

本格的な「仕事」が始まるのはここからだ。この年の遠征の目的はエヴェレストに取り付く最適な経路を見つけることだ。そのためには、彼らはこの山と、それを取り巻いている山々の秘密の鍵を開けなければならない。つまり地理を解明する必要がある。幾日も、幾週間もかけて、山塊を中心に放射状に伸びる尾根を越えながら地図の作成、調査、写真撮影が行われる。この山の情報はどんなに些細なことも重労働の成果だ。順調な日には早朝に起き出して――夜明けの光は満ちてくる潮のように、キャンプ地をインクを流したような側と金色に染まる側に染めわけながら浸してゆく――十時間から十二時間ほど歩く。だいたいは重い写真機材を担いでゆく。簡単ではない。そもそも高度と気温の問題がある。そしてロンブク氷河には、遠くから期待されていたような山の基部まで歩ける経路がない。マロリーがすぐに気がついたように、世界のこの地域、つまりより赤道に近い場所の氷河はアルプスの氷河のように歩きやすくはない。ここでは、氷が頭上の太陽に彫り込まれて、尖塔がびっしりと立ち並ぶ森のようになっている。高いものは十五メートルほどもあり、その足下では氷が裂けてクレヴァスと氷脈の迷路をつくり出している。「〔『不思議の国のアリス』の〕白ウサギでも迷ってしまうだろう」とマロリーは書いている。彼はやがて、この氷の鍾乳石が並ぶ奇怪な場所は避けて、氷河の脇のモレーンを進む方がよいと気がつく。ただしそちらのルートにも危険はあり、頭上の崖からの落石や落氷に怯えなければならない。

マロリーはずっと風景に魅了されている。天気のよい夕方には、エヴェレストに沈む赤い夕陽を眺めて

ロンブク氷河の氷の塔を前にした「エヴェレスター」の姿。ジョン・ノエル撮影(©Sandra R. C. Noel)。

は、夕闇が山並みを厚紙で作った書き割りのようにのっぺりとしたものに変えていき、頭上のエヴェレストの頂が「[ジョン・]キーツの一つ星のように」光っている様を確かめた。朝には、ほとんど欲望にぎらつく目で、エヴェレストが雲を脱ぎ捨てる様を見る。

ぼくらは昨日の朝もまた、何度となく繰り返されてきたドラマを目撃した。立ち会っているときには、いつでも新鮮さと魅惑に満ちた初夜のように感じる。まとわりつくカーテンがはぎ取られ、脇で渦を巻いたかと思うとまた閉ざされる。持ち上げられたり引き下ろされたりして、最後にとうとう投げ捨てられる。日光の鋭い影が差込み、はっきりした輪郭が露《あらわ》になる。そんな目を見張る光景をぼくらは目の当たりにしていた。

ストリップショーとしての山行。マロリーはうっとりと見つめている。彼は無尽蔵にも思えるエネルギーに、彼が「自分を衝き動かす原動力」と呼んだものに取り憑かれている。エヴェレストは自分に「興奮に満ちた人生」をつくり出してくれた、そう彼はルースに宛てて書く。

しかしごく稀には、マロリーもそのすべてにうんざりする。同じ食事の繰り返し、高度に苛められる肉体、悪天候、狭くて窮屈なテント。七月十二日の時点で、彼らは高度約五千八百メートルに第二前進キャンプを設営していた。この高度ではプリムス・ストーブは使えず、氷は岩のように堅い。荒天のためにテントに釘付けにされ、雪の粉がテントに降り続く音を聞きながら、マロリーは友人に手紙を書く。

ときどき、この遠征は最初から最後まで一人の男、ヤングハズバンドの熱狂的な妄想が生み出したペテンが……あなたの慎ましいしもべであるぼくの忠実な献身に降りかかっているのだと思える。たしかに現実は奇妙なほどに夢想とは異なっているようだ。長い間、このエヴェレスト北面の雪の斜面はなだらかで取り付きやすい角度だと思われていたが、本当のところは一万フィート近いおそるべき絶壁なのだから……

自分が心の中の山を登っているということ、しかもそれが完全に自分自身の心というわけではなく、むしろヤングハズバンドのそれなのだということをマロリーはかろうじて忘れていない。山岳会や王立地理協会で語られていたのは簡単な雪の斜面の話だった。しかし、当然ながらマロリーより前に北面を観察できるほどエヴェレストに近づいた者はいなかった。だからその簡単な雪の斜面は、あまりに多くの山の、あまりに多くの物事がそうであるように、想像が生み出したものにすぎなかった。現実は、マロリーが指摘しているように「奇妙なほどに異なっている」もの、「一万フィート近いおそるべき絶壁」だった。

最初からはっきりしていたのは、ノースコルがこの山の鍵だということだった。マロリーはそれを「ぼくらの欲望の鞍部《コル》」と呼ぶ。山頂の北側の肩に位置するこのコルからは、見る限り登攀の可能な氷と岩の尾根が頂まで伸びている。このコルにキャンプを設置することさえできれば、この山は陥落したも同然に思える。しかし問題は、このコルそのものまでどうやってたどり着くかだ。最初の一カ月は、ロンブク氷河の主流から直接登ることが試みられる。しかしこれは危険すぎるし、ポーターには無理だ。装備や補給を持ち上げられるルートでなければならない。そこで七月半ばにマロリーの一行はロンブク氷河の谷をあきらめ、エヴェレストの東に回り込み、そこからノースコルに登るルートを探索することにする。

ルートはあった。八月十八日、ついに彼らは地理のパズルの答えを見つける。それはノースコルに登るためにラクパ・ラという名の高所の峠を経由し、彼らが東ロンブク氷河と名付けた荒れた氷瀑を通過することだ。そこからは、見たところなんとかなりそうな雪と氷の斜面がノースコルまで伸びている。

しかし腹立たしいことに、この発見と同時に好天が終わりを告げる。モンスーンの到来。彼らは一カ月近くも天候の好機を待つ。さまざまな意味で、この時間が遠征の全体でもっとも辛い時間になった。山に挑んできた彼らの肉体は衰えはじめる。かねてから体力に自信をもっていたマロリーも、自分の体の脆さや、満足な状態からの衰えの徴候にいささか驚かされる。夜になると、彼らは自分たちの顔や手が――酸素不足によって――青ざめていることに気がつく。マロリーは、しばしばブロックの呼吸が数分間止まっているように思えて目を覚ます。ブロックはマロリーも同じ状態になっているという。その上に日も短くなり、夜はさらに冷えるようになる。

この強制的な休暇は、マロリーがルースのことを考える時間としても十分すぎるものになる。「手紙が到着して愛情がぼくらの間に飛び込み、全てのテントを満たす」、そんなすばらしい時間もある。暗闇の中でマロリーは、隣りに横たわっているのがブロックではなくルースだったら、と夢想する。そして船の舳先で泡立つ緑の海の上を、彼女のもとへ急ぐ自分を夢想する。カモメの鳴き声が絶え間なく響く、陽光に満たされた地中海のどこかの港へ、そこには「きっと太陽に照らされた波止場で微笑むきみがいる」。

しかし、目を覚ましたとき横にいるのはいつもブロックだ。世の中には名前の通りに成長する人間がいるものだが、ブロックはまさにそうした人物だ。彼には雄牛《ブロック》の力強さと勤勉さがあり、マロリーはその牛のような強靭さと忠義にひそかに感服している。マロリーは彼を自分の「厩舎の仲間」と呼んでいる。

中止が話題に上ることもある。しかしマロリーはほかの誰にも増して、その地域に留まって好機を、その「一生に一度のチャンス」を待ちたいという強烈な執着を自覚している。九月十七日に天候が変わる。陽が差し、降雪はない。彼らはただちに上に向かい、九月二十三日に六千七百メートルのキャンプに到達する。そしてふたたび空が閉ざされる。夜の間はずっとテントに横なぐりの雪が当たる音がしている。登山者たちはアイダーダウンの寝袋の中でも震えが止まらない。夕食用のイワシは石になった小さな魚群のように凍ってしまうので、マロリーとブロックは手の中で解凍しなければならない。飲み水のために雪を解かしている間は、二人で交互に身を乗り出して、鍋の表面から渦のように立ち上がる湯気で両目を温める。風は絶え間なくテントに襲いかかり、重なった布地を叩き、丸ごと地面から引き剝がそうとする。仮にテントがなければ、この大事な厚さ数ミリ分の布地がなければ彼らはひとたまりもないだろう。

人生で最悪の夜に数えられる一晩を過ごした後、二十四日の朝にマロリーが目を覚ますと、テントの屋根は不気味なほどに内側に大きく垂れ下がっている。降雪は止んでいたが、風はほとんど収まっていない。見込みはないが、それでも彼らは出発し、雪の急斜面をコルまで登ることを試みる。古い雪崩の堆積物を越えて登る。風は雪の結晶を巻き上げて登山者たちの視界を遮る。彼らの歩みは小さな雪崩をつくり、それが背後の斜面をふわふわと足早に下ってゆく。

下界から見ると、登山者の一人ひとりが雪煙に覆われて輝いて見える。小さな酷寒の後光だ。彼らの数十メートル頭上では、ノースコルの際から削りとられる雪煙が絶え間なく燃え立つ雪の幕のようになっている。風は風下側の斜面でもほとんど耐えがたい。あの高みでは命にかかわるだろう。しかしマロリーは、やはり「この冒険をもう少し先まで」進めたい。だから彼はブロック、ウィーラーとともにステップを刻み、少しずつコルの縁まで登ってゆく。そしてただそれだけのためにコルの上に体を出し、二、三分の間、猛烈な風に耐えている。頂まで急角度で数百メートル伸びている稜線を見上げる。風は熾烈で、この世の終わりのようだ。マロリーは後に「この風の中では一時間と生き延びられる者はいなかったろう」と書いている。しかしコルに到達したのは重要な成果だった。なぜなら、その後でマロリーがルースに書いているように、それは「もっとも高所への冒険に挑もうとする者にとって」その道が確立されたことを意味するからだ。
最初の挑戦はそこで終わりを告げる。その後にはダージリンへ、さらにボンベイへの帰路があり、蒸気船マルワ号に乗り込んで家路に着く。マロリーは深い疲労感に浸っている。彼は「遠い国々、粗野な人びと、鉄道、船、陽炎の立つ墓陵、外国の港、浅黒い顔、ぎらつく太陽」に疲れている、と書く。

いま見たいのは馴染みのある顔と、愛しい我が家だ。それからペルメル街の重々しい街角と霧のブルームズベリーかな。それからイギリスの川と、西部の草地を食んでいる牛の群れ。

マルセイユに近づいた船上で、マロリーは妹のアヴィーに手紙を書く。「彼らは来年の遠征を検討した。……ぼくは来年は行かないつもりだ。アラビアのすべての金をもらえるとしてもね」。

❄

一九二二年三月二日――東インドの波止場に、翼を広げて旋回しているカモメの鳴き声が響く。マロリーは手すりのついた踏み板を大股に上り、ボンベイ行きの蒸気船カレドニア号へ乗船する。ほかのエヴェレスターたちはもう乗り込んでいる。新しいチームで、新しい勝負へ。カレドニア号はイギリス海峡の海霧と灰色の水面を滑るように通りぬけ、イベリア半島に沿って進み、「ジブラルタルの岩」を地中海へ回り込む。夜の間に針の穴のようなスエズ運河を進む。水面がひどく穏やかで暗く、まるで岩かなにかのように見える。幾重もの砂漠の隙間に挟まれた一筋の黒鉛のようだ。そして紅海の熱い空気の中へ。海は貯水池のように静かで、船はほとんど航跡も残さずに進む。

日中、空はガラスのドームのように曇りひとつない。しかし夕暮れになると中東の日没特有の緑や青や黄の色が空に現われ、過ぎてゆく水面に映って千変万化する。トビウオが海面から飛び出し、ぎこちなく水面をかすめて小さな跳躍を繰り返す。たまに船腹に当たる音がする。そしてイルカが船の付添人のように左右の水面から飛び上がる。

船上の生活はほどほどに愉快なものだ。朝にはニュージーランド人のフィンチが、チームが持ってきた酸素のための装備の説明をする。バルブや背負子《しょいこ》や流量調節の実演。マロリーは全部で四百キログラムにもなるこの金属製の装備については懐疑的だ。彼には山を欺くやり口に見える。自分用の空気を持っていくようなものだ。しかしフィンチは、少しこだわり過ぎるほどにその利点を説得する。午後、暑熱が重い毛布のようにじっと頭上を覆う時間帯には甲板でテニス、時にはクリケットをして、午後七時きっかりになると軍隊ラッパが夕食を告げる。暗くなった後、マロリーはよく船尾で夜光虫の燐光を帯びた航跡を眺める。彼の心が向かうのはもちろん故国のルースだが、それよりも先のこと、「先に待つ偉大な仕事」のことを考えていることが多い。

一行は今回はボンベイで、二トンの貨物——何ケースものシャンパン、ウズラの煮凝りの缶詰、大量のジンジャービスケットも——とともに上陸して、カルカッタへ向けてインドを横断する長く暑い鉄路の旅に出る。鉄路は灼けたカーキ色の平原を越え、峡谷のように左右に古木の聳える暗いスズカケノキの森を抜けて伸びてゆく。カルカッタから先は汽車がシュッシュッと音を立てながら、ダージリンまで一行を運び上げる。ダージリンは荷造りで大騒ぎだ。一行はすでによくまとまっていて、前回よりもずっと和やかに協力し合っている。新リーダーのチャールズ・ブルース准将は何かにつけてよく笑い、いつも探検帽を被り、ツイードの上着に蝶ネクタイという格好で戸外用のステッキを手にしている。そのツイードの下には傷痕——ガリポリなどで受けた銃創——があり、体の内側にはマラリアを患っていた。マロリーは我慢のならないハワード＝ベリーよりブルースがずっと気に入った。ストラットは水玉模様の靴下を履いてぶつぶつと不満をこぼしているが、なんとかやっていけそうだ。ジョン・ノエルは遠征の写真と映画記録の担当だが、登攀も器用にこなせる。そしてマロリーと登攀のパートナーを組むソマーヴェルは、並外れた頭脳と水差しの取っ手のような変わった耳の持ち主で、知的な意味でもマロリーの旅の相棒となる。

一行は二手に分かれてダージリンを出発する。パーリで合流し、荷運びの動物を三百頭確保することになっている。今回は季節も早いので、シッキムの密林は前年にマロリーが分け入ったときほどに豊穣でも見事でもない。花も少なく、「爆発するように生い茂っている感じがない」。それでも移動や、高山の空気を肺で感じること、そしてマロリーが普段から「あの山」と呼ぶようになった山に近づいてゆくのは気分がよい。

第一陣で出発したマロリーは四月六日にパーリに到着。地面には数センチ雪が積もり、日が落ちた後は寝袋で縮こまっていなければならないが、ルースには、チベットに帰ってこれたことには予想以上の興奮があり、荒涼とした風景に思いがけない愛着を感じていると書く。パーリからカムパ・ゾンまでは新しいルートで向かう。高度はあるが一九二一年のときより二日ほど短い経路で、一行はドンカ・ラを越えて行く。峠に近づくにつれ、気温が猛烈に低下して雪が降りはじめる。四月八日は雪が夜通し降る。マロリーは動物たちが気にかかり、暗闇の中、自分のテントを出て、足にまとわりつくやわらかい雪を歩いてヤクやラバをつないだ場所まで行く。乱れた列になって立ちすくむ動物たちの背中には雪が毛布のように積もっている。動物たちは鼻孔から湿った白い鼻息を暗い空気へ噴き出しながら、居心地悪そうに脚から別の脚へ体重を移している。ラバ追いの男たちは風よけの岩の後ろに車座に座り込んでいる。凶暴な寒さにもかかわらず彼らは楽しげで、動物たちを心配する様子もないので、マロリーは自分のテントに戻り、おだやかな教会の鐘のようなヤクの鈴の音を聞きながら眠りに落ちる。

その翌日は寒すぎて騎乗もできず、腸炎に苦しむマロリーも含めて全員が動物たちの傍らで体を温めながら歩くことにする。この日は難儀な一日だ。ずっと高度約四千九百メートルより上を、三十五キロほど苦労して歩き、休憩は二、三回軽食のために足を止めたのみ。暗くなる直前に岩陰に「小さくておかしなキャンプ」を設営する。そこからは砂利の平原がつづいていて、その東の縁の上にはケラスの登った三つの頂が見えている。

次の日は休養日だ。暖かい数時間の間、マロリーは外に座ってバルザックを読む。荒々しいとはいえ、この風景にはやはり美しいものがある、とマロリーは考える。平原を横切る雲の影、はるか遠方の事物の青み、そして近景の山並みが帯びるかすかな赤や黄や褐色の色味。しかしそうしているうちにも風が強まり、寒さを避けて食堂テントに戻ることを余儀なくされる。そこでルースへの手紙を書こうとするものの、インクはすぐに壜の中で凍ってしまう。「ずっとチベットの過酷さを味わってきた」と彼は書く。「楽しみにつながるものがまったくないので、すっかり萎えてしまったように感じる」。五枚の重ね着をしていても「ようやくしのげるほどの寒さで、紙に触れる指先が冷たくてたまらない」。でもその指先の冷たさには耐える価値がある。手紙はルースにつながっている気がするからだ。「そちら側の君のことを思う。最愛の君の姿を何度もよく思い返して、すぐ近くにいるように感じている」。

何日間も同じことを繰り返す。歩いてキャンプ、歩いてキャンプ。テントのペグが打ち込みづらいほど地面は凍結している。朝食時、引っくり返した茶箱に座って仮設の食卓に集まるときには、羊毛のセーターに杉綾織りのツイードを重ね、両手を脇の下に突っ込み、背中を丸め、頭を胴体にめり込ませるようにして寒さをこらえる。カムパ・ゾンのあたりの荒れ地では急に吹雪が起こり、またたく間に一行を包み込む。踏み跡はできる側から埋まり、勤勉な家政婦があとから掃除をするような具合に、吹雪は一行が進んできた道も、彼らの存在の痕跡もすべてかき消してしまう。高原は極地の凍てついた大地になる。伸びた髭に雪がまとわりつく。彼らの背後の真っ白な平原には、ヤクやラバの長大で黒々とした群れが続いている。

寒さは士気を挫き、肉体を消耗させる。しばらくの間、彼らは本来の目的を忘れて、朝キャンプを出発し、夕方にキャンプを据えることだけを考えるようになる。しかし、そうこうしてようやくシェーカル・

ゾン、「白水晶の砦」に到着する。「平原の向こうにエヴェレストがはっきり見えた。記憶よりもずっと素晴らしい光景に一行はみな大喜びで、もちろんぼくにとっては自分のもののように誇らしかった」。ある意味で、それはまさしくマロリーの山だ。一九二一年の遠征のメンバーのうち、再挑戦のために戻ってきたのは彼ひとりなのだ。

シェーカル・ゾンを後にした一行は南へ向かい、東ロンブク氷河からノースコルを目指す近道をゆく。五月初日までには氷河の終端のモレーンにベースキャンプを設営した。氷河によって谷を押し流されてきたテント大の白い岩が転がっていて、遠目には白っぽいテントと区別がつかない。

ブルースの計画は、この山に包囲戦を挑むことだ。遠征隊員は少しずつ上に向かって一連のキャンプを設営する。第三キャンプはノースコルのすぐ下、マロリーがあの厄介な夜を過ごした場所で、第四キャンプはノースコル自体に据える。そうやって頂上へのアタックに十分な補給線を確保する目論見だ。天候は好転しないが、谷の上方へ三つのキャンプの設営には成功する。五月十三日に、マロリーは第三キャンプからノースコルへのルート開拓に参加する。長距離にわたって、青く輝く急峻な氷の斜面にステップを刻まねばならない。ピッケルを振り、氷を砕き、一歩進む、振り、砕き、進む。低地でも消耗する反復動作は、ここでは過酷な労働になる。ピッケルを振り下ろすたびに、氷の破片が砲弾の欠片のように跳ね上がる。しばらくしてコルの左側に移動したマロリーは、そちら側にはより厚い、しっかりした雪があって進みやすいことに気がつく。この一日で、彼は後続のために百二十メートル分のロープを設営する。ノースコルにも到達する。前年ほど風は酷くなく、亀裂の走る危険な北の縁を越えて、砕けた青い氷塊をくぐり抜け、北陵の起点に近い安全な地点までたどり着く。一歩進むごとに南側の眺望が開け、マロリーは驚嘆の面持ちでその場に腰を下ろす。「今までで最高の素晴らしい光景だ」。そうして第四キャンプがノースコルに設営される。

五月十七日、「ぼくらに手の届くいちばん高い場所への出発を明日に控えて」マロリーはルースに宛てて手紙を書き、その翌日、彼はモースヘッド、ノートン、ソマーヴェルとともに第四キャンプへ向けてベースキャンプを出発する。ノールコルから北東稜を登ってビヴァークし、その次の日に頂上に挑む計画だ。

第四キャンプで寒い一夜を明かした後、尾根に向けて遅めの出発をする。出発が遅れたのは、寝袋の外に置いた朝食用のハインツのスパゲッティ缶が凍ってしまったからだ。弱々しいコンロで湯煎して、半解凍のスパゲッティを腹に押し込んでから出発する羽目になった。間もなくして、風が強すぎ、気温も低すぎることがわかる。誰も十分に着込んでいるとはいえない。手袋とゲートルの中の羊毛は、寒さで板切れのように固くなってしまう。フェルトの帽子も繊維が固まって保温にならない。苦心惨憺してゆっくりと尾根を登り、当初の目論見よりもずっと手前でビヴァークすることを余儀なくされる。尾根の風下側、標高約七千六百メートルの、棚状になった小さな岩と氷の上だ。ノートンは片耳と片足が凍傷になり、眠ることができない。モースヘッドも寒さにやられている。片手の指が不吉な赤紫色とクリーム色のまだらになっている。男たちは寝袋ひとつに二人ずつが横になり、一晩中まんじりともせず、テントに降る「細かな雪粒の奏でるパタパタという音」を聞いている。雪の重みでテントの幕が垂れ下がるたびに、手のひらで布をはくと、跳ね上げられた雪がサーッと音をたてて地面に落ちる。

夜明けの光がテントの幕を照らすころ、彼らは体をひきずるようにして外に出る。モースヘッドはもう先へは進めないといい、テントに残る。頂上には手が届かない。それは明白なのだが、それでも彼らは苦心惨憺してその先の六百メートルあまりを登るだけ登り、引き返す。キャンプにいるモースヘッドを連れ出し、テントはそのままに残して、ノースコルまで急いで下ってゆく。必死の撤退行だった。モースヘッドはほとんど歩くこともできず、雪に座り込んではもう死なせてくれと言う。ノートンはそのたびにモースヘッドの背に手を回し、穏やかにささやきかけて彼をなだめる。尾根が急になる場所で、モースヘッドが足を滑らせ、二人を巻き込んで落ちかける。このとき四人の全員が助かったのは、マロリーが咄嗟に反応してピッケルを雪面に突き立て、そこへロープの輪を巻き付けたおかげだった。よろめくように第四キャンプへたどり着いたころ、マロリーは西の方に広がりつつあるおそろしい空模様に気がつく。黒々と雲が盛り上がり、稲光が遠い空を照らす。まるではるかな谷間で戦争が行なわれているようだ。

マロリーと三人はベースキャンプまで下山して、ひと月かけて回復につとめる。マロリーは指を四本、凍傷で傷めていた。彼が回復している間に、フィンチと若いジェフリー・ブルース（チャールズの従兄弟）が酸素ボンベを装備して、酸素を使用しての頂上アタックに挑む。彼らはマロリーたちより上まで到達したものの、同じように寒さに撃退される。ブルースは足を引き摺りながらベースキャンプに帰ってくる。彼の両足が凍傷から回復するには何週間もかかりそうだ。

季節は進み、すでにモンスーンの雪が降りはじめている。もう一度、撤退についての話し合いがある。満を持した二回の挑戦はどちらも失敗した。しかし、マロリーは今回も誰にも増して撤退に反対し、もう

「一撃」をやりたいという。指はまだ治っていない、とマロリーはルースに書く。「もう一度登ればもっとひどい凍傷になるかもしれないが、この挑戦は指一本くらいの価値はあるし、ぼくは手も足もあらゆる方策で大事にするつもりだ。もう痛い目にあったからね」。六月三日、マロリーは二人の仲間と、シェルパの一団を伴って「ノースコルの氷の城壁」に向けて出発する。その前の四十八時間にはかなりの積雪があり、固い氷の上に分厚い風成雪（風で運ばれた雪）の層ができている。典型的な雪崩を起こしやすい状態だ。斜面を登りながらマロリーは雪面を確かめる。大丈夫そうだ。さらに先へ進む。

コルの縁までもう少しというところにさしかかった午後一時五〇分ごろ、何かが割れる音——「火薬の粉の爆発」に似た音——がして、マロリーの足下の雪が動きはじめる。足場を失い、いくらか下へ流されてから雪の表面に放り出される。自力で雪から抜け出したマロリーの耳に、下の方から叫び声が聞こえてくる。九人のシェルパが速い雪の流れに押し流されて、二十メートルの崖からクレヴァスへ落ちていた。そのうち二人は、奇跡的に無傷で助け出された。残りの七人は見つからないままになる。クレヴァスに落ちたときに命を落としたか、大量の雪に生き埋めになってしまった。

第三キャンプに、命を落としたシェルパの追悼のための急ごしらえのケルンをつくる。ブルースはこの出来事にも気丈だった。誰のせいでもない、と言った。死んだ者の家族にしても、誰かのせいにしたりはしないだろう。彼らの死は運命だった。しかしマロリーの慰めにはならない。彼はその死は自分のせいだと思っている。「これは命を賭けた挑戦というわけではないと思っていた」。そうルースに宛てて書く。「ぼくらの計画はそんなものではなかった。もしかしたら、人はある種の危険とつきあっているうちに、本来は推測も手出しもせずにおくべき類いの危険も考慮に入れてしまうようになるのかもしれない。……ぼくら三人はそれに欺かれてしまった。ぼくらの間には何の危険の気配もなかった」。そして彼は気がついている。どれだけ自分が死に近づいたかということを。「脱出できたのは本当によかったし、ぼくらは二人でこのことに感謝しよう。愛する人よ、君がどんなに悲嘆に暮れることになっていたかと思うと、ぼくは心の底から神に感謝するんだ。ぼくは生きている……」。

一行は足を引き摺ってチベットからダージリンへ戻る。傷つき、消耗し切った一行は当然ながら「愉快な旅の一行、というわけではなかった」。モースヘッドとマロリーは指の痛みに苦しみ、ブルースの足の指もまだ治らず、ノートンの両足は凍傷で灰色や黒い色に変わり果てている。それでもマロリーは、その無慈悲な山から遠ざかるほどに、ますます深くその山への愛に囚われていく。ダージリンに着くころには、死んだシェルパたちのことは手紙にも登場しなくなった。彼の脳裏に浮かぶのはルースだけだ。ルースのことと、あとは次にここへやって来る時のこと。

❄

一九二四年二月二十九日——今回はリヴァプールの波止場だが、どこか不穏な出発になる。ルースはマロリーを見送りに来ている。きっとこれが最後、と思って。マロリーは甲板に立ち、きらきらと光る手すりに身を乗り出している。黒っぽい中折れ帽をかぶり、毛皮の襟のついたコートを着ている。舫いを解かれる蒸気船カリフォルニア号に向けてルースは岸壁から手を振り、彼は手を振り返す。もう何分かそんな風に手を振り交わしているが、船は動き出さない。拡声器からアナウンスが流れる。どうやら港の外の西の海上に嵐が来ていて、その風が船を押し止めているのだ。二艘の薄汚れた小さなタグボートが船首のあたりを押して、カリフォルニア号を沖まで出そうとしている。岸壁のルースはその場を動かない船に、その上のマロリーは動かない岸壁に手を振ることにそろそろ疲れてきた。しばらくして、彼女はただその場を去る。

なぜ彼はまた出発するのか？　もはやここに至ると、物事のすべてがどうしようもないことのように感じられる。彼女にも、彼にも、どうすることもできない力がはたらいているように。それよりも不吉なのは、マロリーは今回だけは悪い予感をもっていることだ。インドに向けて発つ前、彼が最後にやったことのひとつは、イギリスのもっとも英雄的な失敗者、南極で遭難死したロバート・スコットの未亡人キャスリーン・スコットへの挨拶だった。その家には、額縁に入った写真や手紙などのスコットの形見がいたるところにあった。不在の夫、父を亡くした子ども、あまりに雄弁に何かを予感させるものばかりだ。マロリーは、ジェフリー・ウィンスロップ・ヤングとともに未亡人を訪問した。帰り道のタクシーの中でマロリーは、今年のエヴェレストは冒険ではなく戦争みたいなものになるだろう、とヤングに語る。そして今回は生きて帰れる気がしない、と。

またしても長旅がはじまる。船はエジプトに向かうスコットランドのツアー客や、兵士や、その妻たちでいっぱいだ。最初の二日間は西風に吹きまくられながら、荒天のビスケー湾の、鋼鉄のような灰青色の海面を渡ってゆく。マロリーは船内のジムで運動をしながら、サンディ・アーヴィンの立派な体軀に感心する。アンドリュー・アーヴィン、通称サンディはオックスフォードの学部二年生で、北極圏ノルウェーへの遠征で発揮した類い稀な強靭さが目に止まってエヴェレスト隊に抜擢された。彼は漕艇の選手で、この年はレースには出ずに遠征に参加している。マロリーはアーヴィンのことを、「たぶん、おしゃべり以外はどんな時も頼りになる」と思うくらい大いに気に入った。マロリーは、もう恒例になった、船上での生活や同行者たちについての最初の手紙をルースに書く。そしてエヴェレストが終わった後の暮らしにも触れて、登頂が果たされればすべてよくなると安心させる。あらゆるものが、エヴェレストの前と後にきっぱりと二分されているような具合だ。それももう三年になる。

ご機嫌はどうだい、君は置き去りでかわいそうだ……愛する人よ、ぼくは君のことをいつもいつも考えている。最近はずっと一緒だったから、今もすぐ傍にいる気がするんだ。君がきっと朗らかに過ごすことはよく分かっている。ぼくの留守中、君の心の中も幸せでいてくれればと願っている。ぼくの大切な人、変わらない愛を送ります。

旅程はほぼ何ごともなく過ぎてゆく。いまやイギリスの有名人になったマロリーは、スコットランド人の旅行者たちに写真やサインをねだられ、エヴェレストについて気の利いた話を聞かせてくれとせがまれる。だからそれを避けて舳先でアンドレ・モーロワの書いたシェリーの伝記を読んでいるか、船室に閉じ籠もっている。ただし、身震いするような束の間の興奮を感じる瞬間が一度あった。日が昇る前にジブラルタル海峡に近づいていた朝のことだ。マロリーは三年前と同じように甲板に出て、「大地の顎」を通り抜ける様子を見つめる。

真東に進むぼくらの正面の空に、オレンジ色の輝きが広がりつつあった。その真ん中あたりで、細長い陸地の線が左右から近づき、わずかに隙間を残している。海峡は二十マイル、あるいはそれ以上も先、陸の小さなコブの間に見える本当に小さな隙間だ。ぼくらはそのいちばん明るい、水平線の小さな穴を目がけてまっすぐ進んでいた。抑えようのないロマンチックな物思いに浸っていた。ぼくらはその隙間から飛び出してゆくんだ。まるでアリスが庭の扉を飛び出して、別の場所、まったく違う冒険の王国に入っていくように。

行く手にある何かを乗り越えること、穴から飛び出すこと、謎を解くこと。一言でいえば、冒険そのもの。それがマロリーをもっとも深いところで熱狂させる。エヴェレストは彼にとって最大の未知であり、もっとも深い謎なのだ。

エジプトのポートサイドでほかの乗客は下船し、マロリーはようやくほっとする。船は運河を抜け、紅海を通過し、異様なほど穏やかなインド洋へ出てゆく。もう一度、マロリーの胸中にルースのことが浮かぶ。二人して、シルクの部屋着のまま甲板に上って新鮮な空気を吸い込めたら、と思う。「ぼくらは、やるべきことをやるためにたくさんのことを犠牲にしたね。でも、きっとまだ取り返しがつかないわけじゃない」。やるべきこと、それはマロリーが妻と子どもの傍らに残り、教師や講師をしながら、華やかでなくともはるかに安全な生活を手に入れること、ルースはそう返事したかもしれない。だがここにはもっと大きな「やるべきこと」が作用している。それは本人にもよく見えないほどマロリーの内面深くに抱え込まれている。それはエヴェレストの頂に立ち、その比類のない山に登った最初の人間になることだ。

インドを横断する鉄道の旅はこれまでに増して暑く、空気のぬるいダージリンまで上ってようやく一息つく。そこで、ふたたび遠征のリーダーを務めることになったブルースと合流する。彼はネパールとの国境近くでの虎狩りを首尾よく終えてきたところだ。この年は、ホテル・マウント・エヴェレストに投宿する。マロリーは、自室のバルコニーから「黒い山肌を背景に、目の覚めるようにあざやかな」白やピンクのマグノリアが見えた、とルースに伝える。マロリーはホテルの備え付けの花模様の便箋に長い手紙を書く。強調の言葉をふんだんに使って、それまでの年に比べていっそう情熱的に、焦がれるような手紙を書く。まるで、言葉をつらねることが現実にそこにいないこと、彼がまた出て行ってしまったことを帳消しにしてくれるとでもいうように。

最愛のひと、ぼくは何度も何度も、きみが傍にいてくれたら、と思っている。いっしょに楽しんで、声をひそめて世間や人の話をするんだ。そしてこの腕にきみを抱いて、きみの素敵な茶色の髪にキスをしたい。……きみを傍に連れてくる方法がありさえすれば。どれだけ近くにいるか、ということは想像によってひどく変わるみたいだ。物思いがおさまらないときは、夜はときどきそうなるのだけで、ぼくは星の下できみの耳にささやけるような気がする。今この時もきみはすぐ傍にいるみたいだ……唇が触れそうなところに。

三月二十九日、一行はシッキム地方を通過する旅路に出発する。今回は気候は良好で、マロリーは「谷間の安らぎ、暖かさと気怠さ、ハス食う人びと〔安逸を貪る人〕の至福」でいっぱいだ。裸になって岩場の小さな池で水浴びをして、林にいた「とてもきれいなジャングルキャット」をびっくりさせてしまう。「あんな動物を見ると、森がまるごと生きているように思えてきて目を見張る心地がする」。一行はとてもうまくまとまっていて、もしかすると一九二二年のエヴェレスターたちよりも順調かもしれない。

今回は、東ロンブク氷河上のベースキャンプまでの移動に五週間かかった。寒くてしつこい風が吹いているが、気温は一九二二年ほど低くはない。むしろ、この年の遠征の第一の問題になったのは雪ではなく太陽だった。カムパ・ゾン付近の砂漠地帯まで来ると、みな顔が焼けて、磨いた栗のような色になってしまった。マロリーは唇や頬にできるひび割れに塗り込むための油の壜を持ち歩く。彼はあごひげを伸ばし、羊飼いの持つ曲がった杖を手に歩いている。アーヴィンは、二輪車用のヘルメットとゴーグルで風と太陽を防ごうとしていたが、効果はない。ただし日焼けに悩まされる一方で、マロリーはそれまでのどの年よりも体調のよさを感じていて、今回だけは胃腸にも問題がなかった。マロリーの中では、どう転ぶにせよついにこれで決着がつく、という予感が日に日に大きくなってくる。「登頂できない、ということはほとんど想像もできない」とルースに宛てて書く。友人のトム・ロングスタッフにはさらに断固とした調子で、「今回は風に乗って頂上まで行く——神は我々とともにおられる。あるいは風の中でかじりついてでも頂上まで行く」と書き送る。好調には別の理由もある。この年のウズラの缶詰は煮凝りではなくフォワグラ仕立てで、シャンパンはヴィンテージ——一九一五年もののモンテベッロ——だったのだ。

しかし不吉な瞬間もなかったわけではない。たとえばカムパまであと少しのところで、一行は荷運びの動物たちよりかなり早く目的地に到着した。個人用のテントを張れないので、彼らは緑色の食堂用テントを組み立て、その下に横になって荷物の到着を待っていた。白い光が緑の布地越しにゆらめき、水の底のような情景だった。ひとり、またひとりと眠りに落ちていった。しかしマロリーには「緑の光に照らされ、幽霊のような顔で寝息を立てている」仲間たちの寝姿が、まさしく「死体を並べたように」見えていた。

この遠征の最初の試練は、カムパ・ゾンに到着した四月十一日にやってくる。アプローチの行程ですっかり消耗したブルース准将が、心臓の懸念から継続をあきらめたのだ。遠征の指揮はノートンに託され、マロリーは副長および登攀のリーダーを命じられる。マロリーは任務に発奮して、すぐさま実現の見込みがあると考える計画を立案する。それは第四キャンプとノースコルから二回の頂上アタックをするものだった。第一陣の二人は酸素なしで挑み、第二陣の二人はすぐその後におそらく酸素を使って挑戦する。マロリーは自分を酸素を使う第二陣に加え、これならば登頂できると自信をもっていた。

エヴェレストに近づくにつれてマロリーの興奮は高まる。「偉大な挑戦がはじまるのが待ち切れない」。四月二十九日にロンブク氷河にキャンプを設営する。そして、ほとんどその直後から物事の歯車が狂いは

エヴェレストを目指して高地の礫砂漠を進む。背景に見えている山はチョモラーリ。ベントリー・ビーサム撮影。©王立地理協会

じめる。それまでの荒野を行く間には出会うことのなかった吹雪がベースキャンプを襲う。雪を孕んだ暴風が吹き荒れる。気温は温度計も役に立たないくらいに急降下する。この年の計画は、これまでの二カ年の挑戦以上に複雑で込み入ったものになっている。設営するキャンプの数も、ポーターの数も、装備の量もこれまでより多い。天候がよければ問題はないのだが、夜間には氷点下五十度まで下がるという無慈悲な気温の急変のせいで、東ロンブク氷河を登るという、いちばん単純な行程も大仕事に変わる。氷河の青い表層はガラスのような感触で、ダイヤモンドのように硬い。底に鋲を打ったブーツでも歩くのが難しく、磨り減った靴を履いたポーターたちはほとんど歯が立たない。それでも一行は前進をつづけ、みな日に日に消耗してくる。ノースコル下の第三キャンプに到達したところで、マロリーは一九二二年に遺棄さ

れた酸素ボンベが、七人のシェルパの追悼のために建立された簡素なケルンの傍らに積まれているのを発見する。この辺りでは信じられないほどに何も変わっていない。寒さと高度が時間の流れを停めてしまったかのように、何もかもが保存されている。何も古びることがない。雪がケルンに吹き寄せられ、解けて消えてゆく、そうして絶え間なく形を変えつづけているだけだ。時間の経過を教えてくれるものは何もない。

第三キャンプの天候は片時も好転せず、丸一日小さなテントに閉じ込められる。風に巻き上げられた雪があらゆるところから侵入してきて、すべてのものに細かな雪の粉が降り積もる。マロリー、アーヴィン、ソマーヴェル、オデルの四人がいるのは、頂を目指す山の肩にあぶなかしくしがみついたまま、吹雪に巻かれている小さなテントの中だ。そこは砂漠とジャングルで海から隔てられていて、さらにイギリスから四つの大海で隔てられている。四人はお互いに心を落ち着け、慰めるためにロバート・ブリッジズの編んだ詩のアンソロジー『人間の精神』を読んで聞かせ合う。彼らを慰撫するのは「陽光満ちる歓楽の穹窿」、「氷の洞窟」といった詩句のあるコールリッジの「クブラ・カーン」や、よく知られたトマス・グレイの哀歌、シェリーの「モンブラン」、そしてエミリ・ブロンテの叙情詩（「自らの本性の導く先へ私は歩く／野の風が吹く山辺の方へ」）だ。彼らのいる山辺には止むことなく雪が降り、テントの外に積み上がって四人が立てる音を閉じ込める。途切れがちな眠りのうちに夜を過ごした後、目を覚ますとマロリーは五センチの雪に覆われている。テントの入り口を引き開けると、氷の結晶が大きな竜巻のように渦をなして舞っている。その先はただただ白い。白さと暴れる風の叫び声。

撤退以外の選択肢はない。この状況で高所にいると、一日、また一日と肉体が蝕まれてゆく。登山隊とポーターはまっすぐベースキャンプまで撤退する。ポーターのうち五十人が嵐の中で姿を消し、家族や畑の待つ低地へ帰ってしまっていた。ベースキャンプに急ごしらえの病院ができ、寒さで傷ついた者の治療にあたる。みなが凍傷や雪盲や低体温症になっている。チベット人のポーターがひとり、高度が原因の脳血栓で死亡する。足の激痛を訴えていた別のひとりのブーツを切り開くと、まるでインクに足を浸しているように、足首まで黒々とした紫色に染まっていた。このポーターも死んだ。

奇跡的に体調を維持していたマロリーは遅れに苛立つ。あの上まで登って早く決着をつけたい。「この撤退は一時的な後退に過ぎない」と手紙の中に書いている。「行動を中断しているだけ。早く決断する必要がある。次にロンブク氷河を登るときがきっと最後になる」。

ベースキャンプでは、カラスが艶のある羽を光らせながら白い岩のまわりや物資の箱の間を闊歩している。物事が混乱しているときに、運よくおこぼれにあずかろうと集まってきた日和見主義者たちだ。彼らは詮索するように頭を傾げてみたり、両脚をそろえて幅跳びでもするようにぴょんぴょんと飛び回ったり、黒衣の一団となってじっとしていたりする。丸々とした鳩や、時には山羊も様子を見にくる。問題のエヴェレストは、視界があるときには、マロリーの言葉によれば「激しく煙を吐いている」。強烈な風のために、氷の粒子が頂から煙のように流れ出しているのだ。

彼らはベースキャンプで一週間をかけて回復に務め、体力を取り戻す。そのうちに天候の好機が訪れ、マロリー、ソマーヴェル、ノートンはノースコルまで登り返す。しかし再び吹雪が襲い、気温は氷点下三十一度まで下がる。またしても第二キャンプまで撤退を余儀なくされる。寒さのために負傷するポーターも増え、隊員には肉体のみならず心理的な苦痛も増す。もはやマロリーでさえ、それまでのように楽天的ではいられなくなっていた。五月二十七日にはルースに宛てて、「愛する人よ、今回は何から何までひどい目にあっているんだ」と書く。「振り返ると、非常な努力と疲労とテントの外に見える鬱々とした雪の世界に消えてゆく希望ばかりだ——でも、それでも、そうはいっても、まだその正反対のいいこともいろいろあった」。

そして、絶望してしまうことを拒むマロリーに報いるかのように、天候がしばし好転する。風がおさまり、太陽が顔を出す。これしかない。マロリーは最後から二番目になるルースへの手紙で、自分たちは登頂に挑むつもりだと書く。「ロウソクが燃えつきそうだからもう書き終えないといけない。君の不安の日々が、この手紙を受け取るより前に終わるように心から願っている——最高の報せが、何よりも早く君のもとに届くように」。

ノースコルまで到達して、さらに上の尾根にキャンプを設営する。最初の本格的な頂上アタックは、予定通り、ソマーヴェルとノートンのペアが酸素なしで挑む。彼らは尾根のわずか下を順調に進む。そこは風は避けられるが足場は悪い。ノートンは後に、積み重なった巨大な屋根瓦を登るようなものだったと書いている。何もつかまるものはない。あらゆるものが自分を振り落とそうとする。ソマーヴェルは進めなくなるが、ノートンは八千五百三十メートルまで登ったところで、引き返さなければ死ぬ、と思い直して危なかしい岩の斜面を下り、ソマーヴェルのところまで戻る。二人はノースコルまで、ノートンがおそらく二十メートルほど先行して下ってゆく。突然ソマーヴェルが激しく咳き込み、苦しみ悶えはじめる。まるで体の中で何かが千切れて、喉に詰まってしまったようだ。窒息して死んでしまいそうだ。息ができない。ノートンに叫んで知らせることもできない。ノートンは振り返るが、ソマーヴェルは山のスケッチをしているからなかなか下りて来ないのだと思う。違う。死にかけているのだ。雪に座りこんで、遠ざかってゆくノートンの背中を見る。そして、死力を振り絞って胸と喉のあたりを握りこぶしで殴りつけながら、ありったけの力で咳をする。引っかかっていた物体が口の中に飛び出してくる。雪の上に吐き出す。それは凍傷で壊死した喉の組織の塊だった。

ソマーヴェルとノートンはベースキャンプまで下り、アーヴィンとマロリーがノースコルからの出発に備える。六月六日の朝には、雪で垂れ下がった家型テントの中で、出発前の最後となるイワシとビスケットとチョコレートの朝食を摂ってから、登攀の最後の準備のために、踏み跡だらけになったコルの不毛な雪面へと出ていく。各々がひとり二本ずつ、大きな銀色の酸素タンクを背負子で背負っている。まるで昔のビデオゲームのキャラクターのように、レバーを操作したら頂上までひとっ飛びできそうな格好だ。脚には厚いゲートルを巻き、手にはミトン型の手袋をはめ、雪盲から目を護るために銀色の縁取りの飛行機乗り用のゴーグルをしている。

第五キャンプ、第六キャンプまでは何ごともなく前進する。そして六月八日の朝に頂上へ向けて出発する。登りはじめたときには空は晴れていたが、数時間のうちに細かな、妙に明るい霧が山をとりまくように立ち込めはじめる。高度七、九〇〇メートルの見張り場から見ていたノエル・オデルは、頂上付近の尾根をうごくふたつの黒い点に気がつく。そして霧がそれを包み込む。

一行が山を去るときに、生き残った隊員は石を積んでピラミッド型のケルンをつくっている。そこに埋め込まれた石板には、三次にわたる遠征で山のために死んだ十二人の男の名が刻まれている。そのうち九名の遺体は見つかっていないが、彼らがどこで眠っているのか忘れる者はいないだろう。なぜなら、そこには世界でもっとも大きな墓標があるのだから。

帰路は鬱々とした旅路になる。第一次世界大戦が終わってまだ六年しか経っていない時代、彼らの世代は、座る者のいない席や、がらんと広く感じる食卓や、亡霊たちの気配といったものはすでに慣れ切ったものになっていた。それでも慣れたからといって陰鬱さが薄れるわけではない。誰もが心のどこかで、真夜中のテントの入り口に触れる手を、あの世からの予期せぬ帰還を期待しつづけている。

六月十九日の晩、ケンブリッジのマロリー家に電報が届く。電信文特有の、細切れの無機質な文章の冒頭には「委員会ハ凶報ニ遺憾至極ナリ」とある。ルースは子どもたちを自分のベッドに集めて語り聞かせ、抱き締めあって泣く。マロリーの手紙はその後も何週間か届きつづける。それは死者からの手紙だ。

❄

人間マロリーの神話化はその死の直後からはじまっていた。王立地理協会の事務局長ノーマン・コリーがベース・キャンプに送った電文は「英雄的偉業」を讃え、「栄光アル死ニ一同感動セリ」とあった。タ

「最後の出立」。前景の尾根線の真ん中あたりに追悼のケルンが見える。エヴェレストは後景で「激しく煙を吐いている」。ベントリー・ビーサム撮影。©王立地理協会

イムズ紙も同じように、マロリーとアーヴィンの追悼記事でその死の見事さを強調して、「当人たちにもこれ以上の最期は望めなかっただろう」と述べた。エヴェレスト委員会の事務局長アーサー・ヒンクスにとって、「彼らがこれまで人類が到達したことのない高度で死んだこと、それゆえに遺族が彼らがきっと頂上で眠っていると思えること」は、その死の悲惨さを和らげてくれるものだった。一九二二年にマロリーとともに同じ山にいたトム・ロングスタッフも同じ考えを抱いていた。「もう彼らは老いることもない。彼らは決してぼくらと立場を入れ換えようとは思わないだろう」。

いっぽう、フランシス・ヤングハズバンドの反応はおどろくべきものだった。マロリーは「危険を知ったうえで挑んでいた」と彼は書いている。

ただし、彼は恐れ知らずであるのみならず、知恵と想像力の人でもあった。彼は成功が意味するものは余すところなく見通していた。エヴェレストは世界の手強さを体現する存在だった。それに対してマロリーは人間の精神をもって挑まねばならなかった……おそらく本人が口にすることは決してなかったが、彼の心のなかには「すべてか無か」という思いがあったに違いない。二つの選択肢、つまり三度目の敗退をするか、あるいは死ぬかというとき、マロリーにとって容易なのはおそらく後者だった。前者がもたらす苦悩は、人間として、登山家として、そして芸術家として耐えがたいものだっただろう……

マロリーは芸術の一形式として死ぬ道を選んだのだ——これは尋常ではない考え方だ。ヤングハズバンドがいわんとするのは、挫折して、しかし生きて戻ることはマロリーには耐えられなかったということだ。それよりもはるかに芸術的な、つまり美学的に喜ばしい成功を収めるか、そうでなければそこで死ぬのだ、と。マロリーの物語にはたしかにある種の形式や筋書きの純粋さがあり、そのことは想像力のなかで彼の物語が生き続けることに大いに貢献した。構造としては神話や伝説そのものだ。美丈夫マロリー——勇者ガラハッド卿——が、愛する女を残し、三たびにわたって命をかけて未知に挑む。二回はねのけられた後、理性に抗って三度目に挑んだ彼は知られざる雲の彼方へと消える。

その意味では、ヤングハズバンドが大袈裟な言い回しで述べたことは正しかったのかも知れない。戻れない地点まで進むこと、つまり失敗という道のない、栄光か死かの二者択一まで突き進むこと、マロリーが感じていたそうしたひとつの「型」への圧力が、あの六月の日の決断に影響しなかったとはいえないだろう。この圧力に抗える者はいない。わたしたちは往々にして気がついていないが、誰しもさまざまな神話や型が与えるパターンに自分の人生をはめ込んでいる。わたしたちはどれだけ自分の人生の新しさとかオリジナリティを大切にしているとしても、誰もが自分自身に物語を語りかけ、自分の未来をそうした物語に沿わせせながら生きているものだ。

マロリーとアーヴィンの死を無駄な死と受け止めた者はほとんどいなかった。家庭をもつ男やオックスフォード大学の聡明な若者の命が、またしても、ただの高さ以上に何の意味もなく無益に奪われたのだと考える者はほとんどいなかった。例外は死んだ者の家族と友人だけだった。アーヴィン家は打ちひしがれていた。アーヴィンの母は息子がきっと帰ってくるという信念を捨てず、それから何年もの間、帰ってきた息子に見えるように玄関の明かりを消さなかった。もちろんルースもまた、世界が砕けてしまった者のひとりだった。自らも悲しみに暮れていたマロリーの母には、ルースがまるで「重々しく頭を垂れたユリの花のよう」に見えた。ジェフリー・ウィンスロップ・ヤング宛ての手紙には、ルースの絶望が綴られている。「ああ、ジェフリー、こんなことになるなんて。本当に少しのことでこうはならなかったかも知れないのに……」

❄

一九九九年五月、行方不明になってから七十五年後に、マロリーの亡骸は捜索隊によって発見された。

彼は高度八千二百メートル近くのエヴェレスト北壁の斜面の岩棚にうつぶせに横たわり、滑り落ちる体を止めようとするかのように両手を頭上に伸ばし、岩肌に爪を立てていた。

マロリーの着ていた服は、何十年もの風と氷雪によって遺体から剝がされ、ぼろ切れのようになってまとわりついていた。しかしその肉体は酷寒に保存されていた。漂白されたように真っ白に変わった背中の皮膚の下にはまだ筋肉がもり上がっていた。高度のために遺体は腐敗せずに石化したようだった。その肉体はまさに石そのもののようだった。マロリーの遺体の写真が世界のメディアで報じられると、多くの者はそれを白い大理石像になぞらえた。生前のマロリーは、彼のまわりに群がる者が男も女も嬉々として古代彫刻になぞらえるような並外れた美貌の持ち主だったが、死後もそれは変わらなかったわけだ。よく知られたことだが、一九〇九年にはじめてマロリーに面会した作家のリットン・ストレイチーは、「なんてこった《モン・デュー》、ジョージ・マロリーという男は！」という感嘆の言葉を残している。「私の手は震え、心臓ははげしく打ち、その言葉に全身がしびれるようだった……身の丈六フィートで、プラクシテレスが彫った運動選手のような肢体をして、その顔ときたら――言葉にもできない」。古代ギリシャの彫刻家プラクシテレスが白い大理石に彫った像にマロリーを喩えたストレイチーの軽やかな言葉は、その九十年後に死の重みを帯びた現実となった。

なぜ自分がエヴェレストに戻りつづけるのか、マロリーにはわかっていなかった。そのことを何度も訊かれると、彼は説明のしようがないというふうに両手を挙げてみせた。一九二三年にアメリカで講演したときには、「なぜエヴェレストに戻るのか……ひと言でいえば、そうせずにいられないからだと思います」と答えている。友人のルパート・トンプソンへの手紙では、「なんでこんな冒険に行くのか、ひょっとして君ならぼくに教えてくれるかもしれないな」と書いている。そして一九二二年にエヴェレストに戻る理由を尋ねたニューヨーク・タイムズの記者には、「そこにあるから」という永遠に記憶されることになる答えを返した。しかしフランシス・スパフォードが指摘するように、当時の探検家は理由を語ることがひどく不得手だった。

ある意味では理由は重要ではない。マロリーはエヴェレストに向かい、帰らぬ人となった。それだけのことだ。わたしたちは彼の行動についての満足な説明を持たないし、その全貌を知るわけでもない。しかしそれが、マロリーの神話のもつ力を弱めてしまうことはない。むしろ神話とはそういうものだ。ロラン・バルトの言葉を借りれば、神話は「節約する」。つまり「人間的行為の複雑さを取り消して、本質の単純さを与える……幸福な簡明さを築きあげるのだ。事物はひとりでに何かを意味しているように見える」。

その一方で重要なことは、マロリーがそんな行動をした理由は決して語りえないものではないし、本人が幾度となく問われ、そのたびに答えそこねてきたその問いに答えるには、むしろわたしたちの方が適した場所にいるかもしれないということだ。マロリーをエヴェレストの虜にしてしまったもの、つまり彼が受け継ぎ、その身に培ってきた情動の伝統には、本人よりもわたしたちの方がよく気がつくことができる。この本がここまで試みてきたのはまさにその一部だった。つまり、マロリーが平地よりも山にいることをそれほどに愛した理由を、歴史を通じて理解することだ。

その死以来、マロリーは自身の命を奪った山岳への崇拝に新たな、さらに強力な要素をつけ加えることとなった。彼は山の呪縛を伝え、それまで以上に拡散させ、行き渡らせる存在として歴史の中に立ち続けている。彼が、その前や後の数多くの者と同じように高山への愛ゆえに死んだ事実は、山の不可思議な吸引力を弱めることはなかった。むしろそれを強固にした。マロリーは死後、まさに彼を殺した感性を不滅のものとした。彼は心の中に聳える山に、それまで以上の栄光を加えたのだ。

第九章　ユキウサギ

驚きはあらゆる情念のうちで最初のものと思われる。

ルネ・デカルト、一六四九年

もちろんジョージ・マロリーは極端なケースだった。彼はただ一座の山への情念のために大切にしてきたものすべてを危険に曝し、結局そのすべてを失った。マロリー以前もマロリー以後も無数の人びとが、山岳という人を寄せつけぬ、予測のできない、荒々しい風景に惹きつけられてきた（わたし自身もその一人だ）。しかしそうした無数の人びとの大半にとって、山の魅力とは、リスクや犠牲より、美しさやもの珍らしさにあるものだった（わたし自身にとっても）。

ますます強くなる西洋の想像力の要求に答えるもの、それが山だったようにも思える。ますます多くの人びとが自らの山への欲望を見出し、大いなる慰めをもそこに見出すようになった。本質的にいえば、山は、あらゆる野の自然と同じく、わたしたちの独り善がりな思い込みに挑戦する存在だ。わたしたちはいとも容易く、世界は人間のために人間によってつくられているという思い込みに陥る。わたしたちの大半はほとんどの時間を、人間によって制御され、趣向や秩序を整えられた世界に浸って過ごしている。そして、スイッチの切り替えやダイヤルの操作に反応することのない、固有のリズムと存在の秩序をもつ環境が存在することを忘れている。山はその忘却を糺すのだ。わたしたちが呼び出せるいかなる力よりも強大な力を示し、わたしたちが想起できるいかなる時間よりも遠大な時間に直面させることによって、山は人為へのわたしたちの過剰な信頼に否を突きつける。山はわたしたちの永続性と、わたしたちの目論見の価値に根本的な問いを投げかける。そしておそらく、わたしたちを慎ましくする。

　山はまた、わたしたちが自分自身についてもつ認識を新たにし、わたしたちの内面の風景を更新する。山の世界のよそよそしさ、その過酷さ、その美しさは、わたしたちが暮らしている、もっとも身近で、もっとも詳しく知る場所を見るための貴重な視点を与えてくれる。それは目立たないやり方でわたしたちの視線の向きを変え、世界を見る視座を再調整する。山の広大さと複雑さの中で個人の精神は広がり、同時に収縮する。人の内面が到達することのできる途方もない広大さに気づかせ、同時に、自分自身の小ささに気づかせる。

　最後に、そしてもっと重要なことに、山はわたしたちの驚異《センス・オブ・ワンダー》に抱く感動を掻き立てる。挑戦や競争、つまり克服や支配の目標を生み出すことは山のほんとうの恵みではない（それが多くの人を山へ向かわせてきた理由ではあるにせよ）。山のありがたさはむしろ、もっと優しく、比べるものがないほど力づよいものを与えてくれることにある。つまり驚くべきもの、たとえば氷の下を流れる水の黒々とした渦や、岩陰の樹々の風下に生える苔のやわらかな毛並みのような感触といったものの存在を受けいれることへ、わたしたちを開く。山に身をおくことによって、わたしたちは目の前の世界で起きているどこまでも単純なやりとりへの驚きを取り戻す。たとえば伸ばした手の先に、まるで重さがないかのように軽やかな雪の一片が落ちてくること。水の流れがゆっくりと着実に花崗岩の表面に水路を刻んでゆくこと。砂礫の溜まった峡谷で、前触れもなく小石が崩れること。手を伸ばして氷河が岩に刻んだ溝や刻みに触れること。驟雨が過ぎたあと、水を得た山肌が生気を取り戻す様子を聞いていること。終わりかけた夏の陽光が、際限のない流れのように視界のはるか遠方まですっかり満たしてゆく様を見ていること。そのどれひとつとして、取るに足らない経験というものはない。山は掛け替えのない、驚きへの感受性をわたしたちに取り戻させる。そして、現代生活の中では知らぬうちに失われてしまいやすい、その驚く心を、わたしたち自身の日々の生活に向けるように促すのだ。

❄

一月後半のある日、三人の友人とスコットランドのラガン湖に近いベン・ア・ヒョーラン（ナナカマドの丘）に登った。一日のはじまりは素晴らしかった。空には満帆のガレオン船のような雲が浮かび、青さの中でゆっくりとした競走を繰り広げていた。雪は強烈でまぶしい陽光を浴びて、独特の白の波長を帯びる。大気の冷たさとは裏腹に、あるいはひょっとしたらそれゆえに、四人で山に入ってゆくにつれて、わたしは手足の先が血で脈動し、太陽が頬の端を灼くように感じていた。

道路から見ると、ナナカマドの丘の頂は三つに分かれている。東側の山腹には、更新世に氷河が削りとった、人が近づくのを拒むような二つの圏谷《カール》が見えている。この日、圏谷の急峻な斜面は密な氷に覆われていて、わたしたちが近づいてゆくと日光を反射してきらきらと光っていた。まず小さなマツの林を抜けて開けた場所に出たあと、大きなミズゴケの群生地を何度か通り過ぎた。きっと夏にはあふれんばかりの雨水を含んでウォーターベッドのようにふわふわとしているのだろう。しかし冬は密生するコケを打ち固めて釉薬のような氷で覆う。足を進めながら透き通った氷の下に目をやると、絨毯のようにみっしりと生える色取り取りのコケの中に、黄緑色の星のようなムシトリスミレが点々と見えていた。

わたしたちは山の東側の、二つの氷の圏谷の間に伸びている尾根のひとつを登りはじめた。登るうちに空模様が怪しくなってきた。雲は厚みを増し、動きも緩慢になった。あたりを満たす光は白銀からどんよりした灰色まで落ち着きなく変化する。一時間ほど登ったところで雪がはげしく降りはじめた。

山頂に近づくころにはほとんどホワイトアウトの状態で、空と地面を区別することも難しかった。気温はぐっと下がっていた。手袋はがちがちに固まり、両手を打ち合わせるとコンと虚ろな音がした。バラクラバは息を吐くあたりが白く分厚く凍りついて、出来の悪いピエロの口のようになった。

頂上まであと数百メートルで尾根は平坦になり、もう安全なので互いを結んでいたロープを外した。あとの三人は軽食のために小休止したが、わたしはひとりで先に進んだ。ホワイトアウトの孤独を味わいたかったのだ。尾根線に沿って向かい風が吹き、あらゆるものが目に見えない力に翻弄されていた。地上すれすれを無数の雪の粉が絶え間なく流れている。丸いかたまりになった古い雪が尾根の表面をずるずると吹き飛ばされてゆく。空から落ちてくるふわふわした雪の粒が、風に乗って正面からぶつかってくる。雪はほとんど音も立てずに着ているものにぶつかり、風上側には毛皮のような薄い雪の層ができた。まるで、ぼんやりとした白い河を歩いて遡っているようだった。どこを向いても五メートル以上先は何も見えず、まるっきりの孤立に胸が高まるのを感じた。渦巻く雪の向こうの世界がどうなっているかはほとんど考えることもできないし、もはやどうでもいい。自分がこの星の最後の一人かもしれないのだから。

何分か歩いて、山頂の小さな台地にたどりついて足を止めた。その数歩先に、わたしをじっと見つめるものがいた。ユキウサギが大きな後ろ脚を曲げてしゃがむように座り込み、長い耳をぴくぴくと動かしていた。山頂にあらわれた突然の訪問者に興味津々の様子だが、警戒しているようではなかった。黒い尾、胸のところの灰色、黒みを帯びた耳の縁以外はすべて真っ白だ。ウサギは数歩、独特のぎこちない足取りで前に進む。後ろ脚を頭に届くほどに高く上げながら、右、左とゆっくり前に出す。そしてまた立ち止まる。三十秒ほど、わたしたちは吹きつける雪の中で、吹雪の中の奇妙な沈黙に立ち尽くしていた。わたしは口のまわりにピエロのように氷をつけたままで。なめらかな白い毛皮をまとったウサギは、磨かれたような黒い目をして。

やがてホワイトアウトの向こうから友人たちが、幽霊のように、クライミング道具の音を立てながら現れた。ウサギは雪煙を巻き上げてさっと身を翻し、急転回とジグザグ走りを繰り返しながら、繊細な、しかし切迫した足取りで吹雪の中に飛び込んでいった。体が見えなくなった後も黒い尻尾だけがしばらく撥ねているのが見えた。

下山は同行者に先を譲り、わたしはしばらく山頂にとどまった。わたしはさっきのユキウサギのことを考えていた。こうした動物が自分の行く道を横切るときには、その動物にもまた自分の道があるということを思い知らされる。ユキウサギがわたしの行く手を横切ったのと同じように、わたしもまたユキウサギの行く手を横切ったのだ。そして思いは山頂から離れてゆく。ホワイトアウトの尾根で感じていた孤独は、わたしの前にある、目に見えない遠さの感覚に変わっていた。もはや舞い降りてくる雪に繭のように包まれている気はしなかった。むしろ雪に受け容れられて、引き延ばされて、この雪が降るはるかな風景の一部になったように感じていた。東を思う。ケアンゴームの山塊の向こうには十億歳の花崗岩に雪が降っているだろう。北を思う。きっと誰もいない、モナリアス（灰色の山々）の荒野に音もなく雪が降っている。西を思う。ノイダートのラフ・バウンズの数々の偉大な頂、ラール・ヴェン（鉤爪の丘）、ミャル・ブッイェ（黄色の丘）、そしてルニェ・ヴェン（怒りの丘）に雪が降り積もっていることだろう。目に見えない山々の、尾根という尾根に降る雪を思った。そして今このとき、ここよりほかにいるべき場所はない気がした。

謝辞

山岳と登山の歴史は決して道なき荒野ではない。情報や思想の吹雪に見舞われて何度も迷いかけたとき、進むべき道への手がかりになってくれたのは自分ではない誰かの足跡だった。とりわけ感謝しているのは二冊の本だ。まずサイモン・シャーマの『風景と記憶』〔高山宏ほか訳、河出書房新社、二〇〇五年〕、この本は、風景を想像力と地質学の融合物として捉えるというわたしの素朴な感覚に厳密かつ優雅な表現を与え、さらに発展させてくれた。二冊目は、フランシス・スパフォードによる極地探検についての素晴らしい文化史 *I May Be Some Time*〔未邦訳〕だ。わたしは本書を半ばまで書き進めたころにこの本に出会った。

本書の執筆中に、山に関連するものもそうでないものも含めて、書評用の文献を提供していただいた編集者の方々に感謝を申し上げる。この本に登場するモチーフやアイデアの多くは書評の紙面で培われたものので、わたしのために紙幅を割いて執筆の場を与えてくださったその信頼と後押しは本当にありがたかった。とくにジ・エコノミストのスティーヴ・キング、ロンドン・レビュー・オブ・ブックスのジェームズ・フランケン、オブザーバーのステファニー・メリット、ロバート・マッカラム、ジョナサン・ヒーウッド、スペクテーターのマーク・アモリー、そしてタイムズ文芸付録のリンゼイ・デュギッドの各氏に謝意を述べたい。そもそも最初にチャンスをくれたのはルーシー・レスブリッジだった。ありがとう。

理由はさまざまだが、以下の方々にも感謝している。リチャード・バガリー、ジョン・ブラナー、アーサー・バーンズ、ベン・バトラー＝コール、ガイ・デニス、ディニー・ゴロップ、ジョー・グリフィス、ピーター・ハンセン、ロビン・ホジキン、テルマ・ロヴェルとビル・ロベル、ジョージ・マクファーレンとバーバラ・マクファーレン、ジェームズ・マクファーレン、ギャリー・マーティン、テディー・モイニハン、ダン・ニール、ロバート・ポッツ、デヴィッド・クエンティン、ニック・セドン、アンディー・ショー、ジョン・スタッブズ、トビー・ヒル大尉、イーモン・トロロップ、サイモン・ウィリアムズ、マーク・ウォーモルド、そしてエド・ヤング。

わたしの博士論文の指導教官として、研究の進捗を見守りつつ、進捗がないときも大目に見てくださったロバード・ダグラス＝フェアハーストにはその二重の意味で感謝をしている。ヘリオット＝ワット大学の物理学科と、頼む前から学位論文「ニーチェと山々」（ダーハム大学、一九九六年）を送ってくれたマーク・ボランド、そして文学におけるスペクタクルと十九世紀の地質学についての刊行予定の著作を見せてくれたラルフ・オコナーにも謝意を表したい。

サンタヌ・ダス、オリー・ヘイズ、ヘンリー・ヒッチングズ、ジュリア・ロヴェル、ジョン・マクファーレンとロザムンド・マクファーレン、ラルフ・オコナー、そしてエドワード・ペックとアリソン・ペックは本書の草稿に目を通してくれた。各人が持ち寄ってくれた明晰な専門性はとても貴重なものだった。

著作や写真の使用を許可してくれた以下の方々にも感謝を申し上げる。第六章のエピグラフに『ツバメ号とアマゾン号』の引用を使うことを許可してくれた、クリスティーナ・ハーディメントほかのアーサー・ランサムの権利管理者の皆様。二二九ページと三四五ページの図版を使わせてくれたジョン・マクファーレン。表紙見返し〔原書〕と二三三・二六五・二七五ページに写真を使わせてくれたロザムンド・マクファーレン。ジョージ・マロリーの書簡の閲覧と引用を許可してくれたケンブリッジ大学モードリン・カレッジの学長ならびにフェローの方々、そしてマロリー家の皆様。三〇六ページの図版複製を許可してくれたサンドラ・ノエル。三二七・三三三ページの図版複製を許可してくれた王立地理協会。二九三ページの図版複製を許可してくれたオードリー・サルケルド。そして二四七ページのスティーヴン・スパリアの地図の複製を許してくれたスパリア家の皆様。四三・四五・五一・六二・八一・一五一・一六一・一六五・一九二・二八六ページの図版はケンブリッジ大学図書館理事会の許可を得て掲載した。それら以外の図版はすべて、著者が著作権を保有している。膨大な草稿の山から『クライミング・マインド』を救い出し、「わたし」の視点を入れるように助言し、その後も熱心な批評家にして支援者になってくれたわたしのエージェント、ジェシカ・ウラードには特別の感謝を捧げたい。グランタ社の編集者サラ・ホロウェイとパンテオン社の編集者ダン・フランクは、この本の欠点を指摘して改善する方法を教えてくれたのみならず、美点を見出して、それを損なわない方法も教えてくれた。わたしの母ロザムンド・マクファーレンは素晴らしい写真の使用を許可してくれ、図版についてあたたかい技術的な助言を与えてくれた。ジュリアにはあらゆることを感謝している。

そして何よりも、わたしの祖父母エドワード・ペックとアリソン・ペックの情熱と愛と知識に感謝している。『クライミング・マインド』は彼らに捧げる。

訳者あとがき

本書は自然、風景、場所、言葉と人びとの織り成す歴史を描き、文筆にとどまらない多彩な分野で活躍している作家ロバート・マクファーレンのデビュー作 Robert Macfarlane, *Mountains of the Mind: A History of a Fascination* (London: Granta, 2003) の翻訳である。

ロバート・マクファーレンは一九七六年にイギリス、ノッティンガムシャーに生まれ、ケンブリッジ大学・オックスフォード大学に学び、ケンブリッジ大学エマニュエル・カレッジのフェローを経て、現在は同大学の文学・環境人文学および英文学科の教授を務めている。作家としては本作が高く評価され複数の文学賞を受賞、つづけてイギリスとアイルランドの原生自然を再発見する旅を綴った *The Wild Places* (2007)、陸や海のさまざまな古い「道」をたどる *The Old Ways* (2012) を発表した。さらに、さまざまな地域の景観と言葉や文学の関係に分け入る *Landmarks* (2015)、地下空間の意味と想像力を探究する紀行 *Underland* (2019)〔岩崎晋也訳『アンダーランド 記憶、隠喩、禁忌の地下空間』早川書房、二〇二〇年〕といった話題作がつづき、すでに本国での人気にとどまらず、現代の英語圏を代表するネイチャー・ライティング/トラベル・ライティングの書き手として名の挙がる作家となって久しい。

また、芸術家・絵本作家のジャッキー・モリスとともに、自然にまつわる失われた言葉の豊かな世界を大判の絵本に描く *The Lost Words* (2017) を制作したり、アーティストのスタンリー・ドンウッドと共作したり、*Mountain* (2017)、*River* (2021) といったドキュメンタリー映画の脚本やオペラの台本を執筆したり、さまざまなミュージシャンとコラボレートするなど、活動の分野は広がっている。現時点での最新作は二〇二五年刊行予定の *Is a River Alive?* で、これはエクアドル、インド、カナダを舞台に河川と人間の関わりの歴史を探究する、この作家の「もっとも個人的にして政治的な作品」となると予告されている。

本書の主題は十七世紀から二十世紀にかけての西洋における山岳への感受性の変遷と、ジョージ・マロリーのエヴェレスト挑戦をひとつの到達点とする高所登山の歴史だ。かつて忌まわしい場所として嫌悪された高山が、いかにして憧れの対象となり、命を賭してまで目指される場所となったのか。山岳の美学史としてはたとえばM・H・ニコルソン『暗い山と栄光の山』など本書と関心の重なる重要な仕事があるが、それらと異なるこの本の特徴は、なによりも作家本人もまた山に憑かれた人であり、山の美しさや魅惑、人を山頂へ向かわせる「反転した重力」とそのおそろしさを身をもって知っていること、そんな著者が地質学から文学、芸術、思想を横断しつつ、登山史を駆動する「心の中の山」のあり方を跡付けていることだろう。

本書が注目しているのは西洋人の山岳や高所への考え方であり、参照される文学作品や、アルプス、ヒマラヤ、中央アジアといった登山史の舞台は、山好きな読者にもやや縁遠く感じられるかも知れない。しかし、たとえば街に暮らす日々にふと山を想う憧れのような気持ちもきっと本書の関心と無関係ではないことは、この本を開かれればただちに納得されると思う。世界のさまざまな場所を登り、歩きながら（ときには泳ぎながら）野の自然と人間の文化を虚心に、しかし奥深い洞察力で見つめてきたマクファーレンの筆致の魅力がすでに十分に発揮されている本書を、山に旅立てない日の一冊として書架に加えていただければ訳者としてこれに優る喜びはない。

翻訳中に生じた細かな疑問について、マクファーレン氏に丁寧にお答えをいただけたことは大いにありがたかった。本書がそれに報いるものとなっていることを願うばかりだ。また、文中のスコットランドの地名や山名をどうカタカナ表記すべきかは悩ましい問題だったが、これについてはスコットランド・ゲール語をはじめとする現地の言葉にお詳しい村山淳さま、そして現地の地理にお詳しい太田広さまの力添えをいただいた。貴重な助言をいただいた御両名に深い感謝を申し上げたい。それから、山野井泰史さまと角幡唯介さまには本書に推薦の言葉をいただいた。訳者が述べることではないかも知れないが、世界を見渡してもこの本にはこれ以上の推薦者は望めないだろうと思う。お二人の挑戦の同時代を生きる幸運を再確認しつつ、心から謝意を申し上げる。なお文中の引用は、既訳のあるものは参考としつつ、基本的に文脈に沿って新たに訳出した。

最後に、私事ながらわたしがこの本の原書に出会ったのは、翻訳仕事の端緒としてレベッカ・ソルニット『ウォークス』を手がける数年前で、元はといえばこの本について編集者と話していたことが翻訳に首を突っ込むきっかけだった。そんな個人的な感慨のある本を手がける機会を与えてくださった筑摩書房の永田士郎さまには感謝の言葉もない。そして内容に相応わしい素敵な装幀をしていただいた尾崎行欧デザイン事務所の尾崎行欧さまと安井彩さま、ありがとうございました。

二〇二五年一月　　東辻賢治郎

索引

【さ】

【や】

【ら】

参考資料

山に関する文献はまさに山のように膨大である．以下は本書が特に依拠したものを，章ごとに原書の著者をアルファベット順に記す．重複するものは初出の章にのみ記載して，全般的に参照したものは末尾に挙げた．

第一章　山に憑かれて

Malcolm Andrews, *The Search for the Picturesque: Landscape Aesthetics and Tourism in Britain, 1760–1800*（Aldershot: Scalar, 1990）

John Ball, ed., *Peaks, Passes and Glaciers: a Series of Excursions by Members of the Alpine Club*（London: Longmans, Green & Co., 1859）

James Boswell, *The journal of a Tour to the Hebrides, with Samuel Johnson*（London: C. Dilly, 1785）〔ジェイムズ・ボズウェル『ヘブリディーズ諸島旅日記』（中央大学人文科学研究所翻訳叢書）諏訪部仁ほか訳，中央大学出版部，2010〕

Apsley Cherry-Garrard, *The Worst journey in the World*（London: Penguin, 1922）〔アプスレイ・チェリー゠ガラード『世界最悪の旅』加納一郎訳，河出書房新社，2022〕

Bernard Comment, *The Panorama*（London: Reaktion, 1999）〔ベルナール・コマン『パノラマの世紀』野村正人訳，筑摩書房，1996〕

G. R. De Beer, *Early Travellers in the Alps*（London: Sidgwick & Jackson, 1930）

——, *Alps and Men*（London: Edward Arnold, 1932）

Daniel Defoe, *A Tour through the Whole Island of Great Britain*（London: Dent; New York: Dutton, 1962, first published 1724-27）

Claire Eliane Engel, *A History of Mountaineering in the Alps*（London: George Allen & Unwin Ltd, 1950）

R. Fitzsimons, *The Baron of Piccadilly: the Travels and Entertainments of Albert Smith, 1816–1860*（London: Geoffrey Bles, 1967）

Maurice Herzog, *Annapurna*, trans. Nea Morin and Janet Adam Smith,（London: Jonathan Cape, 1952）〔モーリス・エルゾーグ『処女峰アンナプルナ：最初の 8000 m 峰登頂』（ヤマケイ文庫）近藤等訳，山と溪谷社，2012〕

John Hunt, *The Ascent of Everest*（London: Hodder and Stoughton, 1953）〔ジョン・ハント『エベレスト登頂』（世界探検全集 15）田辺主計・望月達夫訳，河出書房新社，2023〕

U. C. Knoepflmacher and G. B. Tennyson, eds., *Nature and the Victorian Imagination*（Berkeley; London: University of California Press, 1977）

Arnold Lunn, *The Matterhorn Centenary*（London: George Allen & Unwin Ltd, 1965）

John Mandeville, *The Travels of Sir John Mandeville*, trans. C. W. R. D. Moseley（Harmondsworth: Penguin, 1983）〔J・マンデヴィル『東方旅行記』（東洋文庫）大場正史訳，平凡社，1964〕

Alfred Mummery, *My Climbs in the Alps and the Caucasus*（London: Fisher Unwin, 1898）〔アルバート・フレデリック・ママリー『アルプス・コーカサス登攀記』海津正彦訳，東京新聞出版局，2007〕

John Murray, *A Glance at Some of the Beauties and Sublimities of Switzerland: with Excursive Remarks on the Various Objects of Interest, Presented during a Tour through Its Picturesque Scenery* (London: Longman, Rees, Orme, Brown and Green, 1829)

E. F. Norton et al., *The Fight for Everest: 1924* (London: Edwin Arnold, 1925)〔ノートン『エヴェレストへの闘い』(ヒマラヤ名著全集3)山崎安治訳，あかね書房，1967〕

John Ruskin, *Modern Painters*, 5 vols. (Volume IV, *Of Mountain Beauty*) (London: George Allen & Sons, 1910; first published 1843, 1846, 1856, 1860)

Horace-Bénédict de Saussure, *Voyages dans les Alpes, précédés d'un essai sur l'Histoire Naturelle des environs de Genève* (Neuchâtel: Samuel Fauche, 1779–96)

Ernest Shackleton, *South* (London: Heinemann, 1970, first published 1920)〔アーネスト・シャクルトン『エンデュアランス号漂流記』(中公文庫)木村義昌・谷口善也訳，中央公論新社，2003〕

Albert Smith, *The Story of Mont Blanc* (London: Bogue, 1853)

Leslie Stephen, *The Playground of Europe* (London: Longmans, Green & Co., 1871)

Edward Whymper, *Scrambles amongst the Alps in the Years 1860–69* (London: John Murray, 1871)〔エドワード・ウィンパー『アルプス登攀記』(講談社学術文庫)H・E・G・ティンダル編，新島義昭訳，講談社，1998〕

Frank Worsley, *Endurance: an Epic of Polar Adventure* (London: Philip Allan & Co., 1931)

Francis Younghusband, *The Epic of Mount Everest* (London: Edward Arnold, 1926)〔サア・フランシス・ヤングハズバンド『エヴェレスト登山記』田辺主計訳，第一書房，1930〕

第二章　大いなる石の書物

Robert Bakewell, *An Introduction to Geology; illustrative of the general structure of the earth; comprising the elements of the science, and an outline of the geology and mineral geography of England* (London: J. Harding, 1813)

Georges-Louis Leclerc Buffon, *Natural History: Containing a Theory of the Earth*, trans. J. S. Barr, 10 vols. (London: J. S. Barr, 1797, first published 1749–88)〔ジョルジュ＝ルイ・ルクレール・ビュフォン『ビュフォンの博物誌』C. S. ソンニーニ編，ベカエール直美訳，工作舎，1991〕

Thomas Burnet, *The Sacred Theory of the Earth*, ed. Basil Willey (London: Centaur Press, 1965, first published in Latin in 1681, and in English in 1684)

Georges Cuvier, *Essay on the Theory of the Earth*, trans. and ed. Robert Jameson, 5th edn (Edinburgh: William Blackwood, 1827, first published 1812)

Charles Darwin, *The Voyage of the Beagle* (London: Dent; New York: Dutton, 1967, first published 1839)〔チャールズ・R・ダーウィン『〈完訳〉ビーグル号航海記』上下(平凡社ライブラリー)荒俣宏訳，平凡社，2024〕

Isabella Duncan, *Pre-Adamite Man: or, the Story of Our Old Planet & Its Inhabitants, Told by Scripture & Science* (London: Saunders, Otley and Co., 1860)

Richard Fortey, *The Hidden Landscape* (London: Pimlico, 1994)

Douglas Freshfield, *The Life of Horace Benedict de Saussure* (London: Edward Arnold, 1920)
James Hutton, *Theory of the Earth* (Weinheim: H. R. Engelman, 1959, first published 1785–99)
Charles Lyell, *The Principles of Geology: an Attempt to Explain the Former Changes of the Earth's Surface by Reference to Causes Now in Operation*, 3 vols. (London: John Murray, 1830–33)〔ライエル『ライエル地質学原理』上下（科学史ライブラリー）Ｊ・Ａ・シコード編，河内洋佑訳，朝倉書店，2006〕
John McPhee, *Basin and Range* (New York: Farrar, Straus and Giroux, 1981)
Hugh Miller, *The Testimony of the Rocks or Geology in Its Bearings on the Two Theologies Natural and Revealed* (Edinburgh: William P. Nimmo, 1878, first published 1857)
Marjorie Hope Nicolson, *Mountain Gloom and Mountain Glory: the Development of the Aesthetics of the Infinite* (Ithaca: Cornell University Press, 1959)〔M・H・ニコルソン『暗い山と栄光の山：無限性の美学の展開』（クラテール叢書）小黒和子訳，国書刊行会，1989〕
John Playfair, *Illustrations of the Huttonian Theory of the Earth* (London: Cadell and Davies, 1802)
Martin Rudwick, *Scenes from Deep Time: Early Pictorial Representations of the Prehistoric World* (Chicago: Chicago University Press, 1992)〔マーティン・Ｊ・Ｓ・ラドウィック『太古の光景：先史世界の初期絵画表現』菅谷暁訳，新評論，2009〕
Jonathan Smith, *Fact and Feeling: Baconian Science and the Nineteenth-Century Literary Imagination* (Madison, Wis.: University of Wisconsin Press, 1994)
Antonio Snider-Pellegrini, *Creation and Its Mysteries Revealed* (Paris: 1858)
Alfred Wegener, *The Origins of Continents and Oceans* (London: 1966, first published 1915)〔アルフレッド・ウェゲナー『大陸と海洋の起源』（ブルーバックス）竹内均訳，講談社，2020〕
Simon Winchester, *The Map That Changed the World* (London: Viking, 2001)〔サイモン・ウィンチェスター『世界を変えた地図：ウィリアム・スミスと地質学の誕生』野中邦子訳，早川書房，2004〕
William Whiston, *A New Theory of the Earth*, 4th edn (London: Sam Tooke and Benjamin Motte, 1725)
John Woodward, *The Natural History of the Earth*, trans. Benjamin Holloway (London: Thomas Edlin, 1726)

第三章　恐怖の追求

Edmund Burke, *A Philosophical Enquiry into the Origin of Our Ideas of the Sublime and Beautiful*, ed. Adam Phillips (Oxford: World's Classics, 1990, first published 1757)〔エドマンド・バーク『崇高と美の起源』（平凡社ライブラリー）大河内昌訳，平凡社，2024〕
George Byron, *Letters and Journals*, ed. Leslie A. Marchand, 12 vols. (London: John Murray, 1973–81)
Charles Darwin, *The Origin of Species by Means of Natural Selection* (Oxford: Oxford

University Press, 1998, first published 1859)〔ダーウィン『種の起源』上下（光文社古典新訳文庫）渡辺政隆訳，光文社，2009〕
Elaine Freedgood, *Victorians Writing about Risk* (Cambridge: Cambridge University Press, 2000)
Yi Fu Tuan, *Landscapes of Fear* (Oxford: Blackwell, 1979)〔イーフー・トゥアン『恐怖の博物誌：人間を駆り立てるマイナスの想像力』金利光訳，工作舎，1991〕
Frances Ridley Havergal, *Poetical Works*, 2 vols. (London: James Nisbet & Co., 1884)
Samuel Johnson, *A Journey to the Western Islands of Scotland* (Oxford: Clarendon Press, 1985, first published 1775)〔サミュエル・ジョンソン『スコットランド西方諸島の旅』（中央大学人文科学研究所翻訳叢書）諏訪部仁ほか訳，中央大学出版部，2006〕
John Ruskin, *The Letters of John Ruskin*, ed. E. T. Cook and Alexander Wedderburn, 2 vols. (London: G. Allen, 1909)
Robert Service, *Collected Poems of Robert Service* (London: Benn, 1978)
Samuel Smiles, *Self-help* (London: John Murray, 1958, first published 1859)〔サミュエル・スマイルズ『自助論』竹内均訳，三笠書房，2013〕
Samuel Taylor Coleridge, *Collected Letters of Samuel Taylor Coleridge*, ed. E. L. Griggs, 6 vols. (London: 1956–71)
John Tyndall, *Mountaineering in 1861* (London: Longman, Green & Co., 1862)

第四章　氷と氷河――流れる時間

Louis Agassiz, *Études sur les glaciers* (Neuchâtel: Solothurn, 1840)
Henry Alford, 'Inscription for a Block of Granite on the Surface of the Mer de Glace', in *The Poetical Works of Henry Alford*, 4th edn (London: Strahan, 1865)
Karl Baedeker, *Handbook for Travellers to Switzerland and the Adjacent Portions of Italy, Savoy and the Tyrol*, 4th edn (London: John Murray, 1869)
Gillian Beer, *Open Fields* (Oxford: Clarendon Press, 1996)〔ジリアン・ビア『未知へのフィールドワーク：ダーウィン以後の文化と科学』鈴木聡訳，東京外国語大学出版会，2010〕
Marc-Théodore Bourrit, *A Relation of Journey to the Glaciers in the Duchy of Savoy*, trans. Charles and Frederick Davy (Norwich: Richard Beatniffe, 1779)
Samuel Butler, *Life and Habit* (London: Trübner, 1878)
Frank Cunningham, *James David Forbes, Pioneer Scottish Glaciologist* (Edinburgh: Scottish Academic Press, 1990)
James L. Dyson, *The World of Ice* (London: The Cresset Press, 1963)
James David Forbes, *Travels through the Alps of Savoy* (Edinburgh: Adam and Charles Black, 1843)
Edward Peck, 'The Search for Khan Tengri', *Alpine Journal*, vol. 101, no. 345 (1996), 131–9
Richard Pococke, *A Description of the East and Some Other Countries*, 2 vols. (London: J. & R. Knapton, 1743–45)
Robert Ker Porter, *Travels in Georgia, Persia, Armenia, Ancient Babylon, etc.*, 2 vols. (London: Longman, 1821–22)

John Ruskin, *The Collected Works*, ed. E. T. Cook and A. Wedderburn, 39 vols.（London: G. Allen, 1903–12）

Percy Bysshe Shelley, *Peacock's Memoirs of Shelley: with Shelley's Letters to Peacock*, ed. H. F. B. Brett-Smith（London: H. Frowde, 1909）

John Tyndall, *The Glaciers of the Alps*（London: John Murray, 1860）〔ジョン・チンダル『アルプスの氷河』第１・２部（岩波文庫）矢島祐利訳，岩波書店，1948〕

Mark Twain, *A Tramp Abroad*（London: Chatto & Windus, 1901, first published 1880）〔マーク・トウェイン『ヨーロッパ放浪記』上下（マーク・トウェインコレクション）飯塚英一訳，彩流社，1996】

William Windham, *Account of the Glacieres or Ice Alps in Savoy*（London: 1744）

第五章　高みへ——山頂の眺望

Richard D. Altick, *The Shows of London*（Cambridge, Mass.: The Belknap Press, 1978）〔R・D・オールティック『ロンドンの見世物』１・２・３，浜名恵美ほか訳，国書刊行会，1989〕

John Auldjo, *Narrative of an Ascent to the Summit of Mont Blanc*（London: Longmans, 1828）

Gaston Bachelard, *Air and Dreams*, trans. Edith R. Farrell and C. Frederick Farrell（Dallas: The Dallas Institute Publication, 1988, first published 1943）〔ガストン・バシュラール『空と夢：運動の想像力にかんする試論』（叢書ウニベルシタス）宇佐見英治訳，法政大学出版局，2016〕

Mick Conefrey and Tim Jordan, *Mountain Men*（London: Boxtree, 2001）

Alain Corbin, *The Lure of the Sea*, trans. Jocelyn Phelps（Paris, 1988, London: Penguin, 1990）〔アラン・コルバン『浜辺の誕生：海と人間の系譜学』福井和美訳，藤原書店，1992〕

John Evelyn, *The Diary of John Evelyn*, ed. E. S. de Beer, 6 vols.（Oxford: Clarendon Press, 1955）

Bruce Haley, *The Healthy Body and Victorian Culture*（Cambridge, Mass.: Harvard University Press, 1978）

John Muir, *My First Summer in the Sierra*（Boston: Houghton Mifflin, 1911）〔ジョン・ミューア『はじめてのシエラの夏』岡島成行訳，宝島社，1993〕

Jim Ring, *How the English Made the Alps*（London: John Murray, 2000）

Percy Bysshe Shelley, *The Poems of Shelley*, ed. Geoffrey Matthews and Kelvin Everest, 2 vols.（London: Longmans, 1989）

Joe Simpson, *The Beckoning Silence*（London: Jonathan Cape, 2002）

Andrew Wilson, *The Abode of Snow*, 2nd edn（Edinburgh: London: William Blackwood & Sons, 1876）

Geoffrey Winthrop Young, *The Influence of Mountains upon the Development of Human Intelligence*（London: Jackson, Son & Company, 1957）

第六章　地図の先へ
J. R. L. Anderson, *The Ulysses Factor*（London: Hodder & Stoughton, 1970）
Colonel S. G. Burrard and H. H. Hayden, *A Sketch of the Geography and Geology of the Himalaya Mountains and Tibet*（Calcutta: Government of India, Geological Survey of India, 1907–08）
Joseph Conrad, *Heart of Darkness*（London: Penguin, 1973, first published 1902 as a novella, 1899 as a serial）〔ジョゼフ・コンラッド『闇の奥』（新潮文庫）高見浩訳，新潮社，2022〕
——, *Lord Jim*（Edinburgh: Blackwoods, 1900）〔ジョゼフ・コンラッド『ロード・ジム』（河出文庫）柴田元幸訳，河出書房新社，2021〕
George Eliot, *Middlemarch*, ed. W. J. Harvey（London: Penguin, 1985, first published 1871–72）〔ジョージ・エリオット『ジョージ・エリオット全集 7 ミドルマーチ』上下，福永信哲訳，彩流社，2024〕
Douglas Freshfield, *The Exploration of the Caucasus*, 2 vols.（London: Edward Arnold, 1896）
R. L. G. Irving, *The Mountain way*（London: J. M. Dent & Sons, 1938）
Richard Jefferies, *Bevis, the Story of a Boy*（London: Duckworth & Co., 1904）
Jon Krakauer, *Into the Wild*（London: Pan, 1999）〔ジョン・クラカワー『荒野へ』（集英社文庫）佐宗鈴夫訳，集英社，2007〕
Barry Lopez, *Arctic Dreams: Imagination and Desire in a Northern Landscape*（New York: Charles Scribner's Sons, 1986）〔バリー・ロペス『極北の夢』石田善彦訳，草思社，1993〕
Roderick Nash, *Wilderness and the American Mind*（New Haven; London: Yale University Press, 1973）〔R・F・ナッシュ『原生自然とアメリカ人の精神』松野弘監訳，ミネルヴァ書房，2015〕
Colonel R. H. Phillimore, *Historical Records of the Survey of India*, 4 vols.（Dehra Dun: Survey of India, 1958）
J. B. Priestley, *Apes and Angels*（London: Methuen & Co., 1928）
Arthur Ransome, *Swallows and Amazons*（London: Jonathan Cape, 1930）〔アーサー・ランサム『ツバメ号とアマゾン号』（岩波少年文庫）神宮輝夫訳，岩波書店，2010〕
Eric Shipton, *Blank on the Map*（London: Hodder and Stoughton, 1936）
Rebecca Solnit, *Wanderlust: a History of Walking*（London: Penguin, 2000）〔レベッカ・ソルニット『ウォークス：歩くことの精神史』東辻賢治郎訳，左右社，2017〕
Wilfred Thesiger, *The Life of My Choice*（London: Collins, 1987）

第七章　新たな天地
Abbé Pluche, *Spectacle de la Nature. . . Being Discourses on Such PARTICULARS of Natural History as Were Thought Most Proper to Excite the Curiosity and Form the Minds of Youth*, trans. Mr Humphreys, 3rd edn（London: L. Davis, 1736）
Charles Dickens, *Little Dorrit*, ed. J. Holloway（London: Penguin Classics, 1985, first published 1855–57）〔C・ディケンズ『リトル・ドリット』（ちくま文庫）小池滋訳，筑摩書房，1991〕

Conrad Gesner, *On the Admiration of Mountains*, trans. W. Dock (San Francisco: The Grabhorn Press, 1937)
C. S. Lewis, *The Lion, the Witch, and the Wardrobe: a story for children* (London: Geoffrey Bles, 1950)〔C・S・ルイス『ナルニア国物語 1 ライオンと魔女』(新潮文庫) 小澤身和子訳, 新潮社, 2024〕
Claude Reichler and Roland Ruffieux, *Le Voyage en Suisse* (Paris: Robert Laffont, 1998)
Jacob Scheuchzer, *ltinera per Helvetiae Alpinas Regiones* (London: Vander, 1723)
Barbara Maria Stafford, *Voyage into Substance: Art, Science, Nature, and the Illustrated Travel Account, 1760–1840* (Massachusetts: MIT Press, 1984)〔バーバラ・M・スタフォード『実体への旅:1760年–1840年における美術, 科学, 自然と絵入り旅行記』高山宏訳, 産業図書, 2008〕
John Tyndall, *Hours of Exercise in the Alps* (London: Longmans, 1871)〔チンダル『アルプス紀行』(岩波文庫) 矢島祐利訳, 岩波書店, 1934〕

第八章　エヴェレスト

Roland Barthes, *Mythologies*, trans. Annette Lavers (London: Paladin, 1973)〔ロラン・バルト『現代社会の神話:1957』(ロラン・バルト著作集) 下澤和義訳, みすず書房, 2005〕
Peter Bishop, *The Myth of Shangri-La: Tibet, Travel Writing and the Western Creation of Sacred Landscape* (London: The Athlone Press, l989)
Robert Bridges, ed., *The Spirit of Man* (London: Longmans & Co., 1916)
C. G. Bruce, *Twenty Years in the Himalaya* (London: Edward Arnold & Co., 1910)
——, *The Assault on Mount Everest, 1922* (London: Edward Arnold & Co., 1923)
John Buchan, *The Last Secrets* (London: Thomas Nelson, 1923)
Patrick French, *Younghusband* (London: HarperCollins, 1994)
Peter and Leni Gillman, *The Wildest Dream: Mallory, His Life and Conflicting Passions* (London: Headline, 2000). 刊行当時にわたしが書いた書評は, この優れた評伝には不当なものだった. すでに詫びてはいるが, ここにも謝意を記しておきたい.
Michael Holroyd, *Lytton Strachey* (London: Vintage, 1995)〔マイケル・ホルロイド『キャリントン』(新潮文庫) 中井京子訳, 新潮社, 1996〕
C. K. Howard-Bury and George Mallory, *Mount Everest: the Reconnaissance, 1921* (London: Edward Arnold & Co, 1922)
S. C. Joshi, ed., *Nepal Himalaya; Geo-ecological Perspectives* (Naini Tal: Himalayan Research Group, 1986)
John Keay, *When Men and Mountains Meet: the Explorers of the Western Himalaya* (London: John Murray, 1977)
Kenneth Mason, *Abode of Snow* (London: Diadem Books, 1987)〔ケニス・メイスン『ヒマラヤ:その探検と登山の歴史』田辺主計・望月達夫訳, 白水社, 1975〕
John Noel, *Through Tibet to Everest* (London: Edward Arnold, 1927)〔J・B・L・ノエル『西藏を越えて聖峯へ:エヴェレスト冒険登攀記』(最新世界紀行叢書) 大木篤夫訳, 博文館, 1931〕
David Pye, *George Leigh Mallory* (Oxford: Oxford University Press, 1927)〔ダヴィッド・

パイ『マロリー追想』杉田博訳，日本山書の会，1987〕
Cecil Godfrey Rawling, *The Great Plateau, Being an Account of Exploration in Central Tibet, 1903, and of the Gartok Expedition 1904–1905* (London: Edward Arnold, 1905)
David Robertson, *George Mallory* (London: Faber, 1969)〔デイヴィド・ロバートスン『ジョージ・マロリー』夏川道子訳，山洋社，1985〕
Royal Geographical Society and Mount Everest Foundation, *The Mountains of Central Asia* (London: Macmillan, 1987)
Audrey Salkeld and Tom Holzel, *The Mystery of Mallory and Irvine* (London: Pimlico, 1999)〔トム・ホルツェル，オードリー・サルケルド『エヴェレスト初登頂の謎：ジョージ・マロリー伝』田中昌太郎訳，中央公論社，1988〕
J. R. Smith, *Everest: the Man and the Mountain* (London: Whittles, 1999)
Walt Unsworth, *Everest*, 3rd edn (Seattle: The Mountaineers, 2000)
C. J. Wessels, *Early Jesuit Travellers in Central Asia 1603–1721* (The Hague: Martinus Nijhoff, 1924)
Geoffrey Winthrop Young, *On High Hills* (London: Methuen, 1933)
Francis Younghusband, *Everest: the Challenge* (London: Nelson, 1936)

第九章　ユキウサギ

James Joyce, *Dubliners* (London: Jonathan Cape, 1926, first published 1914)〔ジョイス『ダブリナーズ』（新潮文庫）柳瀬尚紀訳，新潮社，2009〕

全般的な情報源

Alpine Journal 誌は，前身である *Peaks, Passes and Glaciers* 誌から最新号に至るまで無類の貴重な情報源として活用した．また，詳細には触れていないが以下の各定期刊行物の記事も参考にした：*Blackwood's Edinburgh Magazine*; *Cornhill Magazine*; *Daily News*; *Philosophical Magazine*; *Philosophical Transactions of the Royal Society*; *The Times*.

多くの文献を副次的な資料として用いたが，とりわけ有用だったものを以下に挙げる：Phil Bartlett, *The Undiscovered Country* (London: The Ernest Press, 1993); Ronald Clark, *The Victorian Mountaineers* (London: Batsford, 1953); Fergus Fleming, *Killing Dragons* (London: Granta, 2000); Wilfrid Noyce, *Scholar Mountaineers: Pioneers of Parnassus* (London: Dennis Dobson, 1950); Keith Thomas, *Man and the Natural World: Changing Attitudes in England 1500–1800* (London: Allen Lane, 1983)〔キース・トマス『人間と自然界：近代イギリスにおける自然観の変遷』（叢書ウニベルシタス）山内昶監訳，法政大学出版局，1989〕――これは素晴らしい本である；Walt Unsworth, *Hold the Heights: the foundations of Mountaineering* (London: Hodder and Stoughton, 1994)．ジャン・モリスのパックス・ブリタニカ三部作（*Pax Britannica* trilogy, London: Faber, 1968, 1973, 1978）は単に情報の宝庫であるだけではなく，イギリスの19世紀のありさまを比類ない雄弁さで教えてくれた〔邦訳『ヘブンズ・コマンド：大英帝国の興隆』『パックス・ブリタニカ：大英帝国最盛期の群像』『帝国の落日』いずれも椋田直子訳，講談社〕．

スコットランドの山名の綴りは一筋縄ではいかない話だが，本書では Donald Bennet, ed., *The Munros* (Edinburgh: The Scottish Mountaineering Trust, 1985) の記載に準拠した．

著者

ロバート・マクファーレン（Robert Macfarlane）

1976年イギリス、ノッティンガムシャー生まれ。作家、ケンブリッジ大学英文学科教授。風景・自然・場所・言語・文学等についての著作が多数あり、ひろく翻訳されている。本書（原題 *Mountains of the Mind*）は、ガーディアン・ファースト・ブック賞、サマセット・モーム賞、サンデー・タイムズ紙年間最優秀若手作家賞を受賞。他の代表作は *The Wild Places*（2007）、*The Old Ways*（2012）、*Landmarks*（2015）、*The Lost Words*（2017）、*Underland*（2019、邦訳『アンダーランド』〔早川書房、2020〕）がある。

訳者

東辻賢治郎（とうつじ・けんじろう）

1978年生まれ。翻訳家、建築・都市史研究。関心領域は西欧初期近代の技術史と建築史、および地図。著書に『地図とその分身たち』（講談社）、主な訳書にソルニット『ウォークス』（左右社）、『暗闇のなかの希望』（ちくま文庫、共訳）がある。

クライミング・マインド

山《やま》への情熱《じょうねつ》の歴史《れきし》

二〇二五年二月二十七日　初版第一刷発行

著者　ロバート・マクファーレン

訳者　東辻賢治郎

発行者　増田健史

発行所　株式会社筑摩書房
東京都台東区蔵前二―五―三
〒一一一―八七五五
電話番号　〇三―五六八七―二六〇一（代表）

印刷・製本　三松堂印刷株式会社

ISBN 978-4-480-83730-1 C0098